NO.5 夫雅巴卡推理系列

被隐藏的孩子

The Hidden Child

Camilla Läckberg

〔瑞典〕卡米拉·拉克伯格 著 辛可加 译

人民文学出版社

著作权合同登记号　图字 01-2012-7703

Tyskungen (The Hidden Child) © 2007 by Camilla Läckberg
Simplified Chinese language edition published in agreement with Camilla Läckberg
c/o Nordin Agency, through the Grayhawk Agency
Simplified Chinese edition copyright:
2011 SHANGHAI ELEGANT PEOPLE BOOKS CO. LTD.
All rights reserved.

图书在版编目（CIP）数据

被隐藏的孩子/（瑞典）拉克伯格著；辛可加译．—北京：人民文学出版社，2013

ISBN 978-7-02-009826-2

Ⅰ．①被… Ⅱ．①拉…②辛… Ⅲ．①犯罪小说-瑞典-现代 Ⅳ．①I532.45

中国版本图书馆 CIP 数据核字（2013）第 085449 号

责任编辑：王海波
　　　　　　吴继珍
文学统筹：薛鸿梅
装帧设计：张志全

被隐藏的孩子

［瑞典］拉克伯格　著
辛可加　译
人民文学出版社出版
（100705　北京市朝内大街 166 号）
北京高岭印刷有限公司　新华书店经销
字数：306 千字　开本：895×1270 毫米　1/32　印张：11
2013 年 7 月北京第 1 版　2013 年 7 月第 1 次印刷
印数 1—8000
ISBN 978-7-02-009826-2
定价：28.00 元

1

静谧的房间里,只有苍蝇疯狂拍动翅膀的嗡嗡声。椅子里的男人一动不动,而且已经很久没动过了。如果人被定义为活生生、会呼吸、有知觉的动物的话,其实他已经不再是人了,此时他已沦为一堆饲料,化作昆虫和蛆的乐园。

成群结队的苍蝇围绕着这具一动不动的尸体嗡嗡作响,时而翕动着舌头在其表面降落,然后又飞去找寻新的着陆点;虽然它们小心翼翼,还是免不了撞在一起。尸体头部的伤口周围尤其具有吸引力。融有金属气息的血腥味早已散尽,取而代之的是一种更腐臭、更甜腥的气味。

整个夏天,那个长久以来挥之不去的念头都在艾丽卡心中萦绕。她反复权衡,仍难以抵挡去楼上那地方的诱惑。但她从前最多也只到过通往阁楼的楼梯下面。她只是担心,担心她可能发现的东西,担心一经刨根究底,那些她不想承认的事会浮出水面。

她很清楚,帕特里克好几次都想找她问个究竟。看得出,他很奇怪艾丽卡为什么不愿意看他们从阁楼里找出的那些笔记本,但他没问出口。一旦他果真问起,她也不能回答。最令她恐惧的是,也许她对现实的认知将因此而改变。她对她母亲的印象——她的为人,她对待她女儿们的态度——一直不太好。艾丽卡一只脚踏上楼梯的第一阶。楼下客厅里传来玛雅欢快的笑声，帕特里克正陪她玩耍。听着那声音，艾丽卡安心了不少，又迈出另一只脚。再有五步台阶就到顶了。

她推开活板门，爬进阁楼里去，扬起的灰尘在空气中打转。箱子靠在后面的山墙边，是个搭配了金属锁扣的老式木箱。艾丽卡隐约记得这种款式叫做"美式木箱"。她走上前，坐到箱子旁的地板上，抚摸着箱顶。她深吸一口气，拉开锁闩，掀起盖子。一股霉味顿时腾起，刺得她鼻子一阵抽搐。如此独特而浓郁的岁月气息究竟因何而来？多半是霉菌的杰作，一想到这里，她立刻觉得头皮阵阵发痒。

艾丽卡仍能忆起她和帕特里克刚发现这个箱子、翻弄其中的东西时，那股骤然将她淹没的情感洪流。她缓缓地拿起一件，然后又一件。她和安娜童年时的画作，上学时做的不少小玩意，全都被她们的妈妈埃尔西保存了起来。艾丽卡一边重温回忆，一边把它们一件件拿出来摆在地板上。她要找的东西在箱子最底部。她小心地捧出那块布，终于，又一次将它握在手中。这件婴儿的衬衣原本雪白的，可当她将衬衣举起、迎向阳光时，看得出它已被时光染得泛黄。她无法将视线从衣服上那些褐色的小斑点上移开。起初她以为那是锈斑，但随后却意识到，那一定是干涸的血迹。在孩子衬衣上发现血迹，多么令人心碎。为什么这件衣服会在阁楼里？它是谁的？她母亲为什么要把它留下来？

艾丽卡将衬衣轻轻地放在身旁的地板上。她和帕特里克刚发现衬衣时，里面还裹着东西，可现在不在了。那是她从箱子里拿走的唯一一件东西——裹在染血衬衣里的一枚纳粹勋章。勋章初次映入眼帘时，她感到惊愕。她的心脏狂跳不止，口干舌燥，关于二战的种种新闻报道、文件记录顿时在眼前飞闪而过。夫雅巴卡为什么会有一枚纳粹勋章藏在她家里、她母亲的遗物之中？这真是荒谬。她想把勋章收回箱子里，锁紧箱盖，但帕特里克坚持要把它送到一位专家那里作详细鉴定。艾丽卡颇不情愿地同意了，可她脑中却似有许多声音在呓语，在警告，预示着不祥。但她的好奇心占了上风。六月初，她带着勋章去找一位二战史方面的专家，运气不错，很快他们就对这枚勋章的来历有了更多了解。

但艾丽卡最感兴趣的还是他们在柜子最底部的发现：四本蓝色笔记簿。她认出了封面上她母亲的字迹。此时，艾丽卡将笔记簿从柜子里取出，食指抚摸着最上头那一本的封面。每一本都贴着"日记"的标签，这个词不禁令她心中五味杂陈：好奇、激动、急切。但同时也有恐惧、疑虑，以及一种侵犯她母亲隐私的强烈感觉。

"艾丽卡？"帕特里克的声音打断了她的思绪。

"怎么了？"

"客人们来啦！"

艾丽卡看看她的手表。哇，已经三点了？今天是玛雅的第一次生日聚会，他们的家人和最好的朋友都会来。帕特里克肯定以为她在楼上睡着了。

"我来了！"她掸掉身上的灰尘，迟疑了片刻，才捧起那几本日记和那件婴儿衬衣，走下陡峭的阁楼楼梯。楼下传来了低低的说话声。

"欢迎！"帕特里克侧身迎进他们的第一拨客人。他们是通过玛雅才认识了约翰和伊丽莎白这对夫妇的。他们有一个和玛雅同龄的儿子，威廉。他喜欢玛雅的程度，为他们前所未见。但有时他表现得有点过分。威廉刚一瞥见门厅里的玛雅，便像推土机一样冲上前去，使出美国冰球大联盟选手的架势将她扑倒。玛雅自然不喜欢他这种作派，威廉的父母不得不将满面放光的儿子从尖叫着的玛雅身上拽起来。

"儿子，别乱来！对女孩子要有分寸。"约翰一面搂住儿子、不让他进一步示爱，一面用眼神狠狠警告他。

"我看他追女孩子的技巧和你以前用的差不多。"伊丽莎白笑道，不过她丈夫显然没被逗乐。

"好了，好了，宝贝，没那么糟，"帕特里克哄着玛雅，"起来，起来，没事了。"他抱起啜泣着的女儿，搂在怀里，直到她的哭闹声渐渐减弱为喃喃呓语。然后他把她放下，轻轻往威廉的方向推了推，"瞧，威廉给你带来了什么？一份礼物！"

这个有魔力的词立时见效。威廉郑重其事地向玛雅献上一份扎有漂亮绸带的大礼。两个孩子都还没完全掌握行走的要领。威廉捧着的礼物对他而言太重了，立足不稳，往后栽倒。可他一看见玛雅破涕为笑，似乎就忘了疼。当然，他身上一片垫得很好的尿布也帮了大忙。

"咿——"玛雅兴奋地撕扯着绸带。两秒钟后她便现出挫败的表情，帕特里克连忙伸出援手，两人一起拆开礼盒。玛雅从盒子里拎出一头可爱的小灰象，一时爱不释手。她把小象抱在胸前，双手环着那柔软的躯体，不停跺脚，于是顺势倒地。威廉刚想拍拍可爱的小象，玛雅就沉下脸，摆出挑衅的姿态；于是她的小仰慕者显然认为得加倍努力才能得手，大人们都感到一场新的冲突蓄势待发。

"该吃东西了，"帕特里克抱起玛雅走向客厅，威廉和他父母跟在后面。一大盒玩具摆到了男孩面前，和平重新降临，至少是暂时的。

"嗨，大家好！"艾丽卡一下楼就来打招呼。她拥抱了客人们，又摸了摸威廉的小脑袋。

"谁要咖啡？"帕特里克在厨房里喊。三个人齐声说"我要"。

"婚后生活怎么样？"约翰坐在沙发上笑着问道，一手搂着身边的伊丽莎白。

"普普通通，没什么变化。只不过帕特里克老喊我'太太'。有什么办法能让他闭嘴？"艾丽卡扭头冲伊丽莎白挤挤眼。

"你还是放弃吧。很快他的话题就会从'太太'转移到政府方面去了。所以你就别抱怨啦。对了，安娜呢？"

"她在丹的家里，他们已经同居了。"艾丽卡煞有介事地扬起一边的眉毛。

"哦，真的？速度好快。"伊丽莎白也扬起眉毛。小道消息一般都有这种效果。

他们的谈话被门铃声打断了，艾丽卡连忙跳起来。"肯定是他们，或者是克里斯蒂娜。"后一个名字的音节之间简直有碎冰块咔咔作响。自从婚礼以来，艾丽卡和婆婆的关系愈发冷淡。这主要是由于克里斯蒂娜矢志不渝地奉劝帕特里克，一个有工作的大男人请四个月的父亲假是很不合适的。但令她大失所望的是,帕特里克半步也不肯退让。其实真正坚持要在秋天亲自照顾玛雅的人正是他自己。

"嗨,是不是有个小姑娘过生日啊?"安娜在门厅里问道。每次听到妹妹如此欢快的嗓音,艾丽卡都满足得忍不住发抖。欢愉之情很多年来都与安娜的声音无缘了,而现在又回来了。

起初安娜担心艾丽卡得知她和丹相爱了,可能会很不高兴。但艾丽卡笑着打消了她的顾虑。艾丽卡和丹在一起,那简直是上辈子的事了,其间相隔有如永恒。纵然艾丽卡有那么一点怪怪的感觉,只要安娜重展笑颜,她也就很乐意略过自己的感受。

"我最喜欢的小姑娘在哪儿呢?"高大、金发、爱热闹的丹走进来找玛雅。他们俩的关系很不一般,玛雅立即就张开双臂、东倒西歪地向他奔去。"礼物?"她问道,可见她已经开始理解"生日"的含义了。

"小甜心,当然有礼物啦,"丹朝安娜点点头,安娜就变出一个裹着粉色包装纸、扎着银色绸带的大盒子。玛雅从丹的怀抱里挣脱,又开始徒劳地拆礼物。这次艾丽卡帮了她的忙,两人一起拿出一个眼睛会一张一合的大洋娃娃。

"娃娃。"玛雅开心地给了这份礼物又一个拥抱。然后她去向威廉展示她最新的宝贝,不停念叨着"娃娃",好让他知道自己抱给他看的是什么东西。

门铃又响了,片刻,克里斯蒂娜走进房间。艾丽卡不禁紧咬牙关。婆婆总是象征性地按过门铃后就闯进屋里来,她很讨厌这种做法。

送礼物、拆礼物的情景再次上演,但这回没那么隆重。玛雅犹豫着举起她在盒子里找到的小背心,然后又去翻包装纸,确认她是不是漏看了玩具。随即,她瞪大眼睛望着奶奶。

"上次我来的时候,注意到她的背心都快穿不上了,商店在打折,两克朗三件,我就给她买了几件。早晚肯定用得上。"克里斯蒂娜满意地笑了,似乎完全忽略了玛雅失望的表情。

艾丽卡差点忍不住要说,孩子第一次过生日就给她买衣服,实在蠢得无可救药。虽然玛雅的失望之情显而易见，克里斯蒂娜仍然拿出了她一贯的批评论调：艾丽卡和帕特里克显然没能好好给女儿穿衣服。

"该吃蛋糕了。"帕特里克特别善于抓准时机、不露痕迹地将大家从尴尬的场面中解放出来。艾丽卡将她的不悦咽了回去，和众人一同加入吹蜡烛仪式。整整一年。他们的孩子一岁了。艾丽卡对帕特里克微笑着，帕特里克也回着微笑。在那一刻，生活是如此完美。

伯蒂尔·梅尔贝里重重地叹了口气。这些天他时常如此。

"伯蒂尔？"安妮卡在接待处那边急切地召唤他。梅尔贝里熟练地将近乎完全谢顶的秃头上垂下的那一绺发丝往后一拨，勉强站起身。能令他俯首听命的女人少之又少，但安妮卡·延森是其中之一。现在他们这里又要多出一个女人。他再次叹气。为什么找个男警官这么难？他们非要坚持派女人来接替恩斯特·兰德格伦。真是悲剧。

梅尔贝里听见接待处有条狗在狂吠，不由皱起眉头。安妮卡该不会带狗来上班吧？她很清楚他对狗是什么态度。他得找她谈谈这事。

但前来造访的并不是安妮卡的某条拉布拉多犬，而是一条长满疥癣的野狗，毛色混杂，是条杂种狗。牵着狗的是个身材矮小的黑发女人。

"我发现它待在警局外面。"她带有明显的斯德哥尔摩口音。

"那它在这儿做什么？"伯蒂尔气冲冲地转身回办公室。

"这位是波拉·莫拉雷斯，"安妮卡连忙解释。梅尔贝里顿时转过身来。天呐。现在他想起来了，即将到这里工作的人有个西班牙人的名字。她体形娇小，矮而苗条。但她凝视他的目光可一点也不示弱。她伸出手。

"幸会。这条狗在外面乱跑，看它的模样，应该没有主人。至少没有一个能好好照料它的主人。"

她的言辞中带有一种不容分说的口气。伯蒂尔猜不透她在想什么。

"好吧，那带它去其他地方。"

"流浪狗哪儿也去不了。安妮卡都告诉我了。"

"是吗？"梅尔贝里问道。

安妮卡摇了摇头。

"那我看你只能带它回家了。"梅尔贝里只想让这条正往他裤腿上蹭的狗赶紧滚开。可那条小狗无视他的努力,没费力气就在他的右脚上坐了下来。

"不行,我们已经有一条狗了,她不喜欢同伴。"波拉平静地说,依旧以极具洞察力的目光紧盯着他。

"那你呢,安妮卡?它……和你那些狗做伴怎么样?"梅尔贝里的声音开始显得逆来顺受。为什么他总要处理这些鸡毛蒜皮的小事?看在上帝的分上,他才是这儿的领导!

然而安妮卡又摇摇头:"它们也受不了其他的狗。我可不能带它回去。"

"你得收留它,"波拉把绳子递给梅尔贝里。他被她的冒失之举震住了,乖乖接过绳子,于是那条狗往他腿上贴得更紧了,还可怜兮兮地叫了一声。

"瞧,它喜欢你。"安妮卡说。

"可我不……不能……"梅尔贝里结结巴巴地说,一时竟找不出合适的回答。

"你家也没养其他宠物,我会去这附近问问,看看是不是谁家走失的狗。不然只好再找个肯收养它的人。不能让它在外面流浪,会被车撞着的。"

梅尔贝里发现自己违心地向安妮卡的提议屈服了。

"好吧,好吧,真要命,既然你说得那么严重,我暂时留下这该死的狗,不过只能留一两天。而且我带它回家之前,你得给它好好洗个澡。"

"没问题,我在局里给它洗洗,"安妮卡忙不迭地说,"太感谢了,伯蒂尔。"

梅尔贝里咕哝着:"下次我再看见这条狗的时候,最好干干净净!不然它一步也不能踩进我的地盘!"

他气愤地跺着脚穿过走廊,砰地一声关上身后办公室的门。

安妮卡和波拉相视而笑。那条狗又叫唤了几声，美滋滋地朝门口摇着尾巴。

"玩得开心点。"艾丽卡朝玛雅挥挥手，不过玛雅完全无视妈妈，她坐在电视前的地板上看"天线宝宝"。

"我们会一起享受亲子时光，"帕特里克吻了吻艾丽卡，"接下来几个月这小家伙就交给我了。"

"你说得好像我要远航七大洋似的。"艾丽卡笑道，"午饭我还是会下楼吃的。"

"你在家上班行得通吗？"

"起码可以试试看。你们就当我不在家。"

"没问题。只要工作室的门一关，对我而言你就不存在了。"帕特里克朝她挤挤眼。

"嗯。好吧，回头见。"艾丽卡边说边上楼，"反正试试也无妨，我不需要正儿八经的办公空间。"

她走进工作室，关上门，心情复杂。她花了整整一年在家照顾玛雅，渴盼着将这工作移交给帕特里克的这一天，然后就可以重回成人世界了。

她带着几分敬畏之情坐到电脑前，按了开机键，愉悦地听着那熟悉的嗡嗡声。她那本关于真实犯罪案例的新书，截稿时间是二月份，但她已经在夏天做了一些研究工作，现在可以动笔了。她打开命名为"伊莱亚斯"的 Word 文档——那是此案第一个受害人的名字——手指搭上键盘，却被一阵轻轻的敲门声打断了。

"抱歉，打扰一下，"帕特里克推开门，探头瞄着艾丽卡，几绺头发垂到额前，"玛雅那件拉链外套你放在哪儿啦？"

"在烘干机里。"

帕特里克点点头，关上门。

她又把手指放上键盘，深呼吸。敲门声又来了。

"对不起，我答应过不吵你的，可我得问问，玛雅今天该穿什么衣服。外面很冷，但她总觉得太热，那会不会很容易感冒……"帕特里克怯怯地问。

"一件薄衬衣,一条裤子,再穿上那件拉链外套,就够了。她经常戴那顶薄棉布帽。"

"谢谢。"帕特里克关上门。艾丽卡正要输入第一句话,就听见楼下传来几声尖叫,旋即乱成一团。她听了两分钟,推开椅子,走下楼去。

"我来吧。伺候她穿衣服能要人命。"

"太好了,我就知道。"帕特里克正吃力地把外套往又吵又闹百般挣扎的玛雅身上套,一听这话,连忙抹了一把头上的汗水。

五分钟后,他们的女儿板着脸,不过穿戴妥当了。艾丽卡亲吻了女儿和丈夫,催他们赶紧出门。

"多逛一会儿,让妈妈安安静静工作。"她说。帕特里克好不尴尬。

"都怪我。转换角色可能要花好几天,不过到时候你想要多安静都没问题,我保证。"

"真好。"艾丽卡说。她目送两人走远,紧紧关上门,给自己倒了一大杯咖啡,回到楼上的工作室。终于可以开工了。

"嘘……别吵。"

"有什么关系啊?我妈妈说他们都不在。夏天谁会那么勤快地收邮件。他们好像全忘了,所以从六月开始她就一直替他们收邮件。别紧张,声音再大都没关系。"

马蒂亚斯笑了,但亚当仍将信将疑。不管马蒂亚斯怎么说,这座老房子还是有些阴森,那些老人也有点诡异。他可不想冒险。

"我们怎么才能进去?"惧意把他的嗓门抬高了八度,他虽痛恨这一点,却控制不住。

"再看看。肯定有溜进去的办法。"

"你这么说,是不是因为你经常闯进别人家啊?"亚当忍俊不禁,但还是可以压低嗓门。

"嘿,我干的好多事你还不知道呢。"马蒂亚斯大声说。

噢,也对,亚当心想。但他不敢顶撞他的朋友。马蒂亚斯有时需要故作强硬，亚当也就顺着他。至少他不想就那种话题和马蒂亚斯争论不休。

"你猜他家里藏了什么？"马蒂亚斯两眼放光。他们在房子四周缓缓绕圈，寻找可以突破的窗户，任何能让他们进屋的入口都行。

"不知道。"亚当紧张地连连回头张望。每多过一秒钟，他对眼下这种局面的厌恶之情就增加一分。

"说不定有一堆纳粹的纪念品。如果他有军装之类的东西呢？"马蒂亚斯的声音中透出毋庸置疑的热情。自从做了一次关于德国党卫军的作业之后，他就入了迷，读遍了所有能找到的与二战和纳粹相关的资料。大家都知道路边那位邻居是德国和纳粹方面的专家，所以马蒂亚斯忍不住想探一探他藏有哪些宝贝。

"但他家里也许没有那种东西。"亚当明知规劝必定无效，还是忍不住要唱唱反调，"爸爸说他退休前是历史老师，所以家里可能也就是许多藏书什么的。他未必就有那些刺激玩意儿。"

"马上就知道了。"马蒂亚斯指着一扇窗户，眼中闪现胜利的光芒，"瞧，那扇窗户开了条缝。"

亚当沮丧地发现，马蒂亚斯说对了。他一直默默巴望着他们找不到任何可能进屋的途径。

"只需要拿个东西把窗户顶住。"马蒂亚斯四下一望，选中了一条落在地上的窗钩。

"好，试试看。"马蒂亚斯高举窗钩，如同外科手术般精准地将一端插进窗户的一角。他咒骂了几声，却没有奏效，窗户纹丝不动。"见鬼。肯定能行。"他吐出舌头，再次用力。一面要将窗钩举过头顶，一面还得发力，可没那么容易。他很快气喘吁吁，最后总算又把窗钩往里多插了半英寸。

"他们会发现有人闯进去的！"亚当无力地抗议，可马蒂亚斯似乎没听见。

"我非得撬开这该死的窗户不可！"汗珠滚下他的脸颊。他再度发力，窗户猛地被顶上去了。

"成功了!"马蒂亚斯握拳庆祝,然后一脸激动地转向亚当。

"帮我一把。"

"说不定可以用什么东西爬上去,梯子或者……"

"得了吧,你推我上去,然后我再拉你上去。"

亚当乖乖地挪到墙边,摊开手为马迪亚斯搭了个人梯。马蒂亚斯的鞋底陷进掌心时,他不禁一缩,但还是忍着疼将他的朋友举上去了。

马蒂亚斯攀住窗沿,往上挺身,一只脚先翻上窗台,然后是另一只。他皱起鼻子。老天,什么味道啊,一股恶臭。他撩开百叶窗,往屋里窥探。这个房间看着像书房,但所有的百叶窗都放了下来,所以屋里十分昏暗。

"嘿,里头闻着像个粪坑。"他捏住鼻子,回头看着亚当。

"那我们还是撤吧。"下方的亚当眼中又燃起一丝希望。

"不行,他妈的。进去以后再说。现在才开始有点意思呢!来,抓住我的手。"

他松开鼻子,紧握窗沿,把右手伸给亚当。

"你怕了?"

"算我倒霉。"亚当抓住他的手,马蒂亚斯奋力一拽。一开始似乎没用,但亚当很快也攀住窗台,马蒂亚斯便纵身跳进房里,为亚当腾出空间。他落地时脚下响起怪异的噼啪声。他低头看看地板,上面覆着什么东西,但光线太暗,看不清。估计只是一些干枯的落叶。

"怎么搞的?"亚当也跳下来,但他同样分辨不出那噼噼啪啪的声音来自何处。"见鬼,臭死了。"他被恶臭熏得差点儿窒息过去。

"我不是说过了嘛。"马蒂亚斯抢白。他渐渐习惯了臭味,不那么在意了。

"让我们看看那老头在这里藏了什么东西。把百叶帘拉开。"

"可如果有人看见我们呢?"

"谁他妈的会看见?卷起这该死的百叶帘。"

亚当照办了。百叶帘嗖地一声卷上去,明亮的光线射进房间。

"这屋子不错,"马蒂亚斯怀着敬畏之情四下张望。四面墙都立着书架,从地面直抵天花板。房间另一头是一张很大的书桌,还有一张老式椅子,半转过去,高高的椅背对着他们。亚当近前一步,但噼啪声又从脚下传来,于是他低头一看,这次终于看出他们踩着的是什么了。

"这……"地板上密密麻麻覆盖着一层苍蝇。恶心的黑蝇尸体。窗台上也覆盖着苍蝇,亚当和马蒂亚斯不假思索地在他们的裤子上擦起手来。

"见鬼,好恶心。"马蒂亚斯做了个鬼脸。

"哪儿来这么多苍蝇?"亚当惊愕地盯着地板。死苍蝇。令人作呕的恶臭。他想抛开那个念头,但目光已不由自主地被吸引到写字椅那里去。

"马蒂亚斯?"

"干什么?"他朋友听起来很不耐烦。马蒂亚斯正寻找落脚之处,免得踩上一堆又一堆的死苍蝇。

亚当没有回答。他反而缓缓地走向那张椅子。

"哎,什么事啊?"马蒂亚斯说。但当他发现亚当正浑身紧绷、高度戒备地往前挪动时,顿时噤声了。

离椅子还有一步半的时候,亚当便伸出手去。他用力一按,将椅子往左一拨,让它自己旋转起来。他后退一步。椅子缓缓转过来,渐渐展出正面坐着的东西。亚当听见身后的马蒂亚斯大口呕吐。

那双湿润的大眼睛紧跟他的一举一动。梅尔贝里想尽量无视那条狗,但只成功了一小半。

"好吧,给你起个什么名字呢?"梅尔贝里觉得和四肢着地的生物对话真的很愚蠢。但这条狗得有个名字。他左思右想寻觅灵感,但脑子里还是只有那些用滥了的犬名在打转:硬币、斑斑……不行,都不好听。随后他咯咯一笑,有了个好主意。说实话,不得不开除恩斯特·兰德格伦之后,他还有点想念那家伙,不算特别想,但至少有一点点。不如就叫这条狗恩斯特吧?还有点幽默呢。他又笑了几声。

"恩斯特。你觉得怎么样,老弟?挺好的,是吧?"他又拉开抽屉,拿出另一块椰子棉花糖。恩斯特当然应该再吃一块。如果狗发福了,也不是他的错。过几天安妮卡可能就会找到收养它的人,所以一次吃一块还是两块糖果都没区别。

电话突然响了,他和恩斯特都吓了一跳。

"我是伯蒂尔·梅尔贝里。"起初他听不清电话那头说些什么,对方嗓门很高,非常激动。

"抱歉,请你说慢一点。刚才你说什么?"他努力倾听,最后才明白了,不由扬起眉毛。

"你说有一具尸体?在哪里?"他在椅子里坐直身体。刚刚起名为恩斯特的狗也坐直了,竖起耳朵。梅尔贝里在面前的笔记簿上记下地址,用一句"待着别动"结束了对话,然后一下子跳起来,恩斯特紧紧跟随。

"留在这儿。"梅尔贝里的话音中带着不同寻常的威严。大大出乎意料的是,狗居然登时屏息静气,等待下一步指示。"留下!"梅尔贝里赌了一把,指着警局墙角里安妮卡为这条狗准备的篮子。恩斯特不情愿地听命走到篮子里躺下,脑袋搭在前腿上,用受伤的眼神望着他的临时主人。一种奇特的满足感顿时涌上伯蒂尔·梅尔贝里心头,总算有人肯听他吩咐了。这次发号施令使他精神抖擞,冲进走廊大吼:"接到报警,发现尸体!"

三个脑袋从三扇不同的门里探出来:一个是红色的,马丁·莫林;一个是灰色的,戈斯塔·弗莱格尔;还有一个是乌黑的,波拉·莫拉雷斯。

"尸体?"最先跑进走廊的是马丁。现在就连安妮卡也从接待处过来了。

"一个十几岁的男孩刚刚打电话来报告的。显然他和同伴玩耍时决定偷偷闯入位于夫雅巴卡和汉博桑德之间的一座房子,在里面发现了一具尸体。"

"是房子的主人?"戈斯塔问道。

梅尔贝里耸耸肩:"我只知道这些。我让男孩们待着别动。现在我们就开车过去。马丁,你和波拉开一辆车,戈斯塔和我坐另一辆。"

"要不要叫上帕特里克?"戈斯塔小心地问。

"谁是帕特里克?"波拉的目光从戈斯塔移向梅尔贝里。

"帕特里克·赫斯特罗姆,"马丁解释,"他也在这儿上班,但请了父亲假,从今天算起。"

"为什么要叫上赫斯特罗姆?"梅尔贝里愤怒地斥责道,"这里有我呢。"他傲慢地说,然后快步奔向车库。

"哎哟哟。"梅尔贝里走远后,马丁嘀咕着。波拉疑惑地一挑眉毛。"噢,别在意,"马丁连忙道歉,但忍不住又补上一句,"用不了多久你就会明白。"

波拉依然不明所以,但没再追问。她渐渐开始了解警局里的工作动力从何而来了。

艾丽卡叹着气。光标在她的 Word 文档中闪烁,半小时过去,她一个字母也没敲。每次她都得接受这种折磨的洗礼,就像生孩子。但今天她感到尤其怠惰,她漫不经心地往嘴里丢了一块巧克力来安慰自己。她盯着书桌上电脑旁的那叠日记。母亲流畅的笔记撩拨着她的注意力。她缓缓伸手拿过第一本日记,在手里掂了掂。很薄,就像小学生用的那种小本子。艾丽卡的手指抚过封面。名字是用钢笔写的,但年深日久,蓝色的墨水已明显褪色。"埃尔西·莫斯特罗姆。"那是她母亲出嫁前的姓名。嫁给艾丽卡的父亲以后,她就改姓菲尔克了。艾丽卡慢吞吞地翻开日记,内页有浅蓝色的格线。第一页顶端写着日期:一九四三年九月三日。第一个句子映入眼帘:

"这场战争永远不会结束吗?"

夫雅巴卡,一九四三年

"这场战争永远不会结束吗?"

埃尔西咬着笔尖,思索着接下来要写什么。她该如何将自己对这场战争的思绪付诸笔端?战争还未蔓延到她的祖国。写日记的感觉很奇怪,她不知道为什么想写日记,但她隐约觉得,对于接踵而来的人生经验,无论熟悉还是陌生,她都有必要将所思所想记录下来。在某种程度上,她几乎不记得战争以前的事。她十三岁了,很快就满十四岁,战争爆发时她才九岁。即便还只是个孩子,她也觉察到了潜在的紧张气氛。

"埃尔西?"她听见她母亲在楼下喊道。埃尔西连忙合上日记,把它塞进窗边小书桌的最上层抽屉里。平时她花好多个钟头坐在这儿写作业,但学期已经结束,不再需要书桌了。她站起身,抚平裙子,下楼去找她母亲。

"埃尔西,去帮我取水好不好?"她母亲脸色很差,疲惫不堪。他们整个夏天都住在地下室的小房间里,家里的其他地方都租给度假的游客了。"坐下歇会儿吧,妈妈。"埃尔西轻声说,迟疑着把手搭上妈妈的肩膀。希尔玛畏缩了一下。她们俩都不习惯任何形式的身体接触;但片刻后,她也用手按住女儿的手,感激地跌坐进椅子里。

"他们也该走了。我从没接待过这么难伺候的人。'希尔玛,麻烦你……希尔玛,来一下……希尔玛,请快点……'"她模仿着他们彬彬有礼的口吻,却又紧张地捂住嘴。对有钱人这么不敬是不合礼数的。人贵有自知之明。

"我知道你为什么累坏了。他们可不好应付。"埃尔西把剩下的水倒进锅里,放在炉子上。水开了以后,她泡了点代用咖啡,端了一杯给希尔玛,一杯给她自己。

"我马上再去取点水,妈妈,不过先喝杯咖啡吧。"

"真是乖孩子。"希尔玛啜了一口难喝的代用咖啡。以前她喜欢一边托着碟子喝咖啡,一边在齿间吮着一小块方糖。但眼下糖供不应求,更何况代用咖啡喝起来根本不是那么回事。

"爸爸说过他什么时候回来吗?"埃尔西垂下眼睛。战争期间,这个问题显得比往常更尖锐。但工作不能不干,没有选择。要运货,要捕鱼,这就是他们的人生,无论打不打仗。

"我只希望……"希尔玛沉默了,然后又说,"只希望他再小心一点。"

"谁？爸爸？"埃尔西其实很清楚妈妈说的是谁。

"是啊。"希尔玛又啜了一口咖啡,苦笑道,"这次医生的儿子也和他一起出海,而且……哎,恐怕结果不妙,我只能这么说。"

"阿克塞尔很勇敢,他会竭尽全力的。爸爸也一定会尽可能帮助他。"

"风险很大,"希尔玛摇着头,"带上那个男孩和他的朋友们,这里头的风险……我忍不住觉得他会惹来什么麻烦,连累你爸爸和其他人。"

"我们要尽量帮助挪威人,"埃尔西小声说,"设想一下,如果换成我们呢,也会需要他们的支援。阿克塞尔和他的朋友们会有大作为的。"

"别谈这事了。你去不去取水呀?"希尔玛有点不高兴,起身走到洗碗槽边开始刷她的咖啡杯。但埃尔西并不介意,她明白妈妈之所以假装生气,是因为她心忧如焚。

埃尔西又望了一眼妈妈那过早佝偻了的后背,拎起水桶,出门去井边打水了。

2

帕特里克没想到他这么喜欢散步。过去几年,他忙于工作,闲暇时间不多,但如果父亲假这段时间每天都能长时间散步,说不定能减掉肚子上渐渐生出的赘肉。

他经过OK/Q8加油站,步履轻快地继续沿路南行。他打算一直走到磨坊再折返。玛雅坐在手推车里,面朝前方,开心地咿咿呀呀。

一路走来,他对妻子越来越满意。日子过得平静从容,房子也终于完全属于他、艾丽卡和玛雅一家三口了。他倒不是不喜欢安娜和她的孩子,但始终和他们亲密无间地住在同一屋檐下并非易事。还有他母亲的问题,也令他忧心不已。他时常夹在艾丽卡和母亲之间左右为难。……哎,但愿艾丽卡能更多地看到积极的一面。

"看呐,看呐!"玛雅激动地尖叫,指着在牧场里悠闲吃草的马匹。他们停下来看了一会儿马,帕特里克提醒自己,下次要带点苹果和胡萝卜来。玛雅看够了以后,他们才继续朝磨坊进发,到了磨坊再折回夫雅巴卡。

他的注意力一如既往地被小山顶上的教堂钟塔吸引过去,忽然他看见一辆熟悉的车。蓝色顶灯没有闪烁,警报器也没响,所以肯定不是急救;但他感觉到脉搏加快了。第一辆警车从小山脚下开来,第二辆紧随其后,他不禁蹙眉。两辆警车,说明情况一定很严重。第一辆车还在一百码开外时,他便挥手致意。警车减速了,帕特里克上前和驾驶座上的马丁说话,玛雅则急切地舞动着双手。在她的世界里,只要有事发生,总是很有趣。

"嗨,赫斯特罗姆,出来散步啊?"马丁边打招呼边朝玛雅挥手。

"哎,男人得保持身材嘛……什么情况?"第二辆警车在后头停住了,帕特里克又朝伯蒂尔和戈斯塔挥手。

"你好,我是波拉·莫拉雷斯。"帕特里克这才注意到马丁身旁穿警服的女人。他和她握了手,作了自我介绍,然后马丁回答了他的疑问。

"我们接到报警,有人发现尸体,就在这附近。"

"是不是谋杀?"帕特里克皱眉问道。

马丁耸耸肩:"现在还不清楚。两个孩子发现尸体后打电话给我们。"后头的警车鸣喇叭催促,手推车里的玛雅被吓了一跳。

"嘿,帕特里克,"马丁连忙说,"上车一起去吧?我有点受不了那位……你知道是谁。"马丁以目示意另一辆警车。

"这不太合适吧,"帕特里克说,"我还带着个小不点呢……而且你知道,严格说来我正在休假。"

"拜托,"马丁歪歪脑袋,"一起去看看吧。回头我送你回家。手推车可以放在行李箱里。"

"可是车上没有婴儿座位。"

"噢,也对。唔,那你步行过去怎么样?拐个弯就到了。右边第一条街上左边的第二幢房子。信箱上的名字是'弗兰科尔'。"

帕特里克犹豫着,但第二辆警车又摁了喇叭,促使他下定决心。

"好吧,我去,就看一眼。不过我进去的时候你得看好玛雅,而且绝不能让艾丽卡知道这事。如果她发现我带着玛雅去工作,会大发雷霆的。"

"保证不说。"马丁使了个眼色。他招手示意伯蒂尔和戈斯塔开车先走。"待会儿见。"

"好的。"帕特里克有种强烈的预感,他一定会后悔。但好奇心战胜了自我保护的本能。他掉转手推车,快步走向汉博桑德。

"所有松木的东西都处理掉!"安娜两手叉腰,表情前所未有地严厉。

"松木有什么不好?"丹挠着头问道。

"太丑了!你怎么会问这种问题?"安娜说,随即忍不住大笑,"别那么紧张,亲爱的……不过我是不会让步的,松木家具丑得不能再丑了。而且那张床最丑。还有,我不想睡在你和佩妮拉睡过的床上。同一座房子不要紧,同一张床我很难接受。"

"这我能理解。可是买那么多新家具要花很多钱。"丹忧心忡忡。他和安娜同居后,就决心自己养家,但事实证明很难维持收支平衡。

"我父母把房子留给艾丽卡和我,艾丽卡买下了我那部分,所以我手头有钱。这笔钱我从没让卢卡斯动过。所以我们可以用其中一部分出去买些新东西。你愿意的话,我们一起商量着花;或者,如果你不怕我大手大脚,就都交给我来办。"

"家具的问题,我不想拿主意,真的。"丹说,"你想要什么鬼东西就买吧,只要别太过火就行。好了好了,别废话了,快来抱抱我。"两人又粘作一团亲热起来,丹正伸手去解安娜的胸罩,就有人拉开前门走了进来。厨房正对着玄关,所以那幅景象被来人尽收眼底。

"天呐,恶心!真不敢相信,你们居然在厨房里亲热!"贝琳达一阵风似地逃向楼上自己的房间,气得满脸通红。她在楼梯顶部停住喊道:

"我要赶快回去和妈妈一起住——听见了没?最起码不用一天到晚看着你们两个把舌头往对方的喉咙里伸!真不要脸!下流!听见了没?"

砰!贝琳达的房门关上了,他们听见门锁转动的声音。片刻后,音乐骤然响起,格外响亮,震得台面上的盘子跳起来并随着节拍咔哒作响。

"哎哟。"丹抬头望向天花板,扮了个鬼脸。

"嗯,'哎哟'这个词用得好,"安娜从他的怀抱中挣脱,"她一时半会儿还很难适应。"她拾起叮当响的盘子,把它们放进水槽里。

"我明白,可她总得接受我生活中迎来新女人的现实。"丹听起来不太高兴。

"设身处地替她想想。先是你和佩妮拉离婚,然后又出了那么多事……"——她小心地考虑着用词——"好些女人都来过这里,然后我出现了,还带着两个小孩搬进来。贝琳达才十七岁,所以就更麻烦了。她被迫去适应家里新来的三个陌生人。"

"你说得对,我理解。"丹叹了口气,"可我真不知道怎么和十几岁的孩子沟通。我是指,是不是不去管她更好?那会不会让她觉得自己被忽略了?还是我应该坚持和她交流?那也有风险,说不定她会以为我在向她施加压力?没有处理这种局面的操作指南吗?"

安娜大笑:"看来他们在产房里就该给你发几本指南。不过,我觉得你可以试着和她谈谈,就算她当面把门甩上,你好歹也算努力过了。然后你该再试一次,又一次。她怕失去你,怕失去当孩子的权利。她怕我们搬进来后会霸占一切。这完全可以理解。"

"我何德何能配得上这么聪明的女人呢?"丹又把安娜拉回怀里。

"不知道。"安娜微笑着把脸埋进他的胸膛,"可我觉得自己没么聪明。只是和你过去那些猎物比起来显得机灵些罢了。"

"嘿,你最好小心点,"丹放声大笑,双臂把她搂得更紧,"你再说这话,我就死活都要留下那张松木床。"

"那你到底想不想让我住下来?"

"好好好,你赢了。那张床不要了。"

两人都笑了,然后亲吻。头顶上的摇滚乐依然猛烈,音量震耳欲聋。

马丁刚拐进房子前面的车道就看见了那两个男孩。他们站在路边,都用双臂紧抱着身体,抖个不停。两人脸色惨白,望见警车时显然都大大地松了口气。

"我是马丁·莫林。"他和第一个男孩握了手,男孩含糊地自称名叫亚当·安德松。另一个男孩挥了挥右手,尴尬地道歉:

"我呕吐了,然后用我的……擦掉了,嗯,我还是不握手为好。"

马丁同情地点点头。他也曾对尸体有过同样的反应,真的不必因此而羞愧。

"好,事情经过究竟怎样?"他转向看上去更沉着的亚当。亚当比他的朋友矮,脸上长了不少粉刺,一头乱蓬蓬的金发。

"嗯,是这样的,我们……"亚当瞥了一眼马蒂亚斯,后者只是耸耸肩,于是他接着说道,"嗯,因为老人们好像都出去了,所以我们想到房子里看看。"

"老人们?"马丁说,"这里住了两个人?"

马蒂亚斯答道:"是兄弟俩。我不知道他们姓什么,不过我妈妈可能知道。她从六月初开始替他们收邮件。夏天里,两兄弟的其中一个常常出门,另一个倒是待在家里。不过这次信箱里的邮件没人去收,所以我们以为……"他吞下后半句话,气呼呼地低头盯着双脚。一只鞋上还粘着一只死苍蝇。他极其厌恶地踢踢脚,想把它甩掉。"死在房子里的会不会就是他?"他抬头问道。

"目前我们掌握的情况比你还少,"马丁说,"请继续说,你们想进去,然后呢?"

"马蒂亚斯发现一扇窗户开着,就先爬进去了,"亚当答道,"说来好笑,我们逃出来时发现前门没锁,早知道就直接走进去了。总之,马蒂亚斯先爬上窗户,然后把我也拉上去。我们跳到里头的地板上,发现脚底下有嘎吱嘎吱的声音,可是屋里太暗,看不清是什么。"

"太暗?"马丁打断他,"为什么那么暗?"他的眼角余光瞄到戈斯塔、波拉和伯蒂尔都在他身后,听着男孩们的证词。

"百叶窗都紧闭着,"亚当耐心地解释,"我们卷起了爬进去那扇窗户的百叶窗,然后就发现地上全是死苍蝇,味道非常臭。"

"臭得要死。"马蒂亚斯附和道,像是刚刚忍住又一波作呕的冲动。

"后来呢?"马丁又把话题拉回正轨。

"我们又往里走了几步,书桌后面的椅子背对着我们,看不出里面是什么,但我有种预感……唔,我看过 CSI,味道那么臭,那么多死苍蝇……就算没爱因斯坦那么聪明,也能想到有东西死在里面。所以我走到椅子前面把它转过来,就出现了!"

马蒂亚斯显然还对那场景记忆犹新,他转身在草地上呕吐起来,过了一会儿才擦擦嘴,小声说:"对不起。"

"没事,"马丁说,"我们看见尸体的时候也有过这种反应。"

"我可没有。"梅尔贝里傲慢地插话。

"我也没有。"戈斯塔言简意赅。

"我从来没有。"波拉也不客气。

马丁回过头狠狠盯了他们一眼。

"太恶心了。"亚当说。他虽然惊魂未定,却似乎对眼下的局面颇有兴致。他身后的马蒂亚斯弯着腰,又是一阵干呕,不过好像胃里的东西都已经吐光了。

"谁送孩子们回家?"马丁转向同事们。起初无人回答,后来戈斯塔才说:

"我送。走吧,孩子们,我开车送你们回家。"

"我家离这里只有几百码。"马蒂亚斯软绵绵地答道。

"那我陪你走回去。"戈斯塔打个手势叫他们跟上。男孩们踏着十几岁少年典型的步伐跟在他后面——马蒂亚斯如获大赦,亚当则显然对错过接下来的进展很是失望。

马丁目送他们消失在路的拐弯处,然后像是一无所知地说:"好,我们去看看有什么发现。"

伯蒂尔·梅尔贝里清清嗓子:"尸体之类的东西,我一点也不怕,一点也不。这辈子看得可不少了。不过也得有人去检查……周围的环境。这个任务最好交给我,因为我是你们的上级,也是这里最有经验的警官。"他又清了清嗓子。

马丁和波拉会心地交换了眼色。但回答之前,马丁小心地换上一副严肃的神情。

"说得很对,伯蒂尔,最好由你这样经验丰富的人好好检查一下。波拉和我进去看看。"

"好……就这么定了。这样最好。"梅尔贝里往后晃了晃,慢悠悠地踏过草坪。

"我们进去吧?"马丁说。

波拉只是点点头。

"当心,"马丁开门前告诉她,"如果发现不是自然死亡,可不能破坏现场,只要迅速巡视一遍,等鉴证人员来了再说。"

"我在斯德哥尔摩地区犯罪调查部的重案组待了五年。我知道如何处理可能的犯罪现场。"波拉颇有礼貌地答道。

"噢,抱歉,我还不知道呢。"马丁好不尴尬,但随即就将注意力转移到手头的工作上。

他们走进门,屋里安静得不可思议。除了脚步声,周围是一片死寂。如果不是事先知道里头有具尸体,这种沉寂会显得那么诡谲吗?马丁觉得应该不至于。

"在里面。"他轻声说,旋即才想起根本没必要压低嗓门,于是用正常音量又重复了一遍"在里面",声音从静谧的墙壁上反弹回来。

波拉紧跟在后。马丁朝很可能是书房的那个房间逼近两步,推开了门。进入房子闻到的怪味更浓烈了。男孩们说得没错,满地都是死苍蝇。马丁和波拉走进书房,脚底的嘎吱声不绝于耳。鼻腔中充斥着腥甜味,但这仅仅是个开始。

"肯定死了很长时间。"波拉说,然后她和马丁都望见了房间对面坐着的东西。

"毫无疑问。"马丁嘴里泛起很不舒服的味道。他壮壮胆,小心地走向那具坐在椅子里的尸体。

"别动。"他伸手向波拉示警。波拉顺从地留在门口。她并没有受冒犯的感觉。上前检查的警察越少越好。

"看起来不像自然死亡,"马丁说,胆汁已经翻涌到喉咙口。他不断做着吞咽动作,驱除呕吐的冲动,集中精力办正事。尸体的状态很吓人,但死因一目了然。死者头部一侧的明显挫伤很说明问题。椅子里这人生前遭受了非常凶狠的攻击。

马丁小心地转身退出房间,波拉跟着他。吸了几大口新鲜空气后,作呕的感觉才消退了。这时帕特里克出现在路的拐弯处,沿车道向他们走来。

"是谋杀。"帕特里克一走近,马丁就说。"托布约恩和他的团队会来勘验现场。暂时没什么可做的了。"

"好。"帕特里克神情肃穆,"我能不能……"他欲言又止,看了看坐在手推车里的玛雅。

"进去看看吧,我来照顾玛雅,"马丁连忙说,上前抱起玛雅,"来吧,鲍勃,我们到那边看看花。"

"花。"玛雅指着花坛。

"你进去过了?"帕特里克问波拉。

波拉点点头:"很可怕。看来整个夏天他都坐在那儿。至少我个人认为。"

"你在斯德哥尔摩这些年应该也司空见惯了。"

"腐烂这么长时间的尸体见得不多,不过好歹也有几次。"

"唔,我进去稍微瞧瞧。其实我在休父亲假,不过……"

波拉笑道:"很难置之不理,是吧?我理解。但马丁安排得不错。"她微笑着望向花坛,那里马丁正蹲在玛雅身旁,一起观赏盛开的鲜花。

"他是块磐石。名副其实。"帕特里克说完就走进房子,过了几分钟才出来。

"我同意马丁的看法,基本可以确定是谋杀。死者一侧头部有明显瘀伤。"

"没有嫌疑人的迹象。"梅尔贝里气喘吁吁地从屋角转过来。"尸体的情况如何?你进去了吗,赫斯特罗姆?"他问道。帕特里克点点头。

"去了,毫无疑问是谋杀。准备叫法医来?"

"当然,"梅尔贝里傲慢地答道,"这个疯人院的头头是我。话说回来,你在这里干什么?非得休父亲假的也是你,一边休假一边又像盒子里的吓人玩具一样冒出来。"梅尔贝里扭头对波拉说,"我真搞不懂现在的年轻人——男人在家换尿布,女人穿着警服到处跑。"他猛一转身,跺着脚去警车里通知法医尽快赶来。

"欢迎来到塔努姆市警局。"帕特里克冷冷地说。波拉却像被逗乐了。

"别担心,伤不了我。他这种人很多。如果所有穿警服的恐龙都能惹怒我,我老早就在这一行混不下去了。"

"你这样想就好,"帕特里克说,"梅尔贝里的优点是,他的标准很一致——歧视所有人,歧视一切。"

"真让人释怀啊。"波拉大笑。

"什么事这么好笑?"马丁抱着玛雅回来了。

"梅尔贝里。"帕特里克和波拉异口同声。

"他又说什么了?"

"噢,还是老一套,"帕特里克伸手接过玛雅,"不过,看样子波拉应付得来,所以没关系。现在我和这位小姐要回家啦。和大家说再见,宝贝。"

玛雅招招手,朝马丁咧嘴笑个不停,马丁更是眉开眼笑。

"什么?要和我再见啦,小姑娘?我觉得我们特别有感觉呢,你和我。"马丁故意嘟着下唇,装出伤心难过的模样。

"玛雅只喜欢她爸爸,别的男人才不理呢。对吧,宝贝?"帕特里克用鼻子蹭蹭玛雅的脖子,玛雅痒得又笑又叫。然后他把玛雅放进手推车,向同事们挥手道别。他一面有些庆幸可以离开了,一面恨不能留下来。

她很茫然。今天是星期一?还是已经星期二了?布丽塔神经兮兮地在客厅里踱步。太……太让人沮丧了。每当她拼命想抓住脑子里什么东西的时候,那东西反而消逝得更快。

星期一,是星期一,当然。昨天她女儿们还带各自的家人来共进星期天晚餐。这是一次小小的胜利,最起码她知道今天是星期几了。

泪水在眼眶中打转,她坐到沙发一头。约瑟夫·弗兰克牌的地毯很漂亮,很熟悉,是她和赫尔曼一起买来的。也就是说,是她选中的,赫尔曼也赞同,赫尔曼,对了……他在哪儿?布丽塔开始不安地审视着沙发的花纹。她要去检查一下,确认他的东西都还在。布丽塔猛然从沙发上站起,冲上楼,恐惧如同浪潮震颤着她的耳膜。赫尔曼究竟说了什么?她往衣柜里一瞧,顿感心安。他的东西全都还在。外套,毛衣,衬衫,全部都在。但她还是不知道他在哪儿。

布丽塔倒在床上,像个小孩一样蜷缩身体,低声抽泣。她脑子里的东西还在不断流失。一秒又一秒,一分又一分。她的人生硬盘正在遭遇格式化,而她却无能为力。

"嗨!你们俩散步走了好远吧,去了这么久。"艾丽卡前来迎接帕特里克和玛雅,玛雅亲了妈妈一脸口水。

"嗯哼。你没在工作?"帕特里克不敢直视艾丽卡。

"有啊,哎……"艾丽卡叹道,"开头难写。大部分时间我都傻坐着,盯着屏幕,吃巧克力。再这样下去,书还没写完,我的体重就要超过两百磅了。"她帮帕特里克脱下玛雅的外衣,"我忍不住翻了翻妈妈的日记。"

"有什么趣事吗?"帕特里克暗自庆幸艾丽卡没问他们为什么花了那么长时间散步。

"没发现。都是日常琐事。不过我只读了几页,得慢慢来。"

艾丽卡走向厨房,似乎是为了转换话题,又问道:"要不要喝点茶?"

"好极了。"帕特里克挂起自己和玛雅的外套,跟着艾丽卡进了厨房,注视着她忙着烧水、取出茶包和茶杯。玛雅在客厅里玩玩具。几分钟后,艾丽卡将两杯热腾腾的茶端到餐桌上,两人面对面坐下。

"好了,有话就说吧。"她审视着帕特里克。她太了解他了。他那绺头发下双眼中的神情,还有神经兮兮敲着桌面的手指。一定有什么他不想或不敢告诉她的事。

"什么意思?"帕特里克装出无辜的模样。

"得了吧,别拿你那双蓝蓝的眼睛冲我眨了又眨。有什么事瞒着我?"艾丽卡啜了一口热茶,兴致盎然地等着他停止扭动身子、切入正题。

"嗯……"

"怎样?"艾丽卡循循善诱,深知自己天性中喜欢虐待的那一小部分正在享受他显而易见的不自在。

"嗯,玛雅和我散步的时候,出了点事。"

"真的？最起码你和玛雅好端端地回来了。那会是什么事呢？"

"呃……"帕特里克啜着茶，从而争取点时间来考虑怎样解释才最妥当。"我们准备去勒斯滕的磨坊，路上恰好遇见我的同事出警。"他小心地瞄了瞄艾丽卡，她眉梢一挑，等着他说下去。

"有人打电话报警说在去汉博桑德路边的一幢房子里发现了尸体，所以他们去那里调查。"

"明白了。可你在休父亲假，所以那实际上和你没关系。"艾丽卡话音刚落，忽然一惊，送往嘴边的茶杯停住了，"你该不会……"她难以置信地瞪着他。

"没错。"帕特里克的话音有点哆嗦，他的眼睛注视着桌面。

"你该不会想告诉我，你带玛雅去了发现尸体的地方？"艾丽卡的目光牢牢将他网住。

"嗯，是的，不过我进屋查看期间，马丁在外面照看玛雅，他们去看花坛了。"他壮着胆子露出一个安抚性的微笑，但换来的只是冰冷的怒视。

"进屋查看？"艾丽卡的声音冰冷无情，"你在休父亲假。关键词是'休假'，更不要说'父亲'！说一句'这会儿我不当班'能有多难？"

"我只是进去看看。"帕特里克讪讪答道。但他清楚艾丽卡是对的。他在休假，父亲假。案子有警局的同事们在办。而且他不该把玛雅带到犯罪现场附近。

此刻，他想起还有一个艾丽卡不知道的细节。他顿时感到有条面部神经连连抽搐，他艰难地咽了咽唾沫，又补上一句：

"对了，还是件谋杀案。"

"谋杀！"艾丽卡嗓门骤然抬高，几乎成了假声，"你把玛雅带去发现尸体的房子周围，这还不够——死者竟然还是被谋杀的。"她连连摇头，剩下要说的话似乎都卡在她喉咙里了。

"我再也不干这种事了。"帕特里克伸出双手，"我的同事会自己解决这起案子。我的假期持续到一月份，他们都知道。我的心思会百分之百放在玛雅身上。我发誓！"

"你最好说到做到。"艾丽卡哼了一声。震怒之下,她简直想扑过桌面狠狠摇晃他几下。但好奇心又让她多少冷静了几分。

"案发地点是哪里?你同事发现死者是谁了吗?"

"我不清楚。是一幢白色的大房子,离路口几百码,在路左边,过了磨坊右边第一个路口。"

艾丽卡给了他怪异的一瞥,然后说,"白色的大房子,灰色的门窗?"

帕特里克想了一会儿,点头肯定:"嗯,应该没错。信箱上写着'弗兰科尔'。"

"我知道那里住的是谁。阿克塞尔·弗兰科尔和埃里克·弗兰科尔。记得么,我为了那枚纳粹勋章的事去找过埃里克·弗兰科尔。"

帕特里克惊愕地望着她。他居然忘了,弗兰科尔这个姓氏在瑞典可不常见。

客厅里传来玛雅兴高采烈的牙牙学语声。

傍晚他们才回到警局。鉴证科主任托布约恩·鲁德带领一干人马赶来后进行了彻底勘验才离开。尸体也被送往法医实验室,接受各种想象得到乃至想象不到的进一步检查。

"哎,这个星期一真倒霉。"戈斯塔把警车开进警局车库停稳时,梅尔贝里叹道。

"是啊。"戈斯塔这人废话不多。

他们走进警局,梅尔贝里骤然发现有团毛茸茸的东西飞速扑来,直接蹿到他身上,一条湿漉漉的舌头往他脸上舔了又舔。

"嘿!嘿!放开我!"梅尔贝里厌恶地把狗推开。

戈斯塔刚进自己的办公室就笑出声来,旋即他被吓了一跳,只听一个熟悉的声音大喊:"恩斯特!恩斯特!到这儿来!"

戈斯塔惊讶地东张西望。他同事恩斯特·兰德格伦离职已有好一段时间了,他可没听说恩斯特要回来上班的消息。

但梅尔贝里又吼道:"恩斯特!到这儿来!马上!"

戈斯塔走到走廊里一探究竟,只见梅尔贝里涨红了脸,指着地板上的什么东西。戈斯塔疑窦丛生,恰在此时,那条狗出现了,羞惭地低着脑袋。

"恩斯特,这是什么?"

那条狗装出一副听不懂梅尔贝里在说什么的模样,但梅尔贝里办公室地板上的那堆狗屎相当醒目。

"安妮卡!"梅尔贝里怒吼。下一秒钟,警局的秘书就大步朝他们走来。

"哎哟哟,看来有点小麻烦咯。"她同情地看着那条狗,那条狗也感激地朝她身旁挪了挪。

"小麻烦?恩斯特在我的地板上拉屎。"

戈斯塔再也憋不住了。他放声狂笑,越想忍回去就笑得越厉害。安妮卡也被传染了,两人笑得前俯后仰,眼泪顺着他们的面颊滚了下来。

"怎么回事?"马丁赶来询问,波拉紧随其后。

"恩斯特……"戈斯塔大口喘气,"恩斯特……在地板上拉屎。"

马丁起初不明白他的意思,但当他的目光从地上那一小堆狗屎转移到紧贴着安妮卡腿边的那条狗时,他终于明白了。

"难道你管这条狗叫恩斯特?"马丁顿时也大笑不止。

"好吧,我看是有点好笑,"梅尔贝里勉强咧了咧嘴,"把这清理干净,安妮卡,然后都去干活。"他嘀嘀咕咕地回到办公桌前坐下。那条狗先是看看安妮卡,再看看梅尔贝里,据它判断,最糟糕的时刻已经结束了,于是就摇着尾巴凑到它的新主人跟前。

其他人都吃惊地望着这对奇特的组合,心中暗想:这条狗究竟在伯蒂尔·梅尔贝里身上发现了什么显然被他们忽略的特质呢?

一整夜,艾丽卡都忍不住想起埃里克·弗兰科尔。她和埃里克不熟,但他和他哥哥阿克塞尔一直都是夫雅巴卡的一份子。人们都称他们为"医生家的儿子",尽管他们的父亲在夫雅巴卡行医五十年,而且四十年前就去世了。

艾丽卡又回忆起她去兄弟俩家中拜访的情形。她只去过一次。他们住在他们父母的房子里,两人都没结婚,都对德国和纳粹有着狂热的兴趣,但方式不同。埃里克当过历史老师,尤其喜欢研究纳粹占领时期的历史,业余收集了不少相关的纪念品。哥哥阿克塞尔则与西蒙·维森塔尔中心①有联系,如果艾丽卡没记错的话,她还隐约记得阿克塞尔在战争期间陷入了一些麻烦。

当时,她打电话告诉埃里克自己的发现,向他描述了勋章的模样,问他能否帮忙调查一下勋章的来源,说不定还能查出为什么那枚勋章会出现在她母亲的遗物里。埃里克的第一反应是沉默。艾丽卡以为他挂了电话,连说了好几次"喂"。最后,埃里克用很奇怪的声音告诉她把勋章带过去看看。他那长时间的沉默和怪异的声调令艾丽卡十分困惑,不过她对帕特里克只字未提。她劝自己不要胡思乱想。而当她造访弗兰科尔兄弟家时,也没发现任何离奇之处。埃里克友善地接待了她,将她迎进书房,然后提出要看勋章。他一脸戒备地接过勋章,仔细研究起来。后来他问能不能暂时把它留下来做些研究,艾丽卡答应了,很欣慰有人可以更深入地调查。

埃里克还向她展示了自己的收藏。艾丽卡既害怕又好奇地浏览了那些与一段黑暗、罪恶的历史时期紧密关联的收藏品。她忍不住追问埃里克,为什么他这样一个彻底反纳粹的人,会收集并保存这么多随时提醒他那段恐怖时光的东西?埃里克踌躇半晌才回答。

"我不相信人们的记忆,"最后他说,"如果没有看得见摸得着的东西,我们很容易就会忘记那些不想留在记忆里的事情。我的收藏可以提醒人们不忘前事。另一方面,我也不想让这些东西落到会用另一种眼光看待它们的人手里。请怀着敬意来欣赏它们。"

艾丽卡点点头。她似乎有些明白了,但又有点糊涂。握手之后,她便告辞了。

---

① 为纪念二战期间被纳粹杀害的犹太人而建立的国际犹太人权组织,以奥地利犹太人西蒙·维森塔尔命名。

现在埃里克死了。谋杀。也许就在她造访之后不久。根据帕特里克勉强透露给她的情况，埃里克就坐在房子里，死了，整整一个夏天。

她又琢磨起告诉埃里克勋章的事时，他那怪异的声调。她转向坐在身旁沙发上不停换台的帕特里克。

"勋章还在那儿吗？"

帕特里克惊讶地看着她："我甚至没想到这事。不太清楚。不过，看不出他遇害的原因是抢劫。再说，谁会对一枚旧纳粹勋章感兴趣呢？也不是什么稀罕货呀。我觉得那种东西有好多……"

"对，我明白，可是……"艾丽卡依然觉得不对劲，"明天你能不能打个电话给你的同事，请他们检查一下勋章还在不在？"

"说不准，"帕特里克答道，"他们可能还有很多工作要忙，不一定有时间去找一枚旧勋章。回头我们可以找埃里克的哥哥谈谈，请他帮我们找找。多半还放在房子里的什么地方。"

"噢，对，阿克塞尔。他在哪儿？为什么整个夏天他都没发现他弟弟的尸体？"

帕特里克耸耸肩："我在休父亲假，你忘了？你得亲自找梅尔贝里去问。"

"哈哈，有意思，"艾丽卡笑道。可是不安依然萦绕在她心头："你不觉得阿克塞尔没发现尸体这事很怪吗？"

"的确，可你不是说过，你去他们家的时候他也不在？"

"嗯，没错。埃里克说他哥哥出国了。可当时是六月底。"

"你为什么这么担心？"帕特里克的视线回到电视屏幕上。《终于到家了》[①]即将播出。

"我也搞不懂。"艾丽卡茫然地望着电视屏幕。她自己也说不清为什么整个人都陷入焦虑之中。但电话那头埃里克的沉默，以及请她把勋章带去时声音中那微妙的变化，都令她记忆犹新。有什么事情触动了他。

---

① 瑞典一档关于家庭装潢的电视节目，主持人马丁·提梅尔同时也是一位雕刻家。

和那枚勋章有关。

她竭力将注意力转向马丁·提梅尔的木雕作品。

"真解气，爷爷，真该让你看看。那混小子想插队，'砰！'我一脚踹过去，他像根木头一样倒了。然后我把他踢得落花流水，躺在地上哀嚎了起码十五分钟。"

"这又何必呢，佩尔？说不定你会被指控故意伤害，送去少管所，到时候没人会同情你。你老是得罪别人，这对我们没好处，只会让他们更和我们作对。"弗朗斯瞪着他的孙子。有时他真想不出怎样才能遏制一下这小子体内过于活跃的青春期荷尔蒙。这小子什么都不懂。虽然他态度粗暴，穿着军队的迷彩裤，沉甸甸的靴子，还剃了头，但他终归不过是个不知天高地厚的十五岁毛头小子。

男孩羞惭地低下头，坐在他身旁的台阶上。弗朗斯明白他的严厉斥责说到男孩心里去了。他孙子总想在他面前显摆，但如果他没向佩尔说清楚这个世界的规矩，那等于是在伤害孩子。这个世界冰冷、严酷、无情，只有最强者才能从斗争中生存下来。

与此同时，他疼爱这个孩子，只想保护他远离邪恶。弗朗斯搂住他孙子的肩膀，惊讶地感到这副肩膀竟如此消瘦。佩尔继承了他的体格，又高又瘦，双肩单薄，就算去锻炼也没用。

"你得停下来想想，"弗朗斯的声音现在温和多了，"三思而后行。用言语代替拳头。暴力不该是你的第一选择，而是最后的工具。"他搂紧男孩的肩头。像小时候那样，佩尔在爷爷身上倚靠了一会儿，然后才想起他正在努力做个男子汉。他不再是孩子了。可无论当年还是现在，世上最重要的事，就是让爷爷为自己骄傲。于是佩尔坐直了身子。

"爷爷，我懂。他插到我前面的时候，我气昏头了。因为他们老这样。他们到处捣乱，以为这世界归他们管，以为瑞典是他们的。这让我很……反正就是恼火。"

"我理解。"弗朗斯把手从他孙子肩头挪开，拍了拍男孩的膝盖，"不过请停下来想一想。如果你进了监狱，就帮不上我的忙了。"

克里斯蒂安桑①,一九四三年

去挪威的一路上,他都在和晕船搏斗。但其他人似乎完全没有症状,他们从小就出海,早就习惯了航行。

"准备靠岸!"船长埃尔洛夫喊道,"十分钟后进港。"埃尔洛夫瞟了走到舵轮旁边的阿克塞尔一眼。"还坚持得住吧?"他环顾四周,低声问道。克里斯蒂安桑码头里,德国的船只一线排开,当前的局势一目了然。迄今瑞典仍置身事外,但谁也不知道他们的运气还能持续多久。

"管好你自己的事,我会管好自己的。"阿克塞尔应道。他本不准备说得这么刺耳,但他摆脱不了负罪感,因为船员们也分担了本该由他独自承受的风险。可他又提醒自己,他没强迫过任何人。又一次阿克塞尔问埃尔洛夫能否让他随船出海,顺便带一点……货物,埃尔洛夫二话没说就答应了。阿克塞尔无需解释他偷运的是什么,埃尔洛夫和"埃尔弗里达"号上的其他船员也从不过问。

他们让船靠岸,拿出需要出示的文件。德国人办事从来都一板一眼,必须严格检查书面材料后才允许瑞典船只卸货。阿克塞尔拼命祈祷夜幕快些降临,天黑以后他才能带东西上岸。很多时候他带的都是食品。食品和讯息。这次也不例外。

在紧张的沉默中吃完晚饭后,阿克塞尔坐下来不安地等待约好的时间到来。有人谨慎地敲了敲舷窗,吓得他和其他人几乎跳了起来。阿克塞尔迅速倾身,掀起一块地板,搬出下面的木箱。一只手默然而小心地伸进来接过箱子,再传给甲板上的人。这一切进行的同时,德国人就在不远处的营房里高声谈话。

随着一句轻声的挪威语"谢谢",最后一箱货物也下了船,融入黑魆魆的夜色中。交货又一次圆满完成。带着令人陶醉的轻松感,阿克塞尔回

---

① 挪威南部港口城市。

到前甲板上,他的目光与三双眼睛相交汇,但谁也没开口。埃尔洛夫只是点点头,走开去装烟斗。阿克塞尔心头涌上对这些人无比的感激之情。他们像藐视风浪一样沉着地藐视着德国人。他们早已接受了自己无力主宰生活和命运的种种曲折这一现实,所以只要尽力而为,尽量争取最好的人生,其余就交给老天去决定。

阿克塞尔筋疲力尽地躺倒在铺位上。他立刻坠入梦乡,任由船身微微摇晃,任由浪花拍打舷舱。港口的军营里,德国人的欢声笑语此起彼落,不久他们又开始歌唱,而那时阿克塞尔已经睡熟了。

3

"好,现在我们掌握的情况有哪些?"梅尔贝里扫视着休息室。咖啡刚泡好,桌上摆着小圆面包,大家都在场。

波拉清清嗓子:"我联系了死者的哥哥阿克塞尔。他在巴黎工作,夏天一般都在那里。不过他现在正在回国途中,得知弟弟的死讯时,他非常难过。"

"知不知道他是什么时候离开瑞典的?"马丁问道。波拉翻了翻她面前的笔记簿。

"据他说是六月三日。我会再确认一下。"

马丁点点头。

"托布约恩他们提交初步验尸报告了吗?"梅尔贝里小心地挪挪脚。恩斯特整个身体都趴在他脚上,仿佛浑身是刺,让他很难受。但不知为什么,梅尔贝里就是没法把狗踢开。

"还没有。"戈斯塔伸手拿了个面包。"今天早上我问过他,可能明天会有进展。"

"很好,但愿结果来得又快又好。"梅尔贝里又试着想把脚移开,可恩斯特也跟着他的脚移了过去。

"有没有嫌疑人?比如死者可能的仇人?是不是受过恐吓?其他任何线索?"梅尔贝里期待着答案,但马丁摇摇头。

"至少警方这里没有相关记录。不过,他是个有争议的人。纳粹的问题,总能激起人们的强烈反应。"

"我们要去他家再搜查一下,看看抽屉里有没有恐吓信之类的。"

大家都惊讶地扭头瞪着戈斯塔。每次他抢占先机的时候,都像喷发的火山——罕见,却不容忽视。

"带马丁一起去,开完会就去。"梅尔贝里高兴地笑了。戈斯塔点点头,立即恢复到平时昏昏欲睡的姿态。只有上高尔夫球场的时候,戈斯塔·弗莱格尔才会活力四射,他的同事们早已了解并习惯了这一点。

"波拉,查一查死者的哥哥——是叫阿克塞尔吧?——什么时候抵达,我们和他约个时间谈谈。现在还不清楚埃里克的死亡时间,所以不排除是阿克塞尔敲碎了他的脑袋,然后潜逃出国。他一踏上瑞典的土地,就要对他进行严密监控。具体抵达时间是?"

波拉又翻翻她的笔记簿:"明天早上九点十五分抵达兰德维特机场。"

"很好。要确保他下飞机后第一件事就是到我们这里来。"梅尔贝里的脚一阵阵地痛,快要麻了,不得不动了几下。恩斯特跳起来,生气地看看他,夹着尾巴离开休息室,回梅尔贝里办公室它的篮子里去了。

"看来它是真心爱着你呀。"安妮卡目送恩斯特离去,笑着说。

"嗯,这个……"梅尔贝里清清喉咙,"我正想问你,没人来认领那杂种吗?"他低头瞄着桌面,安妮卡立刻换上她最无辜的表情。

"哎,哪有那么容易啊。我打了好多电话,可是好像没人愿意养这么大的狗,所以如果你能多照顾他几天……"安妮卡蓝色的大眼睛直盯着梅尔贝里。

梅尔贝里嘟囔着:"哦,好吧,我就多忍受这狗崽子几天。不过这已经是极限了,到时候如果你还找不到地方安置它,我就把它赶回街上去。"

"谢谢啦,伯蒂尔,你真好。包在我身上。"趁梅尔贝里没注意,安妮卡冲着房间里其他人使了个眼色,大家都拼命忍着笑。他们开始猜到安妮卡的计划了。毋庸置疑,安妮卡非常聪明。

"行了,行了,"梅尔贝里站起身,"都回去干活。"他慢吞吞地走出休息室。

"好，长官下命令了。"马丁也站起来，"出发吧，戈斯塔？"

看样子戈斯塔已经有点后悔提了个让自己多干活的建议了，但他还是郁闷地点点头，跟着马丁出门。熬过工作日就好。周末早晨七点他就要去高尔夫球场，星期六和星期日都是。在那之前，所谓的工作无非是敷衍了事。

埃里克·弗兰科尔和那枚勋章搅得艾丽卡不得安宁。她强迫自己忘掉这件事，一度颇有效果，争取到了几个小时的空隙，终于给她的书稿开了个头。但当她的神经稍一放松时，种种念头就卷土重来。埃里克和她的那次交往中，他给她的印象是个温和、谦恭的人，一谈到纳粹这个他最感兴趣的话题就来了精神。

她保存了文档，迟疑片刻，打开 IE 浏览器，在 Google 上输入"埃里克·弗兰科尔"的名字，按下回车键。搜索出来的结果有些显然没用，是其他同名者的信息。不过大多数结果指向的都是艾丽卡认识的这位埃里克·弗兰科尔。她花了将近一小时点击浏览潮水般涌来的信息。埃里克一九三〇年出生于夫雅巴卡，有个年长四岁的哥哥阿克塞尔，除此之外没有其他兄弟姐妹。他父亲一九三五年至一九五四年间在夫雅巴卡执业行医，埃里克兄弟俩住的房子就是他们父母留下来的。艾丽卡继续搜索。埃里克的名字出现在不少关于纳粹的博客文章里，但她没有查到任何信息能证明，埃里克对这个话题感兴趣是因为他在某种程度上是纳粹的支持者；而是恰恰相反。虽然她看出其中一些文章流露出对纳粹某些方面不情愿的钦佩之意，或者至少是认为纳粹研究这一课题极有吸引力——那正是埃里克的动力之源。

她关掉浏览器窗口，双手叠在脑后。其实她没时间来研究这些，但却控制不住好奇心。

身后响起轻轻的敲门声，艾丽卡一惊。

"抱歉，是不是打扰你了？"帕特里克推开门，探进脑袋。

"不，没关系。"艾丽卡把办公椅转过来面对他。

"只想和你说一声,玛雅睡着了。我要出去办点事。这个东西先交给你吧?"他递过婴儿监视器,玛雅一醒来他们就能听见。

"呃……我真地得工作啊,"艾丽卡叹道,"你出去干什么?"

"去汇款买几本我一直想订的书,然后去药店买点羟间唑啉;既然出门,就顺便去买注彩票。然后再买点吃的。"

艾丽卡突然异常疲惫。她回想起在过去的一年中,她出门办事的时候总是用手推车带玛雅一起去,或者干脆抱着去,每次回来都累得浑身是汗。但她很快驱散了这些念头;她不想让自己显得小心眼,不通情理。

"既然你要出门,我当然得照看她啦,"她微笑着,勉强挤出几分热情,"她睡觉的时候我可以继续工作。"

"太好了。"帕特里克亲了亲她的脸颊,关上门。

"太好了,好吧。"艾丽卡自言自语,又打开书稿的 Word 文档,努力将关于埃里克·弗兰科尔的所有思绪从脑中轰出去。

她的手指刚放上键盘,婴儿监视器就响了。她盯着监视器,希望它保持安静,但一番努力换来的却是几声"哇哇哇",紧接着又是尖锐的"妈妈妈妈……爸爸爸爸……"

艾丽卡屈服了,推开椅子站起来。真会挑时间。她下楼推开玛雅的房门,只见女儿站着哭得很凶。

"玛雅,宝贝,你应该去睡觉呀。"

玛雅摇摇小脑袋。

"没错,现在是睡觉时间。"艾丽卡尽量用不容分说的口吻说。她把女儿抱到小床上,可玛雅像是四肢绑了橡皮筋似的又跳了起来。

"妈妈妈妈!"她的哭闹声简直能震碎玻璃。艾丽卡胸中怒气渐增。

她又将玛雅放到小床上,可一岁大的小不点又飞速跳起来,闹得更厉害。

"你现在得睡觉。"艾丽卡退出房间,把门关上,气还没消。她拿起电话拨了帕特里克的手机号,按键按得格外用力。她被第一声铃音吓了一跳,然后才发觉是从楼下传来的。帕特里克的手机放在厨房台面上。

"见鬼!"艾丽卡砰地一声摔掉无线话机,但还是逼着自己深吸了几口气。愤怒的泪水盈满眼眶,可她还是试着和自己讲道理。

最重要的是,不能迁怒于玛雅。再怎么说也不是她的错。艾丽卡又做了个深呼吸,走回女儿的房间。楼下厨房里,帕特里克的手机又尖啸起来。

"感觉有点吓人。"马丁一直站在玄关处,倾听所有老房子都会有的那种声音。每阵风吹过时,都有极其轻微的嘎吱声与之呼应。

戈斯塔点点头。

"你说托布约恩的禁入令解除了,对吗?"马丁扭头看着戈斯塔。

"对,勘验工作都结束了。"戈斯塔冲着书房点头示意,指纹粉的痕迹还清晰可见。原本颇为雅致的房间,被黑色的煤灰状颗粒煞了风景。

"那好吧。"马丁在门垫上擦擦鞋底,朝书房走去。"先从这里开始吧?"

"也好。"戈斯塔叹着气,勉强跟上他同事。

"我检查书桌,你去看看文件夹和那些资料。"

"明白。"戈斯塔又叹了口气,不过马丁不以为意。但凡面对实际工作任务的时候,戈斯塔总是唉声叹气。

马丁小心地来到这张书桌前。桌面陈设整洁,只摆了一支笔和一盒回形针,位置完全对称。一张写满的便签上溅了一点血迹,马丁俯身查看上面的字迹,写的是"Ignoto Militi",这对他而言没有任何含义。他小心地依次拉开书桌抽屉,有条不紊地进行检查,但没有特别发现。

"找到什么了吗?我这边看来看去都没什么发现。"马丁关上他检查过的最后一个抽屉。

"目前还没有。大部分都是账单、发票之类的。你看看,从古到今每张电费账单他们都保存起来,还按日期排列。"戈斯塔一晃脑袋,"看看这叠文件。"他从书桌后的书架上抽出一个又大又厚的黑色书脊的文件夹,递给马丁。

马丁坐进一张扶手椅开始翻阅。戈斯塔说得对,一切都整理得井然有序。他仔细研究文件夹里的每张纸,但一无所获。翻到字母"S"这部分时,他几乎要绝望了。一眼看去,"S"指的是瑞典的朋友。他有些好奇地翻看了几张纸,都是信件。每封信的右上角都有一个王冠,衬着飘扬的瑞典国旗。写信的是同一个人:弗朗斯·林霍尔姆。

"看这个。"马丁开始大声朗读第一封信,从日期来看,这是距现在最近的来信之一。

"出于这么多年的交情,我不得不提醒你:你的所作所为始终与'瑞典之友'的目标和愿望背道而驰,这将不可避免地引发某些后果。看在老朋友的分上,我已尽全力保护你,但组织内部有不少力量不会善罢甘休,总有一天我也无法继续护着你和他们作对的。"

马丁眉头一扬,"类似的话还出现了好几次。"他迅速翻查其他来信,发现还有另外四处。

"看样子埃里克·弗兰科尔的举动触怒了某个新纳粹团体。但很奇怪,这个团体中的某人又拼命保护他。"

"但这位庇护人最后还是失败了。"

"嗯,看来没错。查查剩下这些文件,看看能不能找出其他线索。毫无疑问,我们得和这位弗朗斯·林霍尔姆谈谈。"

"林霍尔姆……"戈斯塔怔怔地直视前方,"我认得这个名字。"他眉头紧锁,在脑中寻觅了半晌,但却徒然。两人默默地翻看剩下在活页夹时,他仍深陷沉思之中。

大约过了一小时,马丁合上最后一个文件夹说:"哎,没找到。你呢?"

戈斯塔摇摇头:"也没有。其他地方都没提到'瑞典之友'这个组织。"

他们离开书房,继续搜查房子的其他地方。几乎到处都能一眼看出埃里克·弗兰科尔对德国和二战的浓厚兴趣,但却没有特别值得注意的线索。

"不知道他们是自己打扫还是找人来做卫生?"他们来到楼上三间卧室中的一间,马丁用手指蹭了蹭衣柜抽屉的表面。

"很难想象两个八十多岁的老人自己打扫卫生的场面,"戈斯塔拉开衣柜门,"你说呢?这是埃里克还是阿克塞尔的房间?"他打量着挂在衣柜里的一排棕色外套和白衬衫。

"埃里克。"马丁边说边拿起床头柜上的一本书,指着扉页上用铅笔写的名字"埃里克·弗兰科尔"。这是一本阿尔伯特·施佩尔的传记。"希特勒的建筑师。"马丁大声读出封底上的宣传语,然后把书放回原处。

他们又花了一小时搜查房子,没有更多收获。但马丁开车回警局时还是对这次行动颇为满意。弗朗斯·林霍尔姆这个名字值得查一查。

超市人不多,帕特里克悠闲地在货架间漫步。暂时走出家门、拥有片刻独处的时间,令他倍感轻松。

他伸手去衣袋里拿手机,随即想起他把手机忘在厨房台面上了。该死!算了,应该问题不大。他来到婴儿食品区,开始阅读商品标签。"奶油肉汁炖牛肉","莳萝汁渍鱼"。嗯……"肉酱意粉"听起来更好吃。他拿了五罐。可能他真的应该开始在家为玛雅做饭了。

"我猜猜。你犯了新手的典型错误,以为这些东西可以自己煮。"

这声音很耳熟,但有点令人不自在。帕特里克转过身。

"卡琳?嗨!你怎么在这儿?"帕特里克没想到居然会在夫雅巴卡的超市邂逅前妻。当初帕特里克发现她和别的男人上床,后来她就搬出他们在塔努姆市的联排屋,和那个男人住到一起;自那以后他们还没见过面。当时那一幕在帕特里克脑中一闪,旋即便消失了。都过了这么久,俗话说得好,覆水难收。

"列夫和我在夫雅巴卡买了房子,在巴斯基特那里。"

"这样啊?"帕特里克尽量不露出惊讶的表情。

"嗯,路德出生后,我们想和列夫的父母住得近一点。"她指了指她的购物车,帕特里克这才发现里头坐了个小男孩,咧着嘴笑得很开心。

"哎呀,"帕特里克说,"我们像是约好了,我家也有个小姑娘,差不多大,名叫玛雅。"

"我都听说了,"卡琳笑道,"你娶了艾丽卡·菲尔克,对吧?请转告她,我喜欢她的小说!"

"一定,一定,"帕特里克挥手逗逗路德,这孩子好像格外讨人喜欢。

"那你现在怎么样?"他问卡琳,"上回我听说你在一家会计师事务所工作。"

"噢,那是老早以前的事。三年前我就辞职了。目前在一家提供金融服务的咨询公司,最近休产假。"

"真的?其实今天是我父亲假的第三天。"帕特里克颇为自豪地说。

"真棒!不过你的……"卡琳看看他身后,帕特里克不好意思地笑了。

"这会儿艾丽卡在家看着她。我出来买东西。"

"啊哈。嗯,我很了解这种情况,"卡琳使了个眼色,"男人嘛,都不太擅长同时干几种活。"

"我觉得也是。"帕特里克很尴尬。

"不如哪天带孩子们出来聚聚?他们有个伴一起玩玩,好歹也能给我们一个和另外的大人聊天的机会,多不容易啊!"她眼珠一转,探询地望着帕特里克。

"很好啊,没问题。什么时间和地点呢?"

"我一般每天早上十点都会带路德去散步,你也一起来吧。十点十五分在药店外头见,怎么样?"

"不错。对了,现在几点?我的手机忘在家里了,平时都拿它当手表。"

卡琳看了一眼手表:"两点十五分!"

"糟糕!两小时前我就该回家了!"帕特里克推着购物车冲向收银台,"明天见!"

"十点十五分,药店门口。别像以前那样总要迟到十五分钟!"卡琳在他身后喊道。

"不会的!"帕特里克开始把要买的东西往收银台的传送带上放。但愿玛雅还没醒。

飞机渐渐朝哥德堡降落,窗外弥漫着浓浓的晨雾,起落架呼啸着伸展开来。阿克塞尔往后靠在椅背上,闭上双眼。那是个错误。一幕幕景象重现眼前,多年来不曾改变。

电话里的女人通知他埃里克的消息时,声音既带有同情,又略显冷淡。从她的态度不难判断,这不是她第一次向别人通报死讯了。

一想到通报死讯的种种方式,他就阵阵眩晕。和警察的谈话,门口台阶上的牧师,盖着军队邮戳的信封。成千上万死去的人。每次都得有人通报死讯。

阿克塞尔拉了拉耳垂。这是他多年来下意识的习惯。他的左耳听力不佳,摸摸耳垂似乎能稍微挡一挡那绵延不断的尖锐噪音。

他举目望向窗外,却只能看见自己的影子。八十多岁的老人,沟壑纵横的灰暗脸庞,深陷的眼窝盛满悲伤。他摸着脸,一时间竟以为自己在看着埃里克。

一声闷响,飞机的轮子着陆了。他到了。

想到办公室里的那起小事故,梅尔贝里便抓起他在恩斯特项圈上钩上的狗链。

笨狗。他使劲拽着狗,拽得双臂发痛。不过恩斯特猛然止步、在一丛灌木旁抬腿撒了泡尿后,才安静下来,他们得以更悠闲地继续散步。

这时恩斯特停住了,竖起耳朵,强健的肢体肌肉紧绷。随即,它箭一般地冲了出去。

"恩斯特?搞什么鬼?"梅尔贝里也被链子猛然拽向前去,差点摔个嘴啃泥。他及时稳住脚,追着撒腿猛跑的恩斯特。

"恩斯特!恩斯特!停下!马上停下!立定!"很少做这种剧烈运动的梅尔贝里气喘吁吁地,几乎喊不出声来。狗却完全无视他的命令。他们飞快地冲过小径的拐弯处,梅尔贝里这才发现原因所在。恩斯特扑向一条品种相似、毛色较浅的大狗,两条狗打闹在一处,乐此不疲,它们的主人只能竭力拽着狗链。

"淑女!立正!站住!坐下!"一个黑头发的小个子女人厉声呵斥她的狗。

"对……对……对不起。"他结结巴巴地说,还得拼命拖住恩斯特,免得它又朝另一条狗扑去。从名字上判断,那是条母狗。

"你根本管不住你的狗。"那女人声音很尖,直盯着梅尔贝里的漆黑双眸闪闪发亮。她说话带点口音,这也很正常,看她的长相,应该来自南欧国家。

"啊,其实这不是我的狗,我只是暂时照管它……"梅尔贝里发觉自己像个少年一样口吃,于是清清喉咙,尽量拿出几分威严,"我不太习惯养狗。反正它的主人也不是我。"

"他好像不太同意呢。"对方指了指退后几步紧贴着梅尔贝里的裤管,并一脸崇敬地仰望着他的恩斯特。

"呃,这个嘛……"梅尔贝里有点尴尬。

"不如一起遛狗吧?我叫丽塔。"对方伸出手。梅尔贝里稍一迟疑,和她握了手。

"我养狗养了一辈子,传授你几招不在话下。有人陪我走走也挺好。"没等梅尔贝里回话,丽塔就径直沿小径走去。还没回过神来的梅尔贝里不由自主地跟上去,两腿好像不听使唤了。恩斯特也没意见。它蹭到"淑女"旁边,一边美滋滋地踱步,一边骄傲地摇着尾巴。

夫雅巴卡,一九四三年

"埃里克?弗朗斯?"布丽塔和埃尔西小心地走进门。她们敲过门,但没人答应。两人紧张地环视四周。医生夫妇如果知道两个女孩趁他们不在家时来找他们的儿子,肯定会不高兴。孩子们一般在夫雅巴卡碰头,但埃里克一时心血来潮,趁父母出门一整天的机会,邀请女孩们到家里来玩。

"埃里克?"埃尔西喊得稍稍大声一些,突然,正前方的房间里有人"嘘"了一声,她被吓了一跳。埃里克从门里探出头,示意她们进去。

"阿克塞尔在楼上睡觉。他今天一早才回来。"

"喔,可真勇敢。"布丽塔叹道,但一见弗朗斯,顿时笑成了一朵花。

"嗨!"

"嗨,"弗朗斯的目光却直接投向她身后,"嗨,埃尔西。"

"嗨,弗朗斯。"埃尔西答道,可她马上就走到书架跟前。

"哇,你们家的书真多!"她的手指在书脊间抚过。

"随你想借哪一本都可以。"埃里克慷慨地说,"不过你得好好保管。爸爸很爱护他的书。"

"没问题。"埃尔西高兴地说,专注地凝视着一排排藏书。她喜欢读书。弗朗斯的眼睛一刻也没离开过她。

"读书太浪费时间,"布丽塔说,"与其读别人的经历,倒不如自己亲身体验。你说呢,弗朗斯?"布丽塔坐到他身旁的椅子里,歪头看着大家。

"人各有志嘛。"弗朗斯有点粗暴地回答,看都没看她一眼,眼里只有埃尔西。布丽塔皱皱眉,从椅子上跳起来。

"星期六的舞会你们去不去?"她跳了好几个舞步。

"爸爸妈妈不会同意的。"埃尔西对着书架小声说。

"你们觉得谁会参加呢?"布丽塔跳得更起劲了。她想拉弗朗斯起来一起跳,可他拒绝了,稳坐在扶手椅中。

"别像个傻瓜一样转来转去。"弗朗斯的语调颇显唐突,随即忍不住笑起来,"布丽塔,你疯疯癫癫的,知不知道?"

"你不喜欢疯疯癫癫的女孩?那我也可以变得很严肃呀。"布丽塔换上一副严肃的表情,"或者很快乐。"她开怀大笑,笑声在房间里回荡。

"嘘!"埃里克瞄了一眼天花板。

"我也可以很安静。"布丽塔拿腔拿调地轻声低语,弗朗斯又笑了,将她拉到自己腿上。

"疯疯癫癫就挺好。"

门口传来的声音打断了他们。

"你们吵死了。"阿克塞尔靠着门框,有气无力地笑了笑。

"抱歉,本来不想吵醒你。"埃里克的话音中充满了对哥哥的敬意,同时也颇为担心。

"没关系,埃里克,我回头再睡。"阿克塞尔抱起双臂说,"看来你们趁着爸妈去阿克塞松家做客的机会,请来了几位女士啊。"

"呃,我也不知道该不该这么说。"

弗朗斯大笑,布丽塔还坐在他腿上。"哪儿来的女士?我可没看见。只有两个没礼貌的黄毛丫头。"

"闭嘴,你说什么呀!"布丽塔擂了弗朗斯胸口一拳。她没笑。

"埃尔西光顾着看书,连个招呼也不打。"

埃尔西不好意思地转过身:"对不起。你好,阿克塞尔。"

"和你开玩笑啦。接着看书吧。埃里克有没有说过,你喜欢的话可以借几本去看?"

"他说了。"埃尔西还红着脸,马上把注意力转回到书架上。

"昨天怎么样?"埃里克望着哥哥,迫不及待想要吸收他说的每个字。

阿克塞尔开朗欢愉的神情顿时黯淡下来。"还好,"他草草答道,"还不错。"随后他就转身走开,"我再去睡会儿。请尽量小声点,好吗?"

埃里克目送哥哥离开。除了敬畏和骄傲,他还感到一丝嫉妒。

但弗朗斯心中唯有仰慕:"你哥哥真勇敢……要是我能帮上忙就好了。如果我再大几岁的话。"

"那你又能干什么?"布丽塔仍为他当着阿克塞尔的面取笑自己而愠怒,"你没那个胆。你爸爸说什么来着?我听说他更愿意帮德国人的忙。"

"住口,"弗朗斯厉声说,将布丽塔从腿上推开,"别人说什么的都有。真没想到你也爱听那些屁话。"

在这群人里一直扮演调停者角色的埃里克慌忙起身劝道:"我们听听爸爸的唱片吧,有巴锡伯爵①。"

他赶紧把唱片放到留声机上。他不喜欢别人吵架。真的不喜欢。

---

① 美国爵士乐钢琴家和乐队领队。

4

她从来都很喜欢机场,伫立窗前眺望飞机起落,总能带给她特别的感受。人们拖着行李箱,眼中充满期待,准备动身去度假或者出差。来来去去,相聚或者道别。

"是他吗?"马丁指着一个刚刚结束入境检验的八十多岁的老人。他个子很高,头发灰白,穿一件米黄色风衣。他很时髦,这是波拉的第一印象。

"去问问。"她走上前去,"请问是阿克塞尔·弗兰科尔吗?"

老人点点头:"我还以为要去警局见你们。"他神情疲惫。

"我们认为与其在局里干等,不如来这里接你。"马丁友好地点头致意,通报了他自己和同事的姓名。

"好吧,既然如此,多谢你们载我一程。我一般都搭乘普通的交通工具,这次也算个体验。"

"有行李吗?"波拉看了看行李传送带。

"没有,就带了这些。"老人指了指拖在身后随身携带的包,"我总是轻装上阵。"

"我从来都掌握不了这门艺术。"波拉笑着说。老人也笑了,他脸上的疲惫暂时消失。

他们聊了会儿天气,直到三人都上了车,马丁开始驱车驶向夫雅巴卡。

"你们……有没有查出更多情况?"阿克塞尔定了定神,切入正题,声音有些颤抖。

陪他坐在后座上的波拉摇了摇头:"很不幸,还没有。希望你能协助调查。比如,我们想知道你弟弟有没有仇人。有没有人可能想加害他?"

阿克塞尔连连摇头:"没有,真的没有。我弟弟那么善良、和气,而且……不,不会有人想加害埃里克,这太荒唐了。"

"他和一个名叫'瑞典之友'的组织有联系,你对此了解多少?"驾驶座上的马丁抛出这个问题,在后视镜里遇上了阿克塞尔的视线。

"看来你们已经查过埃里克的信件了。与弗朗斯·林霍尔姆的。"阿克塞尔擦拭着鼻梁,陷入沉默。波拉和马丁耐心地等待着。

"事情很复杂,要从很久以前说起。"

"我们的时间很充裕。"波拉的言下之意很明显,希望他回答这个问题。

"弗朗斯是我和埃里克小时候的玩伴。我们认识了一辈子。但是……该怎么说呢?我们选择了这条路,而弗朗斯选择了另一条。"

"弗朗斯是右翼极端分子?"马丁又一次捕捉到后视镜中阿克塞尔的目光。

阿克塞尔点点头:"是的,我不太清楚他是怎么卷进去的,陷得有多深;总之他长大后就一直和那个圈子的人来往,甚至还协助他们建立了那个名叫'瑞典之友'的团伙。他的思想倾向可能大多来自家庭影响,不过在我印象中,当年他并没有表露过对右翼组织的同情。但是,人总会变的。"阿克塞尔又摇摇头。

"那为什么这个组织会将埃里克视为威胁?据我了解,埃里克并不热心政治。他是二战方面的历史学家,对吧?"

阿克塞尔叹着气:"保持中立没那么容易。一面研究纳粹,一面超然于政治之外,是不可能的,至少在别人眼中是不可能的。比如,很多新纳粹组织不相信历史上存在集中营,并将一切描述集中营、调查集中营发生的史实的行为,都视为对该组织的威胁或攻击。我说过,这很复杂。"

"你自己也卷入了?有没有受到过威胁?"波拉密切注视着他。

"当然有。比埃里克严重得多。我毕生都以西蒙·维森塔尔中心的工作为己任。"

"这个中心具体是干什么的?"马丁问道。

"追查逃亡后转入地下活动的纳粹分子,并将他们送上法庭。"波拉解释。

阿克塞尔点点头:"没错,除了其他事务以外。我确实受到了不少威胁。"

"那些信件还在?"马丁又问。

"都交给中心了。我们那些为中心工作的人会把收到的信件交给中心存档。你们可以和中心联系,保证畅通无阻。他递给波拉一张名片,波拉收进外套口袋里。

"'瑞典之友'呢?他们威胁过你吗?"

"没有……应该没有,我没印象。但我说了,你们可以去中心确认,他们什么资料都有。"

"弗朗斯·林霍尔姆在这里面扮演什么角色?你说他是小时候的朋友?"马丁追问。

"准确说来,是埃里克小时候的朋友。我比埃里克大两岁,所以我们的朋友圈子不太一样。"

"但是埃里克和弗朗斯很熟?"波拉褐色的双眼又一次仔细观察阿克塞尔。

"对,可是过了这么多年,他们没有什么交集了。"

这个话题似乎令阿克塞尔不太舒服,他在后座上不停变换坐姿。

"我们说的都是六十年前的旧事,就算没得老年痴呆症,记忆也都模糊了。"他拍拍脑袋,无奈地笑了笑。

"从我们发现的信件来看,并没有那么久。弗朗斯一直和你弟弟保持联系,至少是通信联系。"

阿克塞尔沮丧地用手梳过头发。"我有我的生活,我弟弟有他的。我们也只是三年前才在夫雅巴卡定居下来——唔,就我而言,只能算半

49

定居。埃里克在哥德堡工作那些年有他自己的公寓,我则大部分时间都穿梭于世界各地。不过,我们一直都把这里的房子视为我们的大本营,每当别人问起我的住处时,我都回答是夫雅巴卡。但夏天我都住在巴黎的公寓,夫雅巴卡游客太多,太吵闹,我受不了。我们兄弟的生活比较平淡,有点与外界绝缘。经常来家里的人只有清洁女工。我们觉得……觉得这样比较自在。"阿克塞尔说不下去了。

波拉从后视镜里和马丁对视一眼,他稍稍摇了摇头,然后才将视线移回前方。两人都想不出其他问题了。往夫雅巴卡剩下的路途中,他们有点不自然地谈了其他一些琐事。阿克塞尔似乎随时都会情绪崩溃,直到他们终于在他家门口停车时,才放松了许多。

"你继续住在这里……不要紧吗?"波拉忍不住问道。

阿克塞尔拎着背包,默默站了片刻,凝视着白色的大房子。过了好一会儿他才说:

"没事,这是我的家,也是埃里克的家。我们属于这里,两人都一样。"他悲伤地一笑,和两位警官握了手,才走向正门。波拉目送着他,那道背影望去是那么孤单。

"怎么样,昨天到家时是不是被她教训了一顿?"卡琳推着路德的婴儿车,笑着问道。她步履轻快,帕特里克为了跟上她,居然有点喘。

"差不多吧。"一想起当时的场面,他不禁畏缩了一下。艾丽卡心情很不好,他能理解。不过,他可不敢让她知道今天的散步多了同伴。卡琳似乎看穿了他的心思,说:

"我们一起打发时间,艾丽卡会介意吗?虽然离婚好多年了,但有的人比较……敏感。"

"没问题,当然不会。"帕特里克不想承认他是个"妻管严"。"不要紧,艾丽卡没意见。"

"太好了。我是说,有个伴真好,不过如果导致后院起火那就不妙了。"

"列夫的意思呢?"帕特里克急着转移话题。他俯身正了正手推车里女儿戴歪了的帽子,玛雅没注意,因为她正忙着和旁边手推车里的路德交流感情。

"列夫?"卡琳哼了一声,"如果路德知道列夫是谁,就算是奇迹了。他总不在家。"

帕特里克同情地点点头。卡琳的新丈夫是莱弗士乐团的歌手。不难想象,乐团成员的妻子独守空房,日子可不好过。

"希望你们之间没什么严重问题。"

"那倒没有,我们聚少离多,没有出问题的时间。"卡琳大笑着回答,但笑声听起来空洞而苦涩。帕特里克听得出,她没完全说实话,他也不知该说什么好。和前妻讨论目前的婚姻问题有点奇怪。谢天谢地,手机铃声拯救了他。

"帕特里克·赫斯特罗姆。"

"嗨,我是佩德森。是埃里克·弗兰科尔验尸报告的事。我们按老样子把报告传真过去了,不过还是打电话向你汇报一下要点比较好。"

"嗯,好啊,"他换上更严肃的语调,"你能不能先简单概括一下?前天我也在案发现场,我想跟进案情的最新进展。"

"可以。"佩德森还是有点不快,"其实很简单,埃里克·弗兰科尔脑部受到重物击打,凶器可能是石头做的,因为伤口里发现了细小的石屑。这说明凶器的材质渗透性很强。他左侧太阳穴遭受重击后,颅内大量出血,几乎顷刻间死亡。"

"能不能判断攻击的方向?从后面还是在正面?"

"我认为凶手就站在被害人面前,凶手极有可能惯用右手。惯用右手的人从右侧发动袭击很正常,如果是左撇子,这个方向就非常不自然。"

"凶器可能会是什么呢?"帕特里克可以听出自己声音中的急迫。重拾熟稔的查案工作,他觉得自在得多。

"这就是你的工作了。石头制成的重物。不过被害人的颅骨没有出现被任何利刃砍伤的痕迹,伤口更像是挫伤。"

"好的,我们至少有一点方向了。"

"我们?"佩德森略带讽刺地问,"你不是在休父亲假吗?"

"呃,是啊,"帕特里克稍一迟疑,"嗯,建议你打给警局,将所有情况通报给他们。"

"目前看来这样最好,"佩德森调侃道,"我该不该自讨苦吃打给梅尔贝里呢? 或者你再推荐一下其他人选?"

"马丁。"帕特里克本能地答道。佩德森咯咯直笑。

"正合我意,多谢了。喂,你不想问我弗兰科尔的死亡时间吗?"

"噢,也对,他是什么时候遇害的?"帕特里克急忙问道,又瞥了卡琳一眼。

"无法准确判断,他的尸体在暑热中搁置了太久。尽我所能,只能推断死亡时间在两到三个月之前,所以差不多是六月。"

"不能更精确一些吗?"帕特里克的问题刚一出口就知道答案了。

"我们又不是魔术师,也没有水晶球。六月,目前的状况下,这已经是最具体的答案了。更具体的死亡日期就要由你们去调查了。准确说来——是由你的同事去调查。"佩德森大笑。

帕特里克不记得以前听他笑过。可是光这一通电话佩德森就笑了好几次,还是拿帕特里克取笑。不过能罕见地让佩德森发笑,吃点亏也值。帕特里克道了谢,挂了电话。

"工作上的事?"卡琳问道。

"嗯,目前我们正在调查的一个案子。"

"星期一发现的那个老人?"

"消息还是传得那么快。"帕特里克说。卡琳又加快了步伐,他几乎得小跑着才能跟上。一辆红色轿车驶过他们身边,开出一百码左右,车子减速了,司机好像正在往后视镜里看。然后轿车迅速倒车,帕特里克暗呼不妙,他刚刚才发觉那是他母亲的车。

"喂,你们两个一起散步?"克里斯蒂娜摇下车窗,惊奇地打量着帕特里克和卡琳。

"嗨,克里斯蒂娜! 好久不见!"卡琳俯身凑到打开的车窗前,"我搬回夫雅巴卡了,刚好碰到帕特里克,我们都在休假,出门的时候正好有个伴。我生了个小男孩,名叫路德维格。"卡琳指了指手推车,克里斯蒂娜探出头,嘴里咕咕咕地逗了逗一岁大的宝宝。

"喔,真好。"克里斯蒂娜的语气顿时令帕特里克的胃揪紧了。随之而来的念头更令他的胃一阵绞痛。虽然不想知道答案,但他还是问母亲:"你开车要去哪儿?"

"我打算去你家。好几天没去了。我还烤了些吃的带去。"她高兴地指着身旁座位上的一袋圆面包和海绵蛋糕。

"艾丽卡在工作……"帕特里克冒险试探,但他很清楚这种苍白的理由站不住脚。

克里斯蒂娜踩下油门:"很好嘛,休息休息喝杯咖啡,她肯定很乐意。你很快也会到家咯?"她朝玛雅挥挥手,玛雅也欢乐地挥手回应。

"当然,当然。"帕特里克疯狂地开动脑筋,想找出恰当的方式拜托母亲别向艾丽卡提起他和谁一起散步。但他的大脑一片空白,只得放弃,然后挥手道别。望着母亲驱车朝萨尔维克驶去,他的肠子简直打了好几个死结。看来不费一番口舌是解释不清了。

书稿进展顺利,今天早上写了四页。艾丽卡满足地在书桌前伸了个懒腰。昨天的怒火已经平息,事后她也觉得自己的反应有点过头。今晚给帕特里克做点好吃的,弥补一下。酥饼夹里脊不错,帕特里克喜欢吃。

艾丽卡不再考虑晚餐,伸手拿过她母亲的日记。她一度想坐下来一口气读完,但还是控制住了。应该一点一点地读,慢慢了解母亲的世界。截至目前,她读到的内容大部分都是她母亲的日常生活少女笔下的生活天真烂漫,艾丽卡几乎难以将字里行间那稚嫩的笔触与母亲那严厉的声音联系起来。

读到第二页中间,艾丽卡突然坐直了。出现了一个熟悉的名字,准确说是两个。埃尔西写道,趁着埃里克和阿克塞尔的父母外出,她去了他们家。这一段大部分篇幅都在绘声绘色地描述他们父亲那大得惊人的书房,但艾丽卡眼中只有这两个名字:埃里克和阿克塞尔。一定是弗兰科尔兄弟。她急忙读完了整篇日记,从中不难看出,他们平时经常在一起。埃尔西和埃里克,还有另外两个年轻人,布丽塔和弗朗斯。艾丽卡在脑海中搜寻着。不,她从没听母亲提过其中任何一人,这点她很肯定。在埃尔西的日记中,阿克塞尔几乎被描绘成一个神话般的英雄形象。埃尔西形容他"无比勇敢,像埃洛尔·弗林①一样帅"。难道母亲曾爱上阿克塞尔·弗兰科尔?不,从文中艾丽卡感受到的并不是爱情,更像是埃尔西对阿克塞尔怀有深深的崇敬。

艾丽卡将日记放在腿上,苦苦寻思刚才读过的内容。为什么埃里克·弗兰科尔没提起年轻时认识她母亲?艾丽卡已经告诉过他,她是在哪里找到那枚纳粹勋章以及勋章的主人是谁。但埃里克对此没有发表意见。艾丽卡又想起了那奇怪的片刻沉默。她是对的。埃里克有事瞒着她。

刺耳的门铃声打断了她的思路。她叹口气,把腿从书桌上挪下来,推开椅子。会是谁呢?大厅里的一句"有人吗"很快给出了答案。艾丽卡又重重叹了口气。克里斯蒂娜,她的婆婆。她深吸了一口气,打开门走下楼梯。"有人吗?"又是一句,声音更显迫切,艾丽卡不耐烦地绷紧了下颌。

"嗨。"她尽可能热情地打招呼,虽然她自己也知道听起来有多假。幸好克里斯蒂娜对语气的细微差别不太敏感。

"嗨!我就是顺便来看看!"她婆婆挂起外套,兴冲冲地回应,"我带了些喝咖啡配的点心来,是自己做的。可能你会喜欢,你们这些职业女性没时间做这些。"

艾丽卡咬紧牙关。克里斯蒂娜在含沙射影方面拥有令人难以置信的天才。

"噢,不错嘛。"她礼貌地附和,走进厨房,发现克里斯蒂娜已经在煮咖啡了,似乎这是在她自己家,而不是艾丽卡的家。

"坐吧,我来泡咖啡。"克里斯蒂娜说,"什么东西在哪儿,我都知道。"

"那还用说。"艾丽卡希望克里斯蒂娜没察觉她的讽刺。

---

① 澳大利亚裔美国影星,在一九四〇年前后的一系列好莱坞影片中主演硬汉式英雄。

"帕特里克和玛雅出去散步了,估计没那么快回来。"她巴不得这话能让婆婆早点离开。

"我知道。"克里斯蒂娜一勺接一勺舀着咖啡豆。"二,三,四……"她将小勺放回罐子里,这才把注意力转向艾丽卡。

"不过他们马上就到家了。我开车来的路上遇到了他们。卡琳搬回来了,真好,这样帕特里克白天也有个伴。独自去散步很没意思,特别是帕特里克这种习惯了工作、习惯忙忙碌碌的人。他们在一起好像挺愉快的。"

艾丽卡瞪着克里斯蒂娜,一时没来得及消化这些信息。字面上的意思她懂,可她不明白这里面的含义。卡琳?做伴?哪个卡琳?

帕特里克进门的那一刹那,艾丽卡脑中有道光一闪。噢,那个卡琳。

帕特里克怯怯地笑着,紧张地憋了半天,才说:"有咖啡啊,真好。"

众人在厨房里汇总案情。午餐时间快到了,梅尔贝里的肚子饿得咕咕叫。

"那么,目前的进展如何?"他伸手从盘子里拿了一个安妮卡准备的圆面包。"波拉和马丁?你们今天早上和被害人的哥哥谈过了,有没有线索?"他边嚼面包边说,碎屑都掉到桌子上了。

"嗯,早上去兰德维特机场接他。"波拉说,"但他掌握的情况似乎也很有限。我们向他问起'瑞典之友'的那些信件,但他所能提供的信息也就只有弗朗斯·林霍尔姆是埃里克小时候的朋友这一条。阿克塞尔不知道'瑞典之友'具体向埃里克发出过什么威胁,但他表示,基于他和埃里克的工作性质,受到威胁是家常便饭。"

"阿克塞尔也被威胁过?"梅尔贝里问,更多面包屑喷到桌子对面。

"显然不少。"马丁说,"但信件都交给他工作的那个组织保管了。"

"他记不记得是否收到过'瑞典之友'的来信?"

波拉摇摇头:"他也说不上来。这我能理解,他的邮箱里有那么多垃圾信件,又何必认真去看呢?"

"你对他印象如何?我听说他年轻时是个英雄人物。"安妮卡探询地望着马丁和波拉。

"长得很帅的大人物,"波拉说,"不过受时势所限,被埋没了。弟弟的死让他非常悲痛。你觉得呢?"她转向马丁,马丁点头同意。

"嗯,我也有同感。"

"你们得再对阿克塞尔·弗兰科尔进行一次问询,"梅尔贝里看着马丁,"还有,你们已经和佩德森联系过了吧?"他清清喉咙,"真奇怪,他竟然不想和我谈。"

马丁咳了一声:"我想他来电话时你出去遛狗了。本来他第一个要找的肯定是你。"

"嗯,你说得对。好吧,继续。他怎么说?"

马丁简要复述了佩德森对被害人伤口的描述。说着说着,他忍不住笑起来:"佩德森先给帕特里克打了电话,听出来他好像不太喜欢在家看孩子。帕特里克让佩德森详细说明验尸结果。加上轻而易举就能将帕特里克骗去犯罪现场,我敢打赌,没多久他就会带玛雅来警局了。"

安妮卡大笑:"对,昨天我和他聊了几句,他还装模作样地说可能需要一点时间适应。"

"这我相信。"梅尔贝里嗤之以鼻,"蠢得无可救药。大男人在家换尿片、给婴儿弄吃的?那都是过去的事了。我们这代人没必要费那种工夫。应该专注于我们更擅长的事情,让女人去照顾孩子。"

"我挺乐意换尿片的。"戈斯塔低头看着桌子小声说。马丁和安妮卡吃惊地看着他,但马上就想起他们最近才得知的情况:戈斯塔和他已故的妻子本来有个儿子,但出生不久就夭折了。后来他们没再生孩子。众人默默坐了一会儿,都不敢再看戈斯塔。然后安妮塔说:

"唔,我觉得这也不错,你们男人也该体会一下带孩子有多麻烦。我自己还没有孩子呢——"这回轮到安妮卡一脸悲戚了——"可是我所有的女性朋友都有孩子,因为要在家陪孩子,所以她们不像我,整天无聊就躺着吃糖果。反正我觉得这对帕特里克也有好处。"

"你可说服不了我。"梅尔贝里不耐烦地皱着眉头,看看桌子上面的报告,掸掉面包屑,看了几行,然后才说:"那么我们看看托布约恩和他手下那群小子的报告……"

"也有姑娘。"安妮卡补充。梅尔贝里大声叹气。

"也有姑娘。现在你们的女权主义意识也太强了吧!我们是继续讨论调查进展,还是干脆唱唱'卡姆巴雅'①聊聊古德伦·施凯曼②的政治活动?"他摇摇头,然后才接着说:

"刚才说到托布约恩和他的技术团队所提交的报告,我用四个字概括:'不出所料'。他们发现了不少鞋印和指纹,我们自然都得核查一遍。戈斯塔,去取那两个男孩的指纹,好把他们的指纹排除;还有弗兰科尔兄弟的。对了,"——他又默读了几行——"看来他们已经确认,死因是头部受到重击,凶器是某种钝器。"

"没有其他伤口?只有对头部的一击?"波拉问。

"呃,对,没错。从墙上溅到的血迹来看,只有一击。我在电话里和托布约恩讨论了这份报告,专门问了那个问题。他认为通过分析飞溅的血迹显然可以得出这个结论。唔,反正这是技术专家的判断,结论非常明确:死因是头部遭受重击。"

"这和法医的验尸结果吻合,"马丁点点头,"凶器呢?佩德森认为是石制的重物。"

"一点没错!"梅尔贝里得意地用手指戳了戳文件的正中央,"他们发现书桌底下有一尊沉甸甸的半身石像,上面有血迹、头发和脑浆,佩德森在伤口里发现的石屑肯定和半身石像的材质是一致的。"

"那么凶器也确认了,总算有所进展。"马丁闷头喝了一大口已经凉了的咖啡。

梅尔贝里环视桌旁的下属们:"大家对接下来的侦查方向有什么建

---

① 原为十九世纪美国黑人灵歌,后来成为传唱甚广的民谣,同时也是一首赞美民权运动的歌曲。
② 瑞典女政治家,左翼政党领袖。

议?"听他的语气,好像已经想到了一大串可行的侦查方法,但这当然是错觉。

"我认为应该和弗朗斯·林霍尔姆谈一谈,深入追查那些威胁的来源。"

"还得找邻居了解情况,看看案发那段时间是不是有人注意到什么不寻常之处。"波拉补充道。

安妮卡从她的笔记簿上抬起头来:"也要走访一下为弗兰科尔兄弟工作的清洁女工,查出她最后一次上门是什么时间,是否和埃里克交谈过,以及她为什么整个夏天都没去干活。"

"很好,"梅尔贝里点点头,"那你们干吗还坐在这里磨磨蹭蹭?都去工作!"他瞪着警官们,直到这群人都离开房间,然后才又拿了个圆面包。

分派任务,这是优秀领导者的标志。

他们都觉得去上课纯属浪费时间,所以只有来精神的时候才去露个面,这种时候少之又少。今天十点左右,他们又聚到一起。在塔努姆市没什么事可干。他们大部分时间都花在闲坐、闲聊上,还有抽烟。

"听说夫雅巴卡那个烂透的老头了吗?"尼克猛吸一口烟,笑着说,"肯定是你爷爷和他朋友杀的。"

瓦妮莎咯咯直笑。

"嘿,"佩尔凶巴巴地打岔,但又带着几分骄傲,"和我爷爷没关系。他们不可能冒着坐牢的危险去杀一个老头。'瑞典之友'还有更重要的任务、更远大的目标。"

"你和这个老家伙谈过了吗?让我们也参加会议的事?"尼克不笑了,一脸急切。

"还没有。"佩尔勉强答道。他很享受在这群人中的特殊地位,因为他是弗朗斯·林霍尔姆的孙子。有次他一时心软,答应帮他们争取去乌德瓦拉参加一次会议的机会。但他还没找到合适的时机向爷爷申请。而且他也料到弗朗斯会怎么回答——他们还太年轻,还得多花两年"挖掘潜力"。但佩尔根本不知道有什么可挖掘的。他们对事情的理解和那些已被组织接纳的大人们没有区别。反正都很简单。难道还能理解错？

最吸引他的也就是这一点。简单明了，非黑即白，不存在灰色地带。我们和他们势不两立——仅此而已。我们和他们。要看出其中的区别真他妈的简单。白色或者黄色。白色或者棕色。白色或者那种恶心的深黑色，那些来自非洲最暗无天日的丛林的人，皮肤就是那种颜色。简单得要命。不过最近要分清楚却没那么容易了，一切都开始混淆，乱七八糟，没法收拾。他看着无精打采地倒在身旁长椅上的朋友们。他到底知不知道他们的血统？说不定他们身体里也流着不纯洁的血液。佩尔颤栗了一下。

尼克疑惑地瞥了他一眼："你到底怎么回事？好像吞了什么脏东西。"

佩尔哼了一声："没事，没什么。"但刚才的念头和那种反胃的感觉挥之不去。他踩熄烟头。

"走吧，去喝点咖啡。干坐在这里，坐得脾气都没了。"他朝学校大楼一甩头，快步走去，丝毫不关心其他人会不会跟来。他知道他们肯定会的。

顷刻间，他又想到那个被谋杀的人。然后他耸耸肩。那个人不重要。

夫雅巴卡，一九四三年

吃饭时，餐具和盘子叮叮当当碰来碰去。三个人都尽量不去看餐桌旁的那把空椅子，但都忍不住。

"真不敢相信，他这么快又要走。"杰露德皱着眉头将一碗土豆递给埃里克，埃里克往已经满满当当的盘子里又添了一块土豆。这样比较省事，不然妈妈会不停催他多吃东西，直到他吃下去为止。但他低头看看满得快溢出来的盘子，觉得一口也不想吃了。他对吃东西不太上心，只是因为不得不吃才动嘴，而且妈妈总说他瘦得让她没脸见人，别人会以为她故意饿着他。

阿克塞尔正相反，胃口好得很，什么都吃。埃里克瞄了一眼那把空椅子，不情愿地将叉子送到嘴边。饭菜仿佛把他的嘴撑得鼓鼓的。土豆被肉汁泡成一团软糊，他机械地上下动着腮帮子尽快将嘴里的东西咽下去。

"他有他的工作。"雨果·弗兰科尔严厉地瞪了妻子一眼。但他也越过埃里克,望了望阿克塞尔空着的椅子。

"我只是以为他可以在家里平平安安待几天。"

"那得看他的意思。谁都指挥不了阿克塞尔,除了他自己。"雨果的声音里充满骄傲,埃里克顿觉胸口一阵刺痛,每当爸爸妈妈谈起阿克塞尔时,他都有这种感觉。有时埃里克觉得自己简直是个隐身人。似乎他只是这个家庭的一道影子,是高傲、聪明的阿克塞尔的影子。埃里克往嘴里送了一大口饭菜。但愿快点吃完,就可以回房看书了。他读的大多是历史书籍,那些史实、姓名、日期、地点总让他沉醉。它们恒久不变,足以让他信赖,让他倚靠。

阿克塞尔从来不怎么爱读书,但奇怪的是,他在学校考试照样次次拿高分。埃里克的成绩也不错,可那都是拼命用功才换来的。而且也没人拍拍他的后背以示鼓励,或者在亲朋好友面前自豪地夸奖他。没人以埃里克为荣。

然而,他怎么也没法嫉妒哥哥。有时他还盼望自己多点嫉妒心,盼望自己能够憎恨他、藐视他,挥去胸口的阵阵刺痛。但事实是他深爱着阿克塞尔——比其他任何人爱得更深。阿克塞尔最强壮,最勇敢,他才是大家的荣耀,而非埃里克。这一点千真万确,正如历史书中所说的一切,正如一〇六六年黑斯廷斯战役的日期一样板上钉钉。

埃里克低头看看盘子,吃惊地发现盘子空了。

"爸爸,我可以先走吗?"他满怀希望问道。

"你已经吃完了?哎,你看看……好吧,去吧。我和你妈再坐一会儿。"

埃里克上楼回房时,听见了父母在餐厅里的谈话声。

"你不觉得阿克塞尔冒的险太大了吗?"

"杰露德,你不能老惯着他。再怎么说他也十九岁了……有这么个……他会很开心……"

埃里克关上房门,他们的声音便听不清了。他躺倒在床,抓起床头那叠书最上头那本,是关于亚历山大大帝的。他也非常勇猛,就像阿克塞尔。

5

"我要说的就是,至少你该通知我一声。克里斯蒂娜说起你和卡琳一起去散步的时候,我站在那儿看起来像个笨蛋。"

"呃,呃……好的,我知道了。"帕特里克低着头。克里斯蒂娜和他们两人喝咖啡这一小时里,两人之间可谓暗流涌动,偷偷摸摸交换着眼神。克里斯蒂娜刚关上门离去,艾丽卡就爆发了。

"我不是因为你和前妻散步才生气,我这人嫉妒心没那么强,你也知道。但你为什么不告诉我?这才让我难受。"

"对对,我能理解……"帕特里克不敢正视艾丽卡。

"理解!你说来说去就这么一句?没有解释?我还以为我们之间可以无所不谈!"艾丽卡觉得她已经逼近"极端过度反应"的边缘了。但过去几天的所有不顺心,此刻都找到了出口,她停不下来。

"而且我以为我们之间分工明确!你休父亲假,我工作。可你没完没了打扰我,跑楼上我的工作室里,好像它有一扇旋转门。昨天你居然还有胆离家两小时,把玛雅丢给我。你觉得去年我一个人在家照顾她,是怎么安排家务的?你不认为我需要出去买东西的时候也该找个该死的佣人来?或者找人来告诉我玛雅的手套放在哪儿?你说啊?"艾丽卡听得出自己的嗓门有多尖,她简直不太相信自己真能吼成这样。她突然收住,声音一下子柔和了许多:

"对不起,我不是……你明白吗?我要出去走走。我需要离开家一小会儿。"

"去吧,"帕特里克就像一只小心翼翼地探头出壳、观察海滩是否安全的海龟,"对不起……"他求恳地望着艾丽卡。

"喔,别用那种眼神看我。"艾丽卡微微苦笑,帕特里克已经举白旗投降了。她很后悔自己大发雷霆,但过后他们还得好好谈谈。除了新鲜空气,现在她什么都不想要。

她快步往镇上走去。人潮汹涌的夏天过去了,游客们一走,夫雅巴卡变得离奇的荒芜,宛如清晨一场喧嚣聚会后的客厅。

艾丽卡穿过英格丽·褒曼广场,走向加拉大街,向路上遇见的每个人问好。不过一旦发觉有人想停步和她寒暄几句,她就加快脚步离开。今天她没心情。她匆匆经过 OK/Q8 加油站,沿戴格勒街走去。她突然意识到她的目的地是哪里——途经萨尔维克时,她就下意识地决定了要去什么地方,只不过这时才真正察觉。

"三起人身攻击案,两起银行抢劫案,还有一些各种各样的指控。不过没有骚扰少数族裔的犯罪记录。"波拉关上警车的副驾驶门,"我还仔细调查了一个叫佩尔·林霍尔姆的年轻人,目前只有一些轻微罪行。"

"那是他的孙子。"马丁关上驾驶座门。他们之前开车来格雷贝斯泰德,弗朗斯·林霍尔姆住在加斯蒂斯饭店隔壁的一幢公寓楼里。

"我在那里喝醉过好几次,哦耶。"马丁指了指加斯蒂斯饭店的大门。

"不难想象。可那都是陈年旧事了吧?"

"你说中了,我都一年多没进舞厅了。"但听起来他好像还挺开心的。事实是他太爱皮娅,所以除非有绝对必要,否则他根本不想离开公寓里的二人世界。不过嘛,在邂逅真正的公主之前,难免吻过一些青蛙,甚至癞蛤蟆。

"你呢?"马丁看了看波拉。

"我怎么了?"波拉装作没听懂。这时他们来到弗朗斯的公寓门口,马丁重重敲门,屋里传来渐渐走近的脚步声。

"你们是?"一个老人开了门,银灰色的头发剪得非常短。他穿着牛仔裤和格子衬衫,与瑞典作家扬·古伊洛差不多,惯常的一身工装,全无追逐流行的兴趣。

"您是弗朗斯·林霍尔姆?"马丁好奇地审视着他。他在家上网搜索时就发现,老人的名气很大,不仅是在这一带。林霍尔姆是瑞典一家发展最快的排外组织的创始人;而且从许多网上论坛的聊天记录来看,这一组织已渐渐成为一支重要的力量。

"我就是。两位……两位警官有什么事?"他上下打量着马丁和波拉。

"我们想问几个问题,方便进去说话吗?"

弗朗斯只是眉毛一挑,一言不发地让到一旁。马丁惊讶地环视这间公寓。他说不清进门前的预想是什么样子,但是可能更脏,更乱。

"请坐。"弗朗斯指了指玄关右边客厅里的一组沙发。"我刚泡了一壶热咖啡。加奶还是加糖?"他的声音温文有礼,马丁和波拉面面相觑,都有些不知所措。

"都不用,谢谢。"马丁答道。

"加奶就好,不用加糖。"波拉边说边在马丁之前走进客厅。他们在白色的沙发上并排坐下,东张西望。"来,请喝咖啡。"弗朗斯端来一个沉甸甸的托盘,放下三杯热腾腾的咖啡,还有一大盘饼干。

"请随意,不要客气。"他指了指咖啡桌,端起一杯咖啡,靠进一张大扶手椅里。"那么,有什么需要我效劳的吗?"

波拉啜了一口咖啡,然后说:

"你应该听说了,夫雅巴卡郊外发现一名死者。"

"埃里克,是的。"弗朗斯悲伤地点点头,也啜了一口咖啡。"是的,我刚听到消息的时候,心情非常难过。对阿克塞尔是很大的打击。现在他一定很难熬。"

"呃,是这样……"马丁清清喉咙。林霍尔姆的友善态度,以及出乎意料的形象,令他打消了不少防备。但他还是定了定神说道:"我们想和你谈谈,因为我们在案发的房子里发现了不少你寄给埃里克·弗兰科尔的信件。"

"喔,看来他把那些信都保存起来啦。"弗朗斯微笑着拿了块饼干。"埃里克喜欢收集东西。你们年轻人可能觉得写信这种事太老套了,但我们这些老一辈的人很难改掉多年的习惯。"

"你在信中提到威胁……"她故意板着脸。

"嗯……说是威胁也不太准确,"弗朗斯平静地注视着她,又向后靠在他的椅子上。他跷起一条腿,继续说,"我只是觉得应该提醒埃里克,组织里难免会有一些……一些势力,他们的行动并不总是——怎么形容好呢?——并不总是那么理智的。"

"你觉得有必要提醒埃里克的原因是……?"

"埃里克和我从小就是好朋友,不过,坦白说,后来我们分道扬镳了,很多年来,我们之间其实并不存在真正的友情。我们……选择了不同的人生道路。"弗朗斯微笑道,"但我并不想伤害埃里克,所以当有机会的时候,我就提醒他一下。诉诸暴力并不总是解决问题的最理想方式,有的人就是不理解这一点。"

"你本人对诉诸暴力……并不陌生吧,"马丁说,"三起人身攻击,若干次银行抢劫,据我了解,你的行事风格可不像和平人士。"

马丁这番话似乎并未激怒对方,弗朗斯只是微微一笑。确实不像和平人士。"任何事都有原因。监狱有监狱的规矩,只容得下一种语言。我还听说智慧是随着年龄增长的,我这一路走来,也吸取了不少教训。"

"你孙子吸取教训了吗?"马丁边问边伸手拿饼干。刹那间,弗朗斯突然出手,死死钳住马丁的手腕。他紧盯着警官,怒吼道:"我孙子和这事没关系,听懂了吗?"

马丁和他对视了很久,才挣脱出来,按摩着手腕。"别再这样。"他低声说。

弗朗斯大笑着靠回去。他又恢复到那友善的长者形象。但刚才那短短几秒钟,他的面具破裂了,展现出潜伏在平和外表下的狂暴戾气。问题就是这种戾气是否殃及了埃里克。

恩斯特急不可耐地猛拉链子,因为梅尔贝里正拼命拖住它,不停东张西望,似乎想走得越慢越好。

梅尔贝里的惯常散步路线已经走得差不多了,这时总算有了回报。正当他即将放弃之时,终于听到了身后的脚步声。恩斯特也乱蹦乱跳、吵闹着欢迎玩伴的到来。

"你也出来散步啊。"丽塔的嗓音还和上次一样轻快,梅尔贝里不由微笑着应道:

"是啊。我的意思是,出来散步。"梅尔贝里感觉一阵自责。这是什么乱七八糟的答案?他在女士面前一向举止得体,但此时此刻简直是个大白痴。他强令自己振作精神,尽量拿出几分权威口吻:"我觉得该让小狗多运动运动。所以每天至少都和恩斯特出来散步一小时。"

"运动不光对狗有好处,你我也该多走动走动。"丽塔笑着拍拍她圆圆的肚子。梅尔贝里顿时倍感轻松。终于有个女人明白骨头上长点肉不算什么缺点了。

"对,你说得很对。"他也拍拍自己的大肚皮,"保持体重是很重要的。"

"老天在上,太正确了。"丽塔大笑。这有些老套的感叹却与她的口音相得益彰。"所以我常常要吃点心。"她在一幢公寓楼前停下,"淑女"等不及要跑进其中一个入口。"请你喝杯咖啡?吃点蛋糕?"

梅尔贝里好容易才克制了一蹦三尺高的冲动,装腔作势地考虑了一会儿,才点点头:"好吧,谢谢,这也不错。我还得上班,不能缺勤太久,不过……"

"那就好。"丽塔输入密码,请他一同进门。恩斯特不像主人那么有自制力,发现可以陪"淑女"回家,早就兴奋得上蹿下跳了。

进了丽塔的公寓,梅尔贝里想到的第一个词就是"舒适"。这间公寓全然没有瑞典人喜好的清冷风格,而是色彩明丽、暖意融融。他解开链子,恩斯特忙不迭凑到"淑女"身边,"淑女"显然也批准它碰自己的玩具。梅尔贝里挂好外套,脱下鞋子并把它们整整齐齐地摆在鞋架上,听见丽塔招呼他,才走进厨房。

"它们好像很合得来。"

"谁?"梅尔贝里傻乎乎地问,满脑子都是丽塔那丰盈的背影。炉台前的丽塔转过身,将咖啡豆倒进咖啡机。

"当然是'淑女'和恩斯特啦。"她回头笑道。

梅尔贝里尴尬地笑了:"噢,是啊,对对对。很合得来,对吧?"他往客厅里瞄了一眼,确证了这一结论,但两条狗的关系进展得也太快了点,恩斯特正在"淑女"的尾巴底下嗅来嗅去。

"圆面包怎么样?"

"多莉·帕顿①睡觉时是仰卧吗?"梅尔贝里打了个比方,但马上就为他的用词后悔不迭。丽塔一脸困惑地转过来。

"不知道啊,她是仰卧吗? 哎,她胸部那么大,应该是吧。"

梅尔贝里连声笑道:"只是个比喻而已,我的意思是我喜欢圆面包。"

他吃惊地看着丽塔端出三杯咖啡和三个盘子,放在餐桌上。谜团马上就解开了,丽塔探进厨房隔壁的房间喊道:"乔安娜,喝咖啡啦!"

"来了!"房里有人回应。片刻后,一个美得惊人的金发女孩挺着大肚子来到厨房。

"这是我的儿媳妇乔安娜,"丽塔向怀着身孕的年轻女孩介绍,"这位是伯蒂尔,恩斯特的主人,我们是在树林里散步时遇上的。"她又咯咯笑了起来。梅尔贝里连忙伸手作自我介绍,结果差点痛得跪下去。这些年来他可没少和壮汉握过手,却还不曾领教过这种力道。

"你的力气挺大。"好容易松开手,他从牙缝里挤出这么一句。

乔安娜饶有兴趣地打量着他,然后才在餐桌旁坐下。她费了一番周折才把咖啡杯和盛面包的盘子都端在手上,美美地品尝起点心来,显然胃口很好。

"预产期是什么时候?"梅尔贝里礼貌地询问。

---

① 美国乡村歌手。

"还有三个星期。"乔安娜随口答道。她似乎全心全意地吃掉每一粒面包屑,然后她又伸手去拿另一只面包。

"看来你一张嘴得吃两个人的饭。"梅尔贝里笑道,但乔安娜冷冷地瞥了他一眼,他顿时不作声了。他这才发觉,这姑娘不太爱开玩笑。

"这是我的第一个孙子。"丽塔自豪地说,轻轻拍拍乔安娜的肚子。乔安娜望着婆婆,绽开笑容,也把手放在丽塔的肚子上。

"你有孙子吗?"丽塔给大家倒上咖啡,也坐到餐桌旁。

"没,还没有。"梅尔贝里摇摇头,"不过我有个儿子,名叫西蒙,他十七岁。"他骄傲地宣布。

"十七岁? 噢,那还不急。告诉你吧,孙子就像人生的一道餐后甜点。"丽塔忍不住又摸了摸乔安娜的肚子。

他们边喝咖啡边开心地闲聊,两条狗在垫子上嬉闹。

"那你觉得怎么样?"丽塔望着他,梅尔贝里这才意识到他没留意刚才那个问题。

"什么?"

"我是问你今晚来不来我的萨尔萨舞蹈课。是为初学者办的,一点也不难。八点钟。"

梅尔贝里难以置信地盯着她。萨尔萨舞蹈课?他?多么可笑的念头。但他不小心陷进丽塔深黑的双眸,随即就万分惊讶地听见自己答道:"萨尔萨舞蹈课? 八点钟? 太棒了。"

刚走上埃里克和阿克塞尔家门前的这条石子路,艾丽卡就开始后悔自己的决定。她觉得其实不该来,犹豫许久才举手敲门。起初没有回应,她松了口气,以为没人在家。然后屋里传来了脚步声,门开了,她的心也随之一沉。

"是哪位?"形容憔悴的阿克塞尔·弗兰科尔疑惑地望着她。

"嗨,我叫艾丽卡·菲尔克,我……"她不知道该如何说下去。

"埃尔西的女儿。"阿克塞尔用怪异的目光打量着她,疲惫似乎不复存在了。"嗯,看得出来,你们母女俩长得真像。"

"是吗?"艾丽卡很吃惊。以前从没人这么说过。

"对,眼睛很像,还有嘴。"阿克塞尔歪着脑袋,似乎在细细审视着她的外貌。随即,他突然让到一边,"请进。"

艾丽卡走进玄关便停住了。

"跟我来,我们去阳台坐坐。"阿克塞尔在前引路,显然希望艾丽卡跟他过去。艾丽卡挂好外套,匆匆赶上去。阿克塞尔指指一张沙发,沙发摆在镶着玻璃的漂亮阳台上,艾丽卡和帕特里克家的阳台也和这里差不多。

"请坐。"阿克塞尔好像没打算问她喝不喝咖啡。两人默默对坐了一阵儿,艾丽卡清清喉咙:

"唔,我来是为了……"她又重新开始,"我顺路来看看,是因为我有一枚勋章还在埃里克这里。"她也明白此言唐突,于是又说,"噢,当然,请节哀顺变,我……"艾丽卡只觉得眼下的气氛很不舒服,不安地寻找着延续话题的方式。

阿克塞尔挥挥手,驱散了她溢于言表的尴尬情绪,友善地说:"你刚才说到一枚勋章。"

"对,对。"艾丽卡庆幸他把话题拉回正轨,"今年春天我在母亲的遗物里找到一枚勋章,一枚纳粹勋章。我不明白她为什么留着那东西,所以很好奇。我知道你弟弟……"她耸耸肩。

"我弟弟帮上忙了吗?"

"不知道。春天的时候我们通了电话,后来我忙不过来,嗯……我本来打算再和他联系,但是……"她把后半截话咽回去了。

"你想知道勋章还在不在这里?"

艾丽卡点点头。"是的,很抱歉。这种情况下我还来给你添麻烦,真是……但我母亲遗物不多,所以……"她又有些不知所措。早知道在电话里说就好了。当面索要未免过于残酷。

"我理解,我真地能理解。再也没人能比我更明白,维系着和过去的纽带有多么重要。即便那些纽带是没有生命的物品。埃里克收藏了那么多东西,他肯定也能理解。那些东西是史实的象征,对他而言,它们还有生命,鲜活的生命,讲述着故事,教会我们很多。"一时间,他的目光凝望着玻璃窗外。随后他又转向艾丽卡。

"我一定会找一找,不过,先跟我稍微多谈谈你母亲。她是怎样的人?她这一生过得如何?"

这些问题让艾丽卡感觉很奇怪。但阿克塞尔几乎是一脸祈求的神色,她只好试着回答。

"嗯……我母亲是怎样的人?说实话,我也不知道。妈妈生下我和我妹妹的时候年龄不小了,而且……我不知道……我们和她的关系一直都不好。她的一生?"艾丽卡被这个问题搞糊涂了。原因是她没有完全明白阿克塞尔想问什么,还有她也无话可说。但她决定试一试。

"我想她过得很艰难。我指的是她的生活。在我看来,妈妈似乎从来都沉默寡言,不太……开心。"艾丽卡竭力搜寻着更好的解释方式,但充其量也只能这样接近真相。她不曾记得母亲有过开心的时候。

"很遗憾。"阿克塞尔又一次遥望窗外,似乎无力直视艾丽卡。艾丽卡暗自寻思他为什么要问这些问题。

"你认识我母亲时,她是什么样子呢?"艾丽卡掩饰不住声音中的急切。

阿克塞尔转向她,表情柔和了许多。"其实埃尔西的朋友是我弟弟,他们年龄相仿。不过他们一共有四个人:埃里克,埃尔西,弗朗斯,还有布丽塔。一株四叶草。"他大笑起来,笑声很奇特,听不出欢愉之意。

"是啊,我找到了她的日记,里面也写了。我认得你弟弟,但弗朗斯和布丽塔是谁?"

"日记?"阿克塞尔骤然一惊,但那反应稍纵即逝,片刻后艾丽卡以为是她自己的错觉。"弗朗斯·林霍尔姆和布丽塔……"阿克塞尔打了个响指,"布丽塔姓什么呢?"他在黑暗的记忆裂隙中寻觅着,但无功而返。"反正她应该还住在夫雅巴卡。有几个女儿,两三个吧,不过应该比你大很多。嗯……就在嘴边,可是……她结婚后肯定随了夫姓。等等,我想起来

69

了,她姓约翰逊,她丈夫也姓约翰逊,所以她等于没有改姓。"

"那应该可以找到她。可是你还没回答我的问题。我妈妈当年是什么样子?"

阿克塞尔沉默良久,才说:"很安静的女孩,喜欢沉思,但并不消沉。和你的描述大不一样。她有一种发自内在的活力,和布丽塔完全两样。"他哼了一声。

"那布丽塔又是怎样的人?"

"我一直都不喜欢她。也不明白为什么我弟弟会和那样一个……蠢货待在一起。"阿克塞尔摇着头,"你母亲是个与众不同的女孩。布丽塔和她相反,浅薄,庸俗,总是跟在弗朗斯屁股后面……当时很少有女孩像她那样。时代不同了。"他朝艾丽卡苦笑着,挤了挤眼。

"弗朗斯呢?"艾丽卡半张着嘴,盯着阿克塞尔,准备将关于母亲的每个字刻在脑子里。她对母亲了解得太少太少了。新的发现越多,越令她感觉对母亲真是一无所知。

"弗朗斯·林霍尔姆是另一个我认为弟弟不该结交的人。性格暴躁,心胸狭窄,还有……不该和那种人交朋友。无论现在还是从前。"

"现在他的情况如何?"

"他住在格雷贝斯泰德。可以说我们走的是截然相反的人生道路。"阿克塞尔语调充满了轻蔑。

"这话怎么说?"

"我毕生都致力于和纳粹作斗争,而弗朗斯则希望历史重演,而且最好是在瑞典的土地上重演。"

"可这和我发现的纳粹勋章有什么关系?"艾丽卡倾身问道,但阿克塞尔忽然把脸一板,站起身来。

"啊,对,那枚勋章。我们最好去找找。"他走出房间,艾丽卡失望地跟出来。她想不出自己说了什么才令他态度骤变,但这时也不便多问。阿克塞尔在大厅里一扇她不曾留意过的门前停下。门是关着的,他一手握住门把,踌躇未决。

"我还是一个人进去比较好。"阿克塞尔的声音微微颤抖。艾丽卡意识到门里面应该是书房,埃里克的遇害现场。

"不如改天再说吧。"她又一次为触动阿克塞尔的伤心事而内疚。

"不,就现在吧。"阿克塞尔不容置辩地说。然后他又重复了一遍,但语气柔和得多,似乎想表明他不想那么严厉。

"我马上回来。"他开门走进去,接着把门关上。艾丽卡留在大厅里,听见阿克塞尔在书房中翻箱倒柜。他拉开了抽屉,像是很快就发现了目标,刚过一两分钟就出来了。

"找到了。"他一脸不可思议地将勋章放进艾丽卡摊开的掌心。

"谢谢。我……"艾丽卡五指攥紧勋章,一时失语。"谢谢。"她说不出别的了。

她将勋章放进衣袋,离开这座房子,走在石子路上时,还能感觉到身后阿克塞尔的视线。一时间,她真想转身折返,为自己拿这点鸡毛蒜皮的小事来打扰他而道歉。随即她就听到房子的前门关上了。

夫雅巴卡,一九四三年

"真没想到佩尔·阿尔宾·汉森是这么个懦夫!"维尔戈特·林霍尔姆一拳猛捶在桌子上,酒瓶被震得跳了起来。之前他让波蒂拿些宵夜来,正在纳闷她怎么去了那么久。女人就爱到处闲逛。除非他亲自动手,否则什么事都办不妥。

"波蒂!"他冲着厨房的方向大喊,但没有回应。他抖掉烟灰,憋足气又喊了一声,肚皮几乎都提到胸口了。

"波蒂蒂蒂蒂!"

"你老婆该不会在厨房里迷路了吧?"伊贡·鲁德格伦打趣道,亚尔马·本尼松也跟着开起玩笑。维尔戈特更生气了。这女人简直让他在潜在的合伙人面前丢尽了脸。得教训她一下。但他正准备起身去查看情况时,他妻子从厨房里出来了,双手端着满满一大盘东西。

"抱歉耽误了这么久,"她垂下眼帘,将盘子放到他们面前的桌子上。"弗朗斯,麻烦你……"她指了指厨房,但还没说完就被维尔戈特打断了。

"我可不让弗朗斯待在厨房里干女人的活儿。现在他是个小伙子了,可以和我们一起,也好让他学两手。"他朝笔直地坐在对面扶手椅里的儿子挤挤眼。这是弗朗斯第一次获准长时间列席父亲和生意伙伴的晚餐。本来大人们一吃完饭,他就该尽快躲回自己的房间里去。可是今天父亲坚持让他留下,自豪之情顿时在弗朗斯胸中鼓胀,简直要把他的衬衫扣子一粒粒都迸开,四散飞去。而且今晚的好事还不止如此。

"好了,孩子,来两口白兰地怎么样?你们两位的意见呢?他这星期就满十三岁了,也该到了能喝第一口白兰地的时候了吧?"

"到了时候?"亚尔马大笑,"要我说,实在太晚了。我的儿子们十一岁就在家第一次喝酒了,告诉你,这对他们有好处。"

"维尔戈特,你真地认为……"波蒂闷闷不乐地看着丈夫信手倒了一大杯白兰地递给弗朗斯,而他刚咽下第一口就咳嗽不止。

"没事,慢慢喝,小子,要小口啜,不是大口猛灌。"

"维尔戈特……"波蒂又想劝阻,但这时她丈夫的脸拉下来了。

"你怎么还在这里?厨房里没有东西要洗吗?"

一时间,波蒂似乎有话要说。她转向弗朗斯,但他只是得意地举起杯子,微笑着说:"干杯,亲爱的妈妈。"

波蒂走回厨房关上门,男人们在她身后爆出一阵狂笑。

"刚才说到哪儿了?"维尔戈特示意客人们自行取用银盘里的鲱鱼三明治。"哦,对了,佩尔·阿尔宾首相到底在想什么?我们当然要支持德国人!"

伊贡和亚尔马纷纷点头。他们自然举双手赞成。

"太可悲了,"亚尔马说,"现在时局这么艰难,瑞典竟然不能挺直腰杆,维护瑞典人的理想。我简直为身为瑞典人而感到耻辱。"

男人们都点头称是,各自啜了一口白兰地。

"你猜我怎么想?我们不能坐在这里拿白兰地配三明治。弗朗斯,到楼下给我们拿几瓶冰啤酒来。"

五分钟后弗朗斯回来了,现在他们可以大口痛饮在地窖里冰过的啤酒,并把三明治送进肚子里。弗朗斯又坐回父亲对面的扶手椅上。当维尔戈特一声不吭地开了一瓶酒递给儿子时,弗朗斯笑得合不拢嘴。

"我已经给正义事业捐了几个克朗,建议你们两位也捐一点。希特勒需要所有支持者立刻站到他身边。"

"生意自然是越做越大,"亚尔马举起酒瓶,"我们都快跟不上矿石出口的需求了。喜不喜欢打仗先不说,从生意的角度来讲,打一打倒也不坏。"

"说得对。如果我们赚钱的同时又能把那些该死的犹太人解决掉,就再好也没有了。"伊贡又拿了一块三明治,盘子里只剩下几块了。他咬了一口,转向听得异常认真的弗朗斯:"小子,你真该为你父亲骄傲,像他这样的瑞典人可不多。"

"是的,先生。"弗朗斯没料到大人的注意力突然转到自己身上,难为情地含糊答应着。

"要听你父亲的话,别理那些什么都不懂的人。你要知道,大多数人责怪德国人和战争,是因为他们的血统不纯。到处都是吉普赛人和瓦隆人,他们歪曲事实也不奇怪。可你父亲,他知道世界是什么样子。我们也是。我们都看见了犹太人和其他外国人想夺权,想摧毁一切属于瑞典人的纯正的东西。记住我的话,希特勒走的才是正路。"伊贡义愤填膺地说个不停,面包屑从嘴角接连喷出来。弗朗斯听得入迷。

"两位,我看该谈谈生意了。"维尔戈特砰地一声放下酒瓶,立刻吸引了大家的注意力。

弗朗斯又旁听了二十分钟,然后他摇摇晃晃地起身,回去睡觉。他倒下时,整个房间仿佛都在天旋地转,朦朦胧胧。大人们还在客厅里低声讨论。弗朗斯昏昏沉沉睡着了,幸好他这时还完全不知道醒来后将会是什么感觉。

6

戈斯塔深深叹着气。夏天快要被秋天赶走了,这实际上也就意味着他打高尔夫球的时间马上要大减了。

警局里的状况还算安定。梅尔贝里带恩斯特出去散步,马丁和波拉去格雷贝斯泰德找弗朗斯·林霍尔姆谈话。戈斯塔再次在记忆中搜索这个名字,令他欣喜的是,脑海中灵光一闪。林霍尔姆。博哈斯兰省那个记者的名字。他抓起桌上的报纸翻查着,果然找到了一个名字:"克耶尔·林霍尔姆"。那个坏脾气的家伙总盯着地方官员和其他任何掌权者。不排除是巧合,但林霍尔姆这个姓氏并不多见。他会不会是弗朗斯的儿子?戈斯塔将信息储存在大脑里,以备不时之需。

可现在还有更要紧的事情得处理。他又叹了口气。这些年来,他简直把叹气变成了一门艺术。也许他可以等马丁回来,不仅可以分摊工作,还能给自己至少留出一小时的时间,说不定是两小时,如果马丁和波拉回警局的路上去吃午饭的话。

管他呢,他想。与其让事情挂在心里,倒不如动手解决更好。戈斯塔起身穿上外套,通知安妮卡他的去向,从车库里开出一辆警车,直奔夫雅巴卡。

还没按门铃,他就觉得自己做了个愚蠢的决定。刚过中午,男孩们肯定还在学校。他正要离开,门却开了,亚当抽着鼻子出现在门口。他的鼻子通红,目光呆滞,看来正在发烧。

"你生病了?"戈斯塔问道。

男孩点点头,似乎为了强调,使劲打了个喷嚏,用手帕擤着鼻涕。"我感冒了。"亚当的声音显示出他的鼻子堵得厉害。

"我能进屋吗?"

亚当让到一旁:"行啊,后果自负。"他又打了个喷嚏。

戈斯塔感到好些携带病毒的唾沫星子喷到手上,但他平静地在衬衫袖子上擦掉了。

"爸爸不在家。"亚当抽着鼻子说。

戈斯塔跟着男孩走进厨房,眉头微蹙。然后他才明白,亚当想说的应该是"妈妈不在家"。戈斯塔心想,探访未成年人,法定监护人却不在家,这样合适吗?但他很快就打消了这念头。如果恩斯特在这儿就好了,一定会全力支持他——是恩斯特警官,而不是那条狗。戈斯塔边想边忍不住笑出声来。亚当不解地看了他一眼。

两人在厨房的餐桌边坐下,桌上还留着那天早饭的痕迹:面包屑,黄油沫,溅出来的巧克力饮料。

"嗯。"戈斯塔刚用手指敲了敲桌面就有点后悔,因为指尖粘上了糊糊的面包屑。他把面包屑擦到裤子上,说:

"嗯,你……对这件事怎么看?"这个问题即便在他自己听来都相当怪异。他不太擅长和孩子以及所谓精神受创的人交谈。其实他倒未必当真相信那一套。

亚当边吸鼻子边挺起胸:"呃,还行吧,学校里的人都觉得很酷。"

"为什么最先发现尸体的会是你们呢?"

"是马蒂亚斯的主意。"亚当咕哝着。戈斯塔这时已经习惯了男孩的感冒腔,所以能听清他的意思。

"这附近的人都知道那两个老人很奇怪,着迷于二战之类的事情,有同学说他们家里藏了很多宝贝,马蒂亚斯觉得我们可以溜进去看看……"亚当的话头戛然而止,狠狠打了个喷嚏,戈斯塔吓了一跳。

"所以提议闯进他们家的人是马蒂亚斯?"戈斯塔严厉地瞪着亚当。

"不知道算不上'闯'……"亚当颇为局促不安,"我们没打算偷东西,只想亲眼看看。而且我们以为他们都不在家,所以根本不会注意到我们去过。"

"好吧,姑且相信你,"戈斯塔说,"你们以前从没进过他们家?"

"从来没有,用我的名誉发誓,"亚当乞求地望着警官,"我们是第一次去。"

"我得采一下你们的指纹,才能证实你的话,也方便排除你们留在现场的指纹。没问题吧?"

"没有,当然没有。"亚当两眼闪闪发光,"我经常看《犯罪现场调查》[①],我知道指纹多么重要,可以排除嫌疑人。而且他们把所有指纹都输入电脑,查出还有谁去过死者家里。"

"对极了,程序就是这样。"戈斯塔故意板着脸,心里却大笑不止。把所有指纹都输入电脑。喔,真能瞎扯。

他拿出取指纹的器材:一个印台,一张有十个格子的卡片。接着,他仔细地让男孩依次将每个手指都在卡片上按了指印。

"很好。"他满意地说。

"是扫描到电脑里面,还是用其他方法?"亚当问道。

"对,我们把它们扫描进去。"戈斯塔说,"然后在你说的数据库里进行比对。十八岁以上瑞典公民的指纹都在数据库里,也有一部分外国人的。听说过国际刑警组织吧,我们和他们有合作,直接联系。FBI和CIA也是。"

"真棒!"亚当无比钦佩地望着戈斯塔。

回塔努姆市的路上,戈斯塔笑个不停。

赫尔曼细心地摆着餐桌,铺上了布丽塔特别喜欢的黄色桌布。他想让一切和从前一样。如果她身边的环境还一如往昔,那么即便不能彻底阻止她的记忆衰退,至少也有希望让速度减缓一些。

---

① 美国电视剧,讲述的是一组刑事鉴识科学家的故事。

开头是最艰难的,在没收到诊断结果之前。布丽塔历来一丝不苟,全家人都不明白她怎么会突然找不到车钥匙,或是喊错孙子的名字,又或是突然忘掉记了一辈子的朋友的电话号码。

诊断结果出来后,两人默默对坐了很久。接着布丽塔开始抽泣。仅此而已,抽泣。她握紧赫尔曼的手,他也紧握着她的。两人都明白这意味着什么。他们共度了五十五年的人生,从此将天翻地覆。疾病会渐渐吞噬她的心灵,让她一步步失去自我:她的记忆,她的性格。他们之间的裂隙会越来越宽,越来越深。

自那以后,一年过去了。美好的时光再难寻觅。赫尔曼试图效仿从前的布丽塔叠好纸巾时,双手连连颤抖。她习惯把纸巾叠成扇形,可即便他旁观了那么多次,自己却还是学不来。第四次努力失败后,在愤怒和沮丧夹击之下,他将纸巾撕得粉碎。碎片飘落到盘子上。他跌坐到椅子里,擦去眼泪,开始重整心神。

他们共度了五十五个春秋,幸福美满。当然,婚姻难免摩擦,人生总有起落,但他们的爱情基础始终坚不可摧。他和布丽塔一起变得成熟,特别是怀上安娜·格蕾塔以后。他是那么为布丽塔而骄傲。他们一共生了三个女儿,三个天使般的女儿。伴随着每个女儿的出生,他对妻子的爱意就又浓烈了几分。

一只手搭上了他的肩膀。"爸爸?怎么了?我敲门的时候你没回应,所以我就进来了。"

瞥见长女脸上的忧虑神情,赫尔曼连忙擦擦眼睛。但他骗不了女儿。她用双臂拥着他,她的脸紧贴着父亲的。

"今天是不是情况不太好,爸爸?"

他点点头,听凭自己像女儿怀抱中的孩子。在他和布丽塔的抚养下,安娜·格蕾塔健康成长,她热心、善解人意,现在已经是两个孙子的慈祥祖母。

"光阴似箭啊,安娜·格蕾塔。"半响,他才拍拍抱着自己的这双胳膊。

"是啊,爸爸,光阴似箭。"她把他抱得更紧了,然后又紧搂了一下,才松开他。

"我来叠餐巾,你去准备刀叉。按眼下这情况,这样最好。"安娜·格蕾塔指指满桌纸屑,朝他挤挤眼。

"说得对,这样最好。"他感激地冲女儿微笑着,"这样最好。"

"他们什么时候来?"帕特里克在楼上卧室里问道。刚才艾丽卡让他换掉牛仔裤和T恤,穿得更像样点。虽然他抗议"只是你妹妹和丹过来吃饭而已",却无济于事。星期五晚上邀请客人来家用餐,必须穿得正式一些,就那么简单。

艾丽卡拉开烤箱门查看里脊烤得怎么样了。前天冲着帕特里克大吼大叫一顿之后,她一直深感内疚,所以做了一桌他最喜欢的菜来补偿。

"他们半小时后就到。"她朝楼上的帕特里克喊道,继续调少司。她已经换上了黑色裤子和淡紫色衬衣。为了保险起见,她围了一条围裙,帕特里克走进厨房时,颇为欣赏地吹起了口哨。

"我这干涸的眼睛看见了什么?发现了新大陆。上帝迷人的造物,却别有一种家居风味,厨娘风情。"

"哪有'厨娘风情'这个词。"帕特里克吻艾丽卡的后颈时,她忍不住大笑。

"现在就有了。"他挤挤眼,后退一步,在厨房中央来了个踮足旋转。"怎样?我这身还过得去吧?是不是还得上楼再换一套?"

"行了,行了,看你说的,我有那么唠叨吗。"艾丽卡上上下下挑剔地打量着他,最后笑道:

"非常好,你真养眼。现在麻烦你摆一摆餐桌,也许我就能想起来为什么要嫁给你了。"

"摆餐桌?包在我身上!"

半小时后,门铃在七点钟准时响起,饭菜已准备就绪,餐桌也摆好了。安娜和丹站在门口,还带来了艾玛和亚德里安。他们一进门就召唤玛雅,对这个小表妹爱不释手。

"这位帅哥是谁呀,艾丽卡?"安娜说,"你对帕特里克做了什么?也该拿他换个更迷人的男模来了。"

帕特里克上前拥抱艾玛："好久不见,亲爱的小姨子。好吧,你们这对小情侣缠绵够啦?居然舍得从卧室出来光临寒舍,艾丽卡和我真是受宠若惊呐。"

"别笑话我了。"安娜飞红了脸,捶了帕特里克胸膛一拳。但她投向丹的目光,说明帕特里克说到点子上了。

一个完美的夜晚。艾玛和亚德里安陪着玛雅一直高高兴兴地玩到她上床睡觉,然后他们俩分别在沙发两头睡着了。饭菜大受好评,酒也很棒,没多久就被喝了个精光。没有压近的乌云,不必回想过去发生的一切,只有愉快的聊天和恰到好处的玩笑。

丹的手机突然急叫起来,顿时破坏了气氛。

"抱歉,我得看看这么晚是谁打电话。"丹去外套口袋里拿手机,看了看屏幕,皱起眉头。他似乎不认识这个号码。

"喂?我是丹。"他说,"请问你是?对不起,我听不清你说什么……贝琳达?在哪儿?什么?可我刚喝了酒,不能……帮她叫一辆的士,送她过来,马上!对,等她到了我来付钱。一定要把她送过来。"他匆匆报出帕特里克和艾丽卡的地址,挂了电话,眉头皱得更紧,咒骂了两声。

"真他妈该死!"

"怎么了?"安娜担忧地问道。

"是贝琳达。她去参加什么聚会,喝多了。是她一个朋友打来的。他们会叫辆出租车送她过来。"

"可她现在在哪儿?她本该和佩妮拉一起待在蒙克达尔。"

"哎,显然她没去。她朋友是从格雷贝斯泰德打来的电话。"

丹在手机上按了一串号码,听起来像是搅扰了前妻香甜的梦境。他走进厨房,其他人只能听到对话的只言片语,但那些词听上去可不太友好。几分钟后,他回到餐厅,一脸无奈地坐到餐桌旁。

"贝琳达骗她妈妈说要去和朋友过夜。而那个朋友也撒谎说要来贝琳达家里过夜。其实两人串通起来跑去格雷贝斯泰德参加聚会。见鬼!

我还指望她盯着孩子!"他沮丧地用手梳着头发。

"你是指佩妮拉?"安娜拽拽他的手臂,劝他冷静。"没那么容易,你知道。换作是你也难免上当,经典诡计嘛。"

"不可能!"丹恼怒地答道,"晚上我会打电话给她朋友的父母问问情况。十七岁的孩子我可信不过。她怎么会那么蠢?我是不是不该指望她能照看好孩子?"

"别急,"安娜正色道,"一步一步来。现在最重要的,是等贝琳达来了以后怎么照顾她。"丹刚张嘴想说话,就被她阻止了。"今晚不能朝她大吼。等明天早上她清醒以后再和她谈谈。怎么样?"餐桌旁所有人,包括丹,都听得出没有商量的余地。他点了点头。

"我去整理一下客房。"艾丽卡站起身。

"我去拿个桶什么的。"帕特里克衷心祈祷,玛雅长到贝琳达这个年龄的时候,千万别让他也说同样的话。

过了几分钟,他们听见有车停在门外,丹和安娜连忙赶去开门。贝琳达像个布娃娃似的瘫在后座上,丹把她搀下车,安娜付了车钱。

"爸爸……"贝琳达含混地吐出几个字,双臂环住丹的脖颈,把脸埋在他胸前。

贝琳达一阵作呕,丹本能地将她的脑袋从胸前挪到一边。一摊臭不可闻的微红色糊状物倾泻到艾丽卡和帕特里克的门前台阶上。

"带她进去。这里不用担心,我们回头再扫掉。"艾丽卡示意丹和安娜进屋,"带她去浴室,安娜和我会帮她洗个澡,给她换身干净衣服。"

贝琳达在浴室里哭了起来,哭声令人心碎。安娜抚弄着她的头发,艾丽卡仔细地用浴巾替她擦干身体。

"嘘,都会好起来的,别担心。"安娜给贝琳达套了一件干净T恤。

"吉姆说好要来的……我还以为……可她告诉琳达,说她觉得我……很丑……"她只能边啜泣边挤出支离破碎的几个字。

越过贝琳达的头顶,安娜和艾丽卡的目光相汇了。无论拿世界上什么东西作交换,她们都不想处在这个女孩的境地。年少的心痛最为彻骨。

她们都是过来人，自然也都理解此时此刻的她为何借酒消愁。但这只是缓刑，明天贝琳达的心情估计更糟——这也是她们的切身体验。但现在她们只能送她去睡觉，剩下的就留到早上再说吧。

梅尔贝里一手握着门把，反复权衡利弊，显然还是"利"占了上风。他来这儿有两个原因。首先，星期五晚上没别的事可干。其次，丽塔漆黑的双眸深深印在他的脑海中。仅凭这两点就足以让他荒唐到跑来学跳舞的地步吗？他仍然拿不定主意。再说，里面可能有一大群绝望的女人，满以为一堂舞蹈课下来就能抢到一个男人。梅尔贝里刚下定决心选择B计划，面前的门就开了。

"伯蒂尔！太好了！快进来，我们马上开始。"梅尔贝里还没反应过来，就被丽塔一把拉进体育馆。地板上的手提录音机里飘出拉丁美洲的音乐，四对舞伴用好奇的目光迎接他。梅尔贝里惊讶地发现，在场人士正好男女各半。

"你只好和我跳了，还可以帮我示范一下舞步。"丽塔将他领到舞池中央，在他面前摆好姿势，拉起他的一只手，又让他用另一条手臂环在她腰间。梅尔贝里不得不克制着想一把搂住她丰满的身体的冲动。他就是理解不了，怎么会有男人喜欢骨瘦如柴的女人？

"好的，伯蒂尔，请注意。"丽塔严肃地说，他顿时站直了。"请注意伯蒂尔和我的动作，"丽塔对另外四对舞伴说，"女伴注意：先出右脚，重心移到左脚，然后收回右脚。男伴的动作也一样，但顺序相反：先出左脚，重心移到右脚，然后收回左脚。我们练习一下这组动作，直到大家都掌握。"

梅尔贝里花了吃奶的力气去领会舞步，但他的大脑像是执意要抹去最基本的常识，比如哪只是右脚，哪只是左脚。不过丽塔是个好老师，在她强势的引领下，梅尔贝里顺着她前后挪动，过了一会儿，终于高兴地发现他开始开窍了。

"现在……我们开始扭臀。"丽塔用鼓励的目光望向众位学员。"我们瑞典人的身体很僵硬，但萨尔萨舞讲究的是移动、诱惑和柔软。"

为了示范,她随着音乐扭了几下臀部,宛如来回涌动的海浪。梅尔贝里看得入了迷。为了献殷勤,他也按他的理解,效仿丽塔的动作前后移动脚步,结果纯属白费劲。

"我知道动作很难,伯蒂尔。需要多练习。"丽塔鼓励他再来一次,"注意听音乐,伯蒂尔,注意听。让你的身体跟着节拍动。眼睛不要盯着脚,看我。跳萨尔萨的时候要始终直视女伴的双眼。这是爱的舞蹈,激情的舞蹈。"

她直勾勾凝视着他。他费了好大功夫才将视线从双脚转移到丽塔脸上。一开始似乎无济于事,但片刻后,在丽塔的悉心指导下,他找到一点感觉了。随着录音机里拉丁美洲舞曲的节奏,他简直飘飘欲仙了。

克里斯蒂安桑,一九四三年

阿克塞尔并不喜欢冒险,他也不是特别勇敢。当然,他很害怕,只有傻子才不害怕。但他只是觉得这件事不能不做。他不能袖手旁观,坐视恶魔占领一切。

他站在栏杆旁,让海风抽打着脸颊。他热爱海的咸味,总是嫉妒渔民们,他们早出晚归、驾船前往鱼群丰饶的地方。阿克塞尔知道,如果他吐露心中的嫉妒感,一定会被大家笑话,他们不可能相信,他这个医生的儿子,本该继续求学,将来做一番大事业的人,居然会嫉妒他们,嫉妒他们手掌上的水泡、衣服上永远洗不掉的鱼腥味,还有他们每次出海都不知能否平安归来的心惊胆战。

与他相反,埃里克则喜欢沉浸在书的世界里。对此阿克塞尔深受吸引,却也使他悲从中来。他们兄弟俩的差别太大了,也许是年龄的代沟太深了。他比埃里克大四岁,这意味着他们从不一起玩,从不分享玩具。

"现在我们随时都要进港了。"

阿克塞尔被身后埃尔洛夫沙哑的声音吓了一跳。他没听见船长走近。

"一靠岸我就下船。大约要去一个小时。"

埃尔洛夫点点头:"当心点,孩子。"他最后望了阿克塞尔一眼,才走去船尾掌舵。

十分钟后,阿克塞尔仔细观察周围一番,跳上码头。他发现岸上四面八方都是德国兵,但大多数士兵都忙着干活,一般都是检查靠岸船只。他感到心跳加快了。他混在忙碌的人群中,尽量装出漠不关心、泰然自若的模样。这次他什么都没带,此行的目的是拿一样东西。阿克塞尔不知道要求他偷偷带回瑞典的文件是什么内容,他也不想知道。分派任务的人只告诉他应该找谁接头。

任务很明确。他要找的人会站在港口的尽头,头戴一顶蓝色帽子,身穿一件棕色衬衫。阿克塞尔一边警惕地环视四周,一边来到港口一角,接头人理应在此。到目前为止一切顺利。德国人忙着自己的事,根本没注意他。终于,他发现了目标。那人正在堆板条箱,似乎专心致志地干着活。阿克塞尔朝他走去。他得装出有事要办的样子,决不能眼神闪烁、东张西望,否则无异于在自己胸前画了个靶子。

快走到那人面前时,对方还没注意到他。阿克塞尔抱起最近的板条箱,垒到一堆箱子上。他的眼角余光发现接头人把什么东西掉在几个箱子旁边的地面上。阿克塞尔俯身抱起另一个箱子,但事先捡起了那团纸,塞进衣袋。交接成功了,双方连一个照面也没打。

一阵轻松感顿时流遍全身的血管,他几乎眩晕了。交接是最危险的时刻。一旦交接完成,风险就小得多了⋯⋯

"站住!把手举起来!"

德国兵的喝令从天而降。阿克塞尔震惊地看向身旁的人,对方羞惭的表情说明了一切。这是个圈套。整个任务就是为了抓捕他而设计的,不然就是德国人得到了情报,逼迫参与计划的人引他上钩。从他上岸那一刻起到接头完成,他的一举一动都在德国人的监视之下。那份文件简直要把他的衣袋烧出一个洞。他高举双手示意投降。面前这些人是盖世太保。一切全完了。

7

重重的敲门声打断了他的晨祷。每天早上都一样,先洗澡,接着刮胡子,然后做早餐:两个鸡蛋,一片抹黄油和奶酪的黑麦面包,一大杯咖啡。始终如一的早餐,边看电视边吃。又一阵敲门声。真烦。弗朗斯起身去开门。

"嗨,弗朗斯。"他儿子站在门口台阶上,锐利的目光还是那么熟悉。

弗朗斯不记得变化是从什么时候开始产生的,但他只能接受自己无法改变的事实,眼前的情况也是其中之一。只在梦中,他有时才感觉有只小手拉着他的大手。那是很久很久以前的朦胧记忆。

他很轻很轻地叹了口气,闪到一旁,让儿子进门。

"嗨,克耶尔,"他说,"什么风把你吹到老爸这儿来啦?"

"埃里克·弗兰科尔。"克耶尔冷冷地答道,紧盯着父亲,似乎期待他有什么特别的反应。

"我正在吃早餐。进来吧。"

克耶尔跟着他走进客厅,忍不住好奇地四处张望。以前他从没进过这间公寓。

弗朗斯没问儿子喝不喝咖啡。答案不问也知道。

"那么,埃里克·弗兰科尔是怎么回事?"

"你知道他已经死了吧。"这是陈述句,不是疑问句。

弗朗斯点点头。"对,我是听说老埃里克死了。很遗憾。"

"这是你的真心话？很遗憾？"克耶尔瞪着父亲。弗朗斯自然明白他为什么有此一举。他这次来不是以儿子的身份，而是作为一名记者。

弗朗斯没有马上回答。水面之下，有无数暗流涌动。他有许许多多留存了一辈子的回忆，但这件事不能和儿子分享。克耶尔永远都不会明白。很久以前他们父子就决裂了。这种状况持续了很多年，主要得归咎于他。克耶尔小时候难得见长年坐牢的父亲一面，他母亲带他去探过几次监，然而那张写满问号的小脸出现在冰冷、无情的会客室里的景象，最终令弗朗斯狠下心，再也不让家人来探监。他觉得没有这个父亲对孩子更好。也许他错了，但现在要弥补也来不及了。

"对，埃里克死了，我很难过。我们从小就认识，而且我对他印象很不错。后来我们各走各的路。"弗朗斯两手一摊。他没必要向克耶尔解释。分道扬镳这种事，他们两人该明白的都能明白。

"不对，根据我的消息来源，你最近还和埃里克有联系。'瑞典之友'也对弗兰科尔兄弟十分关注。我做点记录，你不介意吧？"克耶尔把笔记簿放到桌面上，挑衅地瞄了父亲一眼，开始动笔。

弗朗斯耸耸肩，轻蔑地一挥手。他不想再玩这种游戏了。克耶尔的满腔怨气，每一丝每一缕他都感同身受。但他的儿子驱使怒火的方式不同。弗朗斯读过他在报上发表的文章。虽然弗朗斯和克耶尔的观点不同，但他们其实非常相似。他们都被内心的愤怒所左右，所以他和那些同情纳粹的狱友才相处得如此融洽——那些人是他第一次坐牢时结识的。在狱中加入纳粹帮派使他有了地位和权力年复一年，他越来越投入自己所扮演的角色，再也不可能将自己和自己的观点截然剖开，他们融为一体，不分彼此。他有种感觉：克耶尔其实也和他一样。

"刚才说到哪儿了？"克耶尔低头看看还是一片空白的笔记簿，"噢，对了，你和埃里克有联系。"

"叙旧而已，没什么特别。也和他的死完全无关。"

"你说得轻巧，"克耶尔反驳道，"但是真是假可由不得你说了算。你们怎么又联络上了？你恐吓他了吗？"

弗朗斯哼了一声："我不清楚你的消息从哪儿来的,但我从没恐吓过埃里克·弗兰科尔。你对和我立场相同的人口诛笔伐得够多了,应该明白难免有些……激进分子,不可能理性地看问题。这就是我想告诉埃里克的话。"

"和你立场相同的人?"克耶尔的不屑已近乎仇视了,"你是指那些自以为能封锁全部瑞典国境线的守旧派疯子吧。"

"随你怎么形容,"弗朗斯无奈地答道,"反正我没恐吓过埃里克·弗兰科尔。现在你可以走了,谢谢。"

一开始克耶尔似乎不想走。随即他霍然起身,弯下腰,紧盯着父亲。

"你不是我父亲,没有你我也过得很好。但我发誓,如果你继续把我儿子往你这摊浑水里搅,我就……"他握紧了拳头。

弗朗斯抬起头,平静地迎接克耶尔的目光："我可没把你儿子往什么东西里搅。他长大了,可以独立思考,他会自己做出选择。"

"就像你当年那样?"克耶尔愤愤地甩下一句,疾步冲出门去,仿佛再也不堪和父亲同处一室。

弗朗斯一动不动,感觉到心脏在胸腔中砰砰狂跳。当他听着前门猛然撞上的巨响,他思索着林霍尔姆家这几代父与子,思索着无论他们乐意与否都要面临的那些选择。

"周末过得如何?"波拉边往咖啡机里加咖啡豆,边问马丁和戈斯塔。她同事都只郁闷地点点头,他们对周一的早晨都没什么好感。再说马丁整个周末都没睡好觉。

最近马丁每天夜里都睁眼躺在床上,为两个月后便将降生的孩子而担心。

"你们两位心情好像很不错呀。"波拉坐下来,双臂搁在桌面上,微笑着端详戈斯塔和马丁。

"星期一上午太高兴是违法的。"戈斯塔起身续杯。他拿走咖啡壶的时候动作太快,咖啡从出水口滴在炉盘上。戈斯塔完全没留意,加满自己的杯子后就把咖啡壶放回去了。

"戈斯塔,"他罔顾自己留下的烂摊子,径直转身坐回桌旁时,波拉把脸一沉:"怎么能放着不管,你得把洒出来的咖啡擦干净。"

戈斯塔扭头一看,才发现台子上那一滩咖啡。"噢,抱歉。"他闷闷不乐地返身去擦。

马丁大笑:"难得有人能管得住你。"

"是啊,是啊,女人嘛,都得这么苛刻。"

波拉正欲出言反击,走廊里传来一阵声音,平常在警局里听不到的声音,是小孩欢快的咿咿呀呀声。

马丁急忙伸长脖子。"那一定是……"他还没说完,帕特里克就出现在门口,怀里抱着玛雅。

"嗨,大家好!"

"嗨!"马丁很高兴,"你真是闲不住。"

帕特里克笑道:"不,是这位小姐和我都认为应该顺路来看看你们有没有偷懒。对吧,宝贝?"玛雅乐不可支地咯咯笑着,挥舞着两条小手臂。"嗨,玛雅,认出你马丁叔叔啦?记不记得我们一起去看花呀?记得吧,玛雅?马丁叔叔去给你找玩具。"马丁起身去拿警局里存放的那盒玩具,那就是为忙着工作、又不得不临时带孩子过来的人准备的。几分钟后,一个装满好玩东西的大宝箱出现在厨房里,玛雅兴奋得手舞足蹈。

"谢啦,马丁。"帕特里克自己倒了杯咖啡,也坐到桌旁。"情况如何?"他边问边啜了第一口咖啡,顿时连连皱眉。刚过一个星期,他就忘了警局里的咖啡有多难喝。

"有点迟缓,"马丁答道,"不过已经有好几条线索了。"他将他们和弗朗斯·林霍尔姆、阿克塞尔·弗兰科尔的谈话情况介绍了一遍。帕特里克听得有滋有味。

"星期五戈斯塔找发现尸体的一个男孩取了指纹和鞋印。只要再找另一个男孩也取一下,就可以将他们留下的痕迹排除了。"

"那孩子说了什么?"帕特里克问道,"有没有什么特别的发现?他们为什么决定闯入弗兰科尔兄弟家里?有没有值得进一步挖掘的疑点?"

"没有,从男孩那里没问出什么有用的情报,"戈斯塔不太高兴。他觉得帕特里克在质疑他的工作,这让他很不舒服。同时,帕特里克的问题却也拨动了他脑中的某根弦。有什么东西在脑海深处蠢蠢欲动,早就该提出来好好查一查的东西。但也许只是他的幻觉,就算说了,也只会便宜了帕特里克。

"总之,我们基本上还在原地踏步。唯一值得跟进的线索是'瑞典之友'。对了,埃里克·弗兰科尔不像有什么敌人,我们也没查出有什么足以置他于死地的动机。"

"查过他的银行账户了吗?说不定会有发现。"帕特里克自言自语。

马丁摇摇头,颇为懊恼自己没想到这一层,"我们尽快去查,"他说,"还得问问阿克塞尔,埃里克有没有女人,也不排除是男人,反正是他可能在床上吐露心声的人。今天还要找为埃里克和阿克塞尔打扫房子的那个女人谈谈。"

"很好,"帕特里克点点头,"可能到时候就知道为什么她整个夏天都没来打扫他们的房间,也就能解释埃里克的尸体为什么没有早点被发现。"

波拉站起身:"我马上打电话给阿克塞尔,弄清楚埃里克有没有情人。"她走出厨房。

"弗朗斯写给埃里克的信在这里吗?"帕特里克问。

马丁也起身:"有,我去拿。你想看?"

帕特里克耸耸肩,装出无所谓的模样,"哎,既然来了……"

马丁大笑:"江山易改,本性难移。可你不是在休父亲假吗?"

"好吧,好吧,设身处地想想,你也得有这么一天。总不能一天到晚都待在沙箱①里。艾丽卡在家工作,所以我们如果能离她远一点,她高兴还

---

① 一种儿童玩具,类如肯德基中一个装满小球的容器,儿童可以在随意玩耍,起到保护儿童的作用。也可以理解为一种安全环境。

来不及呢。"

"她真的知道你溜到警局来了?"马丁目光一闪。

"嗯,可能不知道,不过我只是顺路来看看嘛,看看你们干得怎么样。"

"那我还是赶紧去拿那些信吧,既然你只是抽空来一趟。"

几分钟后,马丁取回五封信,都装在塑料套子里。沉浸在玩具盒里的玛雅一抬头,伸出小手去够马丁握着的信,但他把它们递给帕特里克了。"不好意思,宝贝,这可不能给你玩。"玛雅有点生气,但很快又回去探索地板上的玩具盒了。

帕特里克将五封信在桌上依次摆开,静静地浏览,眉头深锁。

"没什么特别的。他说来说去都是那几句话,让埃里克低调些,因为他没法再保护他了。'瑞典之友'内部有一部分行事莽撞的势力。"帕特里克继续读,"我感觉埃里克也回信了,因为弗朗斯写道:'我认为你说得不对。你在谈结果,谈责任,而我谈的是埋葬过去,向前看。你我理念不同,观念各异,然而我们的分歧点一如既往。水底仍然潜伏着同一个魔鬼。我和你的区别在于,我认为唤醒昔日的魔鬼并不明智,有些旧事还是不去碰它为好。至于发生了什么,在前一封信里,我已向你表明了我的看法,以后不会再提。我建议你也采取相同的态度。现在我多少还能护着你,但如果情势有变,如果那魔鬼重返人间,或许我也得避避风头了。'"

帕特里克抬头望着马丁:"你问过弗朗斯这是什么意思吗?他说的'昔日的魔鬼'是指什么?"

"还没找到机会问。不过我们还会和他接触几次。"

波拉出现在门口。

"我查到埃里克生活中有个女人。我按帕特里克的建议打电话给阿克塞尔,照他的说法,过去四年里埃里克有个'好朋友',名叫维欧拉·伊尔曼德。我已经和她取得联系,早上就可以去见她。"

"动作真快。"帕特里克感激地对波拉笑了笑。

"要不要一起去?"马丁兴冲冲地问,但他随即看了看正聚精会神端详洋娃娃眼珠儿的玛雅,又说,"不不,当然不方便。"

"这不成问题,把她交给我吧。"门口传来安妮卡的声音。她满怀希望地看看帕特里克,接着对玛雅笑笑,玛雅立即也咧开嘴。安妮卡自己还没有孩子,所以巴不得有机会和别人家的孩子一起玩。

"嗯……"帕特里克看着玛雅,踌躇不定。

"你不信任我?"安妮卡环抱双臂,故作受伤状。

"那倒不是,"帕特里克仍有些迟疑,但他的好奇心最终还是占了上风,于是点点头,"好吧,就这么办。我就去一小会儿,午饭前就回来。如果有什么问题就打电话给我。还有——"

"打住,打住,"安妮卡笑着举起手,"玛雅跟着我没问题,别担心。有我照顾,她肯定饿不死。我会哄她睡觉。"

"多谢啦,安妮卡。"帕特里克站起身,然后蹲到女儿面前,摸摸她的金发,"爸爸出去一会儿,你和安妮卡留在这里,好不好?"玛雅抬头睁大眼睛看了他好一阵,然后又专心玩玩具去了,忙着要把娃娃的眼睫毛拔下来。帕特里克有点失望,站起来说:"哎,你们看看,有我没我无所谓。玩得开心点。"

他拥抱了安妮卡,到车库去了。刚坐上警车的驾驶座,一股妙不可言的兴奋劲顿时传遍全身。马丁爬上他旁边的副驾驶座。帕特里克将警车倒出车库,驶向夫雅巴卡,强忍着高声欢呼的冲动。

阿克塞尔缓缓放下电话。忽然之间,一切都变得那么不真实。他仿佛还躺在床上,置身梦中。少了埃里克,房子空荡荡的。过去他们都很注意给彼此留出空间,不想干涉对方的私生活。但这并不意味着他们形同陌路。恰恰相反,他们其实很亲密。而现在,房子里充盈着一种迥然不同的寂静。

埃里克从不带维欧拉回家,也从未提到过她。阿克塞尔只在碰巧接到她打来的电话时才和她有所接触。埃里克接了电话后往往会消失两三天,只用小包装点随身物品,说句再见,就出门了。阿克塞尔目送弟弟离家时，总觉得有些嫉妒，因为他自己没有恋人。阿克塞尔这辈子始终不曾拥有过稳定的情侣。当然，有过几个女人，但最初的激情过后，却总也没能转化为爱情。这主要是他的责任。他心知肚明，却无力改变。他生活中的另一股力量过于强大，令他无暇他顾。多年来，那股力量已经成为一位强势的女主人，于是他心中再也留不出其他空间。他的工作变成了他的生活，他的身份，他最深的灵魂。他真地不清楚这一变化发生于何时。不，这是撒谎——其实他知道。

寂静的房子里，阿克塞尔坐到玄关柜子旁那张垫得又厚又软的椅子上。自从弟弟死后，他第一次开始哭泣。

艾丽卡享受着房子里的宁静。她把脚往桌上一跷，琢磨着此前与埃里克·弗兰科尔哥哥的那段对话。从前她不曾考虑乃至怀疑过母亲的人生，而那番话如同开启了一扇闸门，将她无法满足的巨大好奇心如潮水般释放出来。直觉告诉她，阿克塞尔·弗兰科尔对她母亲的了解远不止他吐露的那些。但他为什么要隐瞒呢？艾丽卡拿过日记，从两天前中断的地方继续读下去。但日记里找不到线索，看不出究竟是什么导致阿克塞尔谈起她母亲时，眼中浮现出那么奇特的神情。

艾丽卡接着读，在字里行间搜寻一切足以令人吃惊的元素，任何事都可以，任何能够平抑她心中不安的事。但直到第三本日记的最后几页，才发现了可能牵涉到阿克塞尔的内容。

突然，她明白该怎么做了。她把腿从桌上挪下来，拿起日记，小心地将它们塞进手提包。她打开前门感受了一下气温，换上一件薄外套，快步走出家门。

艾丽卡爬上巴蒂斯饭店门前陡峭的台阶，在阶顶停下来，出了一身汗。

要去的那座房子位于饭店后面不远处。她暗暗祈祷想找的那个人此时在家。

门开了，一双灵动的眼睛打量着她。"什么事？"一个女人问道。

"我叫艾丽卡·菲尔克，"艾丽卡略一迟疑，"我是埃尔西·莫斯特罗姆的女儿。"

布丽塔眼中光芒一闪。一时间，她只是站在原地没动，一言不发。然后，她忽然笑着闪到一旁。

"哎，原来是埃尔西的女儿啊。长得挺像。请进。"

艾丽卡走进门，好奇地东张西望。房子很明亮、舒适，墙上挂满了女主人的子女和孙辈，也许还有曾孙辈的照片。

"整个家族都在这里。"布丽塔指着整墙照片，笑着说。

"夫人，您有几个孩子？"艾丽卡看着照片，礼貌地问道。

"三个女儿。天呐，别喊我'夫人'，让我觉得自己好老。虽说我也不年轻了，但人老了心可不能老。年龄只是个数字而已。"

"说得太对了。"艾丽卡笑道。她喜欢这位老太太。

"来这边坐。"布丽塔轻轻挽着艾丽卡的胳膊肘。艾丽卡脱下鞋和外套，跟随她走进客厅。

"你家真漂亮。"

"我们在这里住了五十五年，"每当布丽塔绽放笑容，她的脸庞都显得那么温柔而明媚。她坐到铺着花毯的大沙发上，拍拍身旁的靠垫，"坐到这儿来，我们聊聊天。你能来真是太好了。埃尔西和我……我们年轻时形影不离。"

艾丽卡顿时感到，她听出了和阿克塞尔交谈时同样奇特的弦外之音，但下一秒钟那种感觉就消失了，布丽塔又温和地笑了。

"嗯，我打扫阁楼时找到了母亲留下的一些东西……老实说，它们令我非常好奇。我其实对母亲的过去了解不多。比如，你们是怎么认识的？"

"埃尔西和我是同班同学。我们从上学第一天起就是同桌。"

"你们俩和埃里克、阿克塞尔都是朋友？"

"主要是埃里克。阿克塞尔是埃里克的哥哥，比我们大几岁，可能在他眼里，我们是一群烦人的小孩。不过，阿克塞尔长得特别帅。"

"没错,我也听说了,"艾丽卡大笑,"对了,他依然很帅。"

"我也有同感,但千万别让我丈夫听见。"布丽塔故作神秘地低声说。

"我保证不泄密。"艾丽卡越来越喜欢母亲的这位老朋友。"那弗朗斯呢?据我所知,弗朗斯·林霍尔姆也是你们当中的一员,对吗?"

布丽塔变得有些紧张:"弗朗斯?啊,对,弗朗斯也常常和我们一起。"

"听起来你和弗朗斯处得不太好。"

"处得不太好?噢,挺好的。我爱他爱得死去活来。但我只是一厢情愿。他的心思都在别人身上。"

"哦?是谁?"艾丽卡问道,虽然她觉得自己知道答案。

"弗朗斯眼里只有你母亲。他像条小狗整天围着她转。可是没用,你母亲绝不会喜欢弗朗斯那种人。只有我这样的小傻瓜才会喜欢他,因为我只在乎男孩长得什么样。弗朗斯很英俊,那种稍带些危险气息的气质,特别容易吸引十几岁的女孩。可当她们再大几岁,就会被他吓到。"

"这可不一定。即便对年龄大一些的女人,危险的男人也很有诱惑力。"

"对极了。"布丽塔望着窗外,"但我运气不错,脱离了那个阶段,也远离了弗朗斯那种人。他……我不希望他那种人留在我的生活中。他和我的赫尔曼不一样。"

"你对自己是不是有点苛刻?我是指,在我看来,你一点也不傻啊。"

"现在不傻,可我得承认——在我遇到赫尔曼、有了第一个孩子之前……当年我不是个好女孩。"

布丽塔的坦率令艾丽卡吃惊。她对自己的评判相当严厉。

"埃里克呢?他是怎样的人?"

布丽塔再次凝望窗外,似乎在斟酌该如何回答。随即,她的表情变柔和了:"埃里克小时候就有点像个小大人。我这话可不是贬义。他给人的感觉比实际年龄成熟,也很有成年人那种理智。他一直在思考,爱读书,成天埋头在书堆里。弗朗斯经常拿这一点开他玩笑。不过,和他哥哥一比,埃里克可能是有点奇怪。"

"我听说阿克塞尔非常受欢迎。"

"阿克塞尔是个英雄。而崇拜他的人就是埃里克,他对哥哥走过的路顶礼膜拜。在埃里克眼里,阿克塞尔绝不犯错。"布丽塔拍拍艾丽卡的腿,忽然站起身,"我去泡点咖啡,然后再详谈,怎么样?埃尔西的女儿,真好,多好啊。"

布丽塔的身影消失在厨房里。艾丽卡坐在原处,听着瓷杯的哗啦声和水的流淌声,然后全都安静了。"布丽塔?"她喊道。但没有回音。她起身去厨房寻找女主人。

布丽塔坐在餐桌旁,怔怔出神。炉子已经烧得发红,上面坐着一个空咖啡壶,刚刚开始冒烟。艾丽卡冲过去把咖啡壶拿下来。"好烫!"她的手被狠狠烫了一下。为了缓解疼痛,她慌忙打开水龙头冲洗。然后她才转向布丽塔,但布丽塔的眼神空洞而茫然。

"布丽塔?"她小声呼唤。一时间,她担心老太太是不是突然发病,但这时布丽塔转头望向她。

"你总算过来和我打招呼了,埃尔西。"

艾丽卡迷惑地望着她,说:"布丽塔,我是艾丽卡,埃尔西的女儿。"

老太太似乎完全没听进去,反而说道:"很久以来我都想和你谈谈,埃尔西。我想解释,可我就是没办法……"

"有什么不能解释的?你想对埃尔西说什么?"艾丽卡在布丽塔对面坐下,掩饰不住她的急切之情。她第一次感觉到自己正渐渐逼近事情的核心,逼近她和埃里克、阿克塞尔交谈时那种怪异感觉的真相,逼近某些被隐匿的、某种他们不想让她知道的事情。

但布丽塔只是茫然地盯着她,说不出话。艾丽卡恨不能靠过去摇晃她,强迫她将那些到了嘴边又缩了回去的话吐出来。艾丽卡又重复了一遍:"有什么不能解释的?和我母亲有关?是什么事?"

布丽塔虚弱地摆摆手,趴在桌上。她用极其微弱的声音喃喃说道:"想和你谈谈。可是遗骨。一定。安息吧。那也没用……埃里克说过……无名烈士……"她的声音越来越模糊,眼神又放空了。

"什么骨头?你在说什么?埃里克说过什么?"艾丽卡不知不觉地抬高了嗓门,在静谧的厨房里无异于厉声尖叫。布丽塔条件反射般地捂住耳朵,吐出一连串支离破碎的呓语,就像一个不愿接受大人训斥的孩子。

"怎么回事?你是谁?"背后一个愤怒的男声令艾丽卡转过身来。有个高大的男人正瞪着她,半秃的脑袋周围有一圈灰发,手里捧着两个超市购物袋。艾丽卡意识到他一定就是赫尔曼。她连忙站起来。

"对不起,我……我名叫艾丽卡·菲尔克,布丽塔和我母亲年轻时是朋友,我只想向她请教几个问题。一开始没什么不妥……不过后来……她还差点把锅烧坏了。"艾丽卡自己也觉得语无伦次,但整件事都让人很不舒服。布丽塔依然在她身后像个孩子似地嘟嘟囔囔。

"我妻子患了老年痴呆症。"赫尔曼放下袋子。艾丽卡听得出他话中那深沉的悲伤,顿时充满负罪感。

赫尔曼来到妻子身旁,轻轻将她的双手从耳畔挪开。"布丽塔,亲爱的,我只是出去买东西而已。现在我回来啦。嘘,没关系,一切都很好。"他张开双臂抱住她,那嘟囔声慢慢平息了。他抬头看着艾丽卡:"你最好现在就走,请你以后别来了。"

"可是布丽塔说了一些事情……我需要了解……"艾丽卡结结巴巴地说,但赫尔曼只是瞪着她,不容分说:

"以后别来了。"

艾丽卡像个小偷和闯入者似地从布丽塔家溜走。她还听见赫尔曼在身后安慰妻子。但布丽塔那"遗骨"等等谜一般的只言片语,仍在她脑中回响。布丽塔究竟想说什么?

今年夏天的天竺葵长得格外好。维欧拉漫步在花丛中,怜爱地摘去枝叶间枯萎的花瓣。她最喜欢玛蓓卡天竺葵,它美得无与伦比。但香叶天竺葵也同样迷人。

喜欢天竺葵的人很多。自从儿子将她领入多姿多彩的互联网世界后,她先后加入了三个不同的天竺葵论坛,订阅了四份会刊。但她觉得最有意思的还是和拉瑟·安瑞尔邮件往来。如果说还有谁热爱天竺葵的程度胜于她，那就是拉瑟·安瑞尔。有一次维欧拉参加了他关于天竺葵的一次新书讲座，此后两人便开始互通电子邮件。埃里克经常为此取笑她，说她肯定背着他和拉瑟·安瑞尔有私情，而所有那些关于天竺葵的讨论显然都是某种密码，用来掩盖他们的绵绵情话。……一想到这里，维欧拉不禁脸红了，但红晕迅速被泪水冲洗殆尽。几天来，她无数次地想起，埃里克已经不在人世。

她用水罐小心地往天竺葵花圃里浇水，土壤饥渴地吸收着水分。给天竺葵浇水不能过量，这很重要。只有等土壤适当干透后才能再次浇水。这简直是她和埃里克关系的绝佳隐喻。他们相识时，两人的心灵土壤都极其干涸，而他们也颇有分寸，不为这段关系过度浇水。不必为琐碎的日常生活所累，只需在情之所至时，共享温情、爱意和愉悦的交谈。听到敲门声时，维欧拉便放下水罐，用衬衫袖子抹去泪水，做了个深呼吸，又瞥了一眼这些给她带来力量的天竺葵，前去开门。

夫雅巴卡，一九四三年

"布丽塔，冷静点，出什么事了？他又喝醉了？"埃尔西陪好友坐在床上，抚着她的后背安慰着。布丽塔点点头，想说些什么，一出口却都成了抽泣。埃尔西将她拉近身边，继续抚着她的后背。

"嘘……好了，好了，反正你很快就能搬出去。找个工作，躲开家里所有的不幸。"

"我永远……永远都不回来。"布丽塔靠在朋友身上啜泣着。

埃尔西察觉自己的衬衣被布丽塔的眼泪打湿了，但她并不介意。

"他又欺负你妈妈了？"

布丽塔点点头："他打了我妈一记耳光。我看不下去，就跑了。如果我是个男孩该多好，一定揍得他鼻青脸肿。"

"你这漂亮脸蛋，要是个男孩，就太浪费了，"埃尔西搂着布丽塔笑道。她太了解这个朋友了,知道只要一点恭维就能让她破涕为笑。

"嘴真甜,"布丽塔的抽泣渐渐平息,"可我觉得我弟弟妹妹们好可怜。"

"你也帮不上什么忙,"埃尔西脑中浮现出布丽塔的三个弟弟妹妹。一想到布丽塔的父亲托德将那个家庭搅得那么悲惨,愤怒便令她喉咙发紧。托德醉酒后的暴躁在夫雅巴卡可谓臭名昭著,人人都知道他每周都要把老婆露丝痛揍好几次。

"我巴不得他赶紧死掉。最好喝醉后掉进海里淹死。"布丽塔嘀咕着。

埃尔西把她搂得更紧了:"嘘。可别说这种话,布丽塔。老天有眼,恶有恶报,只是时候未到。你就不用承担诅咒他去死的罪孽了。"

"老天?"布丽塔冷冷应道,"老天根本不知道我家的门开在哪里。我妈每个星期天都在家里祈祷,算是她的精神支柱吧。向上帝祈祷,说着容易。你父母那么好,也没有其他兄弟姐妹和你争抢,或者要你照顾。"布丽塔话中满是酸楚。

埃尔西放开朋友,用和善但稍带锋芒的口吻说:"我们家的日子也没那么好过。妈妈很担心爸爸,一天天消瘦下去。"

"哎,我看这不是一回事。"布丽塔可怜兮兮地抽了抽鼻子。

"当然不一样,我的意思是……喔,算了。"埃尔西明白,这番对话再继续下去也没有意义。她和布丽塔从小就是朋友,埃尔西了解布丽塔的善良本性,所以挺喜欢她。但有时布丽塔太过以自我为中心,完全看不到自身之外的任何问题。

他们听见有人走上楼,布丽塔连忙坐直,手忙脚乱地擦去脸上的泪水。

"你有客人。"希尔玛说。她身后的台阶上是弗朗斯和埃里克。

"嗨!"

埃尔西看得出母亲很不高兴。不过希尔玛说:"埃尔西,别忘了把奥斯特曼家的衣服送去,我洗完了。最多给你十分钟。你知道,你爸爸随时可能回来。"然后她就走了。

她走下楼梯,弗朗斯和埃里克只能坐到埃尔西卧室的地板上,因为没别的地方可坐。

"她好像不愿意让我们来这儿。"弗朗斯说。

"我妈不相信来自不同社会阶层的人也能作朋友,"埃尔西说,"你们俩是上流社会。但我其实不理解怎么会有人这么想。"她恶作剧般地冲两人一笑,弗朗斯也吐吐舌头回应。埃里克则望着布丽塔。

"怎么了,布丽塔?"他小声说,"你好像心情很差。"

"不关你的事。"布丽塔哼了一声,把头仰得老高。

"估计是女孩子的私人问题。"弗朗斯大笑。

布丽塔甜蜜地瞄了他一眼,眉开眼笑。但她的眼眶还是红红的。

"为什么你总觉得每件事都这么好笑,弗朗斯?"埃尔西的双手紧扣在腿上,"有些人过得很艰难,你又不是不知道。并不是所有人都像你和埃里克。战争让很多很多家庭都捱着苦日子。你真该不断动动脑子。"

"怎么扯上我了?"埃里克抗议,"谁不知道弗朗斯是个自大的蠢货,但怎么能怪我不体谅受苦的那些人……"埃里克委屈地望着埃尔西,但弗朗斯捶了他的胳膊一拳,他"哇"地一声跳起来。

"自大的蠢货?你说我?不敢苟同。我看那些嚷嚷着'不体谅受苦的那些人'的人才是蠢货。你这话说得像八十岁老头,最少八十岁。你读的那些书对身体没什么好处,只会让你的这个地方越来越古怪。"弗朗斯用手戳戳太阳穴。

"别理他了。"埃尔西无奈地说。男孩们没完没了的斗嘴有时令她十分腻烦。他们太孩子气了。

楼下的声音使她顿时满面放光。"爸爸回来了!"她开心地朝三位朋友一笑,冲下楼去迎接他。但父母的谈话里有些东西让她突然在楼梯上止步。出事了。他们的声音时大时小,听起来很难过。父亲每次回家时欢快的嗓门这回完全消失了。一看见他,埃尔西就知道不妙。他脸色苍白,一只手插在头发里,这是他每每忧心如焚时的习惯性动作。

"爸爸?"埃尔西犹豫地喊道,心砰砰直跳。会是什么事呢?她试图捕捉父亲的目光,但却发觉他的视线锁定着埃里克。他好几次张开嘴想说点什么,但又闭上了,一个字也没迸出来。很久,他才说:"埃里克,我想你该回家去。你父母……会很需要你。"

"为什么?怎么回事?"埃里克话音刚落便捂住嘴,意识到埃尔西的父亲即将带给他噩耗。"阿克塞尔?难道他……?"他说不下去了,艰难地吞咽着,如鲠在喉。他脑中一片纷乱,突然浮现出阿克塞尔尸体横陈的景象。他该如何面对家中的双亲?他又该如何……?

"他没死,"埃尔洛夫察觉到埃里克的念头,连忙说,"他没死,"他重复道,"但他被德国人带走了。"

这新的讯息令埃里克现出迷惘神色。一想到哥哥落入敌人的魔掌,刚听说阿克塞尔没死时的如释重负和喜悦,立刻被担忧与惊恐所取代。

"来,我陪你回家。"埃尔洛夫说。将阿克塞尔这次回不来的消息转告他父母,这一重担仿佛将埃尔洛夫整个人都压弯了腰。

8

后座上的波拉心满意足地微笑着。帕特里克和马丁在前面斗嘴,这轻松的一幕令她倍感亲切。

总体说来,到目前为止,塔努姆市这份工作对她而言运气不错。她还没想明白原因,但自从来了这里,就像到家一样。她在斯德哥尔摩住了很多年,早已忘记了身居小镇是什么感觉。但从小到大,她从未真正在斯德哥尔摩找到家的感觉。每一天,每一分钟,她都在为自己出生于异国付出代价。虽然刚过一年她就能说一口流利、纯正的瑞典语,却也无济于事。黑色的瞳孔和头发出卖了她。

另一方面,与许多外国移民的猜测相反,她在警察队伍中从未遭遇任何形式的种族歧视。在她加入警界时,瑞典人已经习惯了外国人,她也不再被视为移民。

因此波拉才认为弗朗斯·林霍尔姆这种人非常可怕。他们看不到细微的差别,也看不到逐渐的演变,他们只花一秒钟扫一眼某人外表,然后就长年累月地将偏见加诸他。世上总免不了有林霍尔姆这种人,笃信他们拥有智慧、力量或强权来制定社会规则。

"你刚才说的是几号?"马丁转向波拉,打断了她的思绪。她低头看看手里的纸条。

"七号。"

"在那儿。"马丁指了指一幢房子。帕特里克拐到路边把车停好。这里是卡伦区,他们正位于夫雅巴卡体育场对面的一个公寓区前面。

门上的普通门牌被一块颇具个人风格的木制门牌换掉了,上面有一圈手绘的小花,中间用优雅的笔迹写着维欧拉·佩特松的名字。来开门的女人可谓字如其人。维欧拉体格丰满,但比例匀称,面容也很亲切。

"请进。"维欧拉让到一旁。波拉在玄关处赞赏地观察四周。这间公寓与她自己的迥然不同,但她很喜欢这里。

"我去泡咖啡。"维欧拉将众人请进客厅。咖啡桌上立着一套精美的粉红色花纹咖啡杯盘,盘子里还放了一些饼干。

"谢谢。"帕特里克有点拘束地坐到沙发上。几位警官作了自我介绍,维欧拉给大家倒了咖啡,然后等他们进入正题。

"那些天竺葵真漂亮,有什么诀窍吗?"波拉边啜咖啡边问。帕特里克和马丁惊讶地看着她。"我家的总是要么烂掉,要么干枯。"她解释说。帕特里克和马丁的眉毛扬得更高了。

"噢,其实没那么难,"维欧拉颇为自豪,"只要等土壤干透了再浇水,而且不能浇得太多。拉瑟·安瑞尔传授了不少诀窍。他指导我每隔一段时间就用一点尿液当肥料,效果非常好。"

"拉瑟·安瑞尔?"马丁搭话,"《瑞典晚报》的体育记者?经常上四频道的那位?他和天竺葵有什么关系?"

维欧拉看上去不知该如何回答这个愚蠢的问题。对她而言,拉瑟首先是天竺葵专家;她几乎从未认识到他同时还是体育记者。

帕特里克清清嗓子:"据我们了解,你和埃里克·弗兰科尔定期会面,"他稍一迟疑,又说,"请……请节哀顺变。"

"谢谢。"维欧拉低头看着咖啡杯,"对,我们经常见面。埃里克有时来这里小住,差不多每月两次。"

"你们是怎么认识的?"波拉问道。

维欧拉笑了。波拉发现她有两个迷人的酒窝。

"几年前,埃里克在图书馆有场讲座。具体是什么时间呢?四年前?

主题是'博哈斯兰省与二战',我去听讲座了。后来我们聊了几句,嗯……就顺其自然了。"她微笑着沉浸在回忆中。

"你们从不去他家约会?"马丁伸手拿了一片饼干。

"对。埃里克觉得来这里更方便。他……和他哥哥一起住,你们知道,虽然阿克塞尔经常不在家……埃里克还是更愿意来这里。"

"他是否提过自己受到恐吓?"帕特里克问。

维欧拉连连摇头:"不,从来没有。我根本想象不到……我的意思是,为什么会有人想恐吓埃里克,一个退休的历史教师?光想想就觉得很荒谬。"

"但事实上由于他对二战和纳粹的关注,他的确收到了恐吓信,至少是暗示。某个组织不希望别人描绘与他们相左的历史画面。"

"埃里克没有'描绘画面',你的表述不够严谨,"维欧拉眼中忽然闪现愤怒的光芒,"他是一位专注的历史学者,对史实一丝不苟,还原历史时更是追求极致的真相,而不是把历史改写成他或者其他什么人喜欢的模样。埃里克从不'描绘'。他将历史谜团的碎片拼合起来,缓慢地,一片一片地,最终揭示历史的本来面目。他的工作其实没有尽头,"柔和的目光回到她眼中,"始终都有更多的事实和真相等他去发现。"

"他为什么那么热衷于二战历史?"波拉问道。

"兴趣这种事,需要理由吗?我为什么喜欢天竺葵?为什么不是玫瑰?"维欧拉两手一摊,但神色却黯淡下来,"不过就埃里克而言,答案显而易见。我想他哥哥在战争期间的遭遇对他影响最大。他从不和我讨论那件事,但我看得出来。他只有一次提起他哥哥的命运,那也是我唯一一次看见埃里克喝醉的样子,同时,还是我们最后一次见面。"维欧拉哽咽了,过了好几分钟才稳定情绪,继续说道,"埃里克事先没打招呼就来按我家门铃。这已经很不寻常,他还喝得酩酊大醉,就更罕见了。我以前从没见过他那样。他径直扑到我的酒柜前,给自己倒了一大杯威士忌。然后他坐在沙发上,大口大口地喝下酒后开始说话。他说的我大部分都没听懂,断断续续,基本上都是酒后乱语。但大致上能听出来和阿克塞尔有关,说的是阿克塞尔入狱期间的遭遇,以及对他们家的影响。"

"你刚才说那是你见埃里克的最后一面,为什么?为什么整个夏天你们都没约会?你不奇怪他人在哪里?"

维欧拉拼命忍住眼泪,脸上的肌肉扭曲了。半晌,她才用颤抖的嗓音说:"因为埃里克说了再见。午夜前后,他离开这里,准确点说是跌跌撞撞地走了。他最后留下的话是:'我们该对彼此说声再见。'他感谢我陪他共度的时光,还吻了我的脸,然后离开了。我以为那只是酒后的胡说八道。第二天,我还像个傻瓜似地坐在家里,一整天盯着电话,等他打来解释或者道歉,又或者……什么都好……但我没等到他的消息。因为我非常非常愚蠢的自尊,我当然也不肯打电话给他。如果我打了电话,如果我没那么轻易放弃,也许他就不会坐在那里……"一阵抽泣,她再也说不出话来。

但波拉明白她的意思。她按着维欧拉的手,温和地问道:"这不能怪你。你怎么可能想到呢?"

维欧拉勉强点点头,用手背擦掉眼泪。

"还记不记得他最后那次来的日期?"帕特里克满怀希望地问。

"我去看看日历。"维欧拉站起身,显然想休息一下,"我每天都记点日记,所以应该可以查出来。"她离开房间。

"是六月十五号。"过了一会儿,她回来说,"那天下午我去看了牙医,所以还记得。日期肯定没错。"

"好的,谢谢。"帕特里克边说边站起来。

与维欧拉道别,回到街上之后,几个人脑中都盘旋着同一个念头:六月十五号那天出了什么事,使得埃里克一反常态,喝醉酒后突然斩断了他和维欧拉的关系?究竟发生了什么?

"她根本连一点节制也没有!"

"丹,可我觉得你很不公平!你怎能如此确定你自己不会遇到同样的情况?"安娜靠在柜子上,双臂交叠,瞪着丹。

"不会。绝对不可能!"丹的金发根根倒竖,因为他一直歇斯底里地用手猛插头发。

"说得对。只有你才真地以为夜里有人闯进来,吃掉柜子里所有的巧克力。要不是我在莉娜的枕头底下找出巧克力包装纸,你恐怕现在还在外面到处搜查嘴角留着巧克力渣的小偷呢。"安娜硬生生把笑声咽回肚里,觉得怒意消退了几分。丹瞥了她一眼,嘴角也不禁泛起一丝笑意。

"你总该承认,她向我保证绝对没偷吃的时候,非常有说服力。"

"的确如此。那孩子长大以后能拿奥斯卡奖。但别忘了,贝琳达的演技也不亚于她。所以佩妮拉会相信她也不足为怪。你没法确保你自己不会犯同样的错。"

"好吧,你说得对,"丹很不高兴,"但佩妮拉应该再打电话给她朋友的母亲确认一下。换作是我,最起码会做到这一步。"

"是啊,是啊,你当然会。从今往后,佩妮拉也会。"

"你们怎么在背后议论我妈?"贝琳达走下楼梯,身上仍穿着睡衣,头发乱七八糟。自从星期六一早被他们从艾丽卡和帕特里克家带回来以后,她就一直不肯下床,宿醉难消,百般自责。但到这时候,大部分自责似乎已经消退了,取而代之的是没完没了的恼怒。

"我们没有专门议论你妈,"丹无力地答道,预感一场冲突在不可避免地酝酿着。

"是不是你又在说我妈坏话?"贝琳达冲着安娜大吼,安娜无奈地看了看丹,然后转向贝琳达,平静地答道:"我从没说过你妈坏话。这你也知道。所以别用那种口气和我说话。"

"我他妈的爱用什么就用什么!"贝琳达嘶吼着,"这是我家,不是你家!带上你那群倒霉孩子滚出去!"

丹上前一步,眼中怒火闪现。

"不准这样和安娜说话!她也住在这里。亚德里安和艾玛也一样。如果你不乐意……"他顿时就意识到,这是他说过最最愚蠢的话。

"对,我就是不乐意!我要收拾东西搬到我妈家去住!以后我就待在那儿!直到那个女人和她的孩子搬走!"贝琳达返身冲上楼。她的房门猛然撞上的声音令丹和安娜都为之一震。

"也许她是对的,丹,"安娜低声说,"可能这一切进展得有点太快了。我的意思是,我们闯进她的家、她的生活之前,她几乎没有时间来适应这种改变。"

"老天在上,她都十七岁了,但还和五岁的小孩一个样。"

"你得设身处地为贝琳达想一想。她也不容易,你和佩妮拉分手的时候,她正处在敏感的年龄,而且……"

"喔,多谢啊,原来并不是所有的错都怪我啊。我知道,离婚是我不对,所以就不劳你当面提醒了。"

丹唐突地饶过安娜身旁走出前门。又一扇门重重地撞上,窗玻璃都被震得晃动作响。安娜在橱柜旁一动不动呆站了几秒钟,然后蹲坐在地上失声痛哭。

夫雅巴卡,一九四三年

"听说德国人终于把弗兰科尔家那个叫做阿克塞尔的孩子逮着了。"

维尔戈特得意地笑着,把外套挂在门厅的钩子上。弗朗斯接过他的公文包,把它放在平时的位置上,同时依靠着一把椅子。

"只是时间问题。他干的那些勾当,要我说得判个通敌罪。话说回来,大多数人都跟绵羊似的,只会随大流乖乖地咩咩叫。只有我这种人,敢独立思考的人,才能看穿事情的本质。肯定错不了,那男孩是个卖国贼。但愿他们早点把他处理掉。"

维尔戈特走进客厅,一屁股坐进他最喜欢的扶手椅。弗朗斯也跟了进来,维尔戈特抬头看着他。

"嘿,我的酒呢?你今天怎么慢吞吞的?"他听上去很生气,弗朗斯连忙跑到酒柜前倒了一大杯酒递给父亲。"坐下,小子,坐。"维尔戈特紧握酒杯,大大咧咧地指了指旁边的椅子。弗朗斯刚坐下就闻到了熟悉的酒气。他给父亲倒的酒和他那天第一次喝的味道差不多。

"你爸今天做了笔大生意,听我慢慢告诉你。"维尔戈特倾身向前,酒精的气味充盈着弗朗斯的鼻腔。"我和一家德国公司签了合同。一份独家合同。很快我就是他们在瑞典的独家供应商了。他们说现在要找生意伙伴很不容易,这我相信。"维尔戈特咯咯笑着,肥大的肚皮一跳一跳。他一口喝干,将杯子塞给弗朗斯,"再来一杯。"酒精使他的目光变得呆滞了。弗朗斯接过酒杯的手微微发抖。他从酒瓶里倒出那刺鼻的澄清液体时,手依然哆嗦个不停,还洒出了几滴。

"你自己也倒一杯。"维尔戈特说,听上去与其说是邀请,不如说是命令。的确是命令。弗朗斯放下给父亲的一满杯酒,又拿来一个空杯子给自己倒酒。酒漫到杯口时,他的手已经不抖了。他一千个小心地端着两杯酒走回来,刚坐下,维尔戈特便高举酒杯:"好,我们干杯。"

液体灼烧着弗朗斯的喉咙,一路烧到胃里,热辣辣地结成一团。他父亲笑了。一滴酒从他的嘴边流下来。

维尔戈特的声音轻柔多了。"接下来这几年,我这笔生意能赚成千上万的银币。如果德国人的武器需求继续增加,我还会赚得更多。说不定好几百万呢。他们还答应把我介绍给其他需要我们这种服务的公司。等我一脚踏进去……"昏黄的灯光映在维尔戈特眼中。他舔舔嘴唇:"等到你接手那一天,这笔生意会兴旺得很,弗朗斯。"他把手搭在儿子腿上,"一家很成功的公司。总有那么一天,夫雅巴卡的所有人都得抱你的大腿。等德国人掌权以后,我们就是这里的主人,他们做梦都想不到我们会有多少钱。所以和你老爸再干一杯吧,为了光明的未来!"维尔戈特举杯碰了碰弗朗斯那再次倒得满满的酒杯。

幸福的感觉在弗朗斯胸腔中继续奔涌。他和父亲再次干杯。

9

听见走廊里梅尔贝里的脚步声时,戈斯塔刚刚在自己电脑上开始玩一局高尔夫。他急忙关掉游戏,打开一份报告,装出专心致志阅读的模样。梅尔贝里的脚步声越来越近,但却有些异常。那诡异的咕哝声是顶头上司发出的吗?戈斯塔好奇地推开椅子,把脑袋探进走廊。他最先看到的是恩斯特,和平常一样吐着长长的舌头在梅尔贝里前方蹦跶。然后是一个奇形怪状的人拖着脚费劲地走过来。这人看着很像梅尔贝里,但应该不是。

"你他妈的瞪着眼看什么呢?"

这嗓音,这语调,百分之百是他的顶头上司。

"你怎么啦?"戈斯塔问道。这时正在厨房里忙着喂玛雅的安妮卡也探出头来。

梅尔贝里嘀咕了些什么,听不清。

"什么?"安妮卡问,"你说什么?我们都听不清。"

梅尔贝里恶狠狠地盯了她一眼,然后说:"我去学萨尔萨舞了。有什么不妥吗?"

戈斯塔和安妮卡惊愕地面面相觑。随即两人不得不使劲绷着脸。

"怎么?"梅尔贝里嚷嚷着,"不讽刺几句?没人想说?因为警局里要扣工资的机会多得很。"然后他砰地一声关上办公室的门。

安妮卡和戈斯塔愣愣地看了那扇紧闭的门几秒钟,接着两人再也忍不住了,一直笑到泪流满面,虽然他们已经尽量控制音量。戈斯塔偷偷摸进厨房,再次确认梅尔贝里的门还紧闭着以后,才小声对安妮卡说:

"他刚才是说去学尔萨了吗?我没听错吧?"

"没错,"安妮卡用毛衣袖子擦掉眼泪。坐在桌上的玛雅好奇地望着他们,面前摆着一个盘子。

"可是为什么呢?到底为什么?"戈斯塔在脑子里勾勒着那幅景象,依然不敢相信。

"唔,反正我还是头一次听说这事。"安妮卡还没笑够,一边摇头一边坐回去喂玛雅吃东西。

"你看见他有多僵硬了吗?简直像《指环王》里那个怪物,咕噜姆①。是叫这名字吗?"戈斯塔竭力模仿着梅尔贝里走路的方式,安妮卡捂着嘴才没爆笑出声。

"梅尔贝里的身体肯定被吓坏了。他从没锻炼过……嗯,从来没有。"

"对,我想也是。真猜不透他是怎么通过警察体能测试的。"

"现在看来,他年轻时说不定是个很出色的运动员。"安妮卡琢磨着刚出口的这句话,马上又摇头,"应该不会。老天,这一整天就靠这笑话开心了。梅尔贝里去学萨尔萨舞。接下来我们还会听到什么?"她把一汤匙食物送到玛雅嘴边,但玛雅就是不肯张嘴。"这小姑娘什么也不想吃。可是如果我连几汤匙都喂不进去,以后他们再也不会放心把她交给我了。"她叹着气,又试了一次,可玛雅的嘴闭得像诺克斯堡②一样密不透风。

"让我试试?"戈斯塔伸手去接汤匙。安妮卡惊讶地看着他。

"你?好的,试试吧。不过期望别太高。"

---

① 咕噜姆奇幻史诗名作《指环王》中其貌不扬的矮小怪物。
② 美国陆军的一处基地。

戈斯塔没搭腔，和安妮卡换了位置，在玛雅身边坐下。他把安妮卡盛了满满一汤匙的东西倒掉一半，然后将汤匙举得高高的："轰隆，轰隆，轰隆，飞机来啦。"汤匙在他手里像一架飞机似地滑翔着，玛雅的注意力一下被吸引过来。"轰隆，轰隆，轰隆，飞机来啦，一直飞进你的……"玛雅的小嘴恰到好处地张开，载着肉酱意大利面的飞机着陆了。

"嗯……真棒。"戈斯塔又往汤匙里加了点，"咣当，咣当，咣当，现在开来一列火车。咣当，咣当，咣当，一直开进隧道里。"玛雅的小嘴又张开了，意大利面运进了隧道里。

"难以置信！"安妮卡目瞪口呆，"你是从哪儿学来的？"

"噢，没什么。"戈斯塔谦虚地说。但当汤匙以赛车的身份第三次告捷时，他骄傲地笑了。

安妮卡坐到餐桌旁，目睹戈斯塔慢慢清空了玛雅面前的盘子。玛雅都吃下去了。

"戈斯塔，你知道吗？"安妮卡说，"生活有时候太不公平。"

"你们俩有没有考虑过收养一个？"戈斯塔没看她，"在我那时候，还比较少见。但换了是现在，我根本不会犹豫。这年头好像每两个孩子里就有一个是收养的。"

"我们讨论过，"安妮卡的指尖在桌布上画圈，"可讨论不出结果。我们想用孩子以外的东西来填补生活的空缺，但是……"

"现在还来得及，"戈斯塔说，"如果现在就开始，用不了太久。孩子的肤色并不重要，所以要从耗时最短的国家选。世界上有很多很多孩子都需要一个家。如果我还是孩子，被你和莱纳特收养，我会谢天谢地的。"

安妮卡艰难地咽了咽唾液，低头凝视在桌布上移动的手指。戈斯塔的话唤醒了她内心深处的某些东西，某些她和莱纳特在过去几年里一直压抑着的东西。也许他们是在害怕。一再流产，一再破碎的希望。

"唔，我最好去干点活，"戈斯塔站起身，依然没看她，拍拍玛雅的小脑门，"她好歹吃了点东西，下次帕特里克把她托付给我们的时候，就不用担心她会挨饿啦。"

他刚要离开厨房,安妮卡小声说:"谢谢你,戈斯塔。"

戈斯塔点点头,有点尴尬。然后他钻进自己的办公室,关上门。他坐到电脑前,怔怔地盯着屏幕,却别有所思。浮现在他眼前的是玛吉·布里特,还有那个男孩,那个只活了几天的男孩。从那以后,又过了这么多年。漫长得像耗尽了一生。恍如隔世。但那只紧握他手指的小手,又仿佛近在昨天。

戈斯塔长叹一声,点开了高尔夫游戏。

整整三个小时,艾丽卡都控制自己不去考虑与布丽塔这次灾难般的会面,写了五页新书。随后布丽塔卷土重来,她写不下去了,只好放弃。

离开布丽塔家时,她简直无地自容。赫尔曼发现情绪崩溃的妻子和她坐在一起时的表情,深深烙在她脑海中。她实在太迟钝,竟没能察觉布丽塔的发病征兆。但话说回来,她其实并不后悔去拜访布丽塔。慢慢地,她开始搜集到笼罩在母亲身上重重谜团的碎片了,虽然这些碎片零散而模糊,但总比过去她掌握的要多。

真的很奇怪。以前她从没听说过埃里克、布丽塔、弗朗斯这些名字。然而,在母亲人生中的某个阶段,他们必定扮演着重要角色。但长大之后,他们似乎都失去了联系。纵然大家都还生活在夫雅巴卡这弹丸之地,却像是身处没有交集的平行世界。而且阿克塞尔和布丽塔所描述的埃尔西也出奇地一致,但又与艾丽卡印象中的母亲相去甚远。母亲已经走了,四年前在一起车祸中丧生,同时撒手人寰的还有艾丽卡和安娜的父亲托里。人死不能复生,艾丽卡不可能向母亲再讨要什么补偿,再索取、乞求什么,也不可能再责怪母亲。她只能期望拨开迷雾。朋友们所描述的那个埃尔西身上发生过什么?那个可爱、温柔、热心肠的埃尔西,出了什么事?

前门传来的敲门声打断了艾丽卡的思绪。她起身去开门。

"安娜?快进来。"她开了门,凭着身为姐姐的犀利眼光,她立即注意到安娜的眼睛红红的。

"怎么啦?"她刻意多加了一层关心的语气。过去几年安娜经历了很多,艾丽卡一直无法放弃长姊如母的角色,妹妹几乎是她看着长大的。

"只是很难将两个家庭结合在一起,"安娜惨然一笑,"我什么都控制不了,不过能找个人谈谈心也好。"

"没问题,我们聊聊,"艾丽卡说,"我去给你倒杯咖啡。说不定橱子里还能找点零食来过过嘴瘾。"

"这是不是说明你结婚以后就放弃减肥了?"

"别哪壶不开提哪壶,"艾丽卡叹着气走向厨房,"在书桌前坐了一星期,估计我很快得去买几条新裤子了。现在的裤子像香肠皮把腰勒得紧绷绷的。"

"深有同感,"安娜坐到桌旁,"和丹同居以来,我好像也重了几磅,可是丹看到什么吃什么,体重居然连一盎司都没增加。"

"真令人嫉妒,"艾丽卡往盘子里放了几个圆面包,"早餐他还吃肉桂卷吗?"

"你是说他是否还保留你们当初在一起时的习惯?"安娜笑着摇摇头,"丹当着孩子们的面用肉桂卷蘸热巧克力吃,可想而知要让孩子们相信健康早餐的重要性有多难。"

"帕特里克也用鱼子酱奶酪三明治蘸热巧克力,他们真是有一拼。好吧,跟我说说是怎么回事。贝琳达又捣乱了?"

"嗯哼,这是主要问题。但一切都变得很烦心,今天丹和我也为这事吵架了,而且……"安娜闷闷不乐地拿了个面包,"也不全怪贝琳达,我就是想向丹解释这一点。她要面对的是一个全新的环境,一个她没得选择的环境。她说得对,她可没求着谁把我和两个孩子硬塞给她。"

"话虽如此,但她的态度总该礼貌一些吧。那就要靠丹去解决了。菲尔医生说,继父母无法管教像她那么大的孩子。"

"菲尔医生?"安娜笑得前仰后合,结果被一口面包呛住,咳个不停,"艾丽卡,我看你的产假也该结束了。菲尔医生?"

"告诉你也无妨,菲尔医生的节目对我帮助很大,"艾丽卡颇为不快。谁也不能取笑她的偶像。这个节目是她每天最大的乐趣所在,最近她甚至考虑写作期间是不是抽空吃个午饭,好趁机收看菲尔医生的节目。

"他说的确实有道理,"安娜勉强承认,"我觉得丹对家里的现状始终不太上心,又或者是过分上心。从星期五开始,我拼命劝他别找佩妮拉理论该怎么教育小孩,但他大吼大叫,说什么他信不过佩妮拉能照顾好孩子,还有……哎,他简直神经错乱。每次我们争执到一半,贝琳达就下楼来,然后场面就彻底失控了。现在贝琳达再也不想和我们住一起,所以丹让她坐巴士去了蒙克达尔。"

"艾玛和亚德里安对这件事怎么说?"艾丽卡又从盘子里拿了个面包。下星期再开始减肥,一定。这星期她要调整到正常的写作状态,然后……

"谢天谢地,还算不错。"安娜敲敲餐桌,"他们特别喜欢丹和他的女儿们,觉得有几个大姐姐真是太棒了。所以,到目前为止,我这一边还没出问题。"

"玛琳和莉森呢?她们能适应吗?"艾丽卡又问起贝琳达那两个十一岁和八岁的妹妹。

"她们也挺好,和艾玛、亚德里安玩得不错,至少也能容忍我。主要是贝琳达受不了。但在她那个年纪,你也明白,什么事都挺难。"安娜叹着气,又另拿了个面包,"你呢,都还好吧?书写得怎么样?"

"还可以吧。开头一般都写得很慢,不过我的素材很充足,而且还预约了几次采访。整本书渐渐有眉目了。不过……"艾丽卡踌躇着。在任何情况下,保护妹妹都是她根深蒂固的一种本能,但她认为安娜也有权了解近来大大分散她精力的那个问题。她从头开始一五一十地说起那枚勋章和她在埃尔西箱子里发现的其他东西,说起那几本日记,以及她从几个人那里所了解的她们母亲的过去。

"以前你怎么没告诉我这些?"安娜问道。

艾丽卡不安地换了个姿势:"呃,嗯,是该告诉你,可是……这真的很重要吗？我现在都告诉你了，对吧？"

安娜似乎在考虑该如何反驳，但很快便不在意了。

"都给我看看。"安娜有点生硬地说。艾丽卡立刻如释重负地站起身，庆幸妹妹没有因为她疏于分享她的发现而对她大吼。

"没问题，我去拿。"艾丽卡跑上楼，从工作室里将所有东西都搬来放到餐桌上：日记，小孩的衬衣，还有那枚勋章。

安娜瞪大了眼："她究竟从哪儿弄来这些的？"她捏起勋章，放到掌心里仔细端详，"还有这个？这是谁的？"然后她又举起带血迹的衬衣，"那是铁锈吗？"她把衬衣凑到眼前，注视着覆盖上面的大片斑痕。

"帕特里克觉得是血。"艾丽卡的话令安娜吓得站了起来。

"血？妈妈怎么会在阁楼的旧箱子里藏一件染血的小孩衬衣？"她满面嫌恶地将衬衫往桌上一丢，拿起日记。

"有没有儿童不宜的内容？"安娜挥了挥蓝色的日记本，"那种我读了以后会颠覆整个人生观的性爱故事？"

"没有，"艾丽卡大笑，"别那么紧张，绝对没有限制级内容。准确说来，基本上没什么内容，只是一些记录日常生活的无趣文字。但有件事我很在意……"艾丽卡第一次将盘旋在潜意识边缘的零散思绪组织起来。

"是什么事？"安娜翻阅着日记。

"唔，我在想，说不定其他地方还藏着更多日记。这里第四本日记已经写满了，最后只写到一九四四年五月。当然，妈妈也许厌倦了写日记，但这样的话她会坚持写到本子的最后一页吗？总觉得有点怪。"

"所以你认为还有其他日记本？但是除了已经读到的这些东西，其他日记里又能有什么呢？我是说，妈妈的人生不见得有那么跌宕起伏。她生在这里，长在这里，遇到爸爸，生下我们，然后，哎……除此之外呢？"

"话不能这么说，"艾丽卡寻思着应该向妹妹透露多少。虽然还没有实际进展，但无论是出于本能预感还是其他因素，她都坚信自己手中的线索必将通往某些重大发现，某些已经对她们——她和安娜——的生活投下阴影的隐情。总之,那枚勋章和那件衬衣肯定在母亲人生中扮演着重要角色,虽然她们闻所未闻。

她做了个深呼吸,详细叙述了她与埃里克、阿克塞尔和布丽塔的几次谈话细节。

"所以阿克塞尔·弗兰科尔弟弟的尸体刚被发现没几天,你就去他家咨询他勋章的事?我的天,他肯定以为你这人没心没肺、不识好歹。"安娜这种残酷的诚实,只有在亲妹妹身上才看得到。

"你到底想不想听他们的说法?"艾丽卡没好气地说,但在某种程度上她不得不赞同安娜。她登门拜访阿克塞尔实在太不是时候了。

艾丽卡说完以后,安娜瞪着她,皱起眉头:"听起来他们认识的是个完全不同的人。这枚勋章,布丽塔怎么说?她知不知道妈妈为什么藏着一枚纳粹勋章?"

艾丽卡摇摇头:"还没来得及问她。她患了老年痴呆症,没多久就糊涂了,然后他丈夫回家,非常不高兴,于是……"艾丽卡清清嗓子,"哎,他让我赶紧走。"

"艾丽卡!"安娜惊呼,"你是说,你跑去一个糊涂的老太太家里审问她,然后被她丈夫轰出来?嗯,他的反应完全可以理解。你肯定被这事弄昏头了。"安娜难以置信地连连摇头。

"好吧,但难道你就一点也不好奇?妈妈为什么一直藏着这些东西?为什么在她的熟人口中,她几乎成了我们根本不认识的人?他们谈起的那个埃尔西,和养大我们的不是同一个人。不知什么时候,一定发生了一些事……布丽塔刚要告诉我就发病了。她说了几个词,什么'遗骨',还有……喔,我记不清了,感觉她像是在隐喻什么被藏起来的东西,还有……也许是我多心,但这其中有些蹊跷,我准备一查到底,而且……"电话铃响了,艾丽卡止住话头,起身去接。

"我是艾丽卡。噢,你好,卡琳。"艾丽卡转向安娜,眼珠一转,"嗯,都挺好的。对,很高兴总算有机会和你聊聊。"她朝妹妹做了个鬼脸,安娜还一头雾水,"帕特里克?现在他不在家。他带玛雅去警局和同事们打招呼,我也不清楚后来他们去哪儿了。知道了。嗯,好的。我猜他们一定很乐意明天和你还有路德一起散步。十点钟。药店门口。好的,我会转告他。如果他另有安排会通知你,不过应该不至于。嗯。谢谢。回头再聊。谢谢。再见。"

"怎么回事?"安娜吃惊地问,"卡琳是谁?帕特里克明早和她约在药店门口干什么?"

艾丽卡坐回餐桌旁,很久,才答道:"卡琳是帕特里克的前妻。她嫁给了莱弗士乐团的一名成员,最近刚搬到夫雅巴卡。她和帕特里克刚巧都休假照顾孩子,所以明天约好一起去散步。"

安娜差点捧腹大笑:"你刚才是替帕特里克和他的前妻订了一个约会?天呐,我真不敢相信。他还有没有其他前女友之类,你要不要也打电话问问,安排一起去?别让他父亲假过得太无聊,可怜人呐。"

艾丽卡瞪着妹妹:"友情提醒,是她打电话给我。再说,这又有什么好大惊小怪的?他们早就离婚好多年了。而且两人恰好同时都在家各自带孩子。我不觉得有什么奇怪,总之我不介意。"

"噢,那好吧。"安娜捂着肚子笑道,"是你亲口说的哦,不介意……你鼻子这会儿越来越长了。"

艾丽卡差点想拿个面包朝妹妹脸上砸过去,但还是忍住了。反正她一点也不嫉妒,就随便安娜怎么想吧。

"不如现在去找那个清洁女工问话?"马丁问道。帕特里克略一沉吟,掏出了手机。

"我得确认一下玛雅的情况。"

听完安妮卡的汇报,他把手机放回衣袋,点点头。

"很好,一切正常。玛雅在手推车里睡着了。有地址吗?"他扭头问波拉。

"有。"波拉查看笔记簿,大声读出地址。"她名叫莱拉·瓦尔特斯。她说过她整天都会在家。你知道那地方怎么走吗?"

"是夫雅巴卡南郊那个路口附近的一座房子。"帕特里克说。

"那些黄色的房子?"马丁问道。

"没错。知道路线吗?前头学校的路口往右拐。"

他们只花了一两分钟就找到了正确地点。莱拉果然在家。她开门时有点害怕,似乎很不愿意让他们进门,所以几位警官只在玄关站了一会儿。其实并没有太多问题可问,所以也就不便多打扰。

"你为弗兰科尔兄弟家打扫卫生,是这样吗?"帕特里克的语气十分冷静,通过安抚对方,尽量使他们的此次拜访不那么咄咄逼人。

"是的,但这不会给我带来什么麻烦吧?"莱拉的嗓门压得非常低。她个头很矮,穿着柔软舒适的衣服,显然很适合成天待在家里。她双臂交叠,紧张地把重心从一条腿移到另一条腿,神色十分紧张,明显是在担心警官们会怎么解答她的疑惑。帕特里克猜出了她的顾虑。

"你是说你拿的报酬是秘密的?我可以保证,这一点我们不感兴趣,也不打算上报你的情况。我们要查的是谋杀案,所以和你的担心完全是两方面问题。"他微笑着,试图让对方放心,莱拉果然不再紧张地挪动了。

"没错,他们每隔一周会把给我的钱装进信封,放在大厅的橱子里。我们说好了,我每星期三去做卫生。"

"你有钥匙吗?"

莱拉摇摇头:"没有,他们一般把钥匙放在门口的垫子下,我干完活后再放回去。"

"为什么整个夏天都没去打扫?"波拉问道。这是他们最想了解的问题。

"本来我也以为夏天要去给他们打扫。也没听他们说过要改变原来的安排。但那天我像往常那样去他们家的时候,却没找到钥匙。我敲了门,也没人来开。后来我打过电话,想问问是不是有什么误会,可是没人接。我知道哥哥阿克塞尔整个夏天都不在家,自从我开始给他们做卫生以来,每年夏天都这样。所以既然没人在家,我也只是认为弟弟也去度假了。本来我还觉得他们连声招呼都不打太不礼貌,但现在我明白为什么……"她低头看着地板。

"没发现其他异常情况?"马丁问道。

莱拉连连摇头:"没有,没注意到,没有,想不起来。"

"你去他们家但没能进门,还记得是哪一天吗?"帕特里克又问。

"记得,那天是我生日,我当时还觉得什么活也没干成很倒霉。本来我准备用赚到的钱给自己买个礼物呢。"她沉默了。帕特里克机敏地追问:

"那具体是哪一天?你的生日?"

"噢,我真傻,"莱拉说,"六月十七号。绝对没错。六月十七号。后来我又去看了两次,可还是没人在家,也没留钥匙。所以我猜他们是忘记告诉我夏天家里没人了。"她耸耸肩,说明她早已习惯了被人忽略。

"谢谢。这些信息对我们帮助很大。"帕特里克伸出手,和莱拉那有气无力的手握了两下,感觉像是有人往他手里塞了条死鱼。

"你怎么看?"开车回警局的路上,帕特里克问。

"看来基本可以确定,埃里克·弗兰科尔是在六月十五号到十七号之间遇害。"波拉说。

"嗯,我大致同意。"帕特里克边点头边在快到安瑞斯的路口急转弯,车速太快了些,差点与一辆垃圾车擦肩而过。收垃圾的利弗朝他挥了挥拳头,马丁吓得紧紧握住车门把手。

"你的驾照难道是别人送的圣诞礼物?"后座上的波拉问道,丝毫不为刚才的生死瞬间所动。

"说什么呢?我的驾驶技术可是一流的!"帕特里克委屈地瞥了马丁一眼,寻求援助。

"那还用说。"马丁讥讽道,随即回头看着波拉,"我试过替帕特里克报名参加'瑞典最差司机'大赛,但他们可能觉得他水平太高,如果让他参加,冠军简直没有悬念。"

波拉大笑不止,帕特里克气愤地哼了一声:"我听不懂你说什么。想想从前我们一起开车的时候——我哪次撞过车或是出其他差错了?一次也没有。这些年我的驾驶记录毫无瑕疵,所以你纯属诽谤。"他又哼了几声,瞪了马丁几眼,结果差点和前面一辆萨博车追尾,幸好他狠狠踩下刹车。

"我投降了。"马丁高举双手,波拉在后座上笑得直不起腰。

回警局这一路上帕特里克都气乎乎的。但他好歹没再超速驾驶。

和父亲面谈后,克耶尔余怒未消。弗朗斯总能对他造成这种影响。不,其实也不对,并不是一直都这样。小时候的他更多的是失望。和爱混杂在一起的失望,这么多年过去,已经变成了牢不可破的仇恨与愤怒。

父亲的最后一次刑期结束很多年了,但这并不意味着他变成了一个好人。他只是更精明了,选择了另一条路。与之呼应,克耶尔则选择了父亲的对立面。他以激越狂热的笔调刻画那些敌视外国人的组织,由此声名鹊起,他的名气甚至远远超出了博哈斯兰新闻界。

他奉行的是强硬路线:零容忍,坚决斗争,在任何背景下均反对此类组织的各种言论,并将其扫地出门,因为他们是不受欢迎的恶魔。

他把车停在前妻家附近。这次他没先打电话。有时她明知他要来,却故意先出门。不过这次他会先确认她在家。他坐在不远处的车里,等待她出现在视野中。一小时后,她开车回来了,在门口停下。她从车里抱出两个超市的购物袋,显然刚才是去买东西了。克耶尔一直等她进屋以后,才又开了一百多码来到她家门前。他下车去敲门。当凯琳娜认出门口台阶上的人时,脸色立刻很不耐烦。

"是你啊?什么事?"她冷冷问道。克耶尔一听就来气。她怎么就是不明白问题的严重性?难道现在不正是他们该采取有力行动的时候吗?负罪感灼烧着他的胸腔,更加剧了他的怒意。她为什么总是一副……深受挫伤的模样?到现在也没变。十年了。

"我们得谈谈,是佩尔的事。"他不容分说就从她身边走进去,脱掉鞋子,挂起外套。凯琳娜起初颇为不满,然后才耸耸肩,走进厨房。她背靠厨台,双臂交叠,像是准备打架。两人已经无数次上演过这种对峙。

"又怎么了?"凯琳娜一摇头,额前的刘海便飘到眼前,她只得将其撩到一边。这个动作克耶尔看过太多太多次。两人初遇时,这也是他爱上她的原因之一。开头那几年,琐碎的生活和悲哀的命运还没唱主角,他们的爱情还没有褪色,他还没走上另一条路。直到如今,他依然不知道他的抉择正确与否。

克耶尔拉出一张椅子坐下。"我们得做点什么。你要知道,这种事不可能自生自灭。一旦孩子和那种人混在一起……"

凯琳娜一挥手打断他:"谁说我以为这种事会自生自灭?只不过你我在解决方法上的看法不同。把佩尔送走不能解决问题。这点你也要搞清楚。"

"你没想到的是,必须让他摆脱这种环境!"克耶尔愤怒地揉着头发。

"'这种环境'是指你父亲吧。"凯琳娜轻蔑地反击,"依我看,你先别忙着扯上佩尔,先把你和你父亲的问题解决了再说。"

"什么问题?"克耶尔听见自己的嗓门越来越大,于是勉强做了几个深呼吸,冷静一下,"首先,我说佩尔需要离开这里,不光是指我父亲。你以为我看不出现在是什么情况?你以为我不知道你每个柜子、每个抽屉里都藏着酒瓶?"克耶尔指了指碗橱,凯琳娜正欲反驳,却被他一挥手堵了回去。"我和弗朗斯之间没什么要解决的。"他咬牙切齿地说,"就我而言,我不想和那人有任何关系,我他妈的也绝对不想让他影响到佩尔一星半点。但既然我们不可能每时每刻都盯着孩子,而且你好像对他也不怎么关心,我也就没有其他办法了。得找一所寄宿学校,把他交给懂得如何处理这种问题的老师。"

"你以为那么容易?"凯琳娜尖叫着,刘海又挡住眼睛。"他们不会无缘无故就把孩子送去那种管教学校。一开始会先采取一些措施,可你估计已经摩拳擦掌准备……"

"非法入室,"克耶尔打断她,"他非法闯入别人家,被抓了。"

"你到底在说什么?什么叫非法闯入别人家?"

"六月初。房主当场抓住他,打电话给我。我去接佩尔,才知道他从别人家地下室的窗户溜进去偷东西的时候被发现了。房主狠狠训斥了他一顿,还威胁说如果他不交待家长的电话号码,就要报警。所以佩尔才告诉他我的号码,而不是你的。"望见凯琳娜难过而失望的神情,他不禁有那么一丝得意。

"他报了你的号码?为什么?"

克耶尔耸耸肩:"谁知道呢。我想父亲永远是父亲。"

"他闯进谁家?"凯琳娜一时还难以接受佩尔让对方打电话给克耶尔这一事实。

克耶尔回答之前迟疑了几秒钟,然后才说:"上星期,那老人被发现死在夫雅巴卡。埃里克·弗兰科尔。是他家。"

"可是为什么呢?"凯琳娜还在摇头。

"这老半天我不就想说这事吗!埃里克·弗兰科尔是二战历史的专家。他保存了好多那年代的东西,佩尔多半是想弄点真货给朋友们炫耀一下。"

"警察知道吗?"

"还不知道,"克耶尔冷冷地说,"这就取决于——"

"你会那样对待亲生儿子?举报他非法入室?"凯琳娜一边瞪着他一边小声说。

克耶尔忽然觉得腹中一阵打结。眼前的她似乎又回到了初见之时。那是新闻学院的一次聚会,她陪一个在学院学习的朋友前来,但那女孩很快就和别人出去了,抛下凯琳娜一个人孤零零坐在沙发上没人理。他对她一见钟情。她身上仿佛有某种气质,令他想去体贴她、保护她、爱她。

而现在,他们站在她家厨房里,如同殊死相搏的敌人。

克耶尔竭力推开纷乱的思绪。"逼不得已的时候,我会把情况通报警方,"他说,"除非我们安排佩尔摆脱目前的环境,否则我只好让警察代劳。"

"你是魔鬼!"凯琳娜哭喊着,泪水和对所有破碎诺言的失望,令她的嗓音沙哑了。

克耶尔霍然起身，勉力保持着冰冷的表情："就这么办。该送佩尔去哪里，我已经有了主意，回头我发电子邮件给你，你可以看看。但绝对不允许他和我父亲有任何联系。明白吗？"

凯琳娜没有回答，只是屈服地低下头。长久以来，她已经失去了和克耶尔对抗的能量。在他抛弃她、抛弃他们的那天，她就抛弃了自己。

克耶尔回到车里，开出几百码，然后停下了。他用前额抵住方向盘，闭上双眼，脑中闪过埃里克·弗兰科尔的模样，以及他所了解的相关情报。问题是：他该如何处理这些情报？

格里尼，奥斯陆郊外，一九四三年

最可怕的是寒冷。怎么也暖和不起来。阿克塞尔蜷缩在铺位上。单人牢房里的日夜异常漫长，但他更不愿让这阴暗中的独处一次次被打断。毒打、审讯，无数问题如永不停歇的倾盆大雨捶打着他。他怎么可能答出自己几乎一无所知的答案？何况无论他知道什么，也绝不会告诉他们。不然马上会被他们杀掉。

阿克塞尔摸摸头皮，只有短短的发茬，微微扎刺掌心。所有犯人一进来就被拉去淋浴、剃头。那些人都穿着挪威警卫的制服。阿克塞尔刚被捕就立刻想到他会被押到这里，奥斯陆城郊十二公里外的监狱。他从来没有应对这种境遇的心理准备——分分秒秒深不见底的恐惧、憋闷和疼痛。

"吃的。"牢房外一阵啷当响动，年轻的警卫在铁栏外放下一只托盘。

"今天星期几？"阿克塞尔用挪威语问道。他和埃里克几乎整个暑假都在挪威和外祖父母一起度过，他的挪威语也说得相当流利。这段时间，他每天都见到这名警卫，也多次试图与其交谈，以缓解对人际接触的渴求。但对方每每只报以最简练的回答。今天也不例外。

"星期三。"

"谢谢。"阿克塞尔勉强挤出微笑。年轻警卫转身准备离开。阿克塞尔不堪忍受再度坠入孤寂和寒冷的深渊,于是又抛出一个问题,试图留住他。

"外面天气怎么样?"

年轻警卫站住了,在犹豫。他四下一望,回到阿克塞尔的牢房前。

"阴天,很冷。"他说。这男孩的相貌如此年轻,阿克塞尔吃了一惊。估计他和阿克塞尔差不多年纪,说不定还小两岁。但考虑到阿克塞尔这些天的心境,他看起来肯定老多了——外表和内心都一样。

男孩又后退了几步。

"才这时候,就冷成这样了?"阿克塞尔嗓音嘶哑,不难听出,他这两句搭讪显得很怪异。

"是啊,差不多吧。不过奥斯陆每年这时候都很冷。"

"你家在这附近?"趁警卫还没下决心走,阿克塞尔抢先问道。

男孩踌躇着,拿不准该不该回答。他又看了看四周,不过没有人在视线中或在听力范围内。

"我们刚搬来两年。"

阿克塞尔又换了话题:"我被关进来多久了?感觉像关了一辈子。"他笑了笑,但却被自己那刺耳的陌生笑声吓到了。距离上次发笑已经隔了很久。

"我不知道该不该……"警卫扯了扯制服领子。这套强制必须穿上的衣服似乎令他不太自在。但随着时间推移,他会逐渐适应,阿克塞尔心想。他会接受这套制服,也会习惯对待囚犯的方式。人的本性如此。

"告诉我又有什么关系呢?"阿克塞尔劝诱道。丧失时间感让他极其难熬。没有时钟,没有日期,也不知道星期几,他赖以规划人生的依据都消失了。

"差不多两个月。我不太确定。"

"差不多两个月。今天星期三。阴天。够了,我知足了。"阿克塞尔朝男孩笑笑,对方也谨慎地报以微笑。

警卫走后,阿克塞尔端着托盘坐回铺位。食物难以下咽,剩菜渣日复一日。他幻想着这是妈妈做的炖牛肉，却失败了。效果适得其反，因为他的思绪霎时流向了他禁止自己触及的地方：他的家，他的家人，他的父母，还有埃里克。他们近来好吗？现在是不是牵挂着他？听到他被捕的消息，他父母是什么反应？还有埃里克，总藏着心事静坐一旁的埃里克。凭着聪明才智，埃里克能以惊人的速度分析事理，但他却不善表达感情。阿克塞尔对弟弟太了解了，只怕连埃里克本人都永远想象不到。他很清楚，埃里克有时像是家里的外人，觉得自己无法与阿克塞尔竞争。而眼下埃里克无疑要面对更糟糕的情形。阿克塞尔知道，对他的担忧将会影响埃里克的生活，弟弟在家中的地位会进一步削弱。如果他死了，埃里克该怎么办？他连想都不敢想。

10

"嗨,我们回来啦!"帕特里克关上家门,将玛雅放到大厅地板上。玛雅脚一沾地就往前跑,帕特里克连忙拽着她的衣服才拉住她。

"别急,宝贝,先把鞋和外衣脱了,再去找你妈。"他帮玛雅把外衣脱了,然后才放手。

"艾丽卡?我们回来啦!"他喊道。没有回答。他站住仔细一听,楼上有咔嗒咔嗒的声音。他抱起玛雅上楼到艾丽卡的工作室门口,把孩子放到地上。

"嗨,你在里面吗?"

"在,今天写了好多页。后来安娜来了,我们喝了点咖啡。"艾丽卡笑着把手伸向女儿。玛雅摇摇晃晃地扑过去,使劲亲着艾丽卡的嘴唇。

"宝贝乖,今天你和爸爸都干什么了?"艾丽卡用鼻子蹭着玛雅的鼻子,"你们去了好久。"玛雅的注意力转向帕特里克。

"嗯,我到警局办了点事。"帕特里克忙不迭答道,"新来的警官很不错,但她们考虑问题还不够周全,所以我和她们开车去夫雅巴卡拜访了一位证人,查到一条线索,将埃里克·弗兰科尔遇害的时间段缩小到两天之内……"他望见艾丽卡的脸色,顿时打住了,意识到开口之前应该三思才对。

"那么在你'办了点事'这期间,玛雅在哪里?"艾丽卡冷冰冰地问。

帕特里克不安地动了动。如果这时候烟雾报警器响起来就好了。可惜运气不佳。他做了个深呼吸,只得正面回答。

"安妮卡照顾了她一会儿,在警局。"

"所以安妮卡在警局照看我们的女儿,而你开车出去工作了两小时?我没理解错吧?"

"呃……没错。"帕特里克拼命寻找扭转局面的方法,"玛雅玩得很开心。她饱餐了一顿,安妮卡还推她去散了会儿步,她在手推车里睡得很香。"

"我相信安妮卡很会带孩子。问题不在这里。最让我难受的是,我们说好了在我工作的时候你来照顾玛雅。我也不指望你每分钟都陪她、一直陪到一月。但是,你的父亲假才刚开始一星期,我觉得你现在就把玛雅丢给警局的秘书,自己脱身跑去查案,未免太早了点。你说呢?"

帕特里克琢磨了一会儿艾丽卡的问题是不是话里有话,但他发现艾丽卡正等着他回答,便意识到这不是关键。

"唔,既然你这么说了,我……好吧,是我干了蠢事。但他们居然还没调查埃里克见过什么人,我有点太投入了……哎,都怪我!"他甩开混乱的借口,一只手把头发挠得根根直竖。

"从现在开始,绝不考虑工作。我保证,只有你和玛雅。来,给我点鼓励。"他竖起两根大拇指,尽量让自己看上去值得信赖。艾丽卡似乎有别的想法,但她长叹一声,从椅子上站起来。

"好吧,宝贝,你好像也没受什么委屈。我们要不要原谅爸爸,然后下楼去做晚饭呢?"玛雅点了点头。"爸爸可以给我们做烤面条加干酪沙司,算是对今天的补偿。"艾丽卡边说边背着玛雅下楼。玛雅连连点头。爸爸做的烤面条加干酪沙司是她最爱吃的东西之一。

"那你们有结论了吗?"过了一会儿,艾丽卡坐在餐桌旁,看着帕特里克一边煎熏肉,一边烧开水准备煮面条。玛雅待在电视机前看动画片,所以大人们就有了一小段不受干扰的私人空间。

"基本确定他的死亡时间在六月十五号到十七号之间。"帕特里克移动着煎锅里的熏肉。"该死!"几点油星溅到他手臂上,"烫死了!还好我没赤身裸体地煎肉。"

"知道吗,亲爱的?我也同意。幸好你没裸体煎肉。"艾丽卡朝他挤挤眼,帕特里克便凑过来吻她的嘴唇。

"那么我又是'亲爱的'啦,哈?可以不用睡狗窝了?"

艾丽卡假装考虑了一下。"还没到时候,不过也快了。如果面条够美味,我会再考虑考虑。"

"你今天过得怎样?"帕特里克回到灶台前继续做饭。

"该从哪儿说起呢?"艾丽卡叹着气。她先说了安娜给青春期少女当继母的烦恼,然后又复述了她和布丽塔会面的经过。帕特里克放下刮刀,惊愕地盯着她。

"你去她家质问她?而且那老太太还患了老年痴呆症?难怪她丈夫要冲你大吼大叫。换了我也会。"

"噢,谢谢啊。安娜也这么说,所以我算听够批评了,非常感谢。"艾丽卡颇为愠怒,"我刚去的时候也不知道她的病情啊。"

"那她说了些什么?"帕特里克将面条下到沸水里。

"你放的面条够一小支军队吃了吧?"艾丽卡眼看着他把三分之二袋的面条都放进锅里去了。

"是我做饭还是你?"帕特里克用刮刀指着她。"好了,她到底说了什么?"

"唔,首先,布丽塔和我妈年轻的时候好像经常在一起。他们那群朋友关系很亲密,除了她们俩,还有埃里克·弗兰科尔和一个叫弗朗斯的人。"

"弗朗斯·林霍尔姆?"帕特里克边搅拌面条边问。

"对,是这个名字。弗朗斯·林霍尔姆。怎么?你认得他?"艾丽卡大惑不解地望着他,但帕特里克只是耸耸肩。

"她还说什么了?她和埃里克或者弗朗斯有联系吗?或者阿克塞尔,也有可能?"

"应该没有。"艾丽卡答道,"他们彼此好像不相往来,但也许是我弄错了。"她皱着眉头,似乎在脑子里重温当时的对话。

"有些东西……"艾丽卡吞吞吐吐地说。帕特里克停止搅拌,等着她把话说完。

"她说了一些……一些关于埃里克和'遗骨'的事,还说什么别去惊动它们,埃里克说过……不,然后她就神智混乱了,我什么都听不懂。她真的很迷茫,所以我也搞不清她的话可信度有多少。多半没什么意义。"

"这可不一定,"帕特里克说,"不一定。这是我今天第二次听说与埃里克·弗兰科尔有关的话了。'遗骨'……究竟是什么意思?"

帕特里克想了半天,煮面条的水都沸腾了。

开会前,弗朗斯做了精心准备。董事会每月开会一次,要讨论的议题多如牛毛。很快就到大选年了,最大的挑战横亘在他们面前。

"到齐了吗?"他扫视会议桌,默默观察另五位董事,都是男性。男女平等的理念迄今还没渗透进新纳粹组织,估计永远也不会。

组织在乌德瓦拉的驻地是向贝托夫·斯文松租的,此刻他们位于他这座公寓的地下室里。

"这里没打扫干净。过后我得跟他们商量商量。"贝托夫嘀咕着,踢开一个空酒瓶,瓶子在地上滚来滚去。

"开会了。"弗朗斯严肃地宣布。他们可没时间作无谓的闲聊。

"准备得怎么样了?"弗朗斯转向最年轻的董事彼得·林德格伦。董事会此前将运作大选的任务交给林德格伦,弗朗斯虽高声反对也无济于事。他就是信不过这个人。林德格伦夏天刚刚因在格雷贝斯泰德攻击一个索马里人而坐了几天牢,弗朗斯不相信他能维持最起码的镇定。

仿佛为了确证弗朗斯的怀疑,彼得忽略了他的提问,转而问道:"你们听说夫雅巴卡出事了吗?"他笑道,"看来有人下决心干掉那个民族败类弗兰科尔。"

"我认为此事与在座各位都无关,所以我提议回到本次会议的议程。"

弗朗斯紧盯着彼得。一时间，两人展开了一场无声的权力之争。

先挪开视线的是彼得。"有很大进展。我们招募了一些新成员，而且确保我们所有人，无论资历新老，都做好了广泛出击的准备，将我们的口号散播到大选覆盖的广大地区。"

"很好。"弗朗斯硬梆梆地说。"党派登记工作呢？办妥了吗？还有投票？"

"都在掌握之内。"彼得的手指叩着桌面，明显不满自己像小学生一样被审问。他忍不住要挖苦弗朗斯一下。

"我看你没能护住老朋友嘛。那老家伙有那么重要？值得你拼命替他出头？大家都在议论，质疑你的忠诚度。"

弗朗斯霍然起身，怒视着彼得。坐在弗朗斯另一侧的沃尔纳·赫尔曼松拉住他的手臂："别听他胡扯，弗朗斯。老天在上，彼得，老实点。太可笑了，我们要讨论的是怎么向前看，而不是坐在这儿赌气斗狠。好了，握手言和。"沃尔纳先看着彼得，然后是弗朗斯。除了弗朗斯，沃尔纳在"瑞典之友"中的资历最深，和弗朗斯认识的时间也最长。由他出面调停，可谓帮了彼得一把，而非弗朗斯。沃尔纳很了解弗朗斯会怎么做。

僵持了一阵，弗朗斯坐下了。

"啰嗦一句，我再次提议回到正题。有不同意见吗？还有谁要在无关紧要的话题上浪费时间？嗯？"他逼视着每位董事，众人纷纷移开视线。随后他才继续。

"大部分具体事务都进入正轨了。既然如此，我们不如讨论一下党纲中应当提出哪些主张？我一直在留意周围城镇居民的动向，我认为这次选举我们完全有能力在市议会上赢得一席之地。人们都觉得当局和本郡在移民问题上的立场太松。他们眼看着自己的工作流失到外国人手中，眼看着为外国人提供的社会服务耗费了大笔市政预算。本地政府实施的政策招致广泛不满，我们可以借题发挥。"

弗朗斯的手机在裤袋里尖锐地叫唤。"该死。不好意思，我忘了关机。稍等。"他拿出手机，瞄了一眼屏幕，认出了对方的号码。是阿克塞尔家里的电话。他没有接,直接关机了。

"抱歉。好,刚才说到哪里?喔,对。市政府严重忽视移民问题,我们要好好把握这一天赐良机。"

弗朗斯继续发言,桌边的每个人都专心地注视着他。但他潜意识中的思绪其实正朝完全不同的方向飞驰而去。

想都不用想佩尔就逃掉数学课。如果说他有哪门课从来都不打算去上的话,那就是数学课了。数字之类的东西总让他起鸡皮疙瘩,怎么也提不起兴趣。

佩尔观察着操场,又点了一支烟。其他人都去商店里准备顺手牵羊,他却不想去。昨晚他在托马斯家里过夜,玩《古墓丽影》玩到凌晨五点。妈妈一直打他手机,最后他直接关机。他本想蒙头睡觉,托马斯的妈妈上班时却把他赶了出来。他们一时想不出更好的主意,只好来学校。

此刻,他觉得非常非常无聊。也许他刚才应该和那群朋友一起去。他从长椅上站起来,打算去追他们,但发现马蒂亚斯和那个人人趋之若鹜的蠢货并排从学校里走出来时,就又坐下了。他始终想不通为什么别人都觉得米娅很漂亮。那种纯纯的金发姑娘不对他的胃口。

他支起耳朵偷听。他们走近时,佩尔捕捉到了对话的零星片段。他一动不动地坐着,马蒂亚斯的精力全都用在讨好米娅上,甚至没注意到佩尔。

"你真该看看亚当发现他的时候脸色有多苍白。但我立刻想到该采取行动,就叫亚当赶紧退出门外,免得我们破坏现场。"

"哇。"米娅崇敬地赞叹。

佩尔暗自窃笑。上帝呀,马蒂亚斯居然真能骗倒她。估计她的内裤都湿了。

他继续听下去。"最酷的是,其他人都不敢过去。大家都议论纷纷,但我们都知道,说是一回事,做又是一回事。"

佩尔听够了。他从长椅上一跃而起,冲向马蒂亚斯。没等马蒂亚斯反应过来，佩尔就从背后猛地将他推倒在地。佩尔骑在马蒂亚斯背上，将他的手臂往后拧，马蒂亚斯痛得尖叫起来。然后佩尔又揪住他的头发，这种丑陋的波浪发型最适合拉扯。接着，佩尔故意抬起马蒂亚斯的脑袋，往沥青路面上撞。几码开外的米娅惊叫着跑回学校求救，但佩尔充耳不闻，反而一边咆哮着一边继续把马蒂亚斯的头往坚硬的地面撞去。

"你到处乱喷什么屁话！就凭你这小贱种，别以为我会让你得意，操他妈的……窝囊废。"佩尔怒火上涌，眼前一黑，仿佛整个世界都消失了，唯一能感知到的，就是手里揪着马蒂亚斯的头发，以及马蒂亚斯的脑袋每次撞上地面时传递到指节间的震动。他一次次怒吼、撞击，凝视着每次抬起马蒂亚斯的脑袋时那一股股鲜红、粘稠、润湿的红色液体，直到背后有人一把将他拖开。

"你他妈的到底在干什么？"佩尔惊讶地回头，看见了数学老师脸上气愤与不安交织的神情。教学楼的每扇窗户里都探出好多张脸，操场上也围了一小群好奇的旁观者。佩尔面无表情地瞪着马蒂亚斯毫无生气的躯体，没有抵抗，任由老师将他拖离受害者好几码。

"老天，你疯了吗？"数学老师的脸只在咫尺之外，他大声狂吼，但佩尔只是一扭头，根本不在乎。

刚才的感觉棒极了。可现在只有无边的空虚。

赫尔曼伫立在走廊里，盯着墙上的照片看了很久。那么多欢乐的时光，那么深的爱。这些黑白照片记录了他们的婚礼，他和布丽塔的样子都比平时庄重得多。布丽塔抱着安娜·格蕾塔，他给母女俩拍照。如果没记错，他照完这一张后就放下相机，第一次用双臂抱起女儿。布丽塔紧张地提醒他要支起婴儿的脑袋，但他似乎本能地知道怎样抱着她。他常常主动承担照顾孩子的责任，远比那个年代一位丈夫按惯例所应承担的多得多。

生活充满那么多欢乐。女儿们都有了自己的子女，令赫尔曼和布丽塔喜不自胜，每次去帮女儿们照顾婴儿时，他都一次次展现了换尿片的高超技巧。他的手指肯定比从前僵硬多了,但换起那种新式的一次性尿片还是不成问题的。他摇了摇头。时间怎么过得这么快?

他上楼进了卧室,坐到床边。布丽塔正在午休。今天情况很糟,她好几次都认不出他,以为自己又回到父母家里。他轻抚着她的头发,再三向她保证,她父亲过世很多年了,再也不会来伤害她。

他摩挲着布丽塔搁在毛毯上的那只手。布丽塔的眼皮跳了几下。她梦见了什么东西。赫尔曼多么希望自己能进入她的梦中,和她一起生活在梦里,装作一切都如从前,不曾改变。

今天,她犯糊涂时说起了他们说好永不再提的事。那个秘密被他们共同保守了这么多年,已渐渐被稀释在他们的生活之中,消隐无踪。于是他允许自己松了口气,将它遗忘。

埃里克来找她并不是好事情,一点也不好。

但至少他不必再担心埃里克了。他们再也不用担心他了。他继续轻拍着布丽塔的手。

"噢,对了,忘了告诉你,卡琳来过电话。她约你今天一起去散步,十点钟在药店门口会合。"

帕特里克停下手上的动作:"卡琳?今天?"——他瞄了一眼手表——"只有半小时了?"

"抱歉,"艾丽卡说,但她的语气表明她没有丝毫歉意。随即她又动了恻隐之心:"我打算去图书馆查点资料,所以如果你和玛雅能在二十分钟内做好准备的话,我可以载你们一程。"

"这……"帕特里克犹豫着,"你不介意吗?"

艾丽卡上前吻了他一下。"比起把警局作为女儿的日托中心,和你前妻约好去散步根本不算什么。"

二十分钟后,艾丽卡把车开到市政府大楼前,药店和图书馆也在这座楼里。她有点好奇。这是她和卡琳第一次打照面,虽然她已经听说了对方的很多事。

她停好车,帮着帕特里克从行李箱里拿出手推车,然后和他一起去见卡琳。艾丽卡深吸一口气,伸出手。

"嗨,我是艾丽卡,"她说,"我们昨天通过电话。"

"幸会呀!"卡琳说。艾丽卡惊讶地发现她立刻就喜欢上了眼前这个女人。她的眼角余光瞄到帕特里克在一旁异常尴尬,活像热锅上的蚂蚁,这种场面不禁令她乐在其中。

艾丽卡好奇地打量着帕特里克的前妻,立即发现卡琳比她瘦,也稍矮些。她的黑发在脑后扎了个简单的马尾辫,五官很精致,不施粉黛,看起来相当……疲倦。肯定是因为照顾一个小淘气鬼,艾丽卡心想。

聊了一会儿,艾丽卡和他们道别,前往图书馆。总算和这个在帕特里克生活中扮演重要角色长达八年的女人打了照面,她觉得心里放下了一块石头。

图书馆里一如既往的宁静。她在这里度过了很多时光,图书馆总能带给她巨大的满足感。

"嗨,克里斯蒂安!"

管理员抬头看见艾丽卡,笑了。

"嗨,艾丽卡,早上好!今天想找什么?"他的斯莫兰[①]口音听着很舒服。不知为什么,艾丽卡觉得来自斯莫兰的人一说话就让人喜欢。

"是不是还想多了解一些上次检索的那个案件?"克里斯蒂安充满希望地看着她。

"不,今天不是。"艾丽卡坐到服务台前克里斯蒂安对面的椅子上,"今天我想了解夫雅巴卡的几个人,以及几件事。"

"人和事,能再具体点吗?"克里斯蒂安挤挤眼。

"尽量吧。"艾丽卡立即报出一串姓名:"布丽塔·约翰松,弗朗斯·林霍尔姆,阿克塞尔·弗兰科尔,埃尔西·菲尔克,或者埃尔西·莫斯特罗姆,还有……"她略一犹疑,又补充道,"埃里克·弗兰科尔。"

克里斯蒂安一惊:"不就是被谋杀的那个人?"

---

① 瑞典东部沿海的一个省。

"对。"艾丽卡说。

"还有埃尔西？好像是你的……"

"我母亲,没错。我想了解和这些人有关的信息,从二战时期开始。这样吧,时间范围就控制在战争期间。"

"也就是一九三九年到一九四五年。"

艾丽卡点点头,满怀希望地注视着克里斯蒂安向电脑输入指令。

"对了,你自己的课题进展如何？"

克里斯蒂安脸上似有一片阴云飘过,随即消逝。他答道:"差不多一半。谢谢关心。这很大程度上还得感谢你提的建议。"

"噢,没什么。"艾丽卡有点尴尬,"如果需要写作方面的建议,或者想找人看看稿子,尽管告诉我。对了,标题确定了吗？"

"美人鱼,"克里斯蒂安避开她的视线,"我打算叫它'美人鱼'。"

"多好的题目啊。你是怎么想到……？"艾丽卡问道,但克里斯蒂安连连摇头,表明他不想讨论这个话题。艾丽卡颇为惊愕地望着他,这不是他的作风。

"这几篇文章你可能有兴趣,"克里斯蒂安说,"要不要打印出来？"

"好的,谢谢。"艾丽卡仍处于惊讶之中。但几分钟后克里斯蒂安拿回来一叠打印出来的文章交给她时,她又恢复常态了。

"够你看一阵子的了。还有什么我能帮上忙的,你就尽管说。"

艾丽卡谢过他,离开了图书馆。运气不错,街对面的咖啡馆开着,她要了一杯咖啡,坐下来开始读。但她读得太过投入,一口也没喝,咖啡都凉了。

"好,目前的进展如何？"梅尔贝里一伸腿,脸部肌肉顿时拧成一团。想不到运动带来的筋骨疼痛居然会持续这么久。

"抱歉,你刚才说什么？"梅尔贝里一个激灵。"波拉说,我们已经基本锁定埃里克·弗兰科尔遇害的时间,"戈斯塔说,"他和他的……女友,考虑到他们的年龄,随便怎么说吧。他们六月十五号还在一起。他和她分手了,而且喝得大醉,据她而言这非常罕见。"

"六月十七号清洁女工去他们家,却进不了门。"马丁补充,"虽然这不足以说明那时候他已经死亡,但这种可能性很大。清洁女工以前还从没吃过闭门羹。如果兄弟俩不在家,都会给她留钥匙。"

"好,很好,那我们暂时就以埃里克死于六月十五号到十七号之间为前提。和他哥哥确认一下,那时候他是还在家呢,还是已经去了巴黎。"梅尔贝里往后一靠,挠挠耳背。餐桌下的小狗照旧趴在他脚上。

"你当真认为阿克塞尔·弗兰科尔涉嫌……"撞上梅尔贝里凶巴巴的表情,波拉的后半截话便咽回肚里去了。

"现在还不能下结论。但你我都清楚,绝大多数谋杀案的凶手都是死者家人。所以查一查埃里克的哥哥,怎样?"

波拉点点头。梅尔贝里难得说对一次。阿克塞尔·弗兰科尔固然很讨人喜欢,但不能因此阻碍她该做的工作。

"闯进他们家的那两个男孩呢?可以排除了吗?"梅尔贝里望着餐桌周围的几名下属。大家都转向戈斯塔,他顿时大为不安。

"啊……这个……既可以,也不可以。我找其中一个男孩——叫亚当的那个取了鞋印和指纹,但还没来得及……找另一个谈话。"

梅尔贝里瞪圆了眼:"这么简单的任务,给了你好几天,居然还没——用你的话说——'来得及'。是这样吗?"

戈斯塔点点头,情绪低落。"呃,嗯,是的……没错。我今天就去办。"但梅尔贝里又瞪了他一眼。

"马上就去,用最快速度办妥。"戈斯塔垂下眼帘。

"你最好抓紧。"梅尔贝里将注意力转向马丁和波拉。

"其他情况?叫林霍尔姆的那家伙怎样?有没有线索?我个人认为这个方向最值得挖掘,'瑞典之友'(别管他们怎么称呼)这个组织要深入调查。"

"我们去弗朗斯的公寓和他谈过,但收获不大。他认为组织里有个别董事寄恐吓信给弗兰科尔,但出于多年好友关系,他已尽量阻止并设法保护埃里克。"

"这些'个别董事'"——梅尔贝里比划着引号——"你们找他们问过话吗?"

"还没有。"马丁平静地答道,"今天已经安排了。"

"好,那就好。"梅尔贝里的脚都发麻了,于是想把恩斯特甩开。结果恩斯特大大咧咧地放了个响屁,换了个更舒服的姿势,继续赖在它临时主人的脚背上。

"那就只剩一件事要讨论了——警局不是托儿所!你明不明白!"梅尔贝里盯着开会期间一直静静做记录的安妮卡,而她从眼镜框上面向他瞪回去。冷场了半天,梅尔贝里嘴里才蠕动了两下,心想自己的声调可能有点过于严厉。

然后安妮卡说:"就算我昨天照看了玛雅一小会儿,我也没拉下手头的工作,你担心的不就是这个吗,伯蒂尔。"

安妮卡冷静地迎上梅尔贝里的视线,一场无声的权力斗争由此展开。最后梅尔贝里扭头嘟哝着:"哎,好吧,还不都是你说了算——"

"再说,幸好帕特里克过来,我们才发现忘了检查埃里克的银行账户。"波拉朝安妮卡挤挤眼以示支持。

"本来我们早晚也能想到……不过多亏有他,现在提早了。"戈斯塔瞥了安妮卡一眼,又低头看着桌面。

"好吧,我还以为他在休父亲假。"梅尔贝里输了这一仗,十分愠怒,"无所谓,好歹现在有了点线索。"众人纷纷起身,将咖啡杯放进洗碗槽。

这时电话铃响了。

夫雅巴卡,一九四四年

"我猜你肯定在这儿。"埃尔西坐到埃里克身边,似在一块巨石裂隙的庇护之下。

"这里最安静,没人打扰。"埃里克冷冷答道,但神色却随即柔和起来，他合上摊在腿上的书。

"抱歉,"他说,"我心情不好,不该朝你出气。"

"是因为阿克塞尔?"埃尔西轻声问道,"家里情况怎样?"

"感觉就像他已经死了。"埃里克眺望着夫雅巴卡码头外慵懒地铺展开去的海面。"至少我妈的一举一动,就像是他已经死了。我爸只是嘀嘀咕咕发牢骚,根本不想谈这事。"

"你呢?你的感受?"埃尔西注视着她的朋友。她太了解埃里克了,比他认为的更多。

"我也说不清是什么感受。"埃里克生气地把头扭向一边。但动作不够快,埃尔西看见了他眼中涌出的泪水。

"不,你知道。"她凝望着他的侧脸。"说给我听听。"

"我觉得很……分裂。一方面我对已经发生,以及将要发生在阿克塞尔身上的事既害怕又难过,只要一想到他可能会死,我就……"他搜寻着合适的词汇,却没找到。但埃尔西明白他的意思。她没有说话,只是等着他说下去。

"可另一方面,我又非常……愤怒。"埃里克的嗓音更深沉了,预示着他成年后的声线。

"我很愤怒,因为现在我比以前更加可有可无。我像个隐形人。只要阿克塞尔在家,他还能把照耀在他身上的光线反射一些给我。隔三差五的一束微光,一线注意力的闪光将对准我,也就够了。我从来都不奢望更多。阿克塞尔应该站在聚光灯下,赢得关注。他总是比我优秀,我永远不敢效仿他做的一切。我不勇敢,不引人瞩目。我也没有阿克塞尔那种能让身边的人都心情大好的本事,因为我觉得他的秘诀就在于……他总能让他人感觉良好。我没有那种天赋,我只会让人紧张不安。大家都觉得我是个怪人,我懂得太多,笑得太少。我……"这多半是他出生以来最长的一段话,他不得不停下来喘了口气。

埃尔西忍不住笑了。"可别一次把词都用完,埃里克。平时你都惜言如金。"她微笑着说。但埃里克咬紧牙关,继续说道:

"可这些都是心里话。你知道吗？就算我甩头就走，越走越远，一走了之，并且一去不回，家里甚至都不会有人发现我走了。在父母眼里，我只是他们视野边缘的一个影子，某种程度上说，如果这影子消失了，他们可能反而会松一口气，因为这样一来他们的心血就可以百分之百倾注在阿克塞尔身上了。"他说不下去了，再次惭愧地别过脸去。

埃尔西揽住埃里克，把头倚在他的肩膀上，硬是把他从他想躲进的暗处拉回来。

"埃里克，如果你失踪了，他们一定会注意到的。他们只是……还无法面对阿克塞尔的遭遇。"

"德国人抓走他四个月了，"埃里克郁郁地说，"他们还要困扰多久？六个月？一年？两年？一辈子？我就在这里。我还在这里。这难道不能说明什么吗？可与此同时，我又恨透了自己，因为我竟然嫉妒哥哥，他这时很可能还在坐牢，也许没等我们有机会再见上一面，他就会被处决了。我算什么弟弟啊。"

"谁都不会怀疑你对阿克塞尔的爱。"埃尔西拍拍他的后背，"你也渴望被关注，渴望存在感，这没什么好奇怪的。我就知道你还在这里啊。但你要把你的感受告诉他们，要让他们看见你。"

"我不敢。"埃里克连连摇头，"如果他们以为我心眼坏，怎么办？"

埃尔西双手捧着埃里克的脑袋，迫使他正视她的眼睛。"听我说，埃里克·弗兰科尔。你不是坏人。你爱你哥哥，爱你父母。但你也和他们一样伤心。你要向他们吐露心声，要为你自己争取一点空间。明白吗？"

埃里克想挪开视线，但埃尔西坚决用双手夹着他的脑袋，径直望进他的眼底。

最后，埃里克点点头："你说得对。我会和他们谈谈。"

埃尔西情不自禁地张开双臂拥抱了他。她抚着埃里克的后背，感觉到他放松了。

"你们搞什么啊？"一个声音令他们骤然分开。埃尔西一回头，只见弗朗斯紧盯着他们，脸色刷白，双拳紧握。

"搞什么啊!"他又喊道,似乎憋不出其他话了。埃尔西这才意识到刚才的场面容易令人误解,连忙冷静地向弗朗斯解说经过,好让他消气。

"埃里克和我只是在这里聊天而已。"她不慌不忙,平静地说。

"是啊,看得出来,你们只是坐着聊天。"弗朗斯的眼神令埃尔西不寒而栗。

"我们在讨论阿克塞尔,因为他不在,家里变得很艰难。"埃尔西凝视着弗朗斯。他眼中那冷酷、残忍的光芒消减了几分。于是她又说:

"我刚才正在安抚埃里克,仅此而已。不如你也坐到我们这里来?"

她拍了拍石头。弗朗斯迟疑着,但双拳松开了,冰冷的神色消失了。他重重叹了口气,才坐下来。

"不好意思。"他没看埃尔西。

"没关系,"她答道,"只是别太快下结论。"

弗朗斯默默坐了一会儿,然后扭头望着她。比起刚才的凛冽怒意,此刻他眼中浮现的炽热情感突然令埃尔西更为恐惧。她顿时有种不好的预感,大事不妙。

她还想到了布丽塔,以及她不时朝弗朗斯投去的迷恋目光。

埃尔西暗暗对自己说:大事不妙。

11

"她很不错啊。"卡琳推着路德的小车,笑着说。

"艾丽卡是最棒的。"帕特里克也情不自禁地笑了。

"但愿列夫也能让我说同样的话。"卡琳说,"可是我真的当腻了乐手的妻子。不过我是自找的,所以也没法抱怨。"

"有了孩子就不一样了。"帕特里克这句话既是陈述,也是提问。

"是吗?"卡琳语带讥讽,"可能我太幼稚,根本没想到带孩子有多麻烦,多辛苦,而且……所有的担子都自己挑,很难。有时候好像都是我一个人在付出,半夜起来换尿片,陪他玩,喂他吃饭,他生病时带他去看医生。结果呢,列夫一回家在门口扭上几下,路德就像看见圣诞老人似地扑过去欢迎他。真不公平。"

"但如果路德摔倒了,第一反应是找谁呢?"帕特里克问道。

卡琳笑了。"你说得对,他会最先想到我。所以想来想去,我每天半夜起来照顾他,他还是领情的。但我不知道……有种上当受骗的感觉,和以前的设想不一样。"路德的帽子歪到一边,挡住了耳朵,她边叹气边伸手把帽子扶正。

"要我说啊,这可比我想象中有趣得多。"迎上卡琳那犀利的目光,帕特里克顿时明白他这句话有多傻。

"艾丽卡也这么想吗?"她一针见血地问,帕特里克听出了她的意思。

"不是,至少去年不是。"一想到玛雅出生后头几个月艾丽卡是多么面无血色、郁郁寡欢,帕特里克腹中就阵阵绞痛。

"因为艾丽卡不得不抛开她的精彩生活,在家照顾玛雅,而你天天去上班?"

"可我也尽力帮忙了呀。"帕特里克反驳。

"帮忙,说得轻巧。"他们走上通往巴霍尔曼的一条狭窄小径,卡琳推车走在前面。"'帮忙'和真正承担绝大部分责任,简直是天差地别。比起只在一旁打打下手、做做记录的助手,照顾孩子的主力根本是另一回事。"

"你不能一竿子打死全部当父亲的,"帕特里克推车往坡上走。"依我看,母亲往往不想放弃对父亲的控制,每次丈夫试着去换尿片时,妻子都说他的动作不对;或者丈夫去喂孩子的时候,妻子就批评他拿奶瓶的方式错了,诸如此类。做父亲的想要扮演你所谓的'主力',一般也没那么简单。"

卡琳好几分钟都没吭声。然后,她望着帕特里克说:"艾丽卡在家照顾玛雅的时候也这样?不让你插手?"她静静等待答案。

帕特里克想了很久,最后不得不承认:"不是。其实我很庆幸,带孩子的大部分责任不在我身上。艾丽卡能把一切都打理妥当。每天一早去上班当然感觉棒极了,因为晚上下班回家就又能见到可爱的玛雅。"

"因为你没有离开成年人的世界。"卡琳冷冷地说,"现在你得挑大梁了,感觉怎么样?还顺利吗?"

帕特里克沉吟片刻,只得摇摇头:"哎,作为居家奶爸,我的表现很差。不过带孩子可不容易啊。艾丽卡在家工作,她知道东西都放在哪儿,再说……"他又摇摇头。

"听着好耳熟。每次列夫一回家,就站在那儿嚷嚷:'卡琳!尿片在哪里?!'有时候我真怀疑你们男人连尿片放在哪儿都记不住,怎么可能把工作做好。"

"喔,行了,行了,"帕特里克戳了戳卡琳,"我们也不算一无是处吧。

给点信任好不好？我们的上一辈，男人还根本不给孩子换尿片呢，到现在为止，进步可也不小了。不可能一夜之间天翻地覆。我们都以父亲为榜样，深受他们影响，需要时间来调整。不过我们也尽力了。"

"也许你尽力了，"卡琳的话中带着一丝苦涩，"但列夫肯定没尽力。"

帕特里克没有回答。确实无话可说。在萨尔维克的航海俱乐部附近路口分手时，帕特里克一面暗自难过，一面陷入沉思。很久以来，卡琳的背叛始终令他心存芥蒂，而现在，他却非常同情她。

接到电话后，警官们火速跳上警车。梅尔贝里照例找了个借口躲回办公室；马丁、波拉和戈斯塔争分夺秒地沿亚法斯街驶向塔努姆市中学。给他们的通知是直接去校长办公室，这不是他们第一次来学校了，所以马丁毫不费劲地找对了路。

"出了什么事？"马丁扫视一圈，发现有个满面戾气的少年坐在椅子上，被校长和两个像是老师的人包围着。

"佩尔殴打了一个学生，"校长坐回办公桌后，严肃地说，"还好你们来得快。"

"那个学生情况如何？"波拉问道。

"不太好。学校的护士正在照看他，救护车在路上。我给佩尔的母亲打了电话，她很快就来。"校长瞪着那男孩，男孩不屑一顾地打了个呵欠。

"你得和我们去警局。"马丁示意佩尔站起来。他又对校长说："争取在他母亲没来之前和她取得联系，如果没联系上，就让她去警局找我们。我的同事波拉·莫拉雷斯会留下来询问目击证人。"

波拉点点头确认她的任务。

"马上就办。"她说完就离开了办公室。

佩尔和警官们出门走进走廊时，还是一副事不关己的冷漠神情。走廊里聚集了一大群好奇的学生，佩尔咧嘴一笑，朝他们竖起中指。

"操他妈的蠢猪。"

戈斯塔猛然盯了他一眼:"到警局以前把嘴闭紧。"

佩尔耸耸肩,不过没反抗。

抵达警局后,他们让男孩单独待在一个房间里,等他母亲赶来。马丁的手机响了。他颇有兴趣地听对方把话说完,然后若有所思地转向戈斯塔。

"是波拉,"他说,"你知道被佩尔狠揍的是谁吗?"

"不知道。难道是我们认识的人?"

"可不,是马蒂亚斯·拉尔松。发现埃里克·弗兰科尔尸体的男孩。他被送去医院了,所以得过点时间才能找他问话。"

戈斯塔没有答话,但马丁发现他的脸色顿时变得刷白。

过了十分钟,凯琳娜小跑着冲进警局大门,直奔前台,上气不接下气地打听儿子的情况。安妮卡镇定地将她领到马丁的办公室。

"佩尔在哪里?他干了什么?"她带着哭腔,方寸大乱。马丁和她握了手,并作了自我介绍。凯琳娜又问了一遍,但情绪克制了不少。马丁拉过一张椅子请她坐下。他坐回办公桌后的时候,嗅到旁边这女人身上散发出一股熟悉的气味,不禁悄悄皱眉。酒味,很刺鼻,很容易闻出来。也许她昨天刚参加过聚会,但应该不至于。她的五官略显松弛和浮肿,这正是酗酒的迹象。

"佩尔因殴打一个男孩被捕。根据校方向我们报警的说法,他在操场上袭击了另一个学生。"

"我的天,"她攥住椅子的扶手,"那……那孩子,该不会……"她说不下去了。

"已经送去医院,显然他受了重伤。"

"可是为什么?"她艰难地吞咽着,连连摇头。

"我们正要展开调查。佩尔在审讯室里,需要你的允许,我们才能问他几个问题。"

凯琳娜点点头:"当然没问题。"她又使劲咽了咽唾沫。

"好的。我们去和佩尔谈谈。"马丁在前领路,在戈斯塔办公室门口停下,敲敲门框,"走,找那孩子问话。"

凯琳娜和戈斯塔握了手,三人进入审讯室。佩尔起初还装出百无聊赖的模样,但一看到母亲出现,顿时不那么镇定了,虽然并不明显,但眼角还是微微抽动了两下,手也有点抖。然后他又强迫自己恢复到满不在乎的状态,扭头盯着墙壁。

"佩尔,你都干了些什么?"凯琳娜尖声问道,坐到儿子身旁,想揽住他。但佩尔甩掉她的手臂,不肯回答。

马丁和戈斯塔在他们对面坐下。马丁打开了录音机。出于习惯,他带了笔和笔记簿,并放在桌上。接着,按照录音的程序,他报出日期和时间,又清了清嗓子。

"好,佩尔,能不能请你告诉我们事发经过?对了,顺便通知你,马蒂亚斯被救护车送去医院了。"

佩尔只是一笑。凯琳娜用手肘推了推他。

"佩尔!你要回答问题。你当然很关心那孩子的情况!是吧?"她的嗓音十分尖锐,可她儿子还是不拿正眼看她。

"给佩尔一点时间,慢慢回答。"戈斯塔朝凯琳娜使个眼色,示意她冷静。

他们默默等待这个十五岁少年答话。最后,佩尔挠挠头说:"那个马蒂亚斯满嘴喷粪。"

"什么样的'粪'?"马丁的态度一直很友善,"能不能具体点?"

又沉默了半响,他说:"他在勾搭米娅,学校的校花。我听见他吹嘘自己带亚当闯进那老家伙家里,发现尸体时,是多他妈的勇敢,还说谁都没他胆子大!他妈的这都什么狗屁啊?是我先去过,他们才想着要去的。我告诉他们那房子有很多超酷的东西,那时候他们的耳朵和卫星天线一样大。大家都知道最先钻进那房子的不是他们。操他妈的书呆子。"

佩尔哈哈大笑,凯琳娜瞪着桌面,羞愧不已。过了好一阵马丁才反应过来佩尔的话意味着什么。然后他问道:

"你是指埃里克·弗兰科尔的房子?在夫雅巴卡?"

"是啊,马蒂亚斯和亚当发现的尸体就是他。他家有好多纳粹的东西,特别酷,"佩尔双眼放光,"我本来想带几个兄弟回去捞点东西,结果那老头出现了,把我关起来,还打电话给我爸……"

"等等,等一下,"马丁做了个手势,"说慢一点。也就是说,你闯进埃里克·弗兰科尔家的时候被他发现了?还把你关了起来?"

佩尔点点头:"我以为他不在家,所以从地下室的窗户钻进去。可等我进了那个全是书和其他垃圾的房间,他就下楼来了,关门上锁。然后他要我报出我爸的电话,好打电话给他。"

"这事你知道吗?"马丁严厉地望着凯琳娜。

凯琳娜勉强点头:"前几天才听说的。克耶尔,也就是我前夫,之前没告诉我。我一直蒙在鼓里。而且我也不明白你怎么不报我的电话号码,佩尔。反而让你爸插手!"

"你没那本事,"佩尔第一次看着母亲,"你只会躺在家里喝个没完,什么屁事都不管。还有,你现在一身酒臭,自己心里有数!"佩尔的双手又开始颤抖,和刚才他失去镇定时一样。

凯琳娜瞪着儿子,眼泪涌了出来。她低声说:"我为你付出那么多,结果你只跟我嚷嚷这些?我生了你,养你这么多年,而你爸根本不把我们当回事。"她转向马丁和戈斯塔,"那天他说走就走,拎起箱子就走。原来他勾搭上一个二十五岁的妖精,还搞大了人家的肚子,所以头也不回就丢下我和佩尔。他组建了新家庭,像丢垃圾一样把我们踹开。"

"爸爸走了十年了。"佩尔不耐烦地说。忽然间,他看上去比十五岁的年龄老成许多。

"你父亲叫什么名字?"戈斯塔问。

"我的前夫是克耶尔·林霍尔姆。"凯琳娜紧张地回答,"如果你们需要,我可以给你们他的电话号码。"

马丁和戈斯塔对视一眼。

"你是指给《博哈斯兰日报》写稿子的克耶尔·林霍尔姆?"拼图的碎片在戈斯塔脑中渐渐各归其位,"弗朗斯·林霍尔姆的儿子?"

"弗朗斯是我爷爷,"佩尔骄傲地说,"他特别酷。他还坐过牢,但现在搞政治。他们要参加大选,而且会赢。然后那些下贱的黑鬼就会被赶出这个地区。"

"佩尔!"凯琳娜震惊地喊道,随即转向两位警官:

"他这个年龄,什么都爱试一试,爱扮演不同的角色。他爷爷对他影响也不好。克耶尔不让佩尔见弗朗斯。"

"能拦得住我才怪。"佩尔嘀咕着,"还有收藏纳粹东西的那老头?他活该。我爸来接我的时候,我听见他跟我爸说话那口气,一大堆屁话,说什么他可以为我们正在写的和'瑞典之友'有关的文章提供很好的素材,特别是关于弗朗斯的。他们没想到我能听见,还约了下次见面的时间。操他妈的叛徒。我现在明白为什么爷爷嫌我爸丢人了。"佩尔恶狠狠地说。

啪!凯琳娜扇了儿子一记耳光,接下来的静默中,母子俩四目对望,目光中既有惊愕,也有憎恨。然后凯琳娜的表情变软了。"对不起,宝贝,真的对不起,我不是故意……我……对不起。"她想凑过去拥抱儿子,却被他使劲推开了。

"给我滚,醉鬼。别碰我!听见没有!"

"好了,两位,请安静。"戈斯塔怒视着凯琳娜和佩尔,似乎要站起来,"看来再谈下去也没什么意义。你可以走了,佩尔。不过……"他看看马丁,马丁以几乎觉察不到的动作点了点头。"不过这件事我们必须与社工组织联系。你的情况需要引起重视,我们认为应当由社工组织作进一步评估。故意伤害案我们也会继续调查。"

"真的有这个必要吗?"凯琳娜的声音在颤抖,但她这个问题提得有气无力。在戈斯塔看来,某种程度上她反而松了口气,因为好歹有人替她掌控局面了。

佩尔和凯琳娜离开警局时,虽然走在一起,但谁也不看对方。戈斯塔跟着马丁回到他的办公室。

"嗯,看来我们得好好研究一下。"马丁边说边坐下。

"的确。"戈斯塔咬着嘴唇,脚跟来回旋转。

"你好像有话想说。怎么了?"

"嗯……哎,也许不怎么重要。"戈斯塔下了决心。有些东西在他潜意识里翻来覆去好几天了,通过刚才对佩尔的询问,他才恍然大悟。现在的问题是该怎么提出来。马丁肯定不会高兴的。

阿克塞尔在门口徘徊了很久,总算敲了门。赫尔曼几乎立刻就来开门了。

"是你啊。"

他点点头,站在原地,没有进屋的意思。

"请进。我没告诉她你要来。也不知道她还记不记得。"

"她的情况这么糟?"阿克塞尔同情地望着面前的男人。赫尔曼显得疲倦。肯定不轻松。

"这是全家人?"阿克塞尔走进门,看了看墙上的照片。赫尔曼这才露出笑容。

"对,全家都在。"

阿克塞尔双手交握在背后,观察着照片。仲夏节,生日宴会,圣诞团聚,还有平时的照片。一大家子,包括他们的子女和孙辈。一时间,他不禁幻想着如果他也有一个大家庭的话,满墙的照片会是什么样。在办公室上班的照片。堆积如山的文件。和政界要人、各路权贵数不清的餐会。朋友很少,几乎没有。没几个人能和他长久相处,谁也受不了他那经年累月搜寻猎物、追踪逃犯的劲头。而每当努力收到回报时,那种感觉真是棒极了。但此刻,面对赫尔曼和布丽塔的全家福,他一时竟有些动摇,他对死的重视更甚于生,是不是真的错了?

"非常棒。"阿克塞尔转过身,跟随赫尔曼走进客厅,一眼看见布丽塔,顿时停住了。虽然他和埃里克多年来一直定居夫雅巴卡,但他已有几十年未曾与布丽塔谋面。他们的生活从无任何交集。

岁月不饶人,他自己都有点步履蹒跚了。而布丽塔依然貌美如昔。

她确实比已经算得上漂亮的埃尔西还要漂亮得多。但埃尔西拥有光辉的内心,她的善良是布丽塔的美貌永远无法匹敌的。

"是你?"布丽塔从沙发上站起来,"真的是你,阿克塞尔?"她伸出双手,阿克塞尔握住了。过了这么多年,真不敢相信,这么多年啊。六十年,如同一生。年轻时他怎么也想不到时间会过得这么快。他握着的这双手满是皱纹,点缀着许多小小的褐色老人斑。她的头发不再油黑发亮,变成了可人的银灰色。布丽塔静静地凝望着他。

"还能见到你真好,阿克塞尔。你也老了。"

"有意思,可你也一样啊。"阿克塞尔笑道。

"嗯,坐下来聊聊吧。赫尔曼,帮我们泡点咖啡好吗?"

赫尔曼点点头,去厨房泡咖啡。布丽塔仍然没放开阿克塞尔的手,拉着他一起坐到沙发上。

"没想到啊,我们都老成这样了,阿克塞尔。以前我想都没想过。"她歪头打量着他。阿克塞尔忍不住笑了,看来布丽塔年轻时的风情万种依稀犹在。

"听说这些年你做了不少好事。"布丽塔仔细端详着阿克塞尔,他把头转开了。

"我不太明白你说的'做好事'是指什么。我只是履行责任。有些事不能不了了之。"他沉默了。

"你说得对,阿克塞尔,"布丽塔黯然答道,"对极了。"

他们无言地望着窗外的海滩。过了一会儿,赫尔曼端着一盘印花的咖啡杯盘回来了。

"我泡了点咖啡。"

"谢谢,亲爱的。"布丽塔说。瞥见他们对望的眼神,阿克塞尔的心砰砰直跳。他提醒自己,他的工作给很多很多人带去安宁,让他们心满意足地看着残害他们的凶手被送上法庭。那也是一种爱,并非一己之爱,也无关肉欲,但仍然是一种爱。

布丽塔仿佛看穿了他的心思,递过一杯咖啡问道:"你过得还好吗,阿克塞尔?"

这个问题太深、太广,他不知如何回答才好。他的脑海中重又浮现埃里克和朋友们在他们家书房里无拘无束说笑的景象。

阿克塞尔发觉布丽塔还在等他的回答。他竭力挣脱回忆,从当下寻觅答案。但往昔与现实总令人绝望地纠缠在一起,六十年的光阴在他的记忆中植下了太多人,太多事,太多际遇。捧着咖啡杯的手开始颤抖,最后他说:

"我不知道。也许吧。该有的都有了。"

"我的生活很美满,阿克塞尔。很久以前我就认命了。你也应该这样。"

他的手抖得更厉害了,咖啡都洒到了沙发上。

"噢,对不起……我……"

赫尔曼连忙站起身:"没事,我去拿抹布。"他马上从厨房拿回来一条蓝格子湿抹布,小心地擦拭沙发垫。

布丽塔微微惊呼一声,吓了阿克塞尔一跳:"天呐,妈妈肯定要骂我一顿了。她最喜欢的沙发。太糟糕了。"

阿克塞尔莫名其妙地望向赫尔曼,赫尔曼擦得更使劲了。

"你以为能擦干净?妈妈会非常生气的!"布丽塔来回摇晃,心急火燎地看着赫尔曼努力擦掉咖啡渍。赫尔曼直起腰,搂住妻子:"没关系,亲爱的,我会擦干净,我保证。"

"真的?如果妈妈生气了,会告诉爸爸,那……"布丽塔搓着双手,紧张地咬着指节。

"我保证擦干净。她不会发现的。"

"噢,那就好,那就好。"布丽塔松了口气。旋即,她悚然一惊,瞪着阿克塞尔:"你是谁?你想干什么?"

阿克塞尔用眼神向赫尔曼求援。

"这病来得快去得也快。"赫尔曼坐到布丽塔身旁,拍拍她的手。她认真地端详着阿克塞尔,仿佛他脸上长了什么令人讨厌的、老是躲着她的东西。接着,她又抓住阿克塞尔的一只手,把脸凑到他面前。

"他在叫我,你知道。"

"谁?"阿克塞尔急着想把自己的脸、手,乃至整个身子都抽离出去。

布丽塔一开始不答应。随即,阿克塞尔听到了自己先前那句话的回音。

"有些事不能不了了之。"布丽塔喃喃说道。她的脸离阿克塞尔只有几英寸。

他使劲抽出自己的手,目光越过布丽塔银灰色的发梢指向赫尔曼。

"你都看见了,"赫尔曼消沉地说,"我们该怎么办?"

"亚德里安!老实点!"安娜奋力给儿子穿衣服,手忙脚乱满头大汗。最近亚德里安养成了习惯,每到穿衣服的时候就扭来扭去,连套只袜子都很难。安娜拼命按住他,给他穿上一条内裤,但紧接着他就把裤子一扯,满房子乱跑。

"亚德里安!给我过来!妈妈没时间陪你闹。我们要和丹开车去塔努姆买东西。你还可以去看看玩具。"她希望以此吸引亚德里安,虽然她也明白这种小恩小惠并非解决穿衣问题的上上策。但她还能怎么办?

"你们还没准备好?"丹从楼上下来,看见安娜坐在地板上,身边是一堆衣服,亚德里安则发疯似地到处乱跑。"我的课半小时后就要开始了。我得走了。"

"好吧,那你自己去吧。"安娜把亚德里安的衣服朝丹扔去。丹吃惊地看着她。最近安娜的情绪很不好,可这也不奇怪,融合两个家庭的困难远远超出他们俩的预料。

"来吧,亚德里安,"趁着男孩从身旁冲过去的机会,丹揪住他脏兮兮的后颈,"我试试看还记不记得怎么穿。"他抓起袜子往男孩脚上套,劲没那么大,却很奏效。亚德里安继续顽抗,死活不肯穿裤子。丹试了两次,最后也失去了耐心。"亚德里安,现在给我老实坐下!"

亚德里安似乎被吓坏了,突然停下,然后脸涨得通红。"你不是我爸爸!出去!我要我爸爸!爸爸!"

安娜受够了。一切关于卢卡斯,以及她坐牢般困在家里那段时间的可怕回忆如潮水般涌来,她哭了。她冲进楼上的卧室,扑到床上,伤心地抽泣着。

一只手温柔地抚着她的后背。"亲爱的,怎么了?没那么严重。他只是不太适应环境,想考验考验我们。再说,跟贝琳达在他这个年纪的表现一比,他这两下根本不算什么,也就是业余水平。有次我生病了,受不了她穿件衣服都要大吵大闹,就把她赶出去,除了短裤什么也没穿。佩妮拉气坏了,因为再怎么说当时也是十二月。可我才让她在外头待了一分钟,就后悔了。"

安娜没笑,反而哭得更厉害了,浑身哆嗦。

"亲爱的,到底怎么了?我真的很担心你。最近难为你了,不过总能熬过去。大家都需要一点时间,然后就天下太平了。你……你和我……我们一起熬过去。"

安娜抬起泪痕点点的脸,望着他,这才撑起身体。

"我……我……我明白……"她想止住眼泪,断断续续泣不成声,"我明白……但我也想不通……为什么我……是这种反应。"丹抚摩着她的后背,啜泣声渐渐平息了。

"我只是有点……过于敏感……我搞不懂。这种反应,一般只有在我……"安娜说到一半,瞪着丹,半张着嘴。

"什么?"丹一头雾水,"一般在你的什么时候?"

安娜说不出话,过了一会儿,丹才渐渐现出恍然大悟的神情。

于是安娜点点头,睁大眼睛:"这种反应,一般只出现在我……怀孕的时候。"

卧室里鸦雀无声。随后,门口传来轻轻的说话声:

"我穿好衣服了,都是我自己穿的哦。我是个大孩子啦。现在可以去玩具店了吗?"

丹和安娜看着门口一脸自豪的亚德里安。是真的。他的裤子前后穿反了,衬衫里外穿反了,但他穿上衣服了,是他自己穿的。

刚进玄关,梅尔贝里便闻到了阵阵香气,他满心期待地走进厨房。不到十一点时丽塔刚打来电话,问他愿不愿意过去吃午餐,因为"淑女"很想和恩斯特一起玩。梅尔贝里没多问她怎么能读懂小狗的心思,有些事当做天赐的礼物就好。

"你好。"乔安娜在丽塔身旁帮她切菜。隆起的肚子使她离台面有点远,动作不太方便。

"你好。闻着好香啊。"梅尔贝里嗅着香味。

"我们在做辣子牛肉。"丽塔过来吻了吻他的脸颊。梅尔贝里克制着抬手去摸她的双唇触及之处的冲动。他坐到餐桌旁,桌上摆了四套餐具。

"还有人要来?"他望着丽塔问道。

"我的伴侣要回来吃午餐。"乔安娜挠挠后背。

"你不坐下吗?"梅尔贝里拉开一张椅子,"肚子里怀着孩子,肯定挺沉。"

乔安娜坐到他身边,重重喘着气:"是啊,你都想象不到。好在用不了多久。到时候就轻松多了。"她用手抚摸着肚子。

"要不要摸一下?"望见梅尔贝里的表情,她便问道。

"可以吗?"梅尔贝里很不好意思。直到西蒙十几岁大,他才知道自己有这么个儿子,所以怀孕这个阶段的亲情对他还是个谜。

"这儿,宝宝在踢我。"乔安娜拉着他的手,放到自己的左腹部。

梅尔贝里的手被使劲踢了一下,他吓了一跳。"哇,我的天,太神奇了。不疼吗?"他瞪着乔安娜的小腹,肚子里胎儿的小脚一下又一下踢着他的掌心。

"还好。睡觉的时候会有点不舒服。我的伴侣觉得宝宝将来肯定是踢足球的料。"

"我同意。"梅尔贝里不想把手移开。这种感觉在他心中激起了某种难以言喻的情绪。渴望、入迷、遗憾……他也说不清。

"孩子他爸是不是有踢球的天赋,可以遗传给他?"梅尔贝里笑道。令他吃惊的是,这个问题没有得到回应。他一抬头,丽塔震惊的神色映入眼中。

"伯蒂尔,难道你不知道……"

这时前门开了。

"好香啊,妈妈,"大厅里有人说,"你在做什么菜?辣子牛肉?"

波拉走进厨房,她的惊愕之色更甚于梅尔贝里。

"波拉?"

"长官?"

梅尔贝里脑筋一转,拼图的碎片逐渐归位:波拉刚和母亲搬来这里。丽塔也是最近搬来的。还有那深黑的双眼。他居然没早点注意到。她们的眼睛几乎是一个模子刻出来的。只有一件事他还没弄明白……

"那么你一定认识我的伴侣了,"波拉搂住乔安娜的肩头。她紧盯着梅尔贝里,观察他的反应。这是无形的挑战,她在等着他说错话,出洋相。

梅尔贝里的眼角余光瞥见丽塔也正紧张地审视自己。紧要关头,迎着丽塔浓黑的双眸,他平静地说:

"我还不知道你们俩这么快就要当妈妈了。看来庆祝活动也准备得差不多啦。乔安娜刚才让我摸了摸肚子里的小家伙,你说得对,她生下的宝宝将来肯定是足球运动员。"

波拉有好几秒钟都一动不动,手臂还搂着乔安娜,与梅尔贝里四目相对,似乎在琢磨他这番话是不是暗含讽刺。然后她才松了口气,笑道:"孩子会踢人,很神奇吧?"整间屋子的气氛顿时一松。

波拉吻了乔安娜的脸颊,坐到餐桌旁。她盯着梅尔贝里的目光中有藏不住的惊讶,而梅尔贝里则对自己非常满意。他仍然认为两个女人同居很奇怪,其中一个还怀孕了,就更加不可思议。好在他没说错话,而且令他颇为吃惊的是,刚才那番话完全出自真心。

丽塔将盛着辣子牛肉的罐子放上餐桌,催促大家尽管吃。

乔安娜那鼓胀肌肤的触感,以及胎儿一下下踢着掌心的感觉,仍在他手中流连。

"正好赶上吃午饭。我正想打电话给你呢。"帕特里克舀了一匙番茄汤来尝,将平底锅往桌上一放。

"真贴心啊。太阳从西边出来了?"艾丽卡走进厨房,吻了吻他的后颈。

"你以为就这些?一顿午饭就能打动你?老天作证,我打扫了房子,整理了客厅,换了浴室的灯泡,看来都白干了。"帕特里克转身吻上她的嘴唇。

"就算你煮的是毒药,我也得尝尝。"艾丽卡吃惊地看着丈夫,"玛雅呢?"

"十五分钟前睡着了。所以我们可以安安静静、舒舒服服地吃顿午饭,就咱们俩。然后你上去敲键盘,我来洗碗。"

"所以要让丈夫多干点家务,只要打发他去和前妻约会?我得赶紧传授给朋友们。"

"噢,这我可不清楚。"帕特里克朝一匙热汤吹着气,"不算什么约会,你又不是不知道。她的日子也不太好过。"他简要介绍了卡琳的情况,艾丽卡频频点头。虽然卡琳从家人那里得到的支援比她少得多,但听起来还是那么感同身受。

"你一早上过得怎么样?"帕特里克啜着热汤,啧啧有声。

艾丽卡两眼一亮:"找到不少好东西。你想都想不到二战期间夫雅巴卡和周边地区发生过多少激动人心的事。往返挪威偷运各种东西——食品、新闻、武器,还有人。德国的逃兵和挪威的抵抗运动成员都来了这里。然后是水雷的威胁,很多渔船和货船撞上水雷,连船员带货物都葬身大海。你知道有一架德国战斗机在丁格勒郊外被击落吗?一九四〇年,瑞典空军打下一架飞机,三名飞行员都被处决。我从没听人提起过这事。本来我还以为除了食物和汽油的配给制,这附近几乎没有战争的影子。"

"听起来这个课题真让你乐在其中啊。"帕特里克笑着给艾丽卡多加了点汤。

"嗯哼,我还没说完呢。本来我让克里斯蒂安帮忙找点可能涉及我母亲和她朋友的资料。估计他没找出什么,因为他们那时都太年轻了。不过你来看看这个。"艾丽卡起身去拿包,声音激动得有点发抖。她把包往桌上一放,掏出厚厚一摞纸。

"哇,搜集了这么多。"

"我花三小时才浏览了一遍。"艾丽卡翻着文件,手指微微颤动。终于,她翻到了要找的那一页。

"找到了!你看!"她指着一篇配了大幅黑白照片的文章。

帕特里克研读起她递过来的这篇文章。最先吸引他的是照片,里面有五个人站在一起。他眯着眼辨认照片的说明,认出了四个名字:埃尔西·莫斯特罗姆、弗朗斯·林霍尔姆、埃里克·弗兰科尔、布丽塔·约翰松。但第五个人他从没听说过,是个男孩,和其他四人年纪相仿,名叫汉斯·奥拉夫森。帕特里克静静地读着文章,艾丽卡注视着他。

"怎么样?你觉得呢?我不清楚这意味着什么,但绝不是巧合。你看日期。他来到夫雅巴卡,几乎和我母亲停止写日记是同一天。这绝不是巧合!一定有什么蹊跷!"艾丽卡在厨房里来回踱步。

帕特里克低下头再次审视照片。他端详着五个年轻人的影像。埃尔西四年前死于一场车祸。现在他们中又有一人丧生,在拍摄这张照片的六十年后死于谋杀。出于本能,他相信艾丽卡是对的,这里头一定有蹊跷。

步行回警局的途中,波拉想了很多。母亲说起过散步的时候遇到一个很不错的人,她还说服他去跟她学跳舞。但波拉做梦也没想到那人居然是自己的上司。毫不夸张地说,她其实不太高兴。如果让她给母亲挑一个男人,梅尔贝里在全世界的男人里会排名垫底。但不得不承认,对于她和乔安娜的关系,他的表现很不错。多么出人意料。当初她不愿意搬来塔努姆市,最重要的原因就是这里太排外。她和乔安娜组建的家庭连在斯德哥尔摩都备受冷眼,更何况这种小地方……后果可能是灾难性的。当波拉拥住乔安娜时,梅尔贝里的表情霎时令她以为一切都会像纸牌屋轰然垮塌。那一刻,她们的全部生活都有可能毁于一旦。但梅尔贝里令她吃惊了。也许这人并不像她预想的那样无药可救。

波拉在前台和安妮卡聊了几句,随即敲开马丁办公室的门。

"情况如何?"

"伤害案?那男孩承认是他干的,反正铁证如山。他母亲带他回家去了,戈斯塔已经通知社工组织。他的家庭情况好像不太好。"

"这很常见。"波拉边说边坐下。

"不过他动手的原因倒很有意思。原来佩尔今年春天闯进过埃里克·弗兰科尔的家里。"

波拉眉毛一扬,却没说什么,等着马丁说下去。

听完前因后果,两人都缄默了片刻。

"我很好奇,埃里克手里有什么会让克耶尔感兴趣的东西。"波拉说,"会不会和他父亲有关?"

马丁耸耸肩:"不知道。但我得找他谈谈,查一查。我们还是要去乌德瓦拉询问几名'瑞典之友'的董事,《博哈斯兰日报》的总编室也设在那里。可以先找阿克塞尔了解一下。"

"事不宜迟。"波拉站起身说。

二十分钟后,他们又一次站在阿克塞尔和埃里克家的前门外。

波拉觉得阿克塞尔比上次又老了点,更瘦了,整个人的轮廓更清晰了。阿克塞尔友善地笑了笑,请他们进屋。他没问警官们的来意,只是将他们带到阳台上。

"有进展吗?"刚落座,阿克塞尔就问,"我指的是调查进展。"他毫无必要地解释道。

马丁看了看波拉,答道:"正在调查几条线索。最重要的是,我们基本锁定了你弟弟遇害的时间范围。"

"唔,大有收获啊。"阿克塞尔笑笑,虽然笑容丝毫没有稀释他眼中的哀伤和疲倦。"那么具体是什么时间?"

"六月十五号,他去见他的……女朋友,维欧拉·伊尔曼德,所以我们知道那时候他还活着。另一个日期还不能百分之百确定,但我们初步认为六月十七号他已经死了,因为清洁女工……"

"莱拉。"阿克塞尔注意到马丁正在回想她的名字,便提醒道。

"对,莱拉。六月十七号她按例来做卫生,摁了门铃却没人开门,也没找到钥匙。以前如果你们俩都不在家,会给她留钥匙。"

"对,埃里克总惦记着给莱拉留钥匙。我印象中他从没忘记过。所以如果他没去开门,也没有留钥匙,那么……"阿克塞尔沉默了,擦了擦眼睛,似乎看见了弟弟那令他绝不忍多看一眼的惨状。

"很抱歉,"波拉轻声说,"但还是要问一下,六月十五号到十七号之间你在什么地方?只是例行公事。"

阿克塞尔却不在乎她的安慰。"不用道歉,你们也是公事公办。再说,统计数据不是显示大多数谋杀的凶手都是家里人吗?"

马丁点点头:"没错。但我们的调查只是多收集一些信息,这样才能完全排除你的嫌疑。"

"好的,我去查查日程表。"

阿克塞尔去了几分钟,拿回来一本厚厚的日记。他重又坐下,开始查阅。

"我看看……我六月十三号离开瑞典直飞巴黎,直到……直到你们去机场接我那天才回来。十五号到十七号这段时间……我看看……十五号我在布鲁塞尔参加一个会议,十六号去了法兰克福,十七号回到设在巴黎的总部。如果需要机票的影印件,我可以提供。"他将日记递给波拉。

波拉认真看了看,用眼神征求马丁的意见。马丁摇摇头,于是波拉将日记推回桌子对面。

"应该没这个必要。但你记不记得那几天埃里克是不是有什么不对劲?更具体的事情?你们通过电话吗?他有没有提过什么事?"

阿克塞尔摇摇头:"没有,对不起。我说过,我们兄弟没有在我出国期间还保持电话联系的习惯。除非家里着火,埃里克才会打电话给我。"他笑了笑,旋即又沉默了,再次揉揉眼睛。

"就这些吗?还有什么可以帮助两位的?"阿克塞尔小心地合上日记。

"其实还有件事,"马丁注视着阿克塞尔,"今天我们因一起故意伤害案审问了一个名叫佩尔·林霍尔姆的孩子。他声称六月初曾闯进你们家,被埃里克抓住了,并锁进书房,然后打电话给孩子的父亲克耶尔·林霍尔姆。"

"弗朗斯的儿子。"阿克塞尔说。

马丁点点头:"没错。佩尔凑巧听到了埃里克和克耶尔的一部分对话。他们约好过段时间再见,因为埃里克显然掌握了某些他认为克耶尔会感兴趣的信息。你对此有头绪吗?"

"没有。"阿克塞尔使劲摇头。

"埃里克打算向克耶尔提供的信息?你知不知道可能是什么?"

阿克塞尔沉默了好一会儿,似乎在斟酌这个问题。随后他又摇着头:"想不出。埃里克花了很多时间研究二战,而且他自己也目睹过那段时期纳粹的所作所为。而克耶尔一直关注当今瑞典纳粹势力的复兴。所以埃里克也许发现了某种关联,某些可以为克耶尔提供背景素材的历史资料。可你们为什么不直接去问克耶尔呢?"

"没错。其实我们现在正要去乌德瓦拉找他谈话。这是我的手机号,如果你想到什么,请和我联系。"马丁在一张纸上写下号码,递了过去,阿克塞尔把纸夹进日记本。

回警局的路上,波拉和马丁都沉默不语。但两人都在思索同一件事:他们是不是漏过了什么?本来是不是还应该再问点什么?两人都嫌自己的脑子不够灵光。

"不能再推迟了。不能让她再待在家里。"赫尔曼看着女儿们,那深深的绝望令她们无法直视。

"我们都明白,爸爸。你做得对,没有其他选择。你已经尽可能照顾妈妈,可现在该让别人接手了。我们给她找了个很好的地方。"安娜·格蕾塔走到父亲身后,用双臂搂住他。衬衫下的身躯是那么消瘦,她不禁浑身一颤。母亲的病令他不堪重负,也许他承受的比女儿们所知道或看到的都多。她俯下身,将脸颊贴上赫尔曼的脸颊。

"有我们帮你,爸爸。伯吉塔、玛格丽塔,还有我们全家。我们都在你身边,你永远不会孤单。"

"没有你妈,我怎么能不孤单。但现在已经没办法了。"赫尔曼消沉地答道,迅速用袖子擦去一滴眼泪,"但这样对布丽塔最好,我明白。"

女儿们在父亲头顶上交换着目光。赫尔曼和布丽塔是她们人生的核心,是她们一直以来可以倚仗的坚实壁垒。现在,这座人生的壁垒摇摇欲坠,她们只能伸出手去,彼此搀扶。

安娜·格蕾塔又搂了几次父亲清癯的躯体,然后才坐回餐桌旁。

"她一个人在家没关系吗?"玛格丽塔有点担心,"要不我过去照看她?"

"我出门时她刚睡着,"赫尔曼说,"不过她一般不到一小时就会醒,所以我最好赶回去。"他吃力地站起来。

"不如我们一起去陪她两三个小时吧?好让你歇一歇,"伯吉塔说,"让爸爸在你的客房里躺一会儿怎么样?"她问玛格丽塔。她们这会儿是在玛格丽塔家里,边喝咖啡边商量安置母亲的事。

"这样最好,"玛格丽塔连连朝父亲点头,"去屋里休息一会儿,我们去陪妈妈。"

"谢谢,姑娘们,"赫尔曼边说边往外走,"可是你们的妈妈和我彼此依靠五十多年了,在她临走前的这点时间,我想再多陪陪她。等她住进养老院,到时候……"他没说完,就匆忙跑出门,不让女儿们看见他的眼泪。

酣睡中的布丽塔微笑着。现在的她,大脑在睡梦中反而比睁眼时更清醒。一切都看得清清楚楚。有些记忆虽不受欢迎,却不肯放过她。比如她父亲的皮带抽打在孩子光脊梁上的声音;或者母亲泪痕点点的面颊。但也有更愉悦的回忆。比如暑假时他们欢乐地玩耍,在被太阳晒热的岩石上追逐。弗朗斯一头拳曲的金发。

一个声音骤然插入她梦中的回忆,一个再熟悉不过的声音。最近这个声音越来越频繁地在她耳畔响起,让她不得安宁,无论她是醒着、犯困,还是打盹。那是她原本以为再也不会听见的声音。但它就在那里,那么古怪,那么骇人。

她把头从一边转到另一边,在梦中试图甩掉那个声音,甩掉那段搅扰她小憩的记忆。最后她成功了。欢快的记忆占了上风。与赫尔曼的初遇。明白两人将白头偕老的那个瞬间。他们的婚礼。她身披白色婚纱,幸福得阵阵眩晕。安娜·格蕾塔降生时的阵痛与爱意。然后是伯吉塔和玛格丽塔,也得到了她同样的母爱。赫尔曼不顾他母亲的厉声反对,坚持亲自照顾孩子。他是出于真爱,而非抚养的义务。她笑了。她的眼皮快速跳动。她想留在这里,留在这部分回忆里。

一个声音逼她离开梦境。醒来,就意味着被封缄在那迷离的灰色阴霾中,听凭它占领大脑,并一口一口吞噬她仅剩的时间。

最后,她不情愿地睁开双眼。有人俯身查看着她。布丽塔笑了。也许她还没完全清醒,也许她能用梦中的那段回忆抵御浓雾。

"是你吗?"她问道,盯着上方的那个人。尚未完全离去的睡意令她的身躯松垮、沉重,她还没有力气挪动。一时间,两人都没有开口。无话可说。随即,某种确定无疑的感觉钻进布丽塔的大脑。记忆渐渐浮现。已被忘却的感觉电光一闪,自此复苏。恐惧顿时攫住了她的心。那是伴随记忆丧失而渐渐远离她的恐惧。此刻,她看见死神就站在床边,她全身心都在抗拒,她不想离开这段人生,不想离开属于她的一切。死神没有动弹,只是盯着躺在床上的她,盯着,笑着。笑容并不友好,所以愈发可怖。

然后死神俯身从赫尔曼那一侧床头拿起一个枕头。布丽塔惊惶地看着那白色的长方形步步逼近。象征终点的浓雾。

她的身体抵抗了片刻,因为缺氧而抽搐,竭力想要吸气,想将氧气灌进肺部。她的双手松开床单,疯狂地在空中乱抓。拼命抵抗,划破皮肤。撕扯,抓挠,拼命想多活一秒钟。

然后整个世界都陷入黑暗。

格里尼,奥斯陆郊外,一九四四年

"起床时间到了!"警卫的吼声在牢房里回荡。"五分钟,集合检查。"

阿克塞尔努力睁开眼睛,一时完全不知身在何处。牢房里很暗,天色又太早,几乎没有光线射进来。不过与世隔绝了这几个月,总算要有些变化了。比起长时间的孤寂,他倒宁愿忍受牢里的逼仄与恶臭。

阿克塞尔从铺位上坐起来,揉揉眼睛,驱散睡意。集合的命令每天都有好几次,随警卫高兴,动作不够快的人就得吃苦头了。但今天他很难爬起来。他梦见了夫雅巴卡,梦见他坐在山坡上,遥望海面,望着饥饿的海鸥绕着渔船的桅杆盘旋、尖啸。

但现实中的环境太过粗粝、冰冷,容不得他继续流连梦乡。他掀开毯子,两腿翻下摇摇晃晃的铺位,毯子的粗糙质地蹭过皮肤。饥饿感撕扯着他。警卫当然给过他们食物,但分量太少,次数也有限。

"该出去了。"年轻的警卫从囚犯们面前走过,停在阿克塞尔面前。

"今天很冷。"他友善地说。

阿克塞尔没敢看他。这名警卫就是他刚来时见过的那个少年,比其他人略微友好一些。他从没见过这个年轻人像其他警卫那样欺凌或是羞辱囚犯。但阿克塞尔在狱中度过的这几个月在他们中间划出了一道鲜明的界线。

"你最好动一动。"年轻警卫推了推他。

阿克塞尔照办了,快步走出牢房。早起集合如果迟到,后果会很严重。

他沿着楼梯往下面的院子走,忽然脚底一绊,脚没能踩住台阶,往前一栽,撞上了正前方的那名警卫。他本能地挥着手臂寻求平衡,却碰到了警卫的制服和身体。随着一声闷响,他挤上那人的后背,肺里的空气结结实实被挤了出去。起初,四周一片安静。随即,一双手将他整个人拽起来。

"他刚才袭击你。"揪着他的警卫说。这人名叫延森,是最最残暴的警卫之一。

"应该不会——"年轻警卫起身时犹豫着说,拍掉制服上的尘土。

"我说他刚才袭击你!"延森的脸涨得通红。他一有机会就动用手中的权力虐囚。无论何时,只要他走进监狱,人群就如同摩西面前的红海,自动分开一条路。

"没有,他——"

"我亲眼看见了!"年长的警卫紧逼一步,大吼道,"是你教训教训他,还是换我?"

"可是,他……"那名还是个孩子的警卫绝望地看了看阿克塞尔,转向他的同事。

阿克塞尔漠然地观望着这一幕。他早已没有反应,没有知觉。无论会发生什么。任何试图与命运抗争的人,下场只有死。

"很好,那我就——"年长的警卫走向阿克塞尔,举起他的步枪。

"不!让我来!交给我。"男孩脸色苍白地挤到他们中间。他望着阿克塞尔的双眼,几乎像是在乞求原谅。旋即,他扬手扇了阿克塞尔一记耳光。

"就这么便宜他?"延森声嘶力竭地吼道。周围聚集了一群围观者,几名警卫满心期待地笑着,等待着。任何打破监狱里单调日程的事情都很受欢迎。

"用力揍他!"延森怒喝,脸比刚才更红了。

年轻警卫又看着阿克塞尔,阿克塞尔又一次避开他的视线。于是他挥拳打中阿克塞尔的下颌。阿克塞尔的头往后一仰,却还站住了。

"再用力点!"更多的警卫围拢过来,男孩的额头出汗了。他不再去看阿克塞尔,目光变得呆滞了。他弯腰从地上捡起步枪,高高举起,一挥而下。

纯粹出于本能,阿克塞尔往侧面一闪,这一击正中他的左耳。身体里仿佛有什么东西炸开了,那种疼痛无法用言语形容。下一击命中他的面门。在这之后,他基本上什么都不记得了。唯一的感受,只有剧痛。

12

门上没有任何标志显示这里是"瑞典之友"的驻地。信箱上贴了一张纸,写着"谢绝广告"和"斯文松"的名字。马丁和波拉从乌德瓦拉的同行那里打听到了这个地址。乌德瓦拉警方对该组织的活动保持着密切关注。

他们事先没打电话,上班时间应该有人。马丁按了门铃。里面响起尖锐的铃声,但一开始毫无动静。马丁正要再次按铃,门开了。

"哪位?"一个三十多岁的男人探头询问,一见他们身上的警服,便皱起眉头。望见波拉时,他额头的皱纹又更深一层,花了好几秒钟上上下下将她打量个遍,那种眼神令波拉恨不能用膝盖朝他下身狠狠撞几下。

"好吧,今天政府有什么需要我效劳?"那个男人含沙射影地问道。

"我们想找'瑞典之友'的人谈一谈。方便进去说话吗?"

"当然。请进。"这名金发略有些强健肌肉的高大男子后退一步,请他们入内。

"我是马丁·莫林。这位是波拉·莫拉雷斯。我们来自塔努姆市警局。"

"是吗?远道而来啊。"对方领他们走进一间小办公室。"我叫彼得·林德格伦。"他朝办公桌后一坐,指了指两张给客人坐的椅子。

马丁牢牢记下这个名字。一回警局他就要用电脑查一查这个人。他有种直觉,坐在面前这个男人,在数据库里一定有很多资料。

"两位有何贵干?"彼得往后一靠,两手交握,搭在腿上。

"我们正在调查一个名叫埃里克·弗兰科尔的人遇害一案。听过这个名字吗?"波拉勉力维持着平静的口吻。不知怎的,这种人身上总有些东西令她毛骨悚然。但颇为讽刺的是,彼得·林德格伦对她这种人也有同样的感觉。

"我应该听过吗?"彼得看着马丁而不是波拉。

"是的,"马丁答道,"你们的组织和他……有某种联系。准确说来,是恐吓过他。但你应该不太了解情况吧?"马丁有意暗讽。

彼得·林德格伦摇摇头:"我没印象。所谓的……恐吓,你们有没有证据?"

马丁感到对方正里里外外刺探着自己。他稍一停顿,答道:"我们是否持有证据,目前与本案无关。但我们知道你们组织曾恐吓过埃里克·弗兰科尔。我们还知道你们的一名董事,弗朗斯·林霍尔姆,不仅认识死者,而且曾就那些恐吓信向他发出警告。"

"弗朗斯的话不必当真,"彼得眼中闪现危险的光芒,"他在我们的……组织内部很有声望,但弗朗斯毕竟上了年纪,而且,嗯……我们新一代正准备接班。时代不同了,环境也不同了,何况……弗朗斯那种人不太了解游戏规则。"

"而像你这样的人就比较了解?"马丁说。

彼得两手一摊:"搞清楚什么时候该遵守规则,什么时候该不拘一格,这很重要。关键是要从长远考虑,以符合我们事业的利益为重。"

"那么在本案中,你们的利益是……什么呢?"波拉自己也听出了这句话中的敌意,马丁果然以眼神提醒她。

"更美好的社会。"彼得不动声色,"管理这个国家的人做得不太到位。他们纵容……纵容外国势力占据了太多空间。纯种瑞典人反而受排挤。"他挑衅地瞥了波拉一眼。她连咽两口唾液才忍住没反击。现在时机不对,也不占地利。而且她很清楚,对方是故意要激怒她。

"不过看得出来,形势在改变。人们渐渐意识到,如果再这样下去,继续让这些当权者摧毁我们祖先建立的一切,大家就都没有好下场。我们能让社会变得更美好。"

"那么——理论上说——一个年老、退休的历史教师,怎么会对……更美好的社会构成威胁呢?"

"理论上说……"彼得又把双手扣在腿上,"理论上说,他当然不构成任何威胁。但他散布了一种错误的观念,一种战争胜利者始终不遗余力在粉饰的观念。这自然无法容忍。理论上说。"

马丁刚要答话,却被彼得阻止了。对方显然还没说完。

"所有那些观念,那些集中营之类的东西,都是彻头彻尾的捏造,都是夸张的谎言,被编造成真相的谎言。知道为什么吗?为了彻底压制真相的本来面目,压制正确的信息。史书由战争的胜利者撰写,是他们决定将真相淹没在血泊里,扭曲了全世界本该看到的东西,于是没人敢站出来质疑,获胜的一方究竟是不是正确的一方。埃里克·弗兰科尔就是钳制言论的宣传机器的一分子。这就是为什么——我们假设——埃里克·弗兰科尔是我们创造新社会的拦路虎。"

"但据你所知,你们组织从没恐吓过他?"马丁紧紧审视着对方。答案不言自明。

"没有。我们完全在民主国家的法律允许范围内开展活动。投票,竞选声明,通过投票获取权力。其他一切手段都靠不住。"他瞥了瞥波拉,她双拳紧握,按住双腿。她想起了父亲被士兵带走的场面。他们的眼神,和面前这个人一模一样。

"好吧,我们就不打扰了。"马丁边说边起身,"乌德瓦拉警方向我们提供了其他董事的姓名,我们也会和他们联系,询问此事。"

彼得也站起来,点点头:"没问题。但他们的说法肯定也一样。至于弗朗斯……唔,我不会把一个还活在过去的老头放在心上。"

艾丽卡很难集中精神写作。母亲的过去始终吸引着她。她拿出那叠资料,把有照片的那篇文章放到最上头。看着这几张脸,却得不到任何答案,真让人灰心。她俯身把脸凑近照片,一个个仔细端详着。先是埃里克

·弗兰科尔,他看镜头的表情很严肃,姿势也很僵硬。他给人的感觉有些忧伤,艾丽卡的结论是哥哥被捕给埃里克造成的影响,但不知正确与否。

艾丽卡将目光移向站在埃里克身旁的人。弗朗斯·林霍尔姆。他很英俊,非常英俊。金色的鬈发垂过衣领,他的父母恐怕不喜欢他把头发留这么长。

艾丽卡注视着弗朗斯右边的人。是她母亲,埃尔西·莫斯特罗姆。艾丽卡从未在她脸上见过这么温柔的表情。母亲当年多么甜美啊,艾丽卡忍不住笑了。多漂亮的姑娘。从小到大,艾丽卡眼中的埃尔西是那么冷漠,那么不可亲近。照片里这个女孩怎么也无法和"沉默寡言"联系起来。她身上到底发生过什么?是什么夺走了她曾经拥有的温柔?

艾丽卡将伤感的目光移向照片里的下一个人。布丽塔没有看镜头,而是扭头看着埃尔西,或是弗朗斯,分辨不出究竟是哪个。艾丽卡伸手从桌上拿来放大镜。布丽塔皱着眉,下颌的线条显得严厉而决绝。艾丽卡几乎可以确定,布丽塔在看他们两人之一——埃尔西或者弗朗斯——说不定是同时在看他们两人。

然后是照片里最后一个人,和其他人年龄差不多,很高,很瘦。他也是金发,和弗朗斯一样,但他的鬈发比较短。艾丽卡想来想去,可能"沉思"这个词最能恰如其分地形容他给人的感觉。

她又读了一遍文章。汉斯·奥拉夫森是挪威的抵抗运动成员,乘渔船"伊尔弗里达"号从挪威逃到夫雅巴卡。他是被船长埃尔洛夫·莫斯特罗姆救下的。根据撰写本文的记者描述,这张照片是汉斯和夫雅巴卡的朋友们一起庆祝战争结束。

艾丽卡将文章放回那叠资料上头。这群充满活力的年轻人中有些东西令她觉得……不,她也说不清。她知道她得围绕这张照片继续调查,调查这群朋友的关系,调查那个挪威抵抗运动成员,汉斯·奥拉夫森。她能咨询的只有两个人:阿克塞尔·弗兰科尔和布丽塔·约翰松。住得最近的就是布丽塔。艾丽卡必须查出为什么照片中布丽塔会是那副愠怒的神情。她真的不想再回去打扰那个糊涂的老太太,但如果能向布丽塔的丈夫解释清楚为什么需要和他妻子谈话,他应该会理解的。也许到时就可以趁着她脑子清醒再聊几句。就明天吧,艾丽卡下了决心。明天她就再去试试。

她有种预感,她需要的答案就在布丽塔那儿。

夫雅巴卡,一九四四年

战争给埃尔洛夫·莫斯特罗姆造成了巨大损失。一次次航程不再以海为友,而是为敌。他曾经多么热爱博哈斯兰沿岸的海面,热爱她的起伏,她的气息,她拍击船舷的声响。但自从战火燃起,他和大海的友谊便荡然无存。大海变得敌意重重。水面下暗藏杀机,水雷随时可能爆炸,将他和他的全部船员掀上天。

而现在,反复无常的局面要恶劣得多。即便能够安然渡海,进港卸货时还有其他危险。不说别的,阿克塞尔·弗兰科尔失陷于德军的经过还历历在目。埃尔洛夫凝望着海平线,放纵自己思念着那孩子好几分钟。他被德国人逮捕六个月了,迄今音讯全无,很难不让人往最坏的方面想。埃尔洛夫重重叹着气。他偶尔会巧遇那孩子的父母,弗兰科尔夫妇,但他从不敢正视他们。

每次看见阿克塞尔的弟弟,他的心就隐隐作痛。那矮小、严肃的男孩名叫埃里克。他本来话就不多,哥哥失踪以后更显少言寡语。埃尔洛夫本想和埃尔西谈谈。他不愿让她总和埃里克、弗朗斯在一起。埃里克没什么不妥,那孩子挺好的。但弗朗斯就不一样了。"小流氓"这个词用来描述他正合适。总之两人都不宜当埃尔西的朋友。他们来自不同的阶层,完全是不同的两种人。比起弗兰科尔、林霍尔姆家,他和希尔玛或许生在不同的星球。他们的世界不该产生交集,不会有好结果的。孩子还小的时候一起玩玩捉迷藏也许不要紧,但现在他们长大了。不会有好结果的。

希尔玛和他提过很多次,叫他找女儿谈谈。但迄今为止他还没那份心思。战争令一切都更艰难了。

"船长!你最好过来看看。"

埃尔洛夫猛然从沉思中惊觉,循声而去。一名船员焦急地挥手招呼他。埃尔洛夫惊讶地皱眉迎上前。他的船正处在一片开阔的海域,还有几个小时才能抵达夫雅巴卡港。

"船上有个偷渡客。"凯勒·英格瓦松指了指货仓。埃尔洛夫顺着他的手看去,只见一个男孩蜷缩在几个货箱后面,此刻正从藏身的地方爬出来。

"我听到里面有声音,才发现他的。他咳得很厉害,说来也怪,我们在甲板上居然没听见。"凯勒在嘴里塞了一小撮烟叶,挤了挤脸。打仗这几年,能搞到的烟叶比正品差劲多了,只能将就。

"你是谁?在我船上干什么?"埃尔洛夫凶狠地质问。他在考虑要不要多叫几个船员过来。

"我名叫汉斯·奥拉夫森,从克里斯蒂安桑上船的。"男孩带有一点挪威口音。他站起身,伸出手。埃尔洛夫犹豫了片刻才和他握手。男孩直视他的双眼说道:"我想跟你们去瑞典。德国人……哎,这么说吧,如果我还想要这条命,就不能再留在挪威的土地上了。"

埃尔洛夫沉默了许久,琢磨着男孩的话。他不喜欢自己被这样利用。但话说回来,一个孩子,又能怎么样?他总不能在码头上所有巡逻的德国人眼皮底下大摇大摆地上船,要求搭船去瑞典。

"你是哪里人?"他边问边上下打量着男孩。

"奥斯陆。"

"你干了什么好事,才在挪威待不下去的?"

"谁都不想提起打仗期间自己被迫违心做过的事。"汉斯脸上掠过一片阴云,"这么说吧,抵抗运动不再需要我了。"

估计他是偷偷带人越境,埃尔洛夫心想。这很危险,一旦被德国人盯上,最好趁着还来得及,赶紧逃。埃尔洛夫不禁动了恻隐之心。

"好吧,捎上你。我们要去夫雅巴卡。你有东西吃吗?"

汉斯摇摇头,艰难地咽了咽唾沫:"没有。从前天起就没吃。离开奥斯陆的过程……很困难。只能绕路。"他低下头。

"凯勒,给这孩子弄点吃的。我得去看看我们能不能安全到家。德国人没完没了地在这附近布置那些见鬼的水雷。"他摇摇头,往舷梯上走。当他扭头回望时,正迎上男孩的目光。抑制不住的同情心连他自己也吃了一惊。这孩子能有多大?最多十八岁。但埃尔洛夫却从那双眼睛里读出了本不应存在的沉重。失落的青春,伴随着纯真。战争无疑造就了很多受害者,并不仅限于死去的那些人。

13

戈斯塔十分内疚。如果他的工作到位,说不定马蒂亚斯不至于进医院。戈斯塔去亚当家取指纹时,那孩子确实提到学校里有人说起过弗兰科尔家的好东西。

戈斯塔到车库开出剩下的那辆警车。另一辆被马丁和波拉开去乌德瓦拉了。四十分钟后,他把车停在斯特罗姆斯泰德医院外。前台小姐告诉他马迪亚斯的伤情稳定,并告诉他怎么去病房。

进门前,戈斯塔先做了个深呼吸。男孩的家长肯定也在场。

"你们抓到他了吗?"戈斯塔进门时,一个穿西装、系领带的高大男人起身问道,他怀里还揽着一个哭哭啼啼的女人。病床上的男孩长得和她很像,由此判断,她应该是孩子的母亲。戈斯塔对马蒂亚斯外貌的印象主要是在弗兰科尔家外头那次问话。此时男孩完全变样了,那张脸红肿鼓胀,伤痕累累,满是淤青,嘴唇肿得有正常人的两倍大。他好像只能睁开一只眼睛,另一只肿得只剩一条缝。

"等我逮住那个下贱的……流氓,"马蒂亚斯的父亲握紧拳头咒骂着,两眼含泪。戈斯塔又在心里念叨着:最好别和受害人的家属打交道。

但既来之,则安之,何况他每多看马蒂亚斯那被殴打变形的脸一眼,就平添一分内疚。

"警方会公事公办。"戈斯塔坐到他们旁边的椅子上,作了自我介绍,严厉地看了马蒂亚斯的父母一眼,确保他们听进自己的话。

"我们将佩尔·林霍尔姆带到警局审问,他承认打了你们的儿子,而且他肯定会为此负全责。目前我还不清楚他应受什么惩罚,这得由公诉人决定。"

"但你们已经把他关押起来了吧?"马蒂亚斯的母亲问道,双唇仍在颤抖。

"现在还没有。公诉人一般不会追究未成年人的刑事责任,很少有例外。所以调查期间,先让他母亲带他回家去了。社工组织也会介入。"

"也就是说他可以回家陪他妈,而我儿子躺在这里……"马蒂亚斯的父亲嗓音发颤。他难以置信地看看戈斯塔,又看看儿子。

"暂时是这样的。我可以保证,他一定会承担相应的责任。但如果可以的话,我需要和你儿子说几句话,以确保我们没有遗漏线索。"

马蒂亚斯的父母对视一眼,然后点点头。

"可以,不过只要他觉得能行。现在他还不太清醒,医生给他注射了止疼药。"

"想说多久都由他来定。"戈斯塔安慰道,将椅子拉近床前。他有些分辨不清马蒂亚斯含混的发音,但最后总算断断续续听出了事发经过。马蒂亚斯的证词和佩尔是吻合的。

问完之后,他又转向男孩的父母。

"我可以取一下他的指纹吗?"

他们又一次面面相觑,然后又是马蒂亚斯的父亲开口:"可以,请吧,如果有这个必要……"他没说完,只是泪汪汪地看着儿子。

"很快就好。"戈斯塔拿出取指纹的仪器。

不久,他就回到停车场,坐进车里,看着保存在盒子里马蒂亚斯的指纹。这些指纹也许对案情没什么帮助,但他的工作好歹完成了,总算完成了。这至少也是个小小的安慰吧。

"接下来是今天最后一站?"马丁在《博哈斯兰日报》编辑部外停好车,

边下车边问。

"嗯。然后就该回家了。"波拉看看表。从"瑞典之友"那里出来后,她一句话也没说。马丁也没多嘴,让她静静沉思。他能理解波拉面对那种人的艰难处境。

"我们想找克耶尔·林霍尔姆。"波拉俯身对前台小姐说。

"请稍等,我通知他一下。"前台小姐拿起电话通知林霍尔姆有来客。

"请坐,他马上来。"

"谢谢。"马丁和波拉在一张咖啡桌旁的两把椅子里分别坐下。过了几分钟,一个黑头发、黑胡须的矮胖男子朝他们走来。

"我是克耶尔·林霍尔姆。"他和两位警官握了手。手劲很大,马丁疼得偷偷龇牙咧嘴。

"请跟我来,去我办公室谈。"克耶尔在前带路。

"随便坐。我还以为认识乌德瓦拉所有的警官,但你们还真是眼生。不知两位为谁工作?"克耶尔坐到堆满纸张的办公桌后。

"我们不是乌德瓦拉的警察。我们来自塔努姆市警局。"

"是吗?"克耶尔似乎很惊讶。那一瞬间,波拉脑中闪过一线微光,但立即又消逝了。"那么,两位有何贵干?"克耶尔往后一靠,两手叠在腹部。

"首先要通知你,今天你的儿子因殴打一名同学,被我们带到警局。"马丁说。

书桌后的男人坐得更直了。"你究竟在说什么?你们逮捕了佩尔?他打了谁……?怎么会……?"他有点语无伦次,波拉等他停下来喘气时才答道:

"他在操场上殴打了一个名叫马蒂亚斯·拉尔松的学生。那孩子被送去斯特罗姆斯泰德医院,据最新消息,目前伤情稳定,但伤得很重。"

"什么?"克耶尔似乎很难接受,"你们怎么没早点打电话给我?听起来出事都好几个钟头了。"

"佩尔让我们打电话给他母亲。所以我们在警局讯问他的时候,他母亲在场。然后他获准和她回家去了。"

"你们应该猜到了,这孩子的家庭情况不太理想。"克耶尔望着波拉和马丁。

"通过讯问我们了解到存在一定的……问题。"马丁略一迟疑,"所以我们请了社工组织介入进行评估。"

克耶尔连声叹气:"我早该走这一步,但总被其他事耽搁。我不知道……"他瞪着桌上的一张照片,照片上有一名金发女子,以及两个九岁左右的孩子。一时间,谁也没说话。

"现在会怎样?"

"公诉人会综合考量案情,再决定下一步动作。但这个案子很严重。"

克耶尔挥挥手。"我知道,我明白。请相信,我没把这不当回事,我看得出有多严重。只是想进一步了解你们的观点……"他又瞄了一眼桌上的照片,旋即又将目光移向两位警官。

答话的是波拉。"很难说。我个人预计,可能会强制送他去少管所。"

克耶尔无奈地点点头。"也许这样最好。佩尔……很久以来都不服管教,所以这件事说不定能让他认识到问题的严重性。但这孩子也不容易,我没好好管他,而他母亲……哎,你们也看得出来。但她以前不是那样的。自从我们离婚……"他的声音越来越小,又看看桌上的照片,"难为她了。"

"我们还有其他事想和你谈谈。"马丁倾身向前,注视着克耶尔。

"什么事?"

"讯问过程中,我们了解到今年初夏,也就是六月,佩尔还闯进过别人家,被户主埃里克·弗兰科尔发现了。据我们了解,你也知情,是吗?"

克耶尔起初一言不发,然后才点点头。

"没错。埃里克·弗兰科尔把佩尔锁在书房里才打电话给我,我就开车赶去了。"他自嘲道,"看见佩尔和那么多书锁在一起,还真是好笑。他从出生到现在,可能也只有那一次和书房亲密接触。"

"闯入别人家这事可不好笑。"波拉冷冷地说,"或许会造成不堪设想的后果。"

"对,对,我明白。对不起,这个玩笑开得不妥当。"克耶尔说,"但埃里克和我都觉得没必要小题大做。埃里克认为那也算给这孩子的一次教训,他说佩尔做出那种事以前应该好好想想。仅此而已。我接回佩尔,狠狠训了他一顿,还有……"他耸耸肩。

"可除此之外,你和埃里克·弗兰科尔还谈到了其他话题。佩尔听见埃里克说,他手上有些你作为记者可能感兴趣的信息,你们还约好了下次会面的时间。想起来了吗?"

这个问题如同石沉大海。过了一会儿,克耶尔才摇摇头:"不,我不记得有这种事。多半是佩尔编出来的,或者他理解错了。埃里克只是说,如果我需要与纳粹有关的背景材料,可以与他联系。"

马丁和波拉怀疑地看着他。两人都不相信。克耶尔显然在撒谎,但他们没有证据。

"请问你知不知道你父亲和埃里克是否有过联系?"最后马丁又问。

克耶尔的双肩稍稍放松了些,似乎很庆幸换了话题。

"据我所知,没有。准确说来,我对我父亲的活动并不关心,除非和我写的报道有关。"

"这不是有点奇怪吗?"波拉说,"如此严厉地公开批评亲生父亲?"

"所有人都应该明白与排外思潮积极抗争的重要性,"克耶尔说,"排外势力是社会的一颗毒瘤,必须采取一切手段与之斗争到底。如果我父亲选择成为毒瘤的一分子……嗯……那是他的个人选择。"克耶尔摊开双手,"再说,我们父子之间不存在真正的亲情,唯一的联系也只是:他是让我母亲受孕的人。我整个童年只在监狱的会客室见过他几次。当我的年龄大到足以独立思考、自己做主的时候,我马上就意识到我的人生中根本不需要这个人。"

"所以你们没有来往?佩尔和他有联系吗?"马丁这一问更多出于好奇,而非调查需要。

"我和他不相往来。但很不幸,我父亲成功地给我儿子灌输了一堆愚蠢的思想。佩尔还小的时候,我们不让他们见面,但现在他十几岁了,哎……我们也尽力了,可是拦不住。"

"好的,我想到这里也就差不多了。暂时先这样吧。"马丁边说边起身,波拉也跟着站起来。即将出门时,马丁驻足回头问道:

"关于埃里克·弗兰科尔,你确定没有任何对我们可能有用的信息?或者他告诉你的信息也行?"

四目相对之际,克耶尔似有片刻犹疑。旋即,他摇摇头,断然否认:"不,没有。完全没有。"

这次他们还是不相信他。

玛格丽塔很担心。昨天赫尔曼回家后,父母家里就一直没人接电话。这种反常现象让人十分不安。

她穿上鞋,换上外套,直奔父母家。步行只需十分钟,一路上她都自责听了奥伊的话,没早点过来。她预感一定出事了。

还有几百米,她就看见一个人站在父母家门外。她眯起眼想分辨那人是谁,但直到走近了才认出是那位作家,艾丽卡·菲尔克。

"请问有事吗?"玛格丽塔问道,想尽量友好些,但就连她自己也听出了声音中的忧虑。

"呃……是这样,我想找布丽塔。但好像没人在。"站在门口的金发女子显得颇不自在。

"我是他们的女儿。昨天起我就一直打电话,但他们都没接,所以我过来看看怎么回事。"玛格丽塔说,"你可以和我一起进去,先在玄关等一下。"她伸手从门上方的屋檐处取出一把钥匙。开锁时,她的手微微颤抖。

"请进,我先去看看。"她突然很庆幸有人作伴。来之前她真该叫上两位姐姐,但那样一来她便无法掩饰她对情况严重程度的预判,以及不断啃噬她内心的极度焦虑。

她四处查看一楼的房间,一切都一如既往的干净整洁。

"妈妈?爸爸?"她喊道,但没人回应。现在她真的害怕到了极点,呼吸都十分困难。她应该事先打电话给姐姐们,真该叫上她们才对。

"先在这里稍等,我上楼看看。"她对艾丽卡说。她没有即刻冲上楼,而是哆哆嗦嗦地缓缓走上楼梯。四周安静得很不自然。但当她踏上最后一级台阶时,却听见一个细微的声音,好像有人在抽泣,像个孩子。她呆站了片刻,分辨着声音的来源。随即她发觉是从父母的卧室传出来的。她顿觉心脏狂跳不止,急忙冲过去推开门。花了好几秒钟,她才看清眼前的景象。旋即,她听见自己尖叫着求救,那声音仿佛来自很远很远的地方。

　　弗朗斯按响门铃,来开门的是佩尔。
　　"爷爷。"佩尔活像一条等待主人摸脑袋的小狗。
　　"你又闯了什么祸?"弗朗斯走进门,气冲冲地问。
　　"可是我……他……他满嘴放屁。难道我就得忍着?"佩尔似乎很委屈。他本以为如果还有人能理解他的话,一定是爷爷。"再说,跟你干的事比,也不算什么。"他赌气地补了一句,却没敢正视弗朗斯。
　　"所以我才知道我在说什么!"弗朗斯抓住孙子的肩头使劲晃了晃,迫使他看着自己。
　　"进去坐下来谈谈,说不定我还能开导开导你这木头脑袋。对了,你妈呢?"弗朗斯四处寻找凯琳娜的身影,准备为他和孙子谈话的权利据理力争。
　　"肯定睡死了。"佩尔耷拉着脑袋钻进厨房,"昨天一回家,她就开始灌酒,晚上我睡觉的时候她还在喝。这会儿一直没听见动静。"
　　"进去打声招呼而已。趁这时候你去泡点咖啡。"弗朗斯说。
　　"可我不知道怎么泡……"佩尔抱怨道。
　　"那现在就学。"弗朗斯边训斥边往凯琳娜的卧室走。
　　"凯琳娜!"他推门进去,大声喊道。结果房里只有响亮的呼噜声。她大半个身子倒在床上,一只手臂垂到地板。整个房间弥漫着酒气和呕吐物的臭味。
　　"真他妈见鬼。"弗朗斯忍不住骂了一句。但他马上深吸一口气,走到凯琳娜身边,摇摇她的肩膀。

"凯琳娜,该起来了。"还是没反应。他往周围一看,浴室的门正对着卧室。他到浴室里拧开龙头,准备给她洗澡。热水注入浴缸,他开始给凯琳娜脱衣服,厌恶之情溢于言表。凯琳娜只穿了胸罩和内裤,脱起来很快。弗朗斯用毯子裹住她,将她抱进浴室,直接放进浴缸里。

"我的天呐!"他的前儿媳恍恍惚惚地嚷嚷,"你怎么在这里?"

弗朗斯没答话,而是拉开她的衣柜,挑了几件干净衣服,放在浴缸边的马桶上。

"佩尔在泡咖啡。擦干,穿好衣服,到厨房来。"

凯琳娜起初好像还不乐意,后来才顺从地点点头。

"学会用咖啡机了吗?"佩尔坐在餐桌旁查看手上的表皮,弗朗斯问道。

"肯定比尿还难喝。"佩尔嘀咕着,"好歹我也尽力了。"

弗朗斯仔细看了看逐渐滴入玻璃壶的浓黑液体。"估计味道特别苦。"

祖孙俩隔着餐桌对坐,半天没说话。目睹自己的过去在另一个人身上重现,感觉很怪异。弗朗斯从这孩子身上一眼就能看出他自己父亲的影子,那个他后悔没亲手杀掉的亲生父亲。

看着佩尔,就好像看到了父亲。但同时也看见了自己。还有克耶尔。弗朗斯曾想通过那寥寥几次探监、以及他在家里待过的短短几段时间去了解他的亲生儿子,但那些努力注定要失败,也的确失败了。

奇怪的是,当他和孙子一起坐在餐桌旁,唯一能让他回忆起爱的人,是埃尔西。历经六十年沧桑,那段爱仍在记忆深处隐隐作痛。

"要是克耶尔知道你来过,肯定气得发疯。"凯琳娜站在门口。她还有点站不稳,不过已经洗净身子、穿好衣服。她的头发还湿答答滴着水,不过她在肩膀上铺了一条毛巾,免得弄湿衣服。

"我不在乎克耶尔怎么想。"弗朗斯冷冷答道。他起身为凯琳娜和自己各倒了一杯咖啡。

"这东西一看就不能喝吧。"凯琳娜边坐下边瞪着满满一杯黑色液体。

"喝吧。"弗朗斯拉开柜子的抽屉。

"你在找什么?"凯琳娜啜了一口,苦得龇牙咧嘴。"别乱动我的柜子!"

弗朗斯没理她,拿出一个又一个瓶子,把里面的液体倒进水槽。

"你没权利干涉我!"凯琳娜冲他大喊。佩尔起身往外走。

"坐下。"弗朗斯指着孙子,"我们一次性把账算清楚。"

佩尔立刻乖乖坐回去。

一小时后,酒倒了个精光,牌也摊得差不多了。

克耶尔瞪着电脑屏幕,负罪感一刻不停地啃噬着他。面对佩尔和凯琳娜,他的力量仿佛荡然无存,都被不安的良心吸干了。

他看着比艾塔和两个孩子的照片。他当然爱着玛格达和洛克,绝不愿失去他们,但这一切发生得太快,太失控。他身不由己、无从选择,有时他还怀疑究竟那是好事还是坏事。也许关键在于时机不对。也许正当他经历某种中年危机的时候,比艾塔不合时宜地出现了。起初他还不敢相信,那么年轻漂亮的姑娘居然对他这种人有兴趣,他还以为在她眼里自己是个老头呢。谁曾想竟然是真的,他忍不住与她同床共枕。他陶醉了,沉迷了,无法清晰地思考,无法后退一步,做出任何理智的决定。讽刺的是,他刚刚清醒了点,局面便无法挽回了。

他依然记得一切崩盘的那个瞬间,宛如昨日。在咖啡厅和她见面。她睁着蓝色的大眼睛,兴高采烈地告诉他,他要当父亲了,他们有孩子了。于是他终于不得不按着一早对比艾塔许下的承诺,去找凯琳娜坦白。

他依然记得发觉自己铸成大错的那个瞬间,依然记得终于察觉错误造成的后果是多么无可挽回时,心上如同压了一块沉甸甸的大石头。那一刻他想过起身就走,把她丢在咖啡厅;丢下她,回家,躺到沙发上,挨着正看电视新闻的凯琳娜;五岁的佩尔在小床上睡得正香。

但男性本能告诫他,不存在这种选择。有的情妇不会去找妻子,有的情妇却会。他很清楚比艾塔属于哪一种。他心知肚明,因此选择懦夫的解决方式。一想到落得孤身一人,他便无法忍受。坐在恶心的单身公寓里,呆呆盯着墙,发愁这辈子该怎么办?他受不了。所以他只有一个选择,那就是比艾塔。她赢了。他抛弃了凯琳娜和佩尔,就像往路边丢一袋垃圾。

每次想到被他抛弃的母子时,负罪感都宛如巨石压在胸口,如果他漠然视之,说不定还能留住佩尔。但他办不到。他试过几次,扮演过发号施令的掌权者,偶尔也扮演过父亲的角色,但结果都非常糟糕。

可现在,他简直不认识儿子了。佩尔变得那么陌生。克耶尔也没力气再做什么努力。佩尔靠向了他父亲,这正是最苦涩的现实。克耶尔将自己的全部人生都用来憎恨父亲,父亲抛弃了他和母亲,投向与他们毫无瓜葛的生活。

现在克耶尔发现,他也走上了同一条路。

他一拳捶在桌上,想用肢体的疼痛冲淡心灵的痛楚,可是没用。接着,他拉开最底层抽屉,查看那唯一能将他从撕心裂肺的念头中暂时解脱出来的东西。

他盯着那个文件夹。他曾考虑将这些东西交给警方,但在最后一刻,身为记者的职业本能让他踩了刹车。埃里克给他的东西不多。他来克耶尔的办公室时,大半天都在东拉西扯兜圈子,似乎在踌躇究竟要说多少。有一会儿他甚至打算什么也不透露就转身离去。

克耶尔翻开文件夹。如果当时多问埃里克几个问题就好了,问清楚他到底想让克耶尔干什么,该往哪个方向调查。现在他只有埃里克送来的几篇新闻报道,没有任何评论或解释。

"你给我这些的目的是?"当时克耶尔摊开手问道。

"那就是你的工作了,"埃里克答道,"我知道这可能有点奇怪,但我不能把所有答案都告诉你。我不敢。不过我已经给了你工具,剩下的就看你了。"

然后他走了。而克耶尔坐在办公桌前,面前的文件夹里有三篇文章。

克耶尔挠挠胡子,又翻开文件夹。他已经读过这些材料好几遍,但每次都被其他琐事分心,无法全神贯注。平心而论,他也怀疑究竟有无必要在这上面耗费大把时间。但是,鉴于埃里克·弗兰科尔已被谋杀,情形便完全不同了。突然间,克耶尔觉得这个文件夹异常烫手。

该是集中精力工作的时候了。他很清楚该从哪里着手:三篇文章的共通之处——一个名叫汉斯·奥拉夫森的挪威抵抗运动成员。

夫雅巴卡,一九四四年

"希尔玛!"埃尔洛夫不同寻常的声调使得他的妻子和女儿都慌忙跑出来迎接。

"老天,喊得那么大声,出什么事了?"希尔玛惊呼,但一发现不止埃尔洛夫一个人,便突然顿住了。

"有客人?"她紧张地用围裙擦手,"我正在洗碗。"

"没关系,"埃尔洛夫安慰她,"这孩子不介意家里有多乱。今天他坐我们的船回来,他是从德国人那里逃出来的。"

男孩把手伸给希尔玛,两人握手时,他还鞠了个躬。

"我叫汉斯·奥拉夫森。"他用轻微的挪威口音说。然后他又朝埃尔西伸出手,埃尔西有点尴尬地握了握,微微行了个屈膝礼。

"好不容易才逃到瑞典,我们该给他接风。"埃尔洛夫挂好帽子,埃尔西接过他的大衣搭在手上,却没离开。

"女儿啊,别光站着,帮你爸挂衣服。"埃尔洛夫严肃地说,但旋即就忍不住摸了摸女儿的脸蛋。每次出海都那么危险,所以回到家看见埃尔西和希尔玛,他都觉得像天赐的礼物。在陌生人面前真情流露,他多少有点不好意思,便清清喉咙,伸手招呼:

"进来,进来,希尔玛会给我们弄点吃的喝的。"他在厨房里找了张椅子坐下。

"我们家东西不多,"希尔玛垂下眼帘,"但再少也能匀一份。"

"真是感激不尽,"汉斯一边坐到埃尔洛夫对面,一边饥饿地看着希尔玛端上桌的一盘三明治。

"别客气,吃吧。"希尔玛又从橱子里拿出开胃酒,给两人各倒了一小杯。这年头的酒算是稀罕货,但在这种场合,值得喝一杯。

大家默默吃了一会儿。只剩一个三明治了,埃尔洛夫把盘子推向挪威男孩,用眼神示意他吃掉。在厨台前帮母亲干活的埃尔西偷眼看着这一幕。多么激动人心啊,在自家厨房里居然有个人摆脱了德国人,从挪威一路逃过来。她简直等不及要告诉朋友们了。紧接着她突然心里一动,有句憋不住的话已经滑到嘴边。但父亲必然和她心有灵犀,替她问出了那个问题:

"城里有个孩子被德国人抓走了,差不多已经过了一年,你也许听说过……"埃尔洛夫摊开手,凝视着对面的男孩。

"啊,可能性不大,来来去去的人太多。他叫什么名字?"

"阿克塞尔·弗兰科尔。"埃尔洛夫说。可他眼中的希望很快变成了失望,因为男孩想了一会儿,摇摇头。

"恐怕没有。我们从没见过叫这名字的,至少我没印象。你们一直没他的消息?一点线索都没有?"

"很不幸,没有。"埃尔洛夫摇摇头,"他在克里斯蒂安桑被德国人抓走,从此音讯全无。我们估计他可能已经——"

"不会的,爸爸,我不信!"埃尔西双眼噙泪,一时又觉得难为情,便冲上楼回房去了。她真不敢相信自己居然让一家人如此丢脸。居然在素不相识的人面前像个婴儿似地哭哭啼啼。

"你女儿认识这位……阿克塞尔?"挪威男孩担忧地望着她的背影问道。

"她和阿克塞尔的弟弟是好朋友。这对埃里克、对阿克塞尔全家都很艰难。"埃尔洛夫叹道。

一抹阴影罩住汉斯的双眼。"这场战争害苦了很多人。"他说。埃尔洛夫看得出,这男孩见证过他这个年龄本不该目睹的事。

"你的家人呢?"埃尔洛夫小心翼翼地问。希尔玛在厨台前擦盘子,这时手上的动作也停住了。

"我不知道他们在哪里。"汉斯盯着桌面,好半天才回答,"等战争一结束——如果战争会结束的话——我就回去找他们。在那之前我不能回挪威。"

越过男孩的金发,希尔玛和埃尔洛夫对视一眼。他们用目光进行着无声的对话,然后达成共识。埃尔洛夫清清喉咙。

"嗯,是这样,我们一般都把房子租给来度暑假的游客,这期间我们就住在地下室。但其余时候房间都空着。不如你先……在这里住一段时间,休整一下,然后再决定下一步怎么办。我也可以给你找点活干。不一定是全职的,但最起码够你赚几个零用钱。首先我得向警局报告带你回国的事,但只要我保证能照看你,就不会有什么麻烦。"

"但你得答应让我用挣来的钱交房租。"汉斯既感激又愧疚地望着他。

"可以。战争时期,能赚一点是一点嘛。"

"我到楼下帮你安排一下。"希尔玛穿上外套。

"真不知该怎么感谢你们,真的。"汉斯那轻微的挪威口音说道。他低下头时,埃尔洛夫瞥见了他眼里的泪花。

"没什么,"埃尔洛夫有点不好意思,"这不算什么。"

14

"来人啊!"

听见楼上传来的尖叫,艾丽卡骤然一惊。她循声而去,三步并作两步飞奔上楼。

"怎么了?"她喊道,看见玛格丽塔站在一个房间门口,便停住了。艾丽卡走上前,喘着粗气,一张大双人床映入眼帘。

"爸爸。"玛格丽塔抽泣着走进房间。艾丽卡站在门口,拿不准她究竟看见了什么,接下来该怎么办。

"爸爸。"玛格丽塔又说。

赫尔曼躺在床上,瞪着天花板,没有回应女儿的呼唤。他身边躺着布丽塔。布丽塔的脸刷白而僵硬,毫无疑问,她已经死了。赫尔曼紧挨她躺着,双臂紧紧拥着她那了无生气的躯体。

"我杀了她。"他低声说。

玛格丽塔倒抽一口冷气。"你说什么啊,爸爸?你当然不会杀她!"

"我杀了她。"他呆滞地重复,把死去的妻子搂得更紧了。

玛格丽塔绕到大床另一边,在他身旁坐下。她小心地伸手松开赫尔曼紧抱妻子的手臂,试了好几次才成功。她边抚摩赫尔曼的头,边对他说:

"爸爸,这不怪你。妈妈身体不好。她一定是心脏停止跳动了。不是你的错。你要明白。"

"是我杀了她。"赫尔曼怔怔地瞪着墙上的某一点,又说。

玛格丽塔转向艾丽卡。"麻烦你打电话叫救护车好吗?"

艾丽卡犹豫着:"要不要也报警?"

"爸爸被吓坏了,根本不知道自己在说什么。不用报警。"玛格丽塔断然答道。随后她又转向父亲,握着他的手。

"有我在,爸爸。我给安娜·格蕾塔和伯吉塔打电话,有我们呢。我们都在你身边。"

赫尔曼没有回答,只是一动不动地躺着,任由女儿握着他的手,却并未回握。

艾丽卡边下楼边掏出手机,思索片刻,按了一个号码。

"嗨,马丁,我是艾丽卡,帕特里克的妻子。嗯,有点事想请你帮忙。我在布丽塔·约翰松家里,她死了。她丈夫自称是被他杀死的。看上去像是自然死亡,不过……噢,好,我会在这里等。你打电话叫救护车好吗?还是我来打?好的。"

艾丽卡挂了电话,暗暗希望自己没做蠢事。表面上看玛格丽塔当然说得对,布丽塔多半是在睡梦中去世。但为什么赫尔曼一直自称是凶手?再说,埃里克遇害仅仅两个月后,母亲的又一个儿时好友突然死亡,如此巧合未免太古怪。不,她的处理方式是正确的。

艾丽卡回到楼上。

"我找人求助了,"她说,"还有什么需要我帮忙的吗?"

"麻烦你泡点咖啡好吗?我想办法扶爸爸下楼。"

玛格丽塔轻轻地拉着赫尔曼坐起来。

"好了,爸爸,走吧,我们下楼去等救护车。"

艾丽卡走进厨房。她从柜子里找出要用的东西,开始泡一大壶咖啡。几分钟后,她听见下楼的脚步声,接着玛格丽塔护着赫尔曼进来了。玛格丽塔扶他坐进一张椅子,他就像一袋面粉一样跌了进去。

"但愿医生能给他开点什么药,"玛格丽塔忧心忡忡,"他一定从昨天开始就躺在妈妈旁边。我不明白他为什么没有打电话给我们。"

"我也……"艾丽卡踌躇着,但还是说了出口,"我也通知了警察。我相信你是对的,但我觉得有这个必要。我不能仅仅……"她不知该如何措辞才好,玛格丽塔瞪着她,以为她疯了。

"你报警了?你以为我爸爸是认真的?你疯了吗?他发现妻子去世,受了太大的打击,现在居然还要回答警察的讯问?你怎么敢!"玛格丽塔逼向端着咖啡壶的艾丽卡,恰在此时,门铃响起。

"一定是他们,我去开门。"艾丽卡低垂双眼,放下咖啡壶,匆匆朝门口跑去。

门开了,最先出现的是马丁。

马丁严肃地点点头:"你好,艾丽卡。"

"你好。"她小声答道,让过一旁。她是不是做错了?是不是让一个悲恸欲绝的人遭受了不必要的折磨?但为时已晚。

"她在楼上卧室里。"她又朝厨房的方向点点头,"她丈夫在那儿,和她女儿一起。是女儿发现……她好像死了一段时间了。"

"好的,我们去看看。"马丁示意波拉和救护人员一起进门。他匆匆介绍波拉和艾丽卡认识,然后走进厨房。玛格丽塔搂着父亲的肩膀。

"太荒唐了,"她瞪着马丁,"我妈妈在睡梦中去世,我爸爸受了巨大打击,你们用得着兴师动众吗?"

马丁举起双手:"我相信事情经过正如你所说,但既然来了,我们也只是了解情况,仅此而已。请节哀顺变。"他的态度很坚决,玛格丽塔只得不情愿地点头同意。

"她在楼上。我可以打电话给我姐姐吗?还有我丈夫?"

"可以,当然可以。"马丁说完就上楼了。

艾丽卡迟疑片刻,还是跟着他和救护人员去了。她在一旁低声对马丁说:

"之前我来过,和她聊了几件事,其中也包括埃里克·弗兰科尔。也许这只是巧合,但感觉有点奇怪,你说呢?"

马丁看了艾丽卡一眼,让带队的医生先进卧室。"你是指这其中有某种关联?怎样的关联?"

"我也不知道,"艾丽卡摇摇头,"但我正在调查我母亲的往事,她年轻时和埃里克·弗兰科尔以及布丽塔都是朋友。和他们一起的还有个名叫弗朗斯·林霍尔姆的人。"

"弗朗斯·林霍尔姆?"马丁大为震惊。

"是啊。你认识他?"

"呃,这个……我们调查埃里克的谋杀案时也涉及到他。"马丁陷入沉思,脑中的车轮开始转动。

"布丽塔也突然去世,不是很奇怪吗?在埃里克·弗兰科尔遇害两个月后?"艾丽卡坚持着。

马丁依然举棋不定。"毕竟这些人不年轻了,他们这个年纪很容易出问题。中风,心脏病,都很正常。"

"啊,现在我可以断定,既不是心脏病,也不是中风。"医生在卧室里说。马丁和艾丽卡都吓了一跳。

"那死因是什么?"马丁走进房间,站到布丽塔床边的医生身后。艾丽卡留在门口,但也伸长脖子想看清楚些。

"这个女人是窒息致死的。"医生一手掀开布丽塔的一侧眼皮,另一手指着眼珠,"眼睛里有瘀点。"

"瘀点?"马丁没听懂。

"眼白上的红色斑点,是在血液系统受到持续压力的情况下,眼底的小血管爆裂产生的。这是窒息死亡、扼死等类似状况的典型特征。"

"但她会不会是某种病症发作,而导致呼吸困难?那会不会产生同样的症状?"艾丽卡问道。

"有这种可能,肯定有。"医生说,"但经过初步检查,我发现她喉咙里有一根羽毛,所以这肯定就是凶器。"他指着布丽塔脑袋旁边的一个白色枕头,"虽然眼底的瘀点也表明死者的咽喉直接受到压迫,例如,有人用手扼住她的喉咙,致使她窒息而死。但要通过进一步验尸才能得出最终结论。目前可以确定的是,我不会在报告里写上'自然原因死亡',除非法医能说服我推翻这一判断。现在我们得将这里视为犯罪现场了。"他直起腰,小心地退出房间。

马丁也随后退出来,从衣袋掏出手机通知法医及鉴证人员来对这间卧室进行全面检查。

他招呼所有人先下楼,然后回到厨房,坐到赫尔曼对面。玛格丽塔瞥了他一眼,看出事有蹊跷,渐渐皱起眉头。

"你父亲的名字是?"马丁问道。

"赫尔曼。"玛格丽塔说。她的担忧不断滋长。

"赫尔曼,"马丁说,"请你告诉我出了什么事好吗?"

一开始,赫尔曼没有回答。四周只有医护人员在客厅里小声交谈的声音。然后赫尔曼抬起头,一字一句极为清晰地说:

"我杀了她。"

时值夏末,星期五的天气非常好。梅尔贝里伸长双腿迈开大步,让恩斯特扯着自己一路向前。似乎连小狗都特别喜欢暖洋洋的夏日。

"嘿,恩斯特,"小狗在一丛灌木旁抬起腿,梅尔贝里停下来等着,"今晚爸爸又要去跳舞了。"

恩斯特歪着头,迷惑地盯着他看了一会儿,然后继续撒尿。

一想到今晚的舞蹈课,以及紧贴丽塔身体的感觉,梅尔贝里不由吹起了口哨。可以肯定的是,他会习惯跳萨尔萨舞的。

他的脸色变得难看起来,因为脑中热辣的舞蹈节拍被关于调查的思绪赶走了。准确说来,还不止一起调查。这个小镇总也不得安宁,真该死。为什么人们总这么执迷不悟,非要互相残杀呢?嗯,至少其中一个案子看起来很简单。死者的丈夫已经认罪。只要等着验尸报告确认是谋杀,就可以结案。马丁·莫林老在唠叨,说什么和埃里克·弗兰科尔有关的人也被谋杀有点奇怪,但梅尔贝里才不信那一套。上帝呀,现在看来,两个死者小时候居然是朋友。已过去六十多年了,几乎是永恒。所以肯定和眼下正在调查的谋杀案没什么关系。不会的,马丁的想法太荒谬了。但即便如此,他还是同意马丁继续调查,查查通话记录什么的,看看能否发现两个案件之间的联系。估计他只会白忙一场,但这至少能让他闭嘴。

梅尔贝里回过神来才发现不知不觉已经到了丽塔住的公寓楼下。恩斯特在门口急切地摇尾巴。梅尔贝里看了看表,十一点整。这时间正适合喝点咖啡休息一下,如果她在家的话。他略一迟疑,按响了门口的对讲机。没有回应。

"你好啊。"

背后的声音吓了梅尔贝里一大跳。是乔安娜,正慢吞吞走过来。她一只手扶着后背,人有点左右摇晃。

"真不敢相信,才出门走几步就这么费劲。"她直起腰,做了个鬼脸,声音听起来很疲惫,"我在家等得不耐烦了,但身体不听大脑指挥。她边叹气边抚摩浑圆的肚子。

"你是要找丽塔吧?"她腼腆地朝梅尔贝里笑了笑。

"呃,这个嘛,是的……"梅尔贝里突然有点尴尬,"我们……是这样,恩斯特和我刚才出来散步,恩斯特想过来看看……呃……'淑女',所以我们就……"

"丽塔不在家。"乔安娜嘴角还挂着笑,显然觉得梅尔贝里的窘态很有意思,"她今天早上去拜访朋友了。不过你可以上来喝咖啡。……我的意思是,如果恩斯特想上楼的话,'淑女'在家。"她朝他挤挤眼,"你可以陪我说说话。我心情不太好。"

"噢,啊,没问题。"梅尔贝里跟着她上楼。

一进公寓,乔安娜便坐到餐桌旁喘着气。

"你休息,"梅尔贝里说,"我看过丽塔放东西的地方,我来泡咖啡。你应该多休息。"

乔安娜吃惊地看着他打开柜子,但她还是感激地坐着没动。

"肚子肯定特别沉重,"梅尔贝里看了一眼她的肚子,往咖啡机里倒水。

"沉重只是一方面。要我说啊,怀孕这事根本没大家说的那么轻松。头三四个月简直要死要活,必须待在洗手间里,以免随时呕出来。接下来两个月还好,有时候感觉还相当好。但再往后,一夜之间我就成了法国童书里那个'巴巴爸爸',或者是'巴巴妈妈'①。"

"然后呢?"

"还没到那个阶段,"乔安娜严肃地对他晃晃手指,"往后我想都不敢想。一想到这孩子出来的通道只有一条,我就要发疯。如果你敢说'自古以来女人都生孩子,不也活得好好的',我非揍你不可。"

梅尔贝里连忙举手抗议:"你面前这个人可从没进过妇产科病房。"

他端上咖啡,也坐到餐桌旁。

"不管怎么说,能吃两人份的东西,也挺不错。"见乔安娜往嘴里塞了第三片饼干,梅尔贝里笑道。

"我也就享受这点好处了。"乔安娜大笑着又拿了一片,"不过,虽然你没有怀孕的借口,却好像也信奉这一条。"她指着梅尔贝里的大肚皮逗乐。

"用不了多久我就靠跳舞把这减掉了。"梅尔贝里拍拍肚皮。

"我还真想去看你跳。"乔安娜友善地对他笑了笑。

没想到居然有人很欢迎自己做伴,梅尔贝里一时十分吃惊——这种情况可相当少见。但更令他惊讶的是,他发觉自己和丽塔的儿媳妇在一起也很开心。他深吸一口气,壮着胆子问出了上回午饭后就一直困扰着他的唯一一个问题,除此之外其他都已经明白了:

"孩子的……父亲呢?是谁……?"虽然他的话说得磕磕绊绊,但乔安娜似乎毫不费力就明白了他的意思。

"一家诊所。在丹麦。我们从没见过孩子的父亲。我没有随便在酒吧里勾搭一个男人,如果你在往那方面想的话。"

"呃,不不……我没那个意思。"梅尔贝里慌忙答道,但实话实说,他确实设想过她通过那种途径怀孕的可能性。

---

① 法国漫画家德鲁斯·泰勒和他的妻子安娜特·缇森创作的漫画人物。

梅尔贝里看看表,差不多该去警局了。眼看要吃午饭,他可不想错过。他起身把咖啡杯和盘子端到台面上。然后,他迟疑片刻,最后还是从后侧裤袋掏出钱包,取出一张名片递给乔安娜。

"如果……有什么需要帮助的话,或者……嗯,我想波拉和丽塔到时候肯定会陪在你身边……不过,啊……只是以防万一……"

乔安娜略显讶异地接过名片。梅尔贝里慌慌张张地往门外走。其实他也不知道为什么要给乔安娜名片。也许是因为他还记得把手放在她肚子上时,胎儿踢着掌心的感觉。

"恩斯特,过来。"他凶狠地召唤着,小狗立刻跑到他前面。然后他关门离开,连一声再见都没顾得上说。

马丁正盯着研究通话清单看。它们既没能证实也没能否决他的预感。在埃里克·弗兰科尔遇害前,有人从布丽塔和赫尔曼家往弗兰科尔家打过电话。清单显示这个号码打过两次,还有一次通话就在两天前,肯定是布丽塔或赫尔曼打电话找阿克塞尔。这个号码还给弗朗斯·林霍尔姆打过一次电话。

马丁望着窗外,把椅子往后一推,两腿跷到办公桌上。整个早上他都在翻阅埃里克一案调查至今所形成的文件、照片和其他材料。他下定决心,找不到两起谋杀之间的关联决不罢休。但截至目前,除了通话记录之外仍一无所获。

马丁沮丧地将清单往桌上一丢。看来走进了死胡同。他知道梅尔贝里之所以批准他深入调查布丽塔之死,只不过是为了让他闭嘴。和其他人一样,梅尔贝里深信布丽塔的丈夫就是凶手。但他们现在还无法侦讯赫尔曼。医生说他仍处于极度惊吓状态,目前仍需留院观察。所以只能等医生认为赫尔曼的精神状态足以承受讯问时再说。

整件案子根本就是一团乱麻,马丁不知该往哪个方向发力才对。他愣愣地望着那叠包括调查报告在内的文件,像是乞求它们开口说话。接着,他忽然有了灵感。对啊,为什么早没想到呢?

二十五分钟后,他开车来到帕特里克和艾丽卡家。他事先打电话通知帕特里克,让他别出门。门铃刚响帕特里克就来开门了,怀里抱着玛雅。她一看清门口台阶上站着的人,马上就兴奋地挥舞着她的小手。

"真乖。"马丁也朝她挥手。玛雅朝他伸出双臂,抱住他不撒手。于是马丁坐到沙发上时,还抱着玛雅搁在腿上。帕特里克则坐进扶手椅,俯身翻阅案情报告和照片,若有所思地挠着下巴。

"艾丽卡不在?"马丁四下张望。

"嗯?"帕特里克心不在焉地应道,"噢,她两小时前去图书馆了,为她的新书查资料。"

"这样啊。"马丁又继续逗玛雅,好让帕特里克专心把材料看完。

"所以你赞同艾丽卡的观点?"过了一会儿,帕特里克抬起头,"你觉得两起谋杀案有关联?"

马丁沉吟片刻,才点点头:"是的。虽然没有确切证据,但如果你问我的想法,那我相信其中必定有关联。"

帕特里克点点头:"是啊,这么古怪的巧合,让人无法忽略。"他把腿一伸,"关于布丽塔和赫尔曼家打给阿克塞尔·弗兰科尔和弗朗斯·林霍尔姆的电话,你向他们求证过吗?"

"还没有,"马丁摇摇头,"我想先和你讨论讨论,免得我在嫌疑人已经认罪的情况下还东查西查,简直有病。"

"她丈夫,对啊……"帕特里克说,"问题是:如果妻子不是他杀的,他为什么承认?"

"我也不知道。莫非想保护什么人?"马丁耸耸肩。

"嗯……"帕特里克继续翻查咖啡桌上的文件。

"埃里克谋杀案的调查呢?有进展吗?"

"唔,也不算是进展吧,"马丁有点气馁,一边把膝盖上的玛雅举起又放下,"波拉正在调查'瑞典之友';我们和所有邻居都谈过了,但谁都不记得有什么异常情况。弗兰科尔家的位置太僻静,很难指望有人留意到什么,很不走运,事实的确如此。总之,目前的材料只有这些。"他指了指桌上那堆像扇子一样摊在帕特里克面前的文件。

"埃里克的经济状况如何?"帕特里克翻了半天,从最底下抽出一张纸,"有没有异常?"

"没有,看不出来。大都是普通的账单,以及几笔小额取款,诸如此类。"

"没有大笔资金出入?"帕特里克仔细查看账单上的数字。

"没有。唯一值得关注的是埃里克每月都固定汇款一次,银行说这五十年来他基本上每月都汇出这么一笔钱。"

帕特里克一惊,盯着马丁:"五十年?汇给某个人还是某家公司?"

"哥德堡的一个私人账户。文件夹里有张纸上记着户主的姓名,"马丁说,"钱不算多。当然,这些年来金额陆续有所增加,但最近的一笔钱是两千克朗,也没多少。我的意思是,他肯定没有受人勒索什么的,不然谁会连续汇款五十年?"

马丁自己都觉得这理由站不住脚,恨不能往脑门上扇一巴掌。他本该好好追查那些汇款的来龙去脉才对。好在为时还不晚。

"今天我就打电话问清楚。"马丁的一条腿都发麻了,只好把玛雅挪到另一边膝盖上。

帕特里克沉吟片刻,然后说:"有必要开车去一趟,你看呢?"他翻开文件夹,取出那张纸,"威尔赫姆·弗莱登,收到汇款的是这个人。明天我可以单独去找他谈谈。这上面有地址。"他挥了挥那张纸。"现在他还住在那里吧?"

"对,地址是银行提供的,应该是最新地址。"马丁说。

"很好。明天我去一趟。问题可能比较敏感,面谈比打电话更合适。"

"好的,辛苦你了,谢谢。"马丁说,"不过……?"他指了指玛雅。

"我可以带她去,"帕特里克咧嘴朝女儿笑着,"然后顺便去看洛塔姑妈和表哥表姐,好不好呀,宝贝?和他们玩很有趣哦。"

玛雅咯咯笑着,拍起小手,算是同意了。

"这几天就先由我保管可以吗?"帕特里克指了指文件夹。马丁想了想,大多数文件他都有备份,所以不成问题。

"行,你留着。如果发现其他你认为值得跟进的线索,记着通知我。你去哥德堡调查这期间,我会找弗朗斯和阿克塞尔谈话,问问布丽塔或者赫尔曼为什么给他们打电话。"

"汇款的事暂时不要惊动阿克塞尔,等我初步摸摸底再说。"

"那当然。"

"别泄气,"帕特里克抱着玛雅,送马丁到门口,"以你的经验会知道,办案都这样,细微的关键之处早晚总会冒出来,从而一举解开所有谜团。"

"是啊,我明白,"马丁答道,但仍显信心不足,"我只是觉得真不凑巧,你现在还在休假。我们很需要你。"刚说完他便觉得有点不妥,连忙笑了笑。

"信不信由你,早晚你也有这么一天。等轮到你洗尿片的时候,我就回局里忙得焦头烂额了。"帕特里克使了个眼色安慰他,然后才关上门。

"好啦,明天出发去哥德堡咯,你和我!"他抱着玛雅跳舞似地转了几个圈。

"只是我们得先说服妈妈。"

玛雅点着小脑袋表示赞同。

波拉累坏了,既疲惫又恶心。她在网上浏览了好几小时,搜索与瑞典新纳粹组织有关的信息,尤其是"瑞典之友"。目前看来,他们与埃里克·弗兰科尔之死有关的可能性依然很大,但问题是警方找不到可供进一步挖掘的实质性问题。连一封恐吓信都没找到。唯一的线索来自弗朗斯·林霍尔姆,他暗示"瑞典之友"对埃里克的行为非常不满,而且他无法保护埃里克免受那些人的攻击。犯罪现场也没有发现任何涉及"瑞典之友"的物证痕迹。在乌德瓦拉警方的协助下,几名董事虽不以为然,但还是自愿提供了指纹。但国家犯罪学实验室的鉴证结果表明,这些指纹与弗兰科尔家书房里发现的指纹均不匹配。不在场证明的调查也无收获。所有董事的不在场证明都不算特别严密,但也没有明显漏洞,除非警方查出进一步的证据并找到突破口。有几个人还证实,案发那几天弗朗斯在丹麦访问"瑞典之友"的一个姐妹组织,说明他也具备不在场证明。另一个问题是,调查的范围之广,远远超出波拉的想象,他们不可能巨细无遗地核实与"瑞典之友"有关的所有人的指纹和不在场证明。所以塔努姆市警局决定,暂时只重点关注几名董事。然而迄今为止仍无收获。

波拉心烦意乱地继续搜索。这些人来自何方?他们的仇恨又因何而起?对某个特定人物的恨意容易理解,如果那人做过什么伤天害理的事。但仅仅因为别人来自其他国家,或者肤色不同,就无端憎恨?她怎么也无法理解。

她自己也恨透了杀害父亲的那群暴徒,恨得彻骨,只要有机会,只要那些人还活着,她会毫不犹豫地杀死他们。但她的仇恨也将到此为止,她不会让仇恨多扩散一分。她不愿向无节制的仇恨屈服。

但是这些人……她往下拉滚动条,一个又一个论坛帖子宣称,应该将她这种人斩草除根,最起码也得遣送回国。还有不少照片。大多来自纳粹德国。奥斯维辛、布痕瓦尔德、达豪集中营……一个个名字熟悉得令人心惊,无不象征着最最恐怖的黑暗。但在这些网页上,它们却受到欢呼和致敬。

突如其来的敲门声惊得她猛然跳起。

"嗨,在干什么呢?"门口的人是马丁。

"我在调查所有能找到的'瑞典之友'的背景信息,"波拉叹道,"可是这些东西随便看上几眼就能吓死人。你知不知道瑞典有二十来个新纳粹组织?瑞典民主党在一百四十四个市的议员选举中总共赢得了二百八十一个席位?我们这个国家到底要向何处去?"

"我不知道。但这让你很震惊。"马丁说。

"总之太他妈糟糕了。"波拉愤怒地把手里的笔一扔,笔滑下书桌,掉到地上。

"看来你该休息休息,"马丁说,"我想再找阿克塞尔谈谈。"

"有什么特别的线索?"波拉站起身,跟着马丁走向车库。

"倒也没有,我只是觉得最好再找他确认一下。毕竟他和埃里克关系最亲密,也最了解他。不过有件事我确实想问问他,"马丁稍一停顿,"我本以为只有我认为埃里克谋杀案与布丽塔·约翰松之死存在关联,但最近有人从布丽塔家里打电话给阿克塞尔,六月的时候也打过,只是不知道打电话的人是想找埃里克还是阿克塞尔。我刚查过弗兰科尔家的通话记录,六月也有人从他们家打给布丽塔或者赫尔曼。两次。是弗兰科尔家先打过去的。"

"至少值得一查。"波拉系好安全带,"别管希望有多渺茫,只要能让我不用再看那些纳粹的东西就好。"

马丁点点头,开车驶出车库。他完全理解波拉的感受。但他有种预感,希望其实未必那么渺茫。

整整一周安娜都处于震惊状态中,直到星期五才渐渐缓过来。丹的表现就好多了。最初那阵惊愕过后,他走到哪儿都美滋滋地哼着歌。他还轻松地驳斥了安娜的种种担忧,说什么"喔,没问题,太棒了!我们自己的宝宝,太美妙啦!"

但安娜可没觉得有多"美妙",至少目前没有。她摸着肚子,想象着里头那一小团东西。眼下胎儿体积太小,还摸不到,但过几个月就会变成一个活生生的婴儿。虽然这一过程她已经历过两次,却依然觉得神秘莫测。也许这次更甚,因为她几乎不记得怀艾玛和亚德里安那时的感觉了。那些记忆一度变得模糊了,想当初她只要醒着就提心吊胆怕挨打,睡觉也不得安宁,全身的能量都只用来保护她的肚子,保护宝宝的小生命不受卢卡斯伤害。

这一次则没有这个必要。但可笑的是,她反而因此感到害怕。这次她本该高兴才对。她完全可以高兴,完全有理由高兴。她深爱着丹,在他身上找到了安全感,知道他绝不会动一丝伤害她或其他任何人的念头。可为什么她还会害怕?几天来,她反复追问自己,只想弄个明白。

"你在想什么呢?男孩还是女孩?感觉会有区别吗?"丹不知何时溜到她身后,张开双臂搂着她,拍拍她那依然平坦的小腹。

安娜笑着继续搅拌食物,不过丹的手臂挺碍事的。

"估计是第七周了。现在要判断是男是女还太早吧?"安娜扭头看着他,略显忧虑,"如果没给你生个儿子,但愿你别太失望,因为决定孩子性别的是父亲。既然你已经有了三个女儿,从统计学角度来说……"

"嘘,"丹用手指按住安娜的双唇,笑着说,"男女我都喜欢。如果是小男孩,那就太棒了;如果是小女孩,那也很好。再说……"他的表情严肃起来,"我明明已经有了一个儿子,亚德里安。你可得明白这一点。我以为你了解我的心意呢。当时我要你们全都搬来一起住,不仅是指住进这座房子,还包括住进这里。"他的拳头抵在胸前,正对心窝。

"如果是小女孩,亚德里安和我就要陷入你们这群女人的包围圈了。你、艾玛、亚德里安,对我来说是一体的,永远别怀疑这一点。我爱你们三个。我也爱你,里面的小家伙,听见了吗?"他朝安娜的肚子嚷嚷着。

安娜大笑:"耳朵差不多要到第二十周才能长出来。"

"啊,我的孩子长得都特别快。"丹挤挤眼。

"嗯,是吗?"安娜忍不住又笑了。他们吻到一起,但紧接着听见前门被人推开,然后又砰地一声关上,他们连忙分开了。

"有人?是谁啊?"丹喊道。

"是我。"一个愠怒的声音。贝琳达走进来,从额前的刘海下盯着他们。

"你是怎么来的?"丹生气地瞪着她。

"你他妈说我是怎么来的?跟我走的那天一样,搭公交车。"

"给我礼貌一点,不然就别和我说话。"丹恼怒地说。

"喔,好吧,那我就……"贝琳达用手指压压脸,装作在思考,"那我就再也不和你说话了!"她一阵风似地冲到楼上房间,重重撞上门,将音箱开到最大,震得整座房子都发抖。

丹坐到底层楼梯上,把安娜拉到身前,嘴正好对着她的肚子,说道:

"里头的小家伙,希望你把耳朵堵上,因为等你到了她那个年纪,你爸爸可就太老了,听不懂那些东西咯。"

安娜轻抚他的头发,向他传递她的同情。楼上的音乐吵得震天响。

夫雅巴卡，一九四四年

"他有阿克塞尔的消息吗？"埃里克难掩激动。他们四人照旧在拉贝库伦的老地方碰面，对面就是公墓。埃尔洛夫带回来一个从德国人手中逃脱的挪威抵抗运动成员，这一消息如同野火燃遍全镇，他们都想听听埃尔西的说法。

埃尔西摇摇头："没有，爸爸问过他，但他说从没听说过阿克塞尔。"

埃里克失望地盯着脚下的石头，用靴底踢掉一片灰色的苔藓。

"也许他不认得名字，但如果多跟他形容一下阿克塞尔的模样，说不定他能想起点什么。"埃里克眼中重又燃起希望，恨不能立刻听到任何能说明哥哥还活着的消息。

"我们去找他聊聊。"布丽塔急不可耐地起身，掸了掸裙子，又伸手理了理辫子，弗朗斯忍不住抱怨起来：

"是啊，是啊，布丽塔，我看你是真心替埃里克着急，还有闲情打扮。我还不知道你对挪威人也有兴趣呢。难道瑞典的男孩不够多，你不满意？"他大笑着，布丽塔气得满脸通红。

"闭嘴，弗朗斯，别自作聪明。我当然关心埃里克，也关心阿克塞尔的安危，打扮得漂亮点又没错。"

"想打扮得漂漂亮亮，你可得再加把劲。"弗朗斯拽了拽布丽塔的裙子，不乏下流的暗示。布丽塔的脸涨得更红了，眼看就要气得哭出来。埃尔西厉声喝道：

"够了，弗朗斯，有时你只会胡说八道，少说两句吧！"

弗朗斯瞪着她，脸色刷地变白。他猛然跳起，恼怒地跑开了。

埃里克戳着几块松动的石头，没看着埃尔西，低声说："和弗朗斯说话还是得注意些。他有点……心里有股怨气，我觉得。"

埃尔西惊讶地望着他，寻思着这离奇的观点因何而来。但出于本能，她也暗暗赞同埃里克。她和弗朗斯很小就认识了，但随着年岁渐长，他的内心似乎渐渐有了变化,变得难以控制、桀骜不驯。

"噢,别瞎想,"布丽塔笑道,"弗朗斯没什么,我们只是……开开玩笑而已。"

"你爱上他了,所以被蒙蔽了双眼。"埃里克说。

布丽塔使劲拍了他的肩膀一掌。

"嘿,干什么?"埃里克连忙扶住肩头。

"因为你竟然说出这么莫名其妙的话。哎,到底要不要去找那个挪威人问你哥哥的事啊?"

布丽塔转身就走,埃里克和埃尔西面面相觑。

"我出门时他还在家,"埃尔西说,"我想和他聊几句也没什么坏处。"

不久,埃尔西偷偷敲了敲地下室的门。汉斯一开门,看见门外的三个人,顿时有点难为情。

"什么事?"

埃尔西答话前先看了看其他两人。她的余光还发现弗朗斯正慢悠悠朝这边走来,表情平静多了,两手随意插在裤袋里。

"是这样,嗯,我们能不能进去和你聊会儿天?"

"好啊。"挪威男孩让到一旁。布丽塔进门时有点害羞地朝他眨眨眼。男孩们握了手,作了自我介绍。小房间里几乎没有什么家具,布丽塔和埃尔西坐了仅有的两张椅子,汉斯坐到床上,弗朗斯和埃里克则随便坐在地上。

"是我哥哥的事,"埃里克眼中闪烁着希望,"打仗期间,我哥哥一直在帮你们的人。他乘埃尔西爸爸的船,就是你来这里乘的那一艘,在瑞典和挪威之间运东西。可是一年前,他在克里斯蒂安桑港被德国人逮捕了,然后……"他戛然着,"从那以后,我们再也没得到他的消息。"

"埃尔西的爸爸问过我,"汉斯望着埃里克的眼睛,"但我对这个名字确实没印象,也不记得听说过瑞典人在克里斯蒂安桑被捕的消息。不过我们的人很多,帮助我们的瑞典人也不少。"

"可能你不知道他的名字,但说不定能认出他的样子。"埃里克焦急地说,两手紧扣在腿上。

"可能性不大,不过没关系,你说说他的长相。"

埃里克尽可能详细地描述了哥哥的模样。

汉斯听得很认真，但最后还是摇摇头："还是没什么印象。真地很抱歉。"埃里克失望地跌坐回去。一时大家都沉默了。然后弗朗斯说：

"那和我们说说打仗期间你的冒险吧，你肯定有很多刺激的经历！"他两眼放光。

"其实也没什么可说的。"汉斯似乎不愿多说，但布丽塔不相信。她紧盯着他，催他随便说点亲身经历，什么都行。汉斯又推辞了几次，最后只得向他们透露了挪威目前的情况。比如德军的占领，农民遭受的苦难，以及他们的反抗。四个年轻人张大了嘴倾听着。太令人兴奋了。他们当然没有忽略汉斯眼中的哀伤，也了解他一定目睹了许多德军的暴行。然而，他们仍然忍不住想，实在是太激动人心了。

"哎，你好勇敢啊，"布丽塔脸红了，"我看绝大多数男孩都不敢干那些事。只有阿克塞尔那样的人——还有你——才有勇气为信念英勇斗争。"

"难道我们不敢？你是这个意思吗？"弗朗斯斥责道。布丽塔平时没完没了投向他的钦慕眼光，此时全都转移到挪威男孩身上去了，这令他更加恼火。"埃里克和我也同样勇敢，等我们到了阿克塞尔那个年龄……对了，你几岁？"他问汉斯。

"刚满十七岁。"见众人都这么关注他，以及他的经历，汉斯显得颇不自在。他转头看着埃尔西。埃尔西一直听着大家的谈话，一言不发，但此时她理会了他的信号。

"我们该让汉斯休息了，他吃了很多苦。"她轻声说，示意朋友们离开。众人意犹未尽地站起来，向汉斯道过谢，才走出房间。最后离开的是埃尔西，她关门之前又回过头。

"谢谢，"汉斯黯然笑道，"不过有人做伴也好，欢迎你们再来。只是我现在有点……"

埃尔西也微笑着："我都能理解。我们下次再来，也可以带你去镇上逛逛。现在先休息吧。"

她把门关上了。但奇怪的是，汉斯的脸却在她脑中不停闪现，怎么也不肯离去。

15

　　帕特里克猜错了,艾丽卡不在图书馆。一开始她确实去了,但停车时突然想到:和母亲关系密切的还有一个人。这个人和母亲的友情时间比较短,没有六十年那么久。实际上,在艾丽卡印象中,她和安娜从小到大这段时间,母亲只有这么一个朋友。她很诧异自己居然没早些想到。但克里斯蒂娜作为婆婆的形象太过鲜明,所以艾丽卡忘了她同时也是母亲的朋友。

　　她拿定主意,重新发动汽车,朝塔努姆市驶去。这还是她第一次心血来潮要去探望克里斯蒂娜。她瞄了一眼手机,琢磨着该不该先打个电话。不,不管那么多了。既然克里斯蒂娜可以不打招呼就跑到她家来,她礼尚往来一下又何妨。

　　艾丽卡抵达时仍觉心烦意乱,出于矛盾的心情,她只按了一次门铃,就开门走进去。

　　"有人在家吗?"她喊道。

　　"谁啊?"克里斯蒂娜的声音从厨房里传来,似乎有些惊恐。片刻后,她出现在玄关。

　　"艾丽卡?"她惊异地瞪着儿媳妇,"你来了?带玛雅来了吗?"她看看艾丽卡身后,却没发现孙女。

　　"没有,她和帕特里克在家呢。"艾丽卡脱了鞋,整齐地摆在鞋架上。

"啊,进来吧,"克里斯蒂娜还没缓过神来,"我去泡咖啡。"

艾丽卡跟着她走进厨房,吃惊地打量着婆婆。她几乎认不出克里斯蒂娜了。从前在她眼中的克里斯蒂娜总是衣着考究,还化着浓妆。而每次来艾丽卡家时,她都精力充沛,说个没完,动个不停。而眼前的克里斯蒂娜俨然是另一个女人。时近中午,她居然还穿着一件又旧又破的睡袍,一点化妆的痕迹也没有,这让她看上去老多了,脸上的皱纹清晰可见。

"我这模样见不得人吧,"克里斯蒂娜仿佛看穿了艾丽卡的心思,挠挠头发,"如果没什么特别的事,也没打算出门,似乎不必打扮得整整齐齐。"

"可你的日程好像都排得挺满啊。"艾丽卡在餐桌旁坐下。

克里斯蒂娜一开始并没回应,将两个杯子和一碟饼干端上桌。

"忙了一辈子,想闲下来也不容易,"她往两个杯子里都加了咖啡,说,"大家都忙忙碌碌过日子。我本以为总有些可以做的事,但感觉就是不太……"她拿了一片饼干,避开艾丽卡的目光。

"但是你为什么跟我们说一天到晚都很忙?"

"噢,你们年轻人有自己的生活。我不想让你们总替我操心。天知道,反正我也不想变成你们的累赘。再说你们也不是每次都欢迎我,我能感觉出来,所以最好……"她沉默了,艾丽卡万分惊愕地瞪着她。克里斯蒂娜抬起头,接着说道:"不瞒你说,现在人生对我的全部意义,就是偶尔和你们,和玛雅一起度过的那几个小时。刚才说了,我也明白你们并不是每次都欢迎我。"她又把头扭开了。艾丽卡顿时感到很内疚。

"说真的,这主要怪我,"她小声说,"不过你可以常来啊,玛雅也喜欢和你一起玩。我们只希望你能尊重我们的私人空间。千万别一声招呼也不打就跑到家里来,天呐,也千万别教训我们该怎么做家务,怎么带孩子。如果你尊重这些规则,来多少次都没关系。"

"我想也是,"克里斯蒂娜大笑,眼里闪着泪光,"他的表现怎么样?"

"一开始毛病很多,"艾丽卡将帕特里克带玛雅去犯罪现场和警局的事说了出来,"不过现在我们沟通过了,他应该分得清轻重。"

"男人呐,都这样,"克里斯蒂娜说,"我记得拉尔斯第一次单独在家带洛塔的时候,洛塔刚一岁,我出门去买东西了。才过了二十分钟,商店老板就来找我,说是拉尔斯来电话。他出了点麻烦,要我赶紧回家。我连买的东西都来不及拿上就冲回去,果然有大麻烦。"

"真的?怎么回事?"艾丽卡瞪大了眼睛。

"哈,你听着。他把我的卫生巾当成洛塔的尿片了,弄不清要怎样换上去。我到家的时候,他正要用胶布粘!"

"太离谱了吧!"艾丽卡惊呼,两人都笑得前仰后合。

"后来他才慢慢上手。帕特里克和洛塔从小到大,拉尔斯都是他们好父亲。我没什么可抱怨的。不过时代不同了。"

"说到时代不同,"艾丽卡抓住机会,将话题转移到她此行的目的上来,"我最近稍微了解了一点我妈妈的人生、童年什么的,在阁楼里发现一些旧东西,其中有几本日记,嗯……让我有了点想法。"

"日记?"克里斯蒂娜瞪着她,"里面写些什么?"她尖声问道。艾丽卡吃惊地看着婆婆。

"可惜没什么特别的,大部分是少女的思考。最有意思的是日记的很大篇幅都花在她当时的几个朋友身上。埃里克·弗兰科尔,布丽塔·约翰松,还有弗朗斯·林霍尔姆。而现在其中两个人,埃里克和布丽塔,在几个月之内先后遭到谋杀。这也许只是巧合,但未免不太正常。"

克里斯蒂娜的眼睛依然瞪得老大。"布丽塔死了?"她显然一时难以接受这个消息。

"是啊,你还没听说?我以为小道消息早都传开了呢。两天前她女儿发现的,死因好像是窒息。她丈夫自称是凶手。"

"埃里克和布丽塔都死了?"克里斯蒂娜念叨着,脑中似有思绪翻涌。

"你认识他们?"艾丽卡问。

"不,"克里斯蒂娜摇摇头,"我对他们的了解也只限于埃尔西告诉我的那些。"

"她是怎么说的?"艾丽卡急切地倾身向前,"其实我今天来就是为了这件事,因为你和妈妈那么多年都是好朋友。我想只有你最了解她。关于从前那些年,她都说了些什么?为什么一九四四年她突然不继续写日记了?或者在其他地方还有更多的日记?妈妈说过吗?她在最后一本日记里提到一个和他们同住的挪威人,汉斯·奥拉夫森。我找到一张剪报,看得出他们四个人经常和这个挪威人待在一起。他后来怎么样了?"这些问题一口气冲出来,快得连艾丽卡自己都有点跟不上。对面的克里斯蒂娜一言不发,神色凝重。

"我没法回答你,艾丽卡,"好半天,克里斯蒂娜才说,"我只能告诉你汉斯·奥拉夫森后来的情况。埃尔西说,战争一结束他就回挪威去了,从此她再也没见过他。"

"他们是不是……?"艾丽卡踌躇着,拿不准该如何组织她的疑问,"她爱他吗?"

克里斯蒂娜很久都没说话。她描画着桌布的图案,斟酌许久,才抬头看着艾丽卡。

"是的,"她说,"她爱他。"

天气好极了。阿克塞尔的心思很久很久都没往这方面转了。总有些日子的天气会比其他时候好,但今天可以说是格外的好。时值夏秋之交,拂面皆是温暖轻柔的风。

阿克塞尔来到凸窗前往外望去,双手叠在背后。但他眼中所见并非窗外的树丛,也不是那长得有点过高、已随气温下降而开始枯黄的草坪。他看见的是布丽塔。漂亮、充满活力的布丽塔,想当年二战期间,他只觉得她是个小姑娘而已,埃里克的朋友,甜美却虚荣。她对他没有吸引力,年纪太小。

可他现在又想起了布丽塔。想起不久前重逢时她的模样。六十年后,她依然那么美丽,依然有点爱慕虚荣。但岁月改变了她,将她打磨成了与当年迥然不同的另一个人。阿克塞尔不知道自己是不是也改变了那么多。也许是,也许不是。被德国人监禁的那几年可能足以彻底改写他的一生,所以自那以后他几乎不再有任何变化。他目睹的一切,见证的所有恐怖，在他内心深处造成的创伤，再也无法愈合，再也回不到从前。

　　阿克塞尔眼前浮现出其他人的面庞。那些被他们追踪，并且在他的助力下落入法网的人，过程远不如电影里的追逐战那么刺激。现实中的追捕，靠的是可行的方法、严格的纪律、周密的部署；靠的是办公室里五十年如一日不屈不挠地从海量文件中搜寻蛛丝马迹；靠的是核查身份信息、消费记录、旅程行踪，调查嫌疑人可能藏身的城市。让他们一个接一个落网，确保他们为过往的罪孽受到应有的惩罚，无论那罪行距今多么久远。他们将一个不剩地被绳之以法，他坚信这点。逍遥法外的罪人还有那么多，而且越来越多的人先后死去，可是比起声名扫地地死在监狱里，他们竟得以安享天年、寿终正寝，而不必为他们的所作所为付出代价。这正是驱使阿克塞尔前行的动力，令他永不放弃的动力。阿克塞尔怔怔地望着窗外。他明白，这是他的心魔。他的工作排斥了一切。只有不停忙碌才能让他摆脱不愿重温的回忆。

　　他转过身。门铃在响。一时间他还难以从眼前闪现的那些面孔中挣脱出来。然后他使劲眨了眨眼，才定神去开门。

　　"噢，是你们。"出现在阿克塞尔面前的是波拉和马丁。他顿觉心力交瘁。有时候，这个案子好像永远没有尽头。

　　"能不能进去和你谈几分钟？"马丁和善地问。

　　"没问题，请进。"阿克塞尔把他们请到阳台上。

　　"有消息吗？对了，我听说布丽塔的事了。真可怕。前两天我刚见过她和赫尔曼，实在想不到赫尔曼会……"阿克塞尔连连摇头。

　　"是啊，悲剧。"波拉说，"不过我们不想仓促下结论。"

　　"但我听说赫尔曼已经认罪了。是真的吗？"阿克塞尔问道。

　　"嗯，没错，"马丁稍显犹豫，"但在他能接受讯问之前……"他两手一摊，"其实正因如此我们才来找你。"

　　"好吧，可我没明白我能帮什么忙。"

　　"我们查看了从布丽塔和赫尔曼家拨出的电话，你家的号码出现了三次。"

"嗯,至少我还记得一次。赫尔曼前几天打电话来请我去看看布丽塔。我们很多很多年没联系了,所以我有点意外。但去了以后才发现,她得了老年痴呆症,很不幸。赫尔曼似乎想让她见见老朋友,也许能起到作用。"

"所以你才去他们家?"波拉仔细地打量着他,"好让布丽塔见见老朋友?"

"是啊。起码赫尔曼是这么说的。当然,以前我和布丽塔也不算太熟,其实她是我弟弟埃里克的朋友。但这也无所谓,都这把年纪了,能和故人聊几句,总是很愉快的。"

"那你去了以后是什么情况?"马丁倾身向前。

"本来她头脑还很清醒,我们聊了聊往事。可没多久她就糊涂了,哎,我也不便久留,只好告辞。很惨,她的病情太严重。"

"六月初那几次电话呢?"马丁看了看笔记,"第一次是从你家打到他们家,第二次是布丽塔或者赫尔曼打过来,第三次也是他们家打来的。"

阿克塞尔摇摇头。"我不知道。他们应该是找埃里克吧。想必原因也差不多。如果布丽塔要寻回记忆,她想见埃里克自然更合理。我说过,他们以前是朋友。"

"但最早那次通话是从你家打过去的,"马丁仍有疑问,"你知道埃里克打电话给他们会是什么原因呢?"

"我之前也说过,我们兄弟虽然住在一个屋檐下,但彼此互不干涉。我不清楚埃里克为什么要和布丽塔联系。说不定他也想重叙友情。人呐,老了以后就有点古怪。陈年旧事突然就变得迫在眉睫。"

话音刚落,阿克塞尔就发现这句话有多么正确。从前那些对他冷嘲热讽的人又朝他蹦过来。他握紧椅子的扶手。现在可不能允许自己被压倒。

"所以你认为是埃里克念旧,想和他们见面?"马丁怀疑地问。

"我说过,"阿克塞尔握着扶手的力道松了些,再次重申,"我一点头绪也没有。但这应该是最合逻辑的解释。"

马丁和波拉对视一眼。看来不太可能更进一步了。但马丁仍隐隐感到，他手中的蛛丝马迹，其实只是冰山一角。

他们离开后，阿克塞尔又回到窗前，先前那些面孔开始在他眼前跃动。

"嗨，查资料还顺利吧？"见艾丽卡从前门进来，帕特里克笑着招呼。

"呃……我……其实没去图书馆。"艾丽卡神色怪异。

"那你去哪儿了？"帕特里克问。吃完午饭后，玛雅午睡去了，他在洗碗。

"去找克里斯蒂娜了。"艾丽卡边说边走进厨房。

"哪个克里斯蒂娜？喔，你是说我妈？"帕特里克吃了一惊。"为什么？我最好检查一下你发烧了没有。"帕特里克走过来按着艾丽卡的额头，却被她挡开了。

"嘿，也没那么奇怪好不好。再怎么说她也是我婆婆呀。我抽空去看看她，有什么不对？"

"好吧，好吧，"帕特里克大笑，"是我不对。你找我妈做什么？"

艾丽卡将自己在图书馆外的灵光一闪告诉了他：还有一个人也认识年轻时的埃尔西。然后她又描述了克里斯蒂娜不自然的反应，以及埃尔西爱上从德军魔掌下逃出的挪威人这一往事。"但她不愿多说，"艾丽卡有些泄气，"也可能她只知道这些而已。我拿不准。不过汉斯·奥拉夫森似乎是抛弃了妈妈。他离开了夫雅巴卡，按克里斯蒂娜的说法，埃尔西告诉她汉斯回挪威去了。"

"那你现在打算怎么办？"帕特里克将吃剩的午餐放进冰箱。

"当然是继续调查这个人。"艾丽卡走向客厅，"对了，我们邀请克里斯蒂娜星期天过来吧，这样她可以陪陪玛雅。"

"现在我敢肯定你一定发高烧了。"帕特里克笑道，"也好，过一会儿我打电话给妈妈，问她要不要星期天来喝咖啡。不过她可能来不了，你又不是不知道，她每天都很忙。"

"嗯。"听着艾丽卡在客厅里怪怪地应了一声,帕特里克摇摇头。女人呐,他永远都读不懂。但也许她们本来就这样。

"这是什么?"艾丽卡召唤他。

帕特里克循声而去,只见她正指着咖啡桌上的文件夹,帕特里克顿时想狠踹自己一脚,居然没在她回家之前把东西藏起来。但凭着他对妻子的了解,现在肯定瞒不下去。

"埃里克·弗兰科尔命案的全部调查材料,"他竖起手指正色说,"不管你碰巧看见了什么,都不能透露给任何人,好吗?"

"好,好,"艾丽卡不禁莞尔,像赶苍蝇似地挥手把他轰走。然后她坐进沙发,开始翻阅这叠文件和照片。

她花了一小时看完文件夹里的全部材料,然后又从头看。帕特里克偷偷过来观察了她好几次,但没有惊动她,而是坐下来读早报,先前他一直没空。

"你们掌握的物证不够啊。"艾丽卡的指尖在法医报告的行间逡巡。

"少得可怜。"帕特里克放下报纸,"除了埃里克、阿克塞尔和发现尸体的两个男孩,书房里没有别人的指纹。似乎也没丢东西,鞋印也只是这几个人的。凶器在书桌底下,凶手使用的是本来就在现场的东西。"

"说明不是有预谋的凶杀,更像一时冲动犯案。"艾丽卡若有所思。

"没错。当然,除非有人事先知道窗台上有尊石像。"两天前就钻进帕特里克脑子里的一个念头又冒了出来,"你再说说,你带勋章去找埃里克·弗兰科尔具体是哪一天?"

"为什么问这个?"听起来艾丽卡还在老远的地方神游。

"我也不清楚,也许没什么要紧,但最好确认一下。"

"是我们带玛雅去野生动物园的前一天,"艾丽卡仍在浏览文件,"去动物园是六月三号吧?那么我去找埃里克是六月二号。"

"你问出勋章的事了吗?当你面他说过什么吗?"

"如果说过,当时一回家我就告诉你了。"艾丽卡答道,"他只说还要再查一下,然后通知我。"

"所以你现在还不知道那枚纳粹勋章是怎么回事?"

"嗯,"艾丽卡心事重重地看了看帕特里克,"不过我一定要查清楚。我在考虑明天该从哪里入手。"她的注意力又转回文件夹中,注视着凶案现场的照片。她举起最上面那张,眯起眼。

"这不可能……"她低声念叨,然后起身上楼去了。

"怎么了?"帕特里克问道,但艾丽卡没回答。过了片刻,她回来了,手里拿着一个放大镜。

"你要干什么?"帕特里克追问,从报纸上方窥视妻子。

"还不确定,也许没什么特别,不过……好像有人在埃里克书桌上的便笺簿里写了些什么。可我看不出……"她俯身凑近照片,将放大镜对准一小块白色的区域,那是照片里的便笺簿。

"好像写的是……"她又眯起眼,"我觉得是'Ignoto Militi'。"

"是吗?那到底是什么意思?"帕特里克说。

"不知道。我猜和军队有关。也许不代表什么,只是随手乱写而已。"艾丽卡好像有点失望。

"艾丽卡……"帕特里克放下报纸,歪着头,"马丁把文件夹拿来时,我和他讨论了一下。他请我帮个忙。"好吧,其实是他主动提出帮忙的,但这就不必告诉艾丽卡了。他清清嗓子,又说:"他拜托我去查查一个住在哥德堡的人,那人定期收到埃里克·弗兰科尔的汇款,每月一笔,持续了五十年。"

"五十年?"艾丽卡眉毛一扬,"他五十年来一直给人汇款?为什么?勒索?"这一消息无疑令她大为兴奋。

"没人知道。也许没什么内幕,不过……嗯,马丁想请我去哥德堡查一查。"

"没问题,我和你一起去。"艾丽卡十分热心地表示。

帕特里克瞪大了眼。这一答复大大出乎他的意料。

"呃,这个嘛,我看……"他吞吞吐吐,搜肠刮肚地琢磨不该带妻子同往的理由。但只是例行调查,检查一些银行记录而已,按理不至于出什么问题。

"行,好吧,一起去。结束以后我们还可以顺便去洛塔家坐坐,让玛雅和表哥表姐玩玩。"

"太好了。"艾丽卡很喜欢帕特里克的姐姐。"说不定在哥德堡还有对勋章有了解的人。"

"有可能。你下午打几个电话问问,看看能不能找人咨询一下。"帕特里克举起报纸继续读。玛雅醒来之前的这点时间可得好好利用。

艾丽卡则举起放大镜,又看了看埃里克书桌上的便笺簿。Ignoto Militi。她的潜意识中似有什么东西蠢蠢欲动。

这次他跟上拍子只用了半小时。

"很好,伯蒂尔,"丽塔颇为欣赏,又轻轻握了握他的手,"我能感觉出来,你渐渐融入旋律了。"

"还不错吧,哈?"梅尔贝里谦虚地表示,"我一直都有跳舞的天赋。"

"的确,"丽塔挤了挤眼,"我听说你昨天陪乔安娜喝咖啡来着。"她抬起头,微笑着望向他。除了迷人,丽塔身上还有其他吸引他的特质。他个子并不高,但在娇小的丽塔面前,觉得自己像个巨人。

"只是刚好散步经过你住的公寓区……"梅尔贝里有点难为情,"然后就看到乔安娜,她邀我上来喝杯咖啡。"

"啊,是这样。刚好经过。"丽塔笑了,两人随着萨尔萨音乐翩翩起舞,"真遗憾,你路过的时候我不在家。不过乔安娜说你们聊得很开心。"

"是啊,她真可爱。"梅尔贝里又想起了胎儿的小脚踢在掌心的感觉,"特别可爱的姑娘。"

"她们很不容易,"丽塔叹道,"一开始我也很难接受。但早在波拉带乔安娜回来见我以前,我就心里有数了。她们在一起差不多十年了,唔,不瞒你说,没有其他人比乔安娜更适合波拉。她们是完美的一对,尽管两人都是女的,也不要紧。"

"可是在斯德哥尔摩肯定更容易些吧,我是指被周围的人接纳,"梅尔贝里谨慎地说。紧接着他就踩了丽塔的脚,便骂了自己一声。"我是说,在斯德哥尔摩这种情况相对多一些。我看电视的时候,有时觉得斯德哥尔摩每个人都是同性恋。"

"喔,不敢苟同,"丽塔笑道,"不过搬来这里的时候,我们确实有点紧张。说实话,我是又惊又喜。她们俩到目前为止也都很顺利,说不定只是人们还没发现。反正车到山前必有路。不然她们该怎么办?分开住?不能搬去想去的地方?不,有些时候,人就得敢于冲向未知。"她忽然面露哀伤,目光仿佛投向梅尔贝里肩后很远的地方。梅尔贝里猜出了她的心思。

"很艰难吧?背井离乡?"他小心翼翼地问,自己也惊愕地发现,他是真心想了解。通常他都会避开敏感问题,或者只在别人等着他发问的情况下才问,至于对方怎么回答,他并不关心。但此刻,他真想听听她会怎么说。

"也难,也容易。"从丽塔漆黑的双眸中可以看出,她所经历的一切,甚至是他无从想象的。

"离开变化后的祖国很容易,但离开往昔的祖国很难。"一时间,她忘却了舞步的节拍,怔怔地站着,双手还和梅尔贝里握在一起。随即,她目光一闪,抽回手使劲拍了几下。

"好,现在我们开始学下一种步法——旋转。伯蒂尔,配合我演示一下。"她又牵起梅尔贝里的手,慢慢教他要怎样带着她在他手臂下旋转。这个动作不容易,梅尔贝里的四肢像是打了结似的。但丽塔颇有耐心,教了一遍又一遍,直到梅尔贝里和其他学员都掌握为止。

"没问题的。"她抬头望着梅尔贝里。他不知她说的是跳舞,还是另有所指。他希望是后者。

天色渐暗。赫尔曼只要一动弹,病床上的床单就稍会发皱,所以他尽量安安静静地躺着。他喜欢绝对的静寂。他控制不了屋外那些声音——说话声、走路声、托盘碰撞的叮当声。但在屋里,要多安静就有多安静。床单的窸窣作响并不会打破静谧。

赫尔曼凝望着窗外。夜幕降临,玻璃上渐渐映出他的影子。这个僵卧病床上的人多么可怜:瘦小、阴郁、身穿白色病号服,头发稀少,满脸皱纹。是布丽塔给了他力量,给了他自尊,给了他生活的意义。而现在她走了,都是他的错。

女儿们今天来看过他,无微不至地照顾他,拥抱他,用焦虑的眼神盯着他,用担忧的语气和他聊天。可他连多看她们几眼的力气也没有。他害怕她们看出他双眼中的罪恶,看出他所做的一切,以及造成的后果。

他们将那个秘密保守了很久很久。他和布丽塔。他们分担、掩盖、赎罪,至少他是这么想的。但布丽塔得病后,她的防线渐渐崩溃,有次在她清醒的时候,赫尔曼意识到,再怎么赎罪也没有希望了。总有一天,人会被时间和命运追上。

他杀了布丽塔。他们为什么不相信?他理解,他们会找他谈话,向他提问,百般质疑。他们为什么就是不肯接受现实呢?

他杀了布丽塔。现在他一无所有了。

"你知道这个人是谁吗?埃里克为什么多年来一直给他汇款?"在去哥德堡的路上,艾丽卡问道。玛雅打扮得漂漂亮亮坐在后座上。他们八点半离家,才刚十点就即将进入哥德堡市区了。

"不知道,我们唯一掌握的就是你看到的那些信息。"帕特里克朝艾丽卡摊在腿上的那个塑料文件夹努努嘴。

"威尔赫姆·弗莱登,哥德堡市瓦萨大街三十八号,出生于一九二四年十月三日。"艾丽卡大声读道。

"仅此而已。昨晚我和马丁简单讨论了几句,他没发现这人和夫雅巴卡有什么关联,也没有犯罪前科。什么都没有。所以只好走一步看一步,见机行事。对了,你和那人约谈勋章的问题,定在什么时间?"

"中午,在他的古玩店。"艾丽卡摸摸放着勋章的口袋,勋章包在一块软布里面。

"我找威尔赫姆·弗莱登问话时,你和玛雅是待在车里,还是去周围转转?"帕特里克把车停在瓦萨大街的一个停车位。

"什么意思?"艾丽卡好像受了侮辱,"我当然跟你去啊。"

"不妥吧,玛雅怎么办?"帕特里克十分尴尬,就算他再迟钝,也能猜到这番对话会如何发展和如何结束。

"既然你能带她去杀人现场和警局,那她跟我们去和一个八十多岁的老人谈话又算什么。"艾丽卡的语气明摆着没有商量余地。

"好吧。"帕特里克叹道。他被打败了。

这座旧公寓楼建于世纪之交,样子很旧,他们按响三楼一间公寓的门铃,来开门的人六十多岁,疑惑地打量着他们。

"你们是?有什么事吗?"

帕特里克掏出警官证。"我是帕特里克·赫斯特罗姆,来自塔努姆市警局。我想找一位名叫威尔赫姆·弗莱登的人问几个问题。"

"是谁啊?"屋里传出一个微弱的女声。男人扭头喊道:"是警察,他们想问和爸爸有关的事!"

他转向帕特里克:"我真想不出警察怎么会对爸爸感兴趣,请进吧。"他闪过一旁请他们进屋,接着看见艾丽卡怀中的玛雅,顿时诧异地扬起眉毛。

"原来现在的警察也要从小培养啊。"他打趣道。

帕特里克不好意思地笑了。"这是我妻子,艾丽卡·菲尔克,还有我们的女儿玛雅。她们……呃……因为一些私人原因,我妻子也很关注我们正在调查的案件,而且……"他停住了。警官拖家带口上门调查,还真不知怎么解释才妥当。

"抱歉,我应该先自我介绍。我是格兰·弗莱登,你要问的人是我父亲。"

帕特里克好奇地端详着他。格兰·弗莱登中等身材,花白的头发微微拳曲,一双蓝眼睛透着和气。

"你父亲在家吗?"帕特里克边跟随格兰走进走廊边问。

"如果你想找我父亲问话,怕是来晚了。他两星期前刚去世。"

"噢。"帕特里克一惊。这在他意料之外。根据之前了解的情况,他以为威尔赫姆·弗莱登虽年事已高,但尚在人世,因为官方的死亡人口名单中没有他；但这无疑是因为他刚去世不久。众所周知，官方登记信息的更新需要时间。帕特里克不免大失所望。难道他凭直觉认定极为重要的这条线索，就这么断了？

"不过，如果你愿意，可以和我母亲聊聊。"格兰将他们领进客厅，"虽然还不清楚是什么事，但你不妨说说，也许她能帮上忙。"

一个矮小、瘦弱、满头白发的老太太从沙发上站起来。她上前与他们握手，举手投足间依然颇有魅力。

"玛莎·弗莱登。"她疑惑地端详着帕特里克一家，一见玛雅，顿时喜笑颜开。"嗨！哇，多可爱的小宝宝！叫什么名字？"

"玛雅。"艾丽卡自豪地答道，立刻对玛莎·弗莱登心生好感。

"嗨，玛雅。"玛莎轻轻拍了拍玛雅的小脸蛋，玛雅开心地手舞足蹈，然后看见沙发上摆着的一个旧娃娃，立刻踢着小脚要下去。

"不行，玛雅。"艾丽卡严肃地说，让女儿别乱动。

"没关系，让她看看。"玛莎摆摆手，"这里的东西让她随便玩，不要紧。威尔赫姆走了以后，我就明白人一死什么都带不走。"她面露哀伤，格兰紧靠过来，揽住她的肩膀。

"坐吧，妈妈，我去给客人泡咖啡，你和他们好好聊聊。"

玛莎望着儿子走向厨房的背影。"是个好孩子。"她说，"我尽量不给他添麻烦。孩子们应该过自己的生活。但这孩子有时太善良了。威尔赫姆很为他骄傲。"一时间，她似乎沉浸于回忆中，但很快便转向帕特里克。

"为什么警察想找我家威尔赫姆？"

帕特里克清清嗓子，如履薄冰。或许他的话将引出这位可亲的老太太不愿知道的许多内幕。但他别无选择。他迟疑着说：

"嗯，是这样，我们正在调查夫雅巴卡北边发生的一起谋杀案。我是塔努姆市警局的，夫雅巴卡属于塔努姆警区的管辖范围。"

"天呐，谋杀？"玛莎皱着眉。

"对，死者名叫埃里克·弗兰科尔，"帕特里克略一停顿，观察这个名字会不会引起什么反应。但看样子玛莎并无印象。

"埃里克·弗兰科尔？没听说过。他和威尔赫姆有关系吗？"她倾身向前，颇感兴趣。

"啊……呃，是这样，"帕特里克犹豫着，"差不多五十年来，这位埃里克·弗兰科尔每月都付款给威尔赫姆·弗莱登，也就是你的丈夫。我们自然很想弄清他这么做的原因，以及这两人之间是什么关系。"

"威尔赫姆……从夫雅巴卡一个名叫埃里克·弗兰科尔的人那里拿钱？"玛莎的震惊不像是装出来的。这时格兰端着咖啡杯回来了。"什么情况？"他用目光询问众人。

他的母亲答道："警官说有个被谋杀的人，埃里克·弗兰科尔，生前每月都给你爸汇款，坚持了五十年。"

"你说什么？"格兰边坐到母亲身旁，边惊呼道，"给爸爸汇款？为什么？"

"嗯，我们也想查清楚，"帕特里克说，"本来还指望由威尔赫姆本人来替我们解惑呢。"

"娃娃。"玛雅开心地举着旧娃娃给玛莎看。

"对，是娃娃，"玛莎微笑着，"是我小时候的玩具。"

玛雅轻轻地把娃娃搂进怀里，玛莎目不转睛地看着她。

"多可爱的孩子。"她说。艾丽卡忙不迭地点头称是。

"一共有多少钱？"格兰盯着帕特里克。

"不算多，过去这几年每月两千克朗。不过总体上金额是逐渐增加的，显然也将通货膨胀考虑在内。所以，虽然具体数额有变化，但实际价值比较固定。"

"怎么从没听爸爸说过？"格兰问他的母亲。玛莎摇了摇头。

"孩子，我也不知道。威尔赫姆和我从不讨论钱的事。他管钱，我管家务，我们这代人大都如此，分担家庭的责任。多亏了你，格兰，不然那些银行账户、贷款之类的，肯定会把我弄得稀里糊涂。"她握紧儿子的手。

"妈妈，一家人还说什么两家话。"

"方不方便让我们了解一下你们家的经济状况？"帕特里克有点底气

不足。他本来希望通过每月那笔古怪的汇款一举解开全部谜团,但现在看来线索又断了。

"文件不在家里,都由我们的律师保管,"格兰略带歉意地说,"我可以请他们复印后给你们寄去。"

"太感谢了。"帕特里克重又燃起希望,说不定还有机会。

"哎呀,不好意思,我都忘了咖啡了。"格兰边说边站起来。

"我们得告辞了,"帕特里克看了看手表,"不用麻烦了。"

"没帮上忙,真对不起。"玛莎歪着头,朝帕特里克笑了笑。

"没关系,办事难免有周折。对了,请务必节哀顺变。"帕特里克说,"家里刚刚……我们就跑来打扰,实在是……哎,我们也没想到……"

"没关系,孩子,"玛莎连连摆手,"我非常了解我家威尔赫姆,无论那些汇款的原因是什么,我可以保证,绝对和违法或不道德的勾当无关。所以你们想问什么都不要紧,格兰刚才也说了,我们会和律师打个招呼,把文件寄给你们。只是我自己没帮上忙,挺过意不去的。"

大家都起身走进走廊。玛雅仍然把娃娃搂在胸前。

"玛雅,宝贝,娃娃可不能带走。"料到玛雅免不了哭闹一场,艾丽卡提前板起脸。

"娃娃就送给宝宝吧,"玛莎走过来摸摸玛雅的小脑袋,"我刚才说了,人一死什么都带不走。而且我这把年纪,也不玩娃娃了。"

"真的吗?"艾丽卡结结巴巴地,"娃娃这么旧,你肯定有很多回忆……"

"回忆都储存在这儿呢,"玛莎敲敲额头,"和身外之物没关系。知道又有小姑娘陪格蕾塔玩耍,我高兴还来不及呢。这可怜的娃娃天天和一个老太婆坐在沙发上,肯定也腻烦透顶。"

"好吧,谢谢,太感谢了。"艾丽卡很感动,差点没忍住眼泪,只得频频眨眼。

"不客气。"玛莎又摸摸玛雅的头,和儿子把帕特里克一家送到门口。

门关上之前,艾丽卡和帕特里克看见格兰温柔地揽住母亲的肩膀,吻了吻她的额头。

马丁在家坐立不安，来回踱步。皮娅去上班了，公寓里只剩他自己，他没法不考虑案情。由于帕特里克休假，他的责任感仿佛增长了十倍，而且他对自己能否完成任务也心里没底。

他陷入沉思，从一个房间踱到另一个房间。对工作的不自信因而被放大了，他即将面临一生中最大的挑战，而且他同样不知道自己能否担起新的责任。如果他不够格，该怎么办？如果他无法应对一个父亲的职责，该怎么办？如果，如果……各种念头在他脑中转得越来越快，最后他感到一定得找些事情干，不然非发疯不可。他抓起外套，钻进汽车，往南开去。起初他也不知道要去哪里，快到格雷贝斯泰德时，才渐渐有了主意。是那通从布丽塔和赫尔曼家打给弗朗斯·林霍尔姆的电话让他心神不宁。这两起命案的关系人几乎都一样，虽然案情貌似互不相关，但马丁隐隐有预感，两个案子一定会在某一点交汇。六月，埃里克死前，赫尔曼或布丽塔为什么要打电话给弗朗斯？清单显示，他们只有一次通话，时间是六月四号。通话时间不长，两分三十三秒。马丁记得清清楚楚。他们为什么联络弗朗斯？真是阿克塞尔说的那么简单吗——病重的布丽塔想重叙友情？所以才和据说已六十年没来往的老朋友联系？大脑当然可以作弄人，可是……不，其中一定另有文章。他百思不得其解。除非查个水落石出，他绝不罢休。

弗朗斯正准备出门，在公寓门口撞见了马丁。

"今天有什么事？"他礼貌地问。

"只想补充几个问题。"

"我正要出去散步。如果有话要说，就一起来吧。我散步的习惯是雷打不动的，所以才能保持身材。他边说边往海边的方向走去，马丁跟了上去。

"你不在乎被别人看见和警察一起？"马丁撇嘴一笑。

"我大半辈子都在坐牢，早就习惯和你们这些人为伍了。"弗朗斯眼中闪现笑意，"好吧，你想问什么？"所有风趣的神色霎时一扫而空。马丁几乎要小跑才能跟上。这老家伙腿脚真快。

"不知你听说了没有,夫雅巴卡又发生了一起谋杀案。"

弗朗斯的脚步放慢了,但又加快步伐。"不,不知道。是谁?"

"布丽塔·约翰松。"马丁凝视着他。

"布丽塔?"弗朗斯扭头看着马丁。"怎么死的?凶手是谁?"

"她的丈夫认罪了,但我仍有保留。"

弗朗斯吃了一惊。"赫尔曼?可是为什么?我不信。"

"你认识赫尔曼?"马丁尽量不表现出有多重视弗朗斯的答案。

"也不算认识,"弗朗斯摇摇头,"其实只见过他一次。六月时他打电话给我,说布丽塔病了,想见我。"

"不觉得有点奇怪吗?你们六十年没见面了。"马丁的语气显示出他对弗朗斯的说辞相当怀疑。

"啊,我当然很意外,但赫尔曼解释说布丽塔患的是老年痴呆症,得了这种病,病人很容易丧失过去的记忆,念起故人对他们来说很重要。何况我们确实是一起长大的,你知道,还有其他几个朋友。"

"其他几个朋友是……?"

"我、布丽塔、埃里克、还有埃尔西·莫斯特罗姆。"

"而在过去两个月里,其中两人都死于谋杀。"马丁气喘吁吁地快步跟上弗朗斯,"难道这是离奇的巧合?"

弗朗斯遥望着地平线。"等你到了我这个年纪,对种种离奇的巧合司空见惯之后就会知道,巧合出现的几率很高。何况你都说她丈夫已经认罪了。你是否认为他也是杀害埃里克的凶手?"弗朗斯瞥了马丁一眼。

"我们暂时不便下结论。但四位密友之中,短短时间内就有两人遇害,不能不令我格外关注。"

"我说了,离奇的巧合其实并不离奇,造化弄人,难免偶然。"

"这话出自一个半生牢狱的人之口,很有哲学意味。难道你几次坐牢也是拜偶然和命运所赐?"马丁的语气略显刻薄,他得时时提醒自己,不要掺杂个人情感。但这个星期他亲眼看见弗朗斯·林霍尔姆所代表的那些人对波拉造成了多大影响,他的厌恶之情很难隐藏。

"那和偶然、命运无关。我选择那条路的时候,已经是成年人,可以自己做决定。当然,事后我也可以说本来不敢做这个那个……本来该选择另一条路。"弗朗斯停下来,转身对着马丁,"但生活其实没给我们那种机会,不是吗?"他又继续往前走,"没有未卜先知的机会,选择了就无法回头。我的人生是自己选择的,代价也由我承担。"

"那你的政治立场?也是自己选择的?"马丁的好奇心被勾起来了。

弗朗斯很久没答话。他似乎将此视为非常严肃的问题,正在斟酌答案。

"我支持我所代表的政治立场。我明白这种立场与社会有些不协调,在我看来,这正是问题所在。我认为自己有义务拿出解决方案。"

"但将问题全部归咎于外国移民……"马丁连连摇头,他完全无法理解这种思维方式。

"你的错误在于,将人视为单一个体,"弗朗斯冷冷答道,"这不对,我们都是某个集体的成员,某个社会共同体的成员。而这些集体为了在社会等级、世界秩序中占据一席之地,总会彼此争斗。可能你并不希望如此,但事实没你想得那么美好。即便如此,我也没有动用暴力保卫我的领地,我只是弱肉强食的幸存者,而最终我会是世界秩序中的胜利者。历史总是由胜利者来书写的。"

弗朗斯沉默了,又望向马丁。虽然疾步行走让马丁出了一身汗,他还是禁不住一阵哆嗦。马丁从来都坚信,只要通过辩论晓之以理,最终总能触到对方的内心,总能予以改变。但从弗朗斯眼中,他看见的是被愤怒和仇恨野蛮地包裹着的内心,恐怕永远也无法触及。

夫雅巴卡,一九四四年

"太可笑了,"维尔戈特又拿了一块熏鲭鱼,"太可笑了,波蒂。"

波蒂一声不吭,只是低着头,松了口气。只要丈夫心情好,对她态度还不错,她就感激不尽了。

"记好了,小子,"他用叉子指点弗朗斯,"等你打算结婚的时候,一定要挑菜做得好、床上功夫好的姑娘!"维尔戈特放声大笑,嘴里那条舌头特别醒目。

"维尔戈特!"波蒂看了看他,却不敢再多说一句。

"得了吧,让这小子多学着点有什么不好,"维尔戈特舀了一大勺土豆泥,"对了,弗朗斯,今天你该为你老爸骄傲。我接到哥德堡打来的电话,叫罗森堡的那个犹太人开的公司倒闭了,我这几天没白抢他们生意。怎么样?值得庆祝吧!对他们就得用这种手段。让他们投降,一个接一个,让他们做不成生意,拿鞭子狠狠抽他们!"他笑得太厉害,肚皮上下抖动。熏鱼上的黄油从嘴角流出来,在腮边闪着光。

"这年头要他养家口肯定不容易。"波蒂实在忍不住了。但话音刚落她就意识到说错话了。

"亲爱的,你说这话是脑子烧坏了吗?"维尔戈特故作和善地将刀叉放到盘子旁边,"既然你这么同情那些人,我很想弄清楚你的观点是从哪里来的。"

"没什么,我也就随便说说。"波蒂低头盯着双腿,寄望于这种屈服的姿态能挽回局面。但维尔戈特眼中精光一闪,所有的注意力都集中到妻子身上了。

"不不不,你吊足了我的胃口。来吧,说说看。"

弗朗斯来回看着父母亲,肚子里开始打结。

波蒂艰难地吞咽了几下,紧张地开口时,声音有点颤抖:"我只是想到他的家人。这年头要找个新饭碗肯定很难。"

"我们说的是个犹太人啊,波蒂,"维尔戈特的话中充满警告意味,他的语速很慢,就像在教育小孩。正是这种语气,让他的妻子有了反应。

她抬起头,稍有些挑战的意思:"犹太人也是人,他们的孩子也要吃饭,和我们一样。"

弗朗斯只觉腹中的结越来越大。他真想朝妈妈尖叫,要她赶紧闭嘴,别和爸爸这样说话,否则一定没有好下场。突然之间,他对妈妈产生了一种无端的恨意。她怎会蠢到这种地步？难道她还不明白，挑战维尔戈特的权威只能倒大霉？一想到这一丁点火星即将点燃火药桶，弗朗斯不禁哆嗦了一下。

起初，房里鸦雀无声。维尔戈特瞪着妻子，仿佛还没理解她的话。他脖子上爆出一条青筋，弗朗斯看见他双手攥成了拳头。弗朗斯想逃，一跃而起，撒腿冲出去，直到再也跑不动为止。然而他的身体却像被胶水粘在椅子上似的，丝毫动弹不得。

火药桶爆炸了。维尔戈特一拳打在波蒂的下巴上。她整个人往后撞去，椅子翻倒，随着一声闷响，她重重摔在地上。她疼得直喘气，那声音对弗朗斯来说太熟悉了，仿佛在他骨髓里回响。但他的感受与其说是同情，更多的不如说是恼怒。她怎么就不能老老实实闭嘴呢？为什么要逼着他目睹这一幕？

"原来你喜欢犹太人啊。是这样吗？"维尔戈特站起身。"回答我！你是不是喜欢犹太人？"

波蒂好容易才翻过身，四肢着地，上气不接下气。

"婊子养的！和犹太人乱搞的臭婊子！"维尔戈特唾沫横飞。弗朗斯看见父亲居然一脸享受。维尔戈特瞄准之后又踹了波蒂一脚，污言秽语绵绵不绝。然后他看着弗朗斯，神色激动不已，弗朗斯太熟悉这种表情了。

"好了，小子，现在我来教你怎么对付臭婊子。她们只听得懂这种语言。好好学着点。"他喘着粗气，解开皮带和裤子，两眼直勾勾盯着弗朗斯。随即他上前几步，追上刚刚爬出几码远的波蒂，一手揪住她的头发，一手掀起她的裙子。

"别，别当着……弗朗斯……的面。"她苦苦哀求。

维尔戈特只是放声狂笑，把她的脑袋往后一掰，伴随一声粗重的呻吟，猛地进入她的身体。

弗朗斯腹中的虬结顿时凝成一大块又冷又硬的憎恨。当着他的面，母亲四肢跪地，被父亲肆意侵入。她扭过头，与他四目相对时，弗朗斯明白，他要想活下去，唯一的办法就是扼住那股恨意。

16

  整个星期六上午克耶尔都待在办公室。比艾塔带孩子们去探望她父母,正好给了他着手调查汉斯·奥拉夫森的机会。到目前为止,仍一无所获。当时叫这个名字的挪威人很多,如果找不出筛选的条件,几乎不可能锁定目标。

  他将埃里克给他的那些文章读了好几遍,却没发现可供进一步调查的具体线索;最令他吃惊的是,怎么也想不通埃里克究竟要让他看什么。他对汉斯·奥拉夫森的了解仅限于:此人在二战期间是挪威抵抗运动成员。现在的问题是如何以此为起点继续深入?他甚至考虑过找父亲谈谈,问问他知不知道这个挪威人的更多情况;但他立刻打消了这一念头。他宁可多花上百个小时在档案里大海捞针,也不想向父亲求援。

  档案。他心里一动。参与挪威抗战运动的人员有没有被记录在案?关于这一课题的资料肯定很多,很可能有人已进行过研究和梳理,总会有人去做的。

  他打开电脑上的 IE 浏览器,用不同的词组搜索了几次,终于有所斩获。一个名叫爱斯基尔·哈尔沃森的作者,以二战期间的挪威为题材写了好几本书,重点关注的正是抵抗运动。这就是他要找的人。克耶尔在网上查找挪威的电话号码,很快边查到了爱斯基尔·哈尔沃森的联络方式。他拿起电话输入号码,却忘了输入挪威的国家代码,只得从头再来。

焦急地等待了几秒钟后,终于有人接听了。克耶尔先自报家门,解释说他想调查一个名叫汉斯·奥拉夫森的人,此人在二战期间参与了抵抗运动,并因此被迫逃亡瑞典。

"您不记得叫这个名字的人?"克耶尔失望地在便笺上画着圈。他还满心希望当即就能抓到线索呢。

"对,我知道抵抗运动有几千人,但有没有哪怕一丁点儿可能性……"

他听着对方滔滔不绝地介绍抵抗运动的内部组织架构,一边心急火燎地在便笺上随手乱涂。

"有没有什么档案收录了所有抵抗运动成员的姓名?"

"好的,所以有一些文件……能否麻烦您帮我查一查,看看有没有汉斯·奥拉夫森的资料,现在他可能在什么地方?太感谢了。对了,他是一九四四年来到瑞典夫雅巴卡的,供您参考。"

克耶尔挂了电话,喜上眉梢。他未必能拿到期待的信息,但他坚信,如果这世上还有谁能挖出汉斯·奥拉夫森的蛛丝马迹,必定非刚才通话的这人莫属。

与此同时,他也得采取一些行动。夫雅巴卡图书馆说不定也能找出与这挪威人有关的更多资料。至少值得一试。他看了看表,如果现在出发,还能赶在图书馆关门前到达。他抓起外套,关掉电脑,离开办公室。

几百里外,爱斯基尔·哈尔沃森已经开始查找与名叫汉斯·奥拉夫森的抵抗组织成员有关的信息。

玛雅被抱进车里时,还紧紧搂着娃娃。老太太的礼物令艾丽卡深受感动,玛雅对娃娃爱不释手的模样更令人怜爱。

"多好的老太太啊。"她对帕特里克说。而帕特里克只顾得上点点头,专心在哥德堡的车流中左冲右突。不少街道都只能单向行驶,别处难得一见的有轨电车叮叮当当地唱着歌。

"哪儿能停车呢?"帕特里克东张西望。

"那边有个车位。"艾丽卡指了指。帕特里克把车开过去停好。

"你和玛雅最好别陪我去了，"艾丽卡从行李厢拿出手推车，"孩子太小，爱东摸西摸的，不适合进古玩店。"

"有道理。"帕特里克把玛雅放进手推车，"我们去附近逛逛。回头你可得把情况一五一十告诉我。"

"那当然，我保证。"艾丽卡挥手向玛雅道别，按电话里得到的地址找去。古玩店在嘉德海登区，很容易就找到了。她进门时，响过一阵铃声，一个留着光滑胡须的瘦小男人掀开门帘走了出来。

"请问需要什么？"他礼貌地问，带有几分期待。

"嗨，我是艾丽卡·菲尔克，之前我们通过电话。"她上前伸出手。

"幸会。"对方吻了吻她的手。艾丽卡颇为吃惊，她不记得上次接受吻手礼是什么时候，可能从来没有过。

"你手头有一枚勋章，想进一步研究，是吗？请进来坐，让我看看东西。"他掀起帘子，请艾丽卡入内，艾丽卡稍稍低头才钻进矮得出奇的小门。随即，她猛地站住了。这昏暗的隔间里，每寸墙面几乎都被俄罗斯圣像所覆盖，空间十分逼仄，只容得下一张小桌、两把椅子。

"这是我的爱好，"先前在电话中自称是埃克·格鲁登的人说，"我收藏的俄罗斯圣像在瑞典可谓首屈一指。"两人落座时，他颇为自豪地介绍。

"太美了。"艾丽卡边欣赏边说。

"远不止如此，亲爱的，远不止如此。"埃克·格鲁登骄傲地端详着他的收藏，"他们承载了一段历史，以及……华美高贵的传统。"他拿出两个玻璃杯，"一说到这方面，我的话就收不住，所以还是先听听你的来意吧。坦白说，我很有兴趣。"

"唔，我听说你对二战时期的勋章很有研究。"

埃克·格鲁登从镜框上方打量着她。"躲开人群去研究古董，更容易产生与世隔绝的感觉。这一选择是否正确，我其实没有十足把握，不过现在看来，也还算有先见之明。"他笑了，艾丽卡也报以微笑。这个人有种不动声色的冷幽默。

她从衣袋里小心地掏出被绒布包裹的勋章。埃克打开桌上一盏高亮度的弧光灯,满怀敬意地看着艾丽卡揭开绒布,取出勋章。

"啊。"他将勋章托在掌心,细细观察,在弧光灯的强光下翻来覆去地研究了一会儿,眯起眼,以便将各个细部尽收眼底。

"是在哪里弄来的?"过了好半天,他又从镜框上方盯着艾丽卡问道。

艾丽卡将她在母亲的箱子里发现勋章的过程复述了一遍。

"但据你所知,你母亲与德国人没有联系?"

艾丽卡摇摇头:"至少我长这么大还没听说。但最近我查了不少相关资料,我母亲在夫雅巴卡出生、长大,那里靠近挪威边境。二战期间,很多人都愿意帮助挪威的抵抗运动对付德国人。比如,我的外祖父就让别人用他的船偷运货物到挪威。战争快结束时,他甚至还带回来一个挪威抵抗组织成员,让他住在家里。"

"没错,被德军占领的挪威沿海城镇和瑞典之间来往密切。战争期间,就连我们隔壁的达尔斯兰省也和德国人、挪威人有着千丝万缕的联系。"埃克一边继续研究勋章,一边自言自语。

"唔,我不知道你母亲怎么会收藏这东西,"他说,"不过据我判断,这枚勋章名叫'铁十字',用来表彰战时英勇无畏、为德国作出贡献的人。"

"得到这种勋章的有哪些人,能查到吗?"艾丽卡抱着希望问道,"不管大家如何看待德国人,毕竟他们在战争期间的管理手段也称得上井井有条,肯定会有某些档案……"

埃克摇摇头。"很遗憾,没有。这种勋章恐怕并不特别罕见。这一枚是一等'铁十字'勋章,战争期间大约颁发了十五万枚,所以要想查出眼前这一枚具体是颁发给谁的,基本不太可能。"

艾丽卡大失所望。她原本希冀勋章能提供进一步的讯息,但看样子又扑空了。

"哎,那就这样吧。"她难掩失望之情,起身谢过埃克,打算和他握手,结果又受了一次吻手礼。

"很抱歉,"埃克送她往外走,"没帮上什么忙。"

"没关系,"艾丽卡拉开店门,"我还得继续查,因为我真地很想弄清楚母亲为什么留着这枚勋章。

但关上店门后,艾丽卡就像只泄了气的皮球。可能她永远都无法揭开勋章之谜了。

萨克森豪森①,一九四五年

大半路途中,他都处于恍惚状态,记得最清楚的就是他的一只耳朵溃烂了,很疼。他坐在开往德国的火车里,和许多关押在格里尼的囚犯挤成一堆,除了自己那仿佛将要爆裂的脑袋,其他任何东西都注意不到。他明白这意味着什么。德国等于死亡。其实前景尚不明朗,但大家早已议论纷纷。还有种种迹象、种种传闻,说明死神就在德国等候他们。他们只知道给他们的称呼是"NN囚犯","NN"是德语"夜与雾"的缩写,意味着他们将从世间消失,未经庭审和宣判就丢掉性命,如同滑入黑夜和浓雾。

然而在现实面前,所有心理准备都显得不堪一击。他们来到了地狱,虽然脚下没有熊熊烈火焚烧,但依然是不折不扣的地狱。他来了好几个星期,眼前所见令他每夜都睡不安枕,噩梦连连。每天凌晨三点他都被强行叫醒,在惊惧中开始劳作,直到晚上九点。

"NN囚犯"的待遇甚至更恶劣。由于他们已等同于死人,在集中营中的地位也就最最下等。为了不出差错,他们背上都多了一个红色的"N",红色意味着他们是政治犯。

他看了看握着铲子的手,骨瘦如柴,几乎没剩下什么肉,只有一层皮裹着嶙峋的指节。趁着最近的警卫看向别处,他虚弱地挂着铲子歇了片刻,见警卫转回这个方向,慌忙又卖力地挥起铲子。每一铲下去,他都得大口喘气。阿克塞尔强令自己,一定不能去看他和其他囚犯这一铲又一铲的最终目的是什么。他只犯过一次错误,是在他来集中营的第一天。

---

① 位于德国首都柏林附近,是二战期间所有德国占领区纳粹集中营的指挥总部所在地。

每次闭上眼,那一幕就浮现在眼前。堆积如山的尸体。一具具都形销骨立,像垃圾一样堆起来,然后被抛落万人坑,横七竖八。最好别看。他只是在往坑里扬进满满一铲土的时候,才用眼角余光稍稍一瞥,以免惹恼警卫。

他身旁的囚犯突然倒了下去。他和阿克塞尔一样,枯槁憔悴、营养不良,此刻再也支持不住,就这么倒了下去。阿克塞尔本想过去帮帮他,但类似的念头只能留在脑子里,从未付诸行动。德国的政治犯给他的建议是:别引起注意,别妄想逃跑,要让自己不起眼地混在人群中,周围一有麻烦立刻低下头。所以,阿克塞尔只能漠不关心地看着警卫走向瘫倒在地的那名囚犯,拽着手臂将其拖到他们刚挖完的大坑中央最深处。警卫不想在这人身上浪费子弹。一具又一具尸体即将堆在他身上,就算他还没断气,很快也会死于窒息。阿克塞尔将目光从坑底的囚犯身上移开,继续挖分给他的这一块。他不再幻想大家都能回家了。如果他还打算活命,便不能存有这种念头。

17

两天过去了,艾丽卡依旧十分沮丧。她一度希望能查出那枚勋章的更多讯息。她知道,帕特里克在埃里克·弗兰科尔每月汇款那条线索上受挫之后,也同样气馁。但两人都无意放弃,帕特里克寄望于威尔赫姆·弗莱登留下的那些文件,艾丽卡则决定继续探究勋章的来历。

她回工作室写了一会儿书,却总也无法集中精神,脑海中思绪翻涌。她伸手拿了一袋可乐太妃糖,享受着巧克力在口中融化时渗出的可乐香味。

"艾丽卡!"帕特里克在楼下喊。她起身到楼梯口去看他有什么事。

"卡琳来电话了。我带玛雅去找她和路德一起散步。"

"好啊。"艾丽卡含着太妃糖,发音有点含混。她回到工作室,坐到电脑前。对帕特里克和卡琳一起散步这事,她还是没弄明白自己究竟是什么心态。

为了转移注意力,艾丽卡开始上网浏览网页。一时心血来潮,她抱着希望在搜索引擎里输入"Ignoto Militi",按下回车键,立即得到了一串搜索结果。她点击了第一个,兴致勃勃地读下去。现在她想起为什么这两个词听着耳熟了。多年前一所法国学校组织小学生去巴黎旅游,孩子们兴冲冲地参观了凯旋门和无名烈士纪念碑。"Ignoto Militi"指的是"向无名烈士致敬"。

艾丽卡边读屏幕上的内容边皱眉,脑子转动着,问题越来越多。埃里克·弗兰科尔在书桌上的便笺簿里写下这两个词,只是随手位置?抑或别有深意?如果他有所指,又是指什么呢?她拉着滚动条继续往下读,但再也没有什么发现了。她往嘴里扔了第三块太妃糖,两脚朝书桌上一跷,思考着下一步计划。然后她忽然想到,有个人说不定能助她一臂之力。这一步风险很大,但是……她霍然起身,冲下楼,抓起桌上的车钥匙,跳进车里,驶向乌德瓦拉。

四十五分钟后,她坐在停车场里举棋不定,因为直到此时她才察觉自己准备不足。刚才没费多少工夫就打电话问清了赫尔曼住在乌德瓦拉医院的哪一区,只是不知自己能否获准见他一面。哎,好歹试试看,随机应变吧。万全起见,她到医院大厅的商店买了一大捧鲜花。她乘电梯到了赫尔曼所在的楼层,自信地大步走向警卫。似乎没人在意她。艾丽卡看看病房号:三十五,赫尔曼应该就住这间。

艾丽卡做了个深呼吸,推开房门。病房里有两张病床,赫尔曼躺在其中一张上。同室的病友睡熟了,赫尔曼却醒着,仰望上空,双臂规规矩矩地平放在床单上。

"嗨,赫尔曼。"艾丽卡拉过一张椅子坐到床前,小声说,"不知你还记不记得我。我去拜访过布丽塔,你很生气。"

起初她以为赫尔曼听不见,或是根本不想听她说话。但赫尔曼稍后便缓缓扭头看着她。"我认得你,埃尔西的女儿。"

"对,埃尔西的女儿。"艾丽卡微笑。

"几天前……你也去过我们家。"赫尔曼两眼一眨不眨地盯着她。艾丽卡心头涌上一股奇特的怜惜感。赫尔曼躺在亡妻身旁的模样紧紧攫住了她。病床上的他是那么渺小,渺小而脆弱,再也不是那个因为她刺激了布丽塔而冲她大吼大叫的男人了。

"对,我去过你家,和玛格丽塔一起。"艾丽卡说。赫尔曼点点头。两人都沉默了好一会儿。

过了半天,艾丽卡才说:"我在调查母亲的生平,所以才找到了布丽塔。和布丽塔谈话时，我觉得有些事她知道，却不愿意告诉我，或是无法告诉我。"

赫尔曼怪异地笑了笑，没有回答。

艾丽卡又说："这么短的时间内，我母亲年轻时的三位好友中就有两人先后过世，这种巧合未免太离奇了。"她沉默了，等着赫尔曼的回应。

一滴泪珠滚下赫尔曼的脸颊，他抬手擦掉。"我杀了她，"他的目光重又失去了焦点，"我杀了她。"

艾丽卡听他这么说过，而且据帕特里克反映，确实没有证据可以推翻他的认罪。但她也知道马丁还存有怀疑，她也一样。赫尔曼的声音中还带着某种她不太理解的奇特语气。

"你知不知道布丽塔不想告诉我的是什么事？是二战期间发生的事吗？和我母亲有没有关系？我应该有权知情。"她的态度很坚决，但又不忍心逼得太紧，毕竟赫尔曼的状态显然极其脆弱。但她迫切地想了解，究竟是什么彻底改变了当初那个埃尔西的世界观。见赫尔曼闭口不言，艾丽卡又说："布丽塔犯糊涂时，曾断断续续提起过'无名烈士'，你知道她是什么意思吗？当时她把我当成了埃尔西本人，而不是埃尔西的女儿。你认识她口中的那个'无名烈士'吗？"

她一开始没听清赫尔曼发出的声音，随后才发现，他在笑。笑声中凝聚了无穷无尽的哀伤。她不明白能有什么可笑的。也许，这世上本就不存在可笑之事。

"去问保罗·赫克尔，还有弗雷德里希·哈克。他们可以回答你的问题。"赫尔曼又笑了，越笑声音越大，笑得整张病床都颤动起来。

他的笑声比眼泪更令艾丽卡惊骇，但她还是问道："他们是谁？我怎么才能找到他们？他们和这些事有什么关系？"她想使劲摇晃赫尔曼，让他回答，从他口中晃出一个解释，但恰在此刻，病房的门开了。

"怎么回事？"一名医生站在门口，双臂交叠，神情严肃。

"对不起，我走错病房了，但这位老人说他想聊聊天，所以……"她慌忙起身，怀着歉意看了看医生，匆匆夺门而出。

回到停车场,坐进车里,艾丽卡的心还砰砰乱跳。赫尔曼给了她两个名字,两个闻所未闻、不知来历的德国名字。两个德国人和这件事有什么关系?他们和汉斯·奥拉夫森是否有关?毕竟汉斯·奥拉夫森在逃到瑞典以前,一直在和德国人做对。她想不明白。

回夫雅巴卡的路上,这两个名字始终在她脑海中盘旋。保罗·赫克尔,弗雷德里希·哈克。太奇怪了,她以前肯定从没听说过这些名字,但与此同时,它们又朦朦胧胧地似曾相识。

"我是马丁·莫林。"他拎起话筒,报出姓名,认真听了几分钟,偶尔打断对方,问几个问题。然后他抓起接电话过程中做的笔记,去办公室找梅尔贝里。他发现梅尔贝里的姿势很特别:他坐在地板中间,两腿张开,上身竭力前压,想用指尖去碰脚尖,却只是白费功夫。

"呃,抱歉,打扰一下可以吗?"马丁停在门口。恩斯特开心地跑过来,边摇尾巴边舔马丁的手。梅尔贝里没答话,皱着眉头想从地板上爬起来,挣扎一番后还是失败了。他颇不耐烦地把手伸给马丁,马丁才把他拉起来。

"我只是做点伸展运动而已。"梅尔贝里嘟囔着,僵硬地挪到他的椅子里。马丁捂着嘴偷笑。越来越好玩了。

"好吧,你是有特殊情况要汇报呢,还是故意没事找事来打断我?"梅尔贝里凶巴巴地问道,从办公桌最底下的抽屉里拿了个椰子奶油泡芙。恩斯特的鼻子翕动了两下,立即朝着那熟悉的香味扑了过来,抬头看着主人,润湿的双眼中满是乞求之色。梅尔贝里先是狠狠盯了小狗一眼,但马上心软了,又拿个泡芙扔给了它。才两秒钟,泡芙就进了小狗的肚子。

"你的小狗肚子变圆了。"马丁担忧地看着恩斯特。小狗的肚皮越来越有主人的风范。

"噢,不要紧,多长点肉对谁都有好处。"梅尔贝里满足地拍着他的啤酒肚。

马丁坐到梅尔贝里对面,岔开话题。

"刚刚接到佩德森的电话,托布约恩今天早上也寄来了报告。他们的直觉得到确证,布丽塔·约翰森确实是被谋杀的,死因是窒息,凶器就是她床上的那个枕头。"

"究竟是怎么——?"梅尔贝里刚开口就被马丁打断了。

"我看看,"他边看笔记边说,"佩德森照例用了不少术语,通俗地说吧,死者喉咙里有一根羽毛,就来自那个枕头。应该是她被枕头捂住脸,拼命大口吸气时吸进去的。佩德森进一步检验了她咽喉里残留的纤维,所找到的棉丝也和枕头上的成分一致。而且她的颈骨受到损伤,表明有人曾对她的颈部直接施压,很可能是用手。他们在她的皮肤上寻找指纹,可惜没找到。"

"唔,看来水落石出了。我听说她得了病,有点老糊涂。"梅尔贝里用手指点了点太阳穴。

"老年痴呆症。"马丁径直答道。

"嗯,好,我知道。"梅尔贝里无视马丁的不快,"可别告诉我你认为凶手不是那老头,而另有其人。这起案子算是……安乐死吧。"他对自己的推理逻辑颇为满意,又吃了一个泡芙作为奖励。

"呃……嗯,有可能。"马丁不情愿地翻着笔记,"但托布约恩说他们在枕套上采到一枚十分清晰的指纹。从织物上采指纹通常很困难,但这次也巧,枕套是由两枚小扣子扣在一起的,其中一枚扣子上有个很清晰的拇指指纹。不是赫尔曼的指纹。"马丁斩钉截铁地说。

梅尔贝里皱着眉,闷闷不乐地看了他好一阵儿,随后一副豁然开朗的模样:"一定是三个女儿之一。你去查查,落实一下。然后打电话去医院,告诉医生务必把布丽塔的丈夫救醒,什么电击疗法啊,或者各种药物,该用就用,因为在这周末之前我们要找他问话。听懂了吗?"

马丁叹着气,但还是点点头。他不喜欢这样,一点也不喜欢。但梅尔贝里说得对,并没有任何线索指向其他人,除了孤零零的一枚指纹。

还没到门口,马丁忽又转身一拍脑门:"噢,忘了件事。见鬼,我真笨。佩德森在死者的指甲里发现了很多DNA样本,既有皮屑也有血液。估计她抓伤了捂死她的凶手。佩德森推测伤口还挺深的,因为她的指甲很尖,又抠到了那么多皮屑。佩德森认为凶手被抓伤的部位是手臂或者脸部。"马丁靠在门框上说。

"她丈夫身上有伤痕吗?"梅尔贝里的胳膊肘撑在桌上,倾身问道。

"还不清楚,看来我们要尽快找赫尔曼问话,越快越好。"马丁说。

"的确,"梅尔贝里答道,"你带波拉一起去。"他嚷道,但马丁已经走远了。

几天来,佩尔在家里都跷着脚走路,不相信现在的局面能维持多久。自从爸爸离开之后,妈妈从没保持过超过一天的清醒状态。佩尔几乎记不清在那之前家里是什么样子,但仅存的那点回忆都是幸福的。

虽然他死活不敢相信,但他真的看到希望了,每过一小时,甚至每过一分钟,希望便多滋长一些。凯琳娜的样子很虚弱,每次两人在家里打照面时,她看佩尔的眼神都很羞愧。但她现在很清醒。他找遍家里每个角落,都没发现新买的酒。一瓶都没有。他知道她都把酒藏在什么地方,而且始终都不明白为什么她偏要大费周章藏起酒瓶。直接放在厨房的台面上不就行了?

"我去做晚饭吧?"凯琳娜小心翼翼地看着他,轻声问道。他们简直像两只饱受惊吓的动物初次碰面,蹑手蹑脚地绕着对方转圈,不知下一步该怎么走。也许这种形容恰如其分。神志清醒的妈妈已经和佩尔久违了。他几乎不认得她少了酒精做伴的模样,她戒酒后竟也像不认识儿子似的。从前她天天酩酊大醉,走路东倒西歪,怎能记得看见的、做过的一切?现在他们俩对彼此而言都是陌生人,但却是对对方都充满好奇、兴趣和希望的陌生人。

"弗朗斯有消息吗?"凯琳娜从冰箱里拿东西做意大利面和肉丸。

佩尔不知该说什么。从小到大,他受到的教诲就是:决不允许和爷爷有任何来往。但现在恰恰是弗朗斯插手才力挽狂澜,至少暂时如此。

凯琳娜注意到儿子既困惑,又不愿回答。"没关系,克耶尔爱说什么都无所谓,但在我看来,你可以和弗朗斯说话,只要你……"她迟疑着,生怕说错话,破坏几天来两人好不容易才建立起来的脆弱平衡。但她还是鼓起勇气:"我不反对你和你爷爷接触,他……哎,弗朗斯说了该说的话,让我发现……"她放下正切洋葱的刀,转过脸对着儿子。佩尔看出她正拼命忍着眼泪。"他让我发现,不改变不行了。我很感激。但我要你保证,你不能和那些……和他周围那些人来往。"她用哀求的眼神望着他,下唇开始颤抖。"我没法承诺要怎么补偿你……希望你理解。太难了。每天,每分钟,都那么难。我只能保证,我会尽力。好吗?"又是那羞愧、哀求的眼神。

佩尔觉得胸中一个小小的死结消融了。这么多年,特别是在爸爸抛弃他们之后,他的唯一心愿,就是当一个孩子。而事与愿违,他不得不清扫她的呕吐物;她躺在床上吸烟时,得盯着她,免得房子被烧掉;所有的东西也都是他去买。他不得不担起本不属于小男孩的重担。许许多多回忆在脑中飞速闪过。但这都不要紧,因为他听见的只有她的声音,她那温柔的、恳求的、属于一个母亲的声音。他上前一步,张开双臂搂住她,偎依着她,尽管他已经比她高出一个头。十年来,他第一次容许自己沉溺于当一个孩子的快乐之中。

夫雅巴卡,一九四五年

"下班的感觉是不是特别好?"布丽塔情意绵绵地拉着汉斯的手臂。而汉斯只是笑了笑,甩开她的手。和他们结识六个月了,他很清楚布丽塔只是利用他来让弗朗斯吃醋。弗朗斯投来的那种忍俊不禁的表情,说明他对布丽塔的目的心知肚明。但汉斯也不得不佩服布丽塔的韧性,可能她永远都会粘着弗朗斯。不过弗朗斯也有错,他时不时会施舍一点关注给她,逗引她的感情,过后又换回一贯的冷漠姿态。汉斯觉得弗朗斯玩的这种游戏很残忍,但他不想多管闲事。最令他不悦的是,他终于看出了弗朗斯真正心仪的对象。他瞥了坐在不远处的她一眼,胸口仿佛被重重捶了一拳,因为她对弗朗斯说了两句话,笑了。埃尔西的笑容是那么甜美。不光是笑容,还有她的眼睛,她的心灵,她穿短袖连衣裙时露出的手臂,她每次微笑时左脸颊上出现的小酒窝。她的一切，她的所有，都美极了。

埃尔西全家都对他很好。他只付得起微不足道的一部分房租，埃尔洛夫为他在船上找了些活来干。他们经常邀他一起吃饭——其实基本上每晚都如此——他们的温情和陪伴，填补了他灵魂的每个角落、每条裂隙。被战争剥夺的情感渐渐重生。还有埃尔西。夜里躺在床上，他都忍不住在脑中勾勒她的身影，无论怎么努力，涌上心头的那些思绪、那些画面、那种感觉，总也挥之不去。但到头来他还是意识到，他绝无希望和她相爱。而每次看见弗朗斯望着埃尔西的那种表情，想到自己看起来估计也差不多，一股醋意便深深刺痛了他。然后是布丽塔。她没那么聪明，还搞不清眼下的状况，但却本能地察觉出自己无论在弗朗斯还是汉斯心中都不是主要焦点。汉斯很清楚，布丽塔因此异常烦恼。这女孩浅薄而自私，他真不明白，为什么埃尔西这样的人还愿意和布丽塔待在一起。但只要埃尔西身边还有布丽塔在，他也就不得不与她打交道。

除了埃尔西，四个新朋友中汉斯最喜欢的就是埃里克。他有点早熟，有点严肃，让汉斯觉得很放心。他喜欢与其他几个人稍稍拉开点距离，和埃里克聊天。他们谈论战争、历史、政治、经济，埃里克欣喜地发现，他在汉斯身上找到了渴望许久的"棋逢对手"的感觉。

他们唯一不讨论的，就是埃里克的哥哥。汉斯从不涉及这一话题，而自从初次见面之后，埃里克也不再提及此事。

"我妈妈可能马上做好晚饭了。"埃尔西站起来拍拍裙子。汉斯点点头，也随之起身。

"我还是和你回去吧，不然又要麻烦她来招呼。"他看着埃尔西，她甜甜一笑，开始爬下石头小山。汉斯发觉埃尔西脸红了。他十七岁，比她大两岁，但在她面前，他总觉得自己还像个傻乎乎的小学生。

他朝其他三位还留在原地的朋友挥手道别，跟着埃尔西爬下小山。她先左顾右盼一阵，然后才过了马路，拉开通往墓地的门。抄这条路回家比较快。

"今晚天气不错。"汉斯听得出自己有多紧张，暗暗咒骂了一句，告诫自己别再犯傻。埃尔西快步踏上石板路,他也小跑着跟在后头,很快赶上来和她并肩而行,两手插在裤袋里。埃尔西没有回应他对天气的评价,倒让他松了口气,刚才那句话真是蹩脚。

他突然非常快乐。他走在埃尔西身旁,不时偷瞄一眼她的侧影。晚风出人意料地暖和,脚下的石板嘎吱嘎吱的声音也那么动听。这些年来,他还是第一次有这种感觉,纯粹透澈的快乐。

这时,埃尔西的手正巧蹭过他的手。她的触碰令他惊跳起来。那片时的接触轻柔如电,只是轻轻一触,便足以助他驱散他不愿想起的一切。他在墓园的小山坡上骤然止步,本来领先他一步的埃尔西转过身来,脚下的坡度使两人刚好一样高。

"怎么了?"埃尔西担心地问。霎时间,他也不知哪来的勇气,上前一步,双手捧起她的脸,轻轻吻了吻她的双唇。一开始她僵住了,于是恐慌再度从他心底腾起。随后,她突然全身一软,双唇轻轻吻住他的唇,微微张开,速度很慢。他如履薄冰,但又无比激动,小心翼翼地探进自己的舌头,搜寻着她的舌头。看得出来,她以前从没接过吻,但在本能的驱使下,她的舌头迎了上来。他不由自主地微微屈膝,紧闭双眼,过了几秒钟才抬起头,睁开眼。他最先看到的,便是她双眸,如明镜般映照出了与他共鸣的心境。

他们无言地缓缓并肩走回家。过去的一幕幕不再如影随形,仿佛从不曾存在过。

18

艾丽卡进门时,克里斯蒂安还专心致志地对着电脑屏幕。她从乌德瓦拉医院开车直奔图书馆,离开赫尔曼时的困惑仍未消减。她觉得那两个德国名字有点熟悉,就记在一张纸上,递给图书管理员。

"嗨,克里斯蒂安,能不能帮我查一查,有没有这两个人的信息:保罗·赫克尔、弗雷德里希·哈克?"艾丽卡抱着一丝希望看着他。

克里斯蒂安转头看了看名字,艾丽卡发现他疲惫不堪,可能受凉感冒了,也可能是为孩子操劳。她不禁有点担心他。

"请坐,我搜索一下。"于是艾丽卡坐下了。她有点神经质地交叉着十指,克里斯蒂安查看搜索结果时,表情毫无变化,她顿时心里一凉。

"恐怕没有,我查不到什么。"最后,他怀着歉意摇摇头,"至少我们的档案和数据库里没有。不过你可以到互联网上搜索一下。问题是,这两个名字在德国很常见。"

"好吧,"艾丽卡大失所望,"所以这些名字和我们这里没什么联系?"

"看样子没有。"

艾丽卡叹着气。"哎,好的。是我想得太简单了。"她忽然两眼一亮,"上次我来时你帮我找的那些文章里面有个名字,麻烦你再查查好吗?我们还没专门查过他,只查了我母亲和她的几个朋友。他叫汉斯·奥拉夫森,是二战期间挪威抵抗运动成员,当时在夫雅巴卡……"

"战争快结束时,好的,我知道了。"克里斯蒂安的回答很简洁。

"你知道这个人?"艾丽卡急不可耐。

"不,但这两天你是第二个问起他的人。看来这人很受欢迎。"

"还有谁在调查他?"艾丽卡屏住呼吸。

"我看看,"克里斯蒂安把椅子转到一个小文件箱跟前,"他留了张名片,让我一查到那男孩的消息就打电话通知他。"他轻声哼着歌,过了一小会儿才找到。

"啊哈,找到了。克耶尔·林霍尔姆。"

"谢谢,克里斯蒂安。"艾丽卡笑道,"该找谁聊聊,我心里有数了。"

"好像很严肃啊。"克里斯蒂安也笑了,但他眼中并无笑意。

"那倒不至于。我只是好奇他为什么会对汉斯·奥拉夫森感兴趣。"艾丽卡边想边说,"那克耶尔·林霍尔姆来的时候,你查到什么了吗?"

"还是上次那些材料。所以这回没什么能提供给你了。"

"好吧。今天真是一无所获。"艾丽卡叹道,"我抄一下名片上的电话号码可以吗?"

"请便。"克里斯蒂安递给她名片。

"谢谢。"艾丽卡朝他挤挤眼。克里斯蒂安也挤了挤眼,但依然提不起精神。

"对了,"艾丽卡说,"你还在写书吗?确定不需要我帮忙?书名是《美人鱼》,对吧?"

"喔,对,进展顺利。"但他话中的热情像是装出来的。"书名确实是《美人鱼》。不好意思,现在我还有点事要忙。"他转身背对着她,开始敲键盘。艾丽卡有些闷闷不乐地离开图书馆。克里斯蒂安今天的状态相当反常。对了,她还有其他事要办,比如找克耶尔·林霍尔姆谈谈。

他们约好在维杜海滩见面。在这个季节,几乎不可能有人留意到他们,但即便被人发现,一眼望去也只是两个老头出来散散步而已。

"想想看,如果能预见未来会怎样。"阿克塞尔轻轻一踢,一块小石头滚下海滩。他们心照不宣地闭口不谈埃里克,以及布丽塔。其实两人都搞不懂为何要见这一面。既于事无补,也不可能改变什么,但他们不约而同地想见见对方,好比被蚊子叮过的皮肤,痒得总想挠一挠。

"但是没人能未卜先知。"弗朗斯凝望着海面,"如果谁有一颗能照出未来一生的水晶球,估计他连床都懒得下。生活就该一点一点去感受,悲伤和困难只有分成小块,才能一点一点咽下去。"

"有的人面前的苦难太大,无法下咽。"阿克塞尔又踢开一块石头。

"你是在说别人吧——无关你我。"弗朗斯转头看了看阿克塞尔,"在别人眼里,我们完全是两类人。但你我其实非常像,这你很清楚。我们从不退却,无论艰难险阻有多难对付。"

阿克塞尔轻轻点头,也回望弗朗斯:"你后悔么?"

弗朗斯沉吟良久,才说:"有什么可后悔的?覆水难收,我们的路都是自己选的。你选你的,我选我的。我后悔吗?不。问这做什么?"

阿克塞尔耸耸肩:"人总免不了后悔吧。倘若没有后悔……我们会怎么样?"

"问题是后悔也没用。你的工作也是同一个道理。复仇。你这一生都在追踪罪犯,你唯一的目标就是复仇,别无其他。但那又能改变什么?死在集中营里的六百万人不能复生。有个女人二战期间当过狱警,但余生都在美国做家庭主妇,你把她挖出来又能怎样?为了六十多年前的罪过,你把她送上法庭,又能改变什么?"

阿克塞尔咽了咽唾沫。绝大多数时候,他都对他这份工作的意义深信不疑。但弗朗斯可谓一击中的。阿克塞尔每当脆弱之时,也曾反复追问自己同一个问题。

"让受害者的亲人安心。而且这也是一种信念,说明人类的行为并不是总能得到宽恕。"

"一派胡言。"弗朗斯两手插在衣袋里,"你真以为这能吓倒什么人,弘扬什么信念?现在比过去重要得多。无视行为的后果、从不吸取历史教训,这都是人类的天性。安心?如果过了六十年都不能安心,那就永远别想安心。人人都有义务让自己安心——别指望因果报应,别相信老天有眼。"

"你真愤世嫉俗。"阿克塞尔也把手插进衣袋。风变冷了,他有些哆嗦。

"我只想让你明白,你自以为奉献了一辈子的种种所谓高尚事业,无非都依赖于一种最原始、最基本的人类情感:对复仇的渴望。我不相信复仇。我只相信一点:应该专注于尽力改变当下。"

"你自以为在干这个?"阿克塞尔的声音绷紧了。

"我们的阵营不同,你和我,阿克塞尔。"弗朗斯冷冷答道,"不过你说得对,我确实这么想。我在改变一些东西,而不是复仇。我不后悔。我一直向前看,按照我的信仰在行动。这和你的所作所为完全是两码事。不过我们不可能达成一致的。六十年前我们就分道扬镳了,永远不可能再会合。"

"怎么会变成今天这样?"阿克塞尔艰难地咽了咽唾沫,轻声问道。

"我就是想让你明白这一点:过程不重要,反正也无法挽回了。我们唯有改变,生存。而不是回头看,不能沉溺于悔恨之中,不能成天幻想着'本来可以如何如何'。"弗朗斯突然停住,阿克塞尔不由望向他。"你不能回头。发生的已经发生了。过去的永远过去了。世上没有后悔药。"

"这你就错了,弗朗斯,"阿克塞尔低下头,"大错特错。"

好说歹说了半天,赫尔曼的医生还是不答应让他们和病人谈话,哪怕几分钟也不行。但马丁和波拉一再保证,面谈过程中赫尔曼的两个女儿可以在场,医生最后总算让步,允许他们短时间探视。

"你好,赫尔曼。"马丁朝病床上的人伸出手。赫尔曼握了握他的手,但全无力道,十分虚弱。"我们在你家见过,不知你还记不记得。这位是我的同事波拉·莫拉雷斯。方便的话,我们想请教几个问题。"马丁轻声说,和波拉在病床边坐下。

"可以。"赫尔曼这时看上去清醒了不少。他的女儿们坐在病床另一侧,玛格丽塔握着父亲的手。

"请节哀顺变,"马丁说,"你和布丽塔结婚很长时间了,是吗?"

"五十五年。"赫尔曼说。两位警官进门后第一次看见他眼中亮起生气,"布丽塔和我结婚五十五年了。"

"请你告诉我们事情经过好吗?她去世的经过?"波拉模仿着马丁刚才的温和语气。

玛格丽塔和安娜·格蕾塔紧张地盯着他们,正要抗议,却被赫尔曼挥挥手阻止了。

马丁已然留意到赫尔曼的脸上没有抓痕,他还朝赫尔曼病号服的袖子里偷瞄了几眼,想看看有没有隐蔽的伤痕,但没什么发现。他打算等问话结束时再确认一下。

"我去玛格丽塔家喝咖啡,"赫尔曼说,"女儿们都特别关心我,特别是布丽塔生病以后。"赫尔曼朝她们笑了笑,"我们谈了很多。我……下了决心,要把布丽塔送去有人能更好地照顾他的地方,这样对她更好。"他几乎说不下去了。

玛格丽塔拍拍父亲的手。"你也是不得已,爸爸。没有别的办法。你明白的。"

赫尔曼似乎没听见她的话,自顾自说下去:"然后我就回家了。我出来得太久,快两个小时,所以有点担心。平常我如果趁着布丽塔午睡时出门,都会尽快赶回去,在外头最多不超过一小时。我害怕……我很害怕她会突然醒来,把房子点着,还烧伤自己。"他浑身颤抖,但还是深吸一口气,继续说道:"我到家时就喊了她两声,可她没回答。我心想:谢天谢地,她睡得正香。于是我上楼进了卧室,她就躺在那儿……我觉得很奇怪,因为她脸上蒙着个枕头。而且,她怎么会用那种姿势躺着?我就上前掀掉枕头。我一眼就看出她走了。她的眼睛……她的眼睛瞪着天花板,而且她一动也不动,一动也不动……"两行热泪流下他的脸颊,玛格丽塔轻轻帮他拭去。

"真有这个必要吗?"玛格丽塔望着马丁和波拉,恳求道,"爸爸还没从惊吓中缓过来,而且——"

"没关系,玛格丽塔,"赫尔曼说,"我不要紧。"

"好的,但只能再谈几分钟,爸爸。然后我就得把他们扔出去,因为你需要休息。"

"三个孩子里就数她最凶。"赫尔曼露出微笑,"真是个悍妇。"

"快别说了,爸爸你好没礼貌。"玛格丽塔抱怨着,但发现父亲还有力气逗她开心,挺高兴的。

"也就是说,你进卧室时她已经过世了?"波拉惊讶地问道,"那你为什么说是你杀了她?"

"因为确实是我杀了她,"赫尔曼的脸色又沉了下来,"但我从没说是我谋杀了她。虽然我也可以那么做。"他低头盯着双手,不敢直视两位警官和两个女儿的眼睛。

"可是爸爸,我们没明白你的意思。"安娜·格蕾塔一头雾水,但赫尔曼不肯回答。

"你知道是谁谋杀了她吗?"马丁本能地察觉到,此时赫尔曼并不愿意解释他为何一口咬定是他杀了妻子。

"爸爸的话你们都听见了,"玛格丽塔站起身,"他想说的都说了。最重要的是,你们两位都听到了,他不是谋杀妈妈的凶手。至于其他……他只是太过悲痛而已,不用太认真。"

马丁和波拉也站起来。"感谢你们同意和我们谈话。但最后还有一点,"马丁转向赫尔曼,"为了证实你的话,我们要看一看你的手臂。因为布丽塔抓伤了袭击她的人。"

"这又何必呢?他都说了……"玛格丽塔的嗓门抬高了,但赫尔曼默默地挽起病号服的袖子,把手臂伸向马丁。马丁仔细看了看,没有抓伤的痕迹。

"怎样,看够了吧?"玛格丽塔好像真地要说话算话,把马丁和波拉扔出去了。

"就到这里。"马丁说,"感谢你抽出时间,赫尔曼。请节哀。"随后他对玛格丽塔和安娜·格蕾塔使了个眼色,暗示想和她们私下谈谈。

在病房外的走廊里,他说明了在枕套上发现指纹的情况,赫尔曼的两个女儿都同意提供指纹,以便彻底将她排除在嫌疑人之外。刚办妥,伯吉塔也来了,她也愿意配合。于是三个女儿的指纹可以一并送去检验。

开车返程之前,波拉和马丁在车里坐了一小会儿。"你觉得他在保护谁?"波拉将钥匙插进点火装置,但没有立刻发动。

"不知道。但我也有同感,他知道谋杀布丽塔的凶手是谁,但又想保护他。而且他觉得自己也要为她的死负一部分责任。"

"要是他肯告诉我们就好了。"波拉转动钥匙。

"是啊,真叫人着急……"马丁烦闷地连连摇头,指尖不停叩着仪表盘。

"但你相信他?"波拉其实知道答案。

"对,我相信他。他身上没有抓痕,也证明我是对的。但我不明白他为什么要保护谋杀妻子的凶手,也想不通他怎会认定自己有罪。"

"唔,这就难说了。"波拉把车开出停车场。"三个女儿的指纹已经拿到,得尽快送去检验。如果枕套上的指纹和她们无关,那么就可以开始追查留下那个指纹的究竟是谁。"

"目前也只好如此。"马丁望着窗外重重叹了口气。

两人都没注意到,他们的车在托普街北口恰从艾丽卡身旁经过。

夫雅巴卡,一九四五年

弗朗斯并不是误打误撞才瞧见那一幕的。他的目光自始至终都没离开埃尔西,只是想目送她消失在小山坡后,所以他不可避免地看见了那一吻。他浑身的血液都沸腾了,冰冷的寒气灌透四肢。他心如刀绞,几乎当场就要昏死过去。

"看见了吗?"偏偏汉斯和埃尔西的举动也落在埃里克眼里,"好像……"他笑着摇摇头。埃里克的笑声使得弗朗斯大脑里如有一道白光乍亮。痛苦的洪流需要发泄的出口,于是弗朗斯扑向埃里克,狠狠扼住他的咽喉。

"闭嘴,闭嘴,闭嘴,操你妈个蠢货……"埃里克的脖子被他越掐越紧,拼命挣扎着要大口呼吸。埃里克眼中的恐惧令弗朗斯顿生快感——他腹中长久的郁结仿佛被那一吻膨胀了十倍,却又因此刻的发泄而缩小了些。

"你干什么啊!"布丽塔尖叫着,瞪着地上的两个男孩。埃里克仰面躺倒,弗朗斯则骑在他身上狠命掐着他的脖子。布丽塔不及多想便冲过去猛拽弗朗斯的衬衣,但弗朗斯使劲一甩手,布丽塔被推了个趔趄。

"住手,弗朗斯,住手!"她从他身旁爬开,眼泪止不住地往下流。布丽塔的声音中不知有什么东西让弗朗斯突然恢复了理智。他看看自己身下那整张脸都憋成可怕颜色的埃里克,连忙松开了他的脖子。

"对不起,"他擦擦眼睛,喃喃说道,"对不起……我……"

埃里克坐起来,两手护住咽喉,直盯着他。

"这到底怎么回事?你发什么神经?差点掐死我!你疯了吗?"埃里克把歪了的眼镜摘下来重新戴好。

弗朗斯愣愣地望着正前方,眼神空洞,没有回答。

"他爱上埃尔西了,所以才这样。"布丽塔苦涩地说,用手背擦去眼泪。"他还以为有机会,可你真傻,弗朗斯!她根本没拿正眼看过你。现在她扑进那挪威人的怀抱了。而我……"她泪如泉涌,摸索着爬下小山。弗朗斯面无表情地目送她离去。埃里克则气愤地盯着他。

"见鬼,弗朗斯。你该不会……她说的是真的?你爱上埃尔西了?那我倒是能理解你为什么发狂。可你总不能……"埃里克不说了,连连摇头。

弗朗斯还是没回答。他说不出话,满脑子都是刚才那一幕:汉斯近前吻了埃尔西,而埃尔西也回吻了他。

19

现在艾丽卡每次看见警车都会多留个心眼。今天她第二次驶向乌德瓦拉,刚才在托普街路口,坐在警车里一晃而过的人好像是马丁。她不禁琢磨马丁刚去过什么地方。

她的调查并不赶时间,但如果不进一步挖掘刚刚得到的情报,她不可能平心静气地继续写书。而且她也十分好奇,为什么《博哈斯兰日报》的记者克耶尔·林霍尔姆也会对挪威抵抗运动的成员感兴趣?

在《博哈斯兰日报》编辑部的前台等候时,她揣摩了好几种可能性,但最后决定先别瞎猜,等当面问过再说。过了几分钟,前台小姐将她带到克耶尔的办公室。克耶尔疑云满面地和她握了手。

"艾丽卡·菲尔克?写书的那位?是吗?"他请艾丽卡落座。艾丽卡将外套披在椅背上才坐下。

"没错,是我。"

"很不巧,你写的书我没拜读过,但口碑很好。"他礼貌地表示,"你是来为新书取材?我不跑犯罪纪实题材,所以也不一定能帮上忙。如果我没记错的话,你的作品大多是犯罪纪实题材。"

"实不相瞒,我这次来和写书无关,"艾丽卡答道,"是这样,出于一些私人原因,我正在调查母亲的生平,而她和你父亲曾经是好友。"

克耶尔眉头一皱:"什么时候?"他倾身问道。

"据我所知,他们从童年到少年时期关系都很好。我主要关注二战后期那几年,你应该知道,当时他们十五岁左右。"

克耶尔点点头,期待她说下去。

"他们那群密友一共四个人,另外两位是布丽塔·约翰松和埃里克·弗兰科尔。你肯定已经知道了,这两人在过去两个月中先后遇害。这种巧合难道不够离奇么?"

克耶尔仍未作答,但艾丽卡看出他相当紧张,眼中还忽地闪过一线光芒。

"另外……"她稍一停顿,"还有一个人。一九四四年,一个挪威抵抗运动成员——其实只是个少年——逃到了夫雅巴卡。他是乘我外祖父的船偷渡来的,后来我的外祖父母收留他住下。他的名字是汉斯·奥拉夫森。不过这些情况你都已经掌握了,对吧?我知道你也特别关注他,这让我很好奇。"

"我是个记者,不方便讨论这种事。"克耶尔推诿道。

"错了。你自然不能披露消息来源,"艾丽卡冷静地反驳,"但我们为什么不联手合作?调查是我的强项,既然你是记者,想必也很有一套。我们都对汉斯·奥拉夫森感兴趣。你不愿透露原因,这没关系。我们最起码可以互通情报——交换已经掌握的线索,以及今后的发现,一笔换一笔。你看怎么样?"她不作声了,等待下文。

克耶尔掂量着艾丽卡的话,手指频频叩击桌面,似在权衡利弊。

"好吧,"终于,他从办公桌最上面的抽屉里拿出一叠东西,"互通有无确实没什么不好。我的情报来源已经死了,所以没理由不向你摊牌。我掌握的都在这里。当初是因为……一点私事,才和埃里克·弗兰科尔有了联系。"他清清嗓子,将文件夹递给她。"他说有些对我有用的事要告诉我,还说什么也该公开了。"

"这是他的原话?"艾丽卡倾身接过文件夹,"有些事也该公开了?"

"嗯,我记得是这样。"克耶尔靠回椅背。"几天后他来我这里,把这个文件夹交给我,却没说原因。当然,我提了一大堆问题,可他一个也不肯回答,只说如果我真像他听说的那样善于刨根问底,那么这个文件夹里的东西足够了。"

艾丽卡翻阅着塑料文件夹里的材料。这和克里斯蒂安给她的东西一模一样,是关于汉斯·奥拉夫森以及他羁留夫雅巴卡期间的材料。"只有这些?"她叹着气问道。

"我也嫌少。如果他知道些什么,为什么不肯直说?但不知怎的,他认为让我靠自己继续追查更重要。所以我才从这里入手。不瞒你说,埃里克·弗兰科尔被谋杀的消息,让我的好奇心猛增了十倍。不知他的死和这些东西是否有关。"他指了指摊在艾丽卡腿上的文件夹,"上周那个老太太遇害的事我当然也听说了,但我不知道这其中有没有什么关联……又多出一大堆问号。"

"关于那个挪威人,有其他发现么?"艾丽卡急迫地问道,"我的调查还没进展到那里。我只知道他和我母亲曾经相爱过,但他似乎突然之间就抛下她,离开了夫雅巴卡。我下一步打算追查这个人,查出他去了什么地方,是否回了挪威。不过,也许你已经有结果了?"

克耶尔摇摇头。他将先前和爱斯基尔·哈尔沃森的对话复述给艾丽卡。哈尔沃森第一反应不认识这个人,但答应作进一步调查。

"汉斯也有可能留在瑞典,"艾丽卡沉吟道,"那么我们可以通过瑞典政府去查。这事交给我来办。可如果他消失在国外,就麻烦了。"

克耶尔接过艾丽卡还给他的文件夹。"这主意不错,推断他回到挪威的依据并不充分。二战后很多人都留在瑞典。"

"你给爱斯基尔·哈尔沃森寄照片了么?"艾丽卡问道。

"这倒没有,"克耶尔翻了翻材料,"你说得对——应该寄一张,说不定能派上大用场。等你一走我就给他打电话,看看是不是从这些照片里挑一张寄去。对了,发传真给他更好。这张怎么样?这张最清晰。你看呢?"他将其中一页推到艾丽卡面前,正是她几天前研究过的那张集体照。

"同意。这张挺好,而且所有人都在。这位是我母亲。"她指着埃尔西。

"你是说当初他们经常在一起？"克耶尔暗暗责怪自己没想到照片里的布丽塔就是被谋杀的那个布丽塔。但他自我安慰道，绝大多数人都不会注意到这种联系。照片里十五岁的少女，和七十五岁的老太太，根本毫无相似性可言。

"对，据我了解，他们关系很好，虽然那时的世俗容不下他们的友谊。夫雅巴卡的阶级差异很鲜明，布丽塔和我母亲出身于贫苦人家，而两个男孩，埃里克·弗兰科尔和，嗯……你父亲，属于'上流社会'。"艾丽卡用手指比划着引号。

"哈，是啊，不是一般的'上流'。"克耶尔嘀咕着，艾丽卡听出他这句话背后掩盖了无穷的敌意。

"哎，我怎么没想到去找阿克塞尔·弗兰科尔，"艾丽卡激动地说，"说不定他了解汉斯·奥拉夫森的情况。虽然他年纪大一点，但肯定也在他们周围，有可能……"她思绪奔涌，希望骤增，却被克耶尔一抬手打断了。

"别指望了。我也想到了这一层，不过幸好我先调查了一下阿克塞尔·弗兰科尔。难道你不知道他有次去挪威时被德国人逮捕了？"

"知道，但不了解详情。"艾丽卡兴致勃勃地看着克耶尔，"如果你查到了什么……"她一摊手，等待下文。

"唔，阿克塞尔要从抵抗运动那里接收一些文件的时候，被德军逮捕了。他被关进奥斯陆郊外的格里尼监狱，一直关到一九四五年初。然后德国人用轮船、火车将他和一大批其他犯人从格里尼押到德国，阿克塞尔先是进了萨克森豪森集中营，很多北欧囚犯都被关在那里。后来，战争快结束时，他又被转移到纽恩盖姆集中营。"

艾丽卡倒吸一口凉气。"这我真不了解。所以阿克塞尔·弗兰科尔进过德国集中营？我还不知道集中营关押过挪威人、瑞典人呢。"

克耶尔点点头。"多数是挪威人，还有一部分是德军占领国的抵抗运动成员。他们被称为'NN 囚犯'，意思是'夜与雾'。这个名字来自于希特勒一九四一年的一份命令，用来指代那些无法在占领国审理、判刑的该国公民。这些人被送到德国，然后就'消失在夜与雾之中'。有些人获判死刑并处决了,剩下的被迫从事体力劳动,许多人活活累死。总之,汉斯·奥拉夫森留在夫雅巴卡那段时间,阿克塞尔·弗兰科尔不在。"

"可我们还不知道那挪威人离开夫雅巴卡的确切日期,"艾丽卡皱着眉头,"至少我没查到相关信息。不知他是什么时候离开我母亲的。"

"但我却知道汉斯·奥拉夫森离开的时间,"克耶尔得意地在桌上的文件里翻找,"虽不确切,但也相去不远,"他说,"啊哈!"他抽出一页纸,摆在艾丽卡面前,指着中间的一段话。艾丽卡倾身读道:

"今年,夫雅巴卡公社的组织工作大获成功——"

"不不,下一栏。"克耶尔又指了指。

"噢,好的,"艾丽卡又读道:"惊悉,前来夫雅巴卡避难的挪威抵抗运动成员忽然离我们而去。夫雅巴卡的许多居民都因未能与他道别并感谢他在大战期间的努力而深感遗憾,战争终于结束了。"艾丽卡瞄了一眼文章开头的日期,抬起头,"一九四五年六月十九日。"

"也就是说,战争刚一结束他就走了,如果我没理解错的话。"克耶尔拿回那张纸,放在一叠文件上方。

"可是为什么?"艾丽卡歪着头,琢磨着刚才读过的内容,"我还是觉得该和阿克塞尔谈谈。也许他弟弟向他透露过些什么。我要试一试。对了,你会找你父亲了解情况么?"

克耶尔好半天都一声不吭。最后他才说:"当然。另外如果哈尔沃森有消息,我会通知你。如果你有所发现,一定要和我联系,好吧?"他摇摇手指提醒艾丽卡。他一般不与人合作,但这次如果能得到艾丽卡的帮助,自然大有益处。

"我也会和瑞典行政部门联络。"艾丽卡站起身,"一有消息就通知你。"她穿上外套,却突然停住了。

"对了,克耶尔,还有件小事。我不知道这要不要紧,不过……"

"说吧,这种时候,任何事都有价值。"克耶尔好奇地看着她。

"唔,我和布丽塔的丈夫赫尔曼谈过。他好像或多或少了解这一切的内幕。我不太确定,只是有这种预感。我问过他汉斯·奥拉夫森的事,他的反应很怪异,叫我去咨询两个人:保罗·赫克尔,弗雷德里希·哈克。我查过这两个名字,一无所获。可是……"

"怎么?"克耶尔问道。

"噢,说不清。我敢发誓,从没听说过他们,可又有点耳熟……我想不通。"

克耶尔用笔敲敲桌面。"保罗·赫克尔,弗雷德里希·哈克?"见艾丽卡点点头,他便提笔记下来。

"好,我也查一查。但这些名字很陌生。"

"那么我们各有任务了。"艾丽卡笑道,在门口又停步,"两人合作的感觉真好。"

"是啊,深有同感。"克耶尔似乎走神了。

"保持联系。"艾丽卡说。

"好的。"艾丽卡离开办公室时,克耶尔顾不上送她就拎起电话。他急于一查到底。基于记者的职业敏感,他的鼻子连一英里外的老鼠都能嗅出来。

"我们坐下来梳理一下进展如何?"星期一下午的警局里一片宁静。

"好啊,"戈斯塔不情愿地站起来,"也叫上波拉?"

"当然。"马丁去找她。梅尔贝里带恩斯特去散步了,安妮卡好像在前台忙着,所以只有他们三人围坐在厨房里,面前摆着目前所有的调查资料。

"埃里克·弗兰科尔。"马丁的笔尖停在便笺簿的新一页上。

"在家中遇害,凶器已在现场找到。"波拉说,马丁开始奋笔疾书。

"似乎可以据此认为凶手并非事先预谋。"戈斯塔说,马丁点头同意。

"作为凶器的石像上没有发现指纹,但也没被擦拭过的迹象,所以凶手很可能戴着手套,但这又与临时起意不符,"波拉插话。她瞄了一眼马丁在便笺簿上的记录。

"你真能认出你写的字?"她狐疑地问。马丁写的简直是象形文字,或者是练过速记。

"开完会就输入电脑才行,"马丁边笑边写,"不然就糟糕了。"

"埃里克·弗兰科尔的死因是太阳穴遭到重击,"戈斯塔拿出凶案现场的照片,"凶手将凶器留在现场。"

"从这一点来看,也不像是冷血残暴或者精于算计的凶手。"波拉起身为大家倒咖啡。

"目前我们唯一掌握的可能动机是:弗兰科尔是研究纳粹的专家,他与新纳粹组织'瑞典之友'似有纠纷。"马丁从塑料夹里拿出五封信,摊在桌面上。"此外,该组织中还有一位他的童年好友弗朗斯·林霍尔姆。"

"有没有线索可以将弗朗斯和谋杀案联系起来?有吗?"波拉死死瞪着几封信,仿佛希望它们能开口说话。

"唔,他的三名纳粹同党声称,案发那几天弗朗斯和他们一起待在丹麦。即便确有其事,这种不在场证明也不算牢靠,但我们缺乏可以进一步追查的物证。现场的足印属于发现尸体的男孩们,除此之外,再也没有我们需要的其他足印或指纹了。"

"你是要倒咖啡呢,还是举着咖啡壶一直站在那儿?"戈斯塔对波拉说。

"只要说个'请'字,我就给你倒咖啡。"波拉逗弄着他,戈斯塔百般不情愿地嘟囔了一句"请"。

"然后是案发日期,"马丁点头感谢波拉给他倒的咖啡,"我们已基本确定埃里克·弗兰科尔的死亡时间介于六月十五号到十七号之间。这个跨度是三天。此后一直没人发现他的尸体,因为他哥哥不在家,也没人有与他联络的打算,除了维欧拉有这种可能——但她以为埃里克已经斩断两人的关系了,就在他遇害前不久。"

"没有目击证人?戈斯塔,你找所有邻居都问过了?有人看见奇怪的汽车,或者可疑的人吗?"马丁看着同事。

"没多少邻居可问啊。"戈斯塔嘀咕着。

"就是说没有全问过咯?"

"我真地问过所有邻居了,但他们都没看到什么。"

"好吧,先放一放。"马丁叹着气,啜了一口咖啡。

"布丽塔·约翰松呢?她和埃里克·弗兰科尔有联系,真是蹊跷。而且还有弗朗斯·林霍尔姆。当然,那都是陈年往事了,但通话记录表明,他们在六月有过接触,弗朗斯和埃里克那段时间都去探望过布丽塔。"马丁又一次抬头望着两位同事,"六十年了,为什么偏偏选在那时候叙旧?布丽塔的丈夫说是因为她的精神状态每况愈下,所以才想回忆往昔,这可信吗?"

"个人认为他纯属放屁。"波拉拿过一袋没拆开的芭蕾饼干,撕开塑料袋的一角,自己先拿了三块,然后递给另外两人。"我一个字都不信。依我看,如果能查出他们见面的真正原因,整个案子就迎刃而解了。但弗朗斯的嘴闭得死紧,阿克塞尔则和赫尔曼口径相同。"

"别忘了每月的汇款,"戈斯塔以外科手术般的精准度翻开上层的香草饼干圈,仔细舔掉巧克力夹心,又说,"那些钱和弗兰科尔谋杀案又是什么关系?"

马丁吃惊地望着戈斯塔。他竟不知道戈斯塔已经跟进到这个程度了,因为戈斯塔一贯的风格是"我只关心你们喂给我的那些信息"。

"唔,赫斯特罗姆星期六有一些进展,"马丁翻到某一页笔记,是他在帕特里克打电话来通报造访威尔赫姆·弗莱登的经历时记下的。

"他都查到什么了?"戈斯塔又拿了一块饼干,重复他的那一套解剖程序:先翻去上层的香草饼干圈,舔掉巧克力夹心,然后把剩下的饼干底座放到一边。

"嘿,戈斯塔,你可不能只舔光巧克力就把其他都丢掉。"波拉十分愤慨。

"怎么?你是专管饼干的警察啊?"戈斯塔作势要再拿一块,波拉哼了一声,将整袋饼干都放到厨台上,戈斯塔够不着了。

"很不走运,他收获不多。"马丁说,"威尔赫姆·弗莱登两周前刚去世,他的妻子和儿子对这些钱都一无所知。当然,无法判断他们说的是不是实话,但帕特里克倾向于相信他们。总之,弗莱登的儿子答应让他们的律师把他父亲的所有文件都寄过来,如果运气好,也许我们能从中找到线索。"

"埃里克的哥哥呢?这些汇款他知情吗?"戈斯塔贪婪地瞄着厨台上的饼干,似乎盘算着起身去拿。

"我们打电话问过阿克塞尔,"波拉警惕地盯着戈斯塔,"他也不清楚是怎么回事。"

"他可信吗?"戈斯塔衡量着从椅子到厨台的距离。只要迅速纵身一跃,就能得手。

"不好说,他这个人很难猜透。你的看法呢,波拉?"马丁转向她。正当波拉考虑这个问题时,戈斯塔趁势出击。他一跃而起,扑向饼干,但波拉的左手如灵蛇一般,嗖地一下就抢先把饼干转移了。

"哼哼,没门……"她淘气地冲戈斯塔挤挤眼,他也憋不住笑。最近戈斯塔渐渐开始享受他们之间的小玩笑了。

波拉将饼干稳稳当当放在腿上,才回答马丁:

"我同意。这人城府很深。所以,我不确定。"她摇摇头。

"那回到布丽塔的案子,"马丁在便笺上大大地写了"布丽塔"三个字,又在底下划了好几条线。

"我认为,我们最好的证据是佩德森在死者指甲里发现的极有可能属于凶手的 DNA。她显然在闷死她的人脸上或是手臂上抓出了很深的伤痕。今天早上我们和赫尔曼简单谈了一会儿,他身上没有那种伤痕。他也承认回家时布丽塔已经死了,躺在床上,脸上蒙着个枕头。"

"可他仍然声称妻子的死要归咎于他。"波拉插话。

"那他究竟是什么意思?"戈斯塔眉头深锁,"要包庇什么人吗?"

"是啊,我们也这么想,"波拉俯身将那袋饼干放回桌上,推到戈斯塔面前,"给,好好享受吧。"她用英语说。

"你说什么?"戈斯塔对英语的了解仅限于高尔夫球术语,而且即便是那些词汇,他的发音也还大有提升的空间。

"噢,算了。接着舔巧克力吧。"波拉说。

"然后是指纹，"马丁听着戈斯塔和波拉友好的拌嘴，暗自好笑。这场面简直让他怀疑老同事戈斯塔的性格是不是变得温顺了。

"只有枕套扣子上的一枚指纹，不值得大书特书。"戈斯塔郁闷地说。

"但如果布丽塔指甲里的 DNA 和那枚指纹都来自同一个人，案情就现出曙光了。"马丁又在便笺上的"DNA"三个字母下面划了几道线。

"DNA 测试的结果什么时候能出来？"波拉问。

"实验室预计星期四可以提供给我们。"马丁答道。

"好，到时我们就有一份 DNA 样本了。"波拉伸了伸腿。有时她怀疑乔安娜的妊娠症状是不是会传染，最近她的腿时有轻微的刺痛感，胃口也变得特别好。

"那么要和谁进行 DNA 比对？"戈斯塔正在吃第三块饼干。

"我推荐阿克塞尔和弗朗斯。"波拉说。

"真要等到星期四？拿到比对结果又需要一段时间，而抓伤的痕迹愈合得很快，所以我们最好尽快取得他们的 DNA 样本。"戈斯塔说。

"说得好，戈斯塔，"马丁颇为吃惊，"明天我们就着手。还有吗？还有没有我们遗漏或忽视的因素？"

"你说'忽视'是什么意思？"门口传来一个声音，是梅尔贝里回来了，拉着喘着气的恩斯特。

"我们正在梳理案情，看看是不是忽视了什么线索。"马丁指着面前桌上的文件解释说，"刚说到明天要找阿克塞尔和弗朗斯取一下 DNA 样本。"

"好啊，去办吧。"梅尔贝里不耐烦地说，生怕自己也被卷进实际工作，"你们表现不错，继续努力。"他招呼着恩斯特，小狗摇着尾巴跟他回办公室去了，又躺到老地方——书桌下主人的脚面上。

"依我看，找人收养那条狗的提案算是泡汤了。"波拉笑道。

"要我说啊，恩斯特肯定能留下，只是我还真不知道到底是谁在照顾谁。还有传言说，梅尔贝里这把年纪，居然还成了萨尔萨舞王。"戈斯塔咯咯直笑。

马丁也压低嗓门说:"我也听说啦……还有,今天一早我进他办公室时,他坐在地上压腿来着。"

"开玩笑吧?"戈斯塔瞪大了眼,"他能行吗?"

"没戏,"马丁大笑,"他想用手去碰脚尖,但他的肚子太碍事,一票否决。"

"行了,你们两个。其实教梅尔贝里是跟我妈学跳萨尔萨舞。"波拉提醒他们。戈斯塔和马丁震惊地望向她。

"前几天我妈还邀请梅尔贝里来家里吃午饭了。他……他挺讨人喜欢的。"波拉说。

这回马丁和戈斯塔更是目瞪口呆。"梅尔贝里和你妈学跳舞?还去你家吃午饭?没多久你就得喊他'爸爸'了!"马丁捧腹大笑,戈斯塔也笑岔了气。

"你们给我住嘴,"波拉气呼呼地站起来,"案情讨论可以告一段落了吧?"她大步走出门去。马丁和戈斯塔面面相觑,不知所措,但旋即又忍不住大笑起来。哪有这么好的事啊。

战争在周末全面爆发。丹和贝琳达没完没了地对吼对骂,安娜的脑袋简直要炸开了。

几天来,她还在不断消化这一事实:她和丹即将拥有一个属于他们的孩子。她心中百感交集,同时在抑制内心的忧惧时萌生出丰沛的能量。

她坐到沙发上,把头埋进双膝之间,竭力调整呼吸,想控制住阵阵恶心。上次怀亚德里安的时候,妊娠反应一直持续到胎儿六个月大,那段时间简直无止无休。楼上的吵架声一波又一波,伴随着贝琳达那震耳欲聋的音乐。她受不了,再也受不了了。恶心的感觉越来越厉害,胃部阵阵抽搐,酸水涌到嘴里。她跳起来冲向洗手间,蹲到马桶跟前,想把在喉咙口翻滚的东西吐个干干净净。但什么都没吐出来,只是继续干呕,这让她愈发难受。

她认输了,站起来用毛巾擦了擦嘴,打量着洗手间镜中的自己。她吓了一跳。镜中的她,脸色和手中的毛巾一样刷白,睁大的两眼写满惊惶。

她和卢卡斯在一起时正是这幅模样——虽然今时今日一切都已不同,比当年好得多。她抚摩着小腹,现在还扁扁的。那么多希望,那么多恐惧,都凝聚在她子宫里那一小块地方。那么渺小,那么需要依靠。她深吸一口气,走出洗手间。这时吵架声已顺着楼梯转移到前厅。

"我要去琳达家。这有什么不能理解的!我有我的朋友,你不是不知道。难道你还要禁止我去见朋友吗,多管闲事的老东西!"

安娜预感到丹即将激烈地反击,于是她的耐心彻底耗尽了。她火冒三丈,大步走进前厅,拿出皇帝的气势厉声叱责:

"你们两个都给我闭嘴!听见了吗?都跟三岁小孩似的,适可而止吧!马上!"没等他们反应过来,她用手一指,又喊道:"你,丹,你别他妈的冲贝琳达大吼大叫。你总不能把她锁起来再丢掉钥匙吧!她十七岁了,她想去见朋友!"

贝琳达开心地笑了,但安娜还没说完。

"还有你,小姐,别再调皮捣蛋了,如果想让别人把你当大人看,你自己就得拿出点大人的样子来!我可不想再听你抱怨我和我的孩子住在这儿的事,不管你乐不乐意,我们都住下了,要是你肯给我们机会,我们会很高兴!"

安娜停下来喘了口气,接下来她的语气让丹和贝琳达吃惊不小,不由自主地像士兵一样站直了。"你很清楚,我们哪儿也不去,如果你打算把我们赶走,别指望了。因为你爸和我要生小孩了,所以我的孩子,和你,和你的妹妹们,很快就会有个同父异母的弟弟或者妹妹。我巴不得大家都友好相处,可单靠我一个人没用。我们得齐心协力!反正孩子春天就会出生,不管你接不接受我,到了那时候如果你们还是这个样子,别怪我不客气!"安娜突然泪如泉涌,另两人则呆呆地傻站着。然后,贝琳达也开始抽泣。她瞪着丹和安娜看了好一阵,接着夺门而出,前门砰地一声关上了。

"安娜,亲爱的,这又何必呢?"丹郁闷地说。艾玛和亚德里安也站在一旁目睹了这一幕，迷惑地看着他们。

"喔，真见鬼。"安娜抓起外套。前门第二次重重关上了。

"嗨，你去哪儿了？"帕特里克前来迎接艾丽卡，吻了吻她的唇。玛雅也摇摇晃晃张着小手臂跑过来要亲亲。

"我找到两个人，很有意思，听我慢慢给你讲。"艾丽卡挂好外套，和帕特里克进了客厅。

"是吗？怎么回事？"帕特里克坐回地板上，继续着他们听见艾丽卡进门时他和玛雅的游戏。他们在玩全世界最高的"积木叠叠高"。

"我还以为玛雅盖房子的本事不如你呢，"笑着坐到他们身旁，饶有兴味地看着丈夫聚精会神地将一块红色积木往塔顶上盖，这叠积木现在比玛雅的个子还要高。

"嘘……"帕特里克吐着舌头，万般小心地伸手将积木往摇摇欲坠的高塔顶上叠。

"玛雅，把那块黄色的给妈妈好吗？"艾丽卡指着底下的一块积木。玛雅一听妈妈要她帮忙，立刻笑逐颜开。她趴下去一下子抽出那块积木，于是帕特里克煞费苦心搭起来的成果瞬间轰然坍塌。

帕特里克傻坐着，手中的红色积木还悬在半空。"谢谢啊，"他气呼呼地盯着艾丽卡，"知不知道盖到那么高要用多少技巧啊？精确到毫米，手还得稳得不能再稳，懂不懂啊？"

"我一整年都在念叨着'太受刺激了'，看来总算有人理解啦。"艾丽卡边笑边倾身吻着丈夫。

"嗯，好好，嗯。明白了。"他也卖力地回吻，还探出了舌头。艾丽卡欣然笑纳，吻着吻着，两人情不自禁地爱抚起来，直到玛雅掷出一块积木，精准地击中了爸爸的脑袋。

"啾！"帕特里克捂着头，伸出手指警告玛雅，"你在干什么啊？爸爸好容易才有机会爱抚妈妈两下，你就朝爸爸扔积木？"

"帕特里克！"艾丽卡赶紧拍他的肩膀，"女儿这么小，有必要教她'爱抚'这个词吗？"

"如果她想添个小弟弟或者小妹妹,就该接受爸爸妈妈爱抚的场面嘛。"帕特里克说。艾丽卡看见了他眼中闪烁的光芒。

她站起来:"小弟弟小妹妹以后再说。不过今晚我们可以运动运动……"她抛了个媚眼,到厨房去了。他们共同生活的那个部分总算要回归了。

"你刚才说今天找了两个人,是谁?"帕特里克跟来厨房问道。

艾丽卡将她一天内两次去乌德瓦拉的收获复述了一遍。

"但是你没认出那两个名字?"听她转述完赫尔曼的话以后,帕特里克皱着眉头。

"唔,怪就怪在这儿。我印象中从没听说过,但又有点……我不知道。保罗·赫克尔和弗雷德里希·哈克。总觉得有点耳熟。"

"所以你和克耶尔·林霍尔姆准备联手追查这个……汉斯·奥拉夫森?"帕特里克将信将疑,艾丽卡猜到了他的心思。

"好吧,我知道这弯子绕得有点大。我不清楚汉斯在这其中扮演什么角色,但不知为何就是觉得他很重要。就算两起谋杀没他什么事,至少他也和我妈有关,所以我先从他下手。我想多了解一些妈妈的过去。"

"唔,总之多加小心。"帕特里克盛了一锅水放到炉子上。"要不要喝点茶?"

"好啊,多谢。"艾丽卡往餐桌旁一坐,"什么叫'多加小心'?"

"据我了解,克耶尔是个非常老辣的记者,小心别被他利用。"

"不至于吧。当然,他有可能一面利用我查出的信息,一面却不把他的进展透露给我,但最坏的情况无非也只是如此。我愿意冒这个风险。但我觉得他不会走这一步。我们约好了,我去找阿克塞尔·弗兰科尔打听那个挪威人,还要通过瑞典政府查查他的记录。克耶尔则打算去找他父亲。虽然他很不情愿。"

"他们俩的关系好像不太好,"帕特里克将烧好的开水倒进两个装了茶包的杯子。"我读过克耶尔写的不少文章,他可没少抨击他父亲。"

"看来会很有趣哦。"艾丽卡接过帕特里克递来的茶杯,边啜热茶边望着他。玛雅在客厅里咿咿呀呀地和某个没有生命的玩伴说话,多半是在和娃娃聊天呢。这几天她和那个娃娃简直如胶似漆。

"不用和局里的同事干一样的活,感觉如何?"艾丽卡问道。

"如果我说特别适应,肯定是撒谎。但现在我明白了,在家照顾玛雅的机会有多难得。等我回去时,照样有工作等着我。我倒不是希望多出几起谋杀案,不过嘛……你明白我的意思。"

"卡琳怎么样?"艾丽卡尽量摆出若无其事的口吻。

帕特里克稍一迟疑,才说:"不知道。她好像……很伤心。我猜生活不如她预期的那么顺利,现在她的状况……我也说不清。我有点替她难过。"

"她是不是很后悔离开你?"艾丽卡紧张地等着他回答。以前他们从未谈起过他和卡琳的婚姻,偶有几次她试着问过,但帕特里克都直接回避了。

"不,我看不会。确切地说……我不知道。我想她挺后悔当初的所作所为,而那时候的我则做出了我的选择。"他苦笑几声,重温许久未曾触碰的那段记忆,他的笑声愈显苦涩。他本以为那一切都已烟消云散。"可我不知道……她当时之所以那样,大部分是因为我们过不下去了。"

"但她还记不记得这一点?"艾丽卡问道,"有时候,一旦时过境迁,人都免不了粉饰回忆。"

"的确,但我想她应该还记得当初的情形。毫无疑问。"帕特里克说,但他的话音却略带犹疑。

"明天怎么安排?"他换了个话题。

艾丽卡心知他是故意的,但也不再纠缠。"我刚才说了,想找阿克塞尔聊聊,然后打电话去民政部门和税务部门问问有没有汉斯这个人。"

"等等,你不是还要写书吗?"帕特里克笑道,可他听起来还有点紧张。

"写书的时间多得是,何况绝大部分取材工作都完成了。我一心扑在这件事上,很难集中精力写书,所以就让我……"

"好的,好的,"帕特里克举起双手,"你是大姑娘了,懂得安排自己的时间。玛雅和我执行我们的计划,你按你的计划办。"他站起来往外走,顺便吻了吻艾丽卡的额头。

"新的杰作在等着我去建造。我想搭一个按比例缩小的泰姬陵。"

艾丽卡摇头大笑。有时她怀疑自己嫁的这个男人的脑袋瓜到底正常不正常。答案恐怕是否定的,她下了结论。

安娜大老远就注意到她,浮动船坞尽头那个矮小、孤单的身影。本来她并不是特意出来找人,但一走下加拉贝克街的斜坡就看见了贝琳达,她当即决定去和这孩子谈谈。

贝琳达没听见安娜走近的脚步声。她坐在船坞上吸烟,身旁放着一包烟和一盒火柴。

"嗨。"安娜说。

贝琳达猛然一缩。她瞥了瞥手中的烟,一时似乎想把烟藏起来,但旋即又赌气塞进嘴里,狠狠吸了一口。

"我能来一根吗?"安娜在贝琳达身边坐下。

"你会抽烟?"贝琳达吃惊地问,不过还是把那包烟递过去了。

"以前常常抽,抽了五年。不过我的……前夫……不喜欢。""不喜欢"未免轻描淡写了。早先有一次,卢卡斯发现她偷偷抽烟,就把烟在她的胳膊弯里掐灭。现在那里还有个淡淡的伤疤。

"你不会告诉爸爸吧?"贝琳达晃了晃香烟,不高兴地说。但她很快又换成乞求的口气:"行行好?"

"你不告发我,我就不告发你。"安娜闭上眼吸了第一口。

"你抽烟合适吗?我是说,因为你……怀着孩子。"贝琳达阴郁的口吻活像个忿忿不平的老太太。

安娜笑了:"怀孕期间,这是第一根烟,也是最后一根,我保证。"

她们静静地坐了一会儿,吐出的烟圈飘向海面。夏日的热浪已彻底失去踪影,取而代之的是九月的清洌寒意。不过好歹没起风,平静的海延向天边,波光粼粼。港口十分冷清,码头上只有几艘船——与夏季那齐刷刷排成好几行的壮观场面不可同日而语。

"挺不容易的,是吧?"安娜凝望着大海。

"什么?"贝琳达的态度仍有些粗鲁,还是拿不准该以什么态度应对。

"当个孩子。虽然你差不多算是大人了。"

"你根本不了解。"贝琳达答道,把一块小石头踢进海里。

"说得对啊,原来我一生下来就到现在这岁数了。"安娜大笑,顶了顶贝琳达的身侧,暗示她是在开玩笑。贝琳达也露出一丝笑容,却又转瞬即逝。安娜没再说话。她想让贝琳达来掌控谈话的节奏。两人又无言静坐了几分钟,安娜用余光发现,贝琳达正小心地瞄着她。

"还恶心吗?"

安娜点点头:"像一只晕船的臭鼬。"

"臭鼬怎么会晕船?"贝琳达咯咯笑着问道。

"怎么不会?你能证明臭鼬永远不会晕船么?证据拿来看看。我就是那种感觉。像一只晕船的臭鼬。"

"喔,你真会开玩笑。"贝琳达忍不住也大笑起来。

"说正经的,我觉得满身都是肥肉。"

"妈妈怀上莉森的时候也吐得一塌糊涂。我那时已经能记事了,所以有印象。她……噢,抱歉。也许我不该说起妈妈和爸爸以前的……"她尴尬地沉默了,又抽出一根烟,用手挡着点燃。

"哎,你可以随便谈你妈妈,随时都可以。在遇到我之前,丹和你妈妈有另一段人生,所以才有了你们三个,我一点都不介意。所以,相信我,你没必要因为自己还爱着妈妈,就觉得是背叛了爸爸。我保证,你谈起佩妮拉的时候,绝不会伤害到我,真的。"安娜按住贝琳达放在船坞上的手。一开始贝琳达想把手抽开,但是没动。过了几秒钟,安娜挪开手,也拿了第二根烟。这次怀孕期间她准备抽两根烟。然后就戒掉。抽烟是坏习惯。

"我特别会照顾宝宝,"贝琳达直视安娜的眼睛,"莉森小时候,我帮了妈妈不少忙。"

"丹都告诉我了。你特别热心,他和你妈妈还得逼着你出门和朋友们去玩。他还说你照顾宝宝特别拿手。看来明年春天可以指望你帮忙了。那些尿片都归你管。"她又戳戳贝琳达的身侧,这次贝琳达也回敬了一下。

贝琳达眼中闪着笑意,问道:"我只洗那些撒了尿的尿片,成交吗?"她伸出一只手,安娜握了握。

"成交。撒尿的尿片归你。"安娜又补上一句,"拉臭臭的那些归你爸。"

空寂的海港里回响着她们的笑声。

这是安娜一生中最美妙的时刻之一。冰消雪融的一刻。

艾丽卡登门时,阿克塞尔正在打点行装。他替她开门时,两手各提着一个挂着衬衫的衣架。他身后的前厅里有扇门,艾丽卡看见门里挂着个衣袋。

"你要出门?"艾丽卡问。

阿克塞尔点点头,仔细地将衬衫挂起来,免得弄皱。

"对,马上要去工作了。我星期五动身去巴黎。"

"不要紧吗?还没查出是谁……"艾丽卡只说了一半。

"我也没办法,"阿克塞尔冷冷答道,"反正如果警方需要我的协助,我会搭最快的航班飞回来。但我真地要开始工作了,光坐在家里胡思乱想也没什么意义。"他疲惫地擦了擦眼睛,艾丽卡看得出来,他整个人都异常憔悴,似乎比上次见面时又老了好几岁。

"暂时换个环境对你也有好处。"艾丽卡轻声安慰,然后又迟疑着说,"我有几个问题,有几件事想和你谈谈。能占用你几分钟吗?方便不方便?"

阿克塞尔满面倦容地点点头答应了,示意艾丽卡进屋。艾丽卡走向阳台上的沙发,也就是上次那个地方,但这回阿克塞尔却径直进了隔壁房间。

"太美了,"艾丽卡屏住呼吸,环视四周。简直一脚踏进了逝去的年代。房里的一切都洋溢着上世纪四十年代的风情。

两人坐到一张棕色布面的沙发上。

"有问题想问我?"阿克塞尔的语气虽和善,却带有一丝不耐烦。

"对,是的。"艾丽卡忽然十分尴尬。阿克塞尔要操心的事很多,而她这已经是第二次来打扰。但一如既往地,她既然来了,就下定决心问个明白。

"我最近在调查我母亲的生平,以及她的几位朋友:你弟弟、弗朗斯·林霍尔姆、布丽塔·约翰松。"

阿克塞尔点点头,拨弄着手指,等她说下去。

"另外还有一个人。"

阿克塞尔依然沉默不语。

"战争快结束时,有个挪威抵抗运动成员乘我外祖父的船来到这里……我知道你从前也经常乘那艘船。"

阿克塞尔双眼一眨不眨地望着她,但艾丽卡发现,一提到他从前往返挪威与瑞典之间的航程,他整个人都绷紧了。

"你的外祖父是个好人。"片刻后,阿克塞尔平静地说,两手平放在腿上,"我这辈子见过的最好的人之一。"

艾丽卡从没见过外祖父,听到这样的正面评价,心里暖洋洋的。

"据我所知,汉斯·奥拉夫森乘我外祖父的船偷渡到瑞典那段时间,你在监狱里。他是一九四四年来的,根据我们到目前为止的调查结果,直到战争刚结束时他才走。"

"你刚才说'我们',"阿克塞尔打断他,"'我们'是指谁?"他的声音颇为紧张。

艾丽卡犹豫了一下,才说:"'我们'的意思是,夫雅巴卡图书馆的克里斯蒂安帮过我的忙。仅此而已。"她不想提及克耶尔,而阿克塞尔似乎也认可了她的解释。

"对,当时我在坐牢。"阿克塞尔又浑身发紧,仿佛全身每块肌肉突然都回忆起了当初经受的折磨,条件反射般地阵阵发僵。

"所以你从没见过他?"

阿克塞尔摇摇头:"没有,我回来时他已经走了。"

"你是什么时候回到夫雅巴卡的?"

"一九四五年六月,坐白色巴士。"

"白色巴士?"艾丽卡问道,但随即就记起历史课上听过的内容,好像和福尔克·伯纳多特有关。

"是福尔克·伯纳多特的计划,"阿克塞尔证实了她模糊的记忆,"他将德国集中营里的北欧囚犯解救出来,送回祖国。运送我们的巴士是白色的,车顶和侧面刷着红十字标志,所以不会被当作军事目标。"

"可是既然战争已经结束了,怎么还有被当作军事目标的危险呢?"艾丽卡问道。

见她不解内情,阿克塞尔笑了笑,又开始拨弄手指。"经过和德国的谈判,接出犯人的第一拨巴士早在一九四五年三、四月间就启程了,带回大约一万五千人。战争结束后,五、六月又接回一万人。我是跟着一九四五年六月的最后一拨巴士回来的。"虽只是陈述事实,但在那刻意压抑的声调下,艾丽卡听出了他那段可怕经历的回音。

"可汉斯·奥拉夫森离开这里的时间是一九四五年六月。也就是说,他刚走不久你就回来了。对吗?"她问。

"可能只相差几天而已。"阿克塞尔点点头,"我记得不太确切,请多包涵。我回来的时候……已经筋疲力尽。"

"嗯,我能理解。"艾丽卡低下头。和一个曾今身陷德国集中营,亲眼见证那段历史的人交谈,感觉有点怪。

"你弟弟提过汉斯·奥拉夫森的事么?随便什么事都行?不会一点也没有吧?虽然我没有证据,但我判断汉斯在夫雅巴卡逗留期间,经常与埃里克和他的朋友们在一起。"

阿克塞尔眺望窗外,似在搜索着回忆。他的头往旁边歪了歪,皱着眉头。

"那个挪威人和你母亲的关系似乎不一般,恕我直言。"

"没关系,"艾丽卡摆摆手,"都过去几十年了,而且这一点我已经查到了。"

"怎么样？看来我的记忆力不如我想象的那么差。"阿克塞尔笑了，转头望着她，"嗯，可以确定，埃里克告诉过我，埃尔西和汉斯在恋爱。"

"汉斯走了以后，她是什么反应？你还记得当时她的状况吗？"

"恐怕记不清了。你外祖父出事后，她就像变了一个人。后来没多久就离开这里去学……家政，如果我没记错的话。后来我们就没再联系。几年后她回到夫雅巴卡，而我已经在国外工作了，很少回国。印象中她和埃里克也没有来往。这很正常，往往童年和少年时期的好朋友，长大以后会因为种种责任而渐渐疏远。"他的视线又飘向窗外。

"我明白你的意思，"看来阿克塞尔对汉斯也知之甚少，艾丽卡很失望。"难道没人提过汉斯去了哪里？他也没透露给埃里克？"

阿克塞尔遗憾地摇着头。"很抱歉，我很想帮你，但当年我回来时整个人都半死不活，后来又忙着其他事。不过，通过政府部门肯定能查到他的下落。"他一边鼓励艾丽卡，一边站起来。艾丽卡顿时会意，连忙也站起身。

"对，我正打算去查。如果运气好，说不定能查个水落石出。现在看来，他可能没去太远的地方。"

"唔，那祝你好运。"阿克塞尔和她握了手。"我能理解，真正认识过去才能真正活在当下。请相信，我能理解。"他拍拍她的手安慰她，艾丽卡感激地笑了。

"对了，关于那枚勋章，有进展吗？"艾丽卡正要去拉前门时，阿克塞尔问道。

"还没有，"艾丽卡觉得每过一分钟她就更泄气一分。"我去哥德堡找过一位收藏纳粹勋章的专家，但那枚勋章太普通，无法进一步追查，真倒霉。"

"没能帮上忙，很抱歉。"

"没事，从长计议嘛。"艾丽卡挥手道别。

艾丽卡最后一次回头时，阿克塞尔还站在门口目送她。他的模样令她非常非常难过。但他刚才的某句话也给了她灵感。艾丽卡信心满满地踏上归途。

克耶尔踌躇了半天才敲门。站在父亲门口,他突然又变成了一个饱受惊吓的小男孩。记忆闪回到小时候,一次次站在气势逼人的监狱铁门外,紧紧攥着妈妈的手,即将和爸爸见面的那种既害怕、又期待的心情,简直要将他的胃撕裂成好几瓣。一开始他很期盼探监,他想念弗朗斯,渴望着再一次见到他。小时候的他只在记忆中保留美好的片段,只记得爸爸在监狱高墙外的短暂时光,记得爸爸怎样将他高高举起,带他在林间漫步,拉着他的手,教他辨识各种蘑菇、树和灌木。克耶尔当时觉得世界上没有爸爸不知道的事。可是每到夜深人静时,他却不得不用枕头紧紧捂住耳朵,以隔绝那些可怕的、充满憎恨的、仿佛无止无休的争吵甚至打斗。他的双亲会从弗朗斯上次进监狱时没吵完的地方继续开始吵,同样的争执、同样的暴力,一遍又一遍,不知疲倦,直到警察又一次来敲门,把父亲带走。

因此,克耶尔对父亲的期望一年年消减下去。终于,在会客室外看见父亲那期待的面庞时,他心中剩下的只有恐惧。后来,恐惧又转化为憎恨。

克耶尔使劲擂门,为屈服于记忆的自己而懊恼。

"我知道你在里面!开门!"他大声喊道,然后紧张地倾听。终于,保险链放下,门锁转动了。

"想必是在提防你那群好伙伴吧。"克耶尔从弗朗斯身旁挤进去,不屑地说。

"你又想干什么?"弗朗斯问道。

父亲突然老态毕现,克耶尔不禁浑身一震。他连忙将这个念头抛到脑后。眼前这个男人比天底下绝大多数人都强韧。所有人恐怕都没他长命。

"找你打听点事。"他不请自入,一屁股坐到沙发上。

弗朗斯坐进他对面的椅子,却一声不吭,只是等待着。

"你认不认识一个叫汉斯·奥拉夫森的人?"

弗朗斯悚然一惊,但立即控制住情绪。他随意往椅背一靠,两手按住扶手。"为什么问这个?"他直视儿子的双眼。

"不关你的事。"

"你这种态度,凭什么让我帮忙?"

克耶尔上身前倾,他的脸离父亲的脸只有区区几寸远。他盯着父亲看了很久,才冷冷答道:"因为你欠我的。你对不起我,所以要抓住每一丁点机会来帮我。你最好不要心存侥幸,否则你死了以后,我会到你的坟墓上跳舞。"

霎时间,弗朗斯眼中有道光一闪而过,失落已久的光芒。也许是忆起了林中漫步,忆起了他用强壮的双臂将一个小男孩举向天空。旋即,光芒消失了。他看着儿子,平静地说:

"汉斯·奥拉夫森是个挪威抵抗运动成员,来夫雅巴卡时才十七岁。应该是在一九四四年。一年后他走了。我只知道这些。"

"放屁。"克耶尔往后依靠,"我知道你们天天泡在一起——你、埃尔西·莫斯特罗姆、布丽塔·约翰松,还有埃里克·弗兰科尔。现在你们之中已有两个人被谋杀了,就在过去两个月内。你难道不觉得不对劲?"

弗朗斯无视这个问题,反问道:"和那个挪威人有什么关系?"

"不知道,但我要查个究竟。"克耶尔吼道,强忍怒气,下颌紧绷。"你还知道什么?告诉我你们在一起的时候都是怎么回事,告诉我他为什么离开。你能想起来的所有细节都说清楚。"

弗朗斯长叹一声,似乎在尽力追溯往事。"所以你想问的是细节么……我试着回忆一下。嗯,埃尔西的父母收留他住在家里,他是乘她父亲的船偷渡来的。"

"这我早就知道。"克耶尔说,"还有呢?"

"他在船上找了份卸货的工作,不过空闲时都和我们在一起。我们比他小两岁,但他不太在意。大家相处得很愉快。个别人之间的关系比其他人更亲密。"回溯往昔,六十年的岁月并未抹消他的酸涩。

"他和埃尔西。"克耶尔冷冷地说。

"你怎么知道?"弗朗斯惊愕地发现,一想到埃尔西和汉斯,他的心上仍像挨了一记重拳。他的心灵绝对比他的头脑记性更好。

"知道就是知道。接着说。"

"嗯,你说得没错,汉斯和埃尔西好上了,想必你也猜得到,这让我不太开心。"

"这我可不了解。"

"啊,是真的。我喜欢埃尔西。但她选择了汉斯。讽刺的是,布丽塔却很迷恋我,而我对她毫无感觉。当然,有时我会想着和她上床,但转念一想,事后又会带来更多麻烦,划不来。所以从来没成。"

"你还真够宽宏大量。"克耶尔讥讽道。弗朗斯只是扬了扬一侧眉毛。

"那后来呢?既然汉斯和埃尔西如胶似漆,他为什么要走?"

"哎,那就是全世界最老掉牙的故事了。他对她山盟海誓,战争结束时,他说要回挪威寻找家人,然后再回来。但是……"弗朗斯耸耸肩,露出苦笑。

"你觉得他只是和她玩玩而已?"

"我不知道,克耶尔。我真的不知道。六十年了,那时我们还很年轻。也许他对埃尔西说的是真心话,但回家之后却被事业绊住了手脚。也许他一直都想着一有机会就开溜。"弗朗斯又耸耸肩,"我只知道他和我们道别,说是一打点好家里的事就回来。他就这么走了。老实说,之后我就没怎么考虑过他。我知道埃尔西难过了很久,但她母亲送她去了一所学校,接下来的事情我就不清楚了。那时我早已离开夫雅巴卡,而且……啊,后来你都知道了。"

"对,我知道。"克耶尔冷酷地应道,监狱那巨大的灰色铁门又浮现在眼前。

"所以我不明白你怎么会想起来问这个。"弗朗斯说,"他来过,又消失了。我们几个后来和他应该都没联系上。那么你怎会突然有兴趣?"弗朗斯紧盯着克耶尔。

"无可奉告。"他儿子凶狠地答道,"但是,如果他的离开隐藏有什么秘密,我一定会挖出来,你可别不信。"他丢给父亲一个挑衅的眼神。

"我相信,克耶尔,我信。"弗朗斯无奈地答道。

克耶尔瞄了一眼父亲那只按在扶手上的手。那是老人的手。布满皱纹,清瘦有力,苍老的皮肤上点缀着老人斑。和当年牵着他去树林里散步的那只手大相径庭。当年的那只手强壮而光滑,紧裹着他自己的小手,那么温暖,那么有安全感。

"看样子今年的蘑菇会长得很好。"他听见自己这么说。弗朗斯震惊地瞪着他。随即,弗朗斯的表情变得柔和了,轻声答道:

"是啊,看样子会长得很好,克耶尔。一定会的。"

拜多年旅行的经验所赐,阿克塞尔打包的行李如军人般一丝不苟,每样东西都摆放得十分精确。

他往床上一坐。从小到大他都住这个房间,但后来不得不换了家具。成年男子的卧室不该摆着飞机模型和漫画书。他想不通,为什么自己还会回到这里?过去这几星期,光在这座房子里逗留就需要无穷勇气。但不回来似乎又不行。

他起身走向埃里克的卧室,在走廊另一头,隔着好几个房间。一进门,坐到弟弟床边,阿克塞尔笑了。满屋子都是书。不出所料。架子上塞满了书,地板上左一堆右一堆,好多本书里都夹着便笺。埃里克从来都读不厌他的书,查不完一桩桩史实,记不尽一个个日期,更离不开它们带来的沉甸甸的真实感。正因如此,埃里克才比他更轻松。真实,意味着非黑即白,不存在灰色地带,无关乎政治权衡,不涉及模棱两可的道德观,而阿克塞尔每天都不得不和那些东西打交道。埃里克对此一清二楚,他曾直接指出阿克塞尔人生中的种种弱点,以及他自己的。他将它们还原为干巴巴的事实,挤去所有感情因素。但阿克塞尔非常了解弟弟,他明白,崇尚真实的埃里克心中,蕴涵着丰沛的情感,足以令他接触过的全部能知能觉的人相形见绌。

他拭去一滴滚落面颊的泪珠。在这里,在埃里克的卧室里,世间万事突然都不再如他所愿的那般清澈透明。阿克塞尔毕生都致力于去伪存真,明辨是非是他生活的全部重心。他四方奔走,只为给那些曾身陷集中营的人们一个说法。而埃里克蜗居于这片平静的小天地里,却能将是非善恶看得真真切切。阿克塞尔心底早已明知这一点。他知道,让自己从善恶之间灰色地带抽身而退的战斗,对弟弟的影响更甚于对他自己。

然而埃里克也在奋力斗争。六十年来,埃里克眼看着阿克塞尔来来去去,听他讲述为惩恶扬善付出的种种努力,听凭阿克塞尔扮演着正义使者。但在内心深处,阿克塞尔深知,自欺欺人的是他自己,而不是埃里克。

现在,他可以继续靠着欺骗自己活下去了。

阿克塞尔长身而起,再一次环视埃里克的房间,然后返回自己的卧室。还有很多行李需要收拾。

艾丽卡很久没去给外祖父母扫墓了。和阿克塞尔的一番交谈让她想起了他们。回家的路上,她决定绕道去墓园一趟。她推开铁门,踏上小径,聆听着脚下石子嘎吱嘎吱的响声。

她先经过她父母的墓地,就在正前方,小路的左侧。她蹲下来拔掉墓碑旁的一些杂草,墓碑看起来干净多了。她提醒自己下次要带些鲜花来。母亲的姓名深深刻在石碑里。埃尔西·菲尔克。

小时候,艾丽卡总是自责,长大后也一样。她总觉得自己做错了什么,总以为自己配不上享受母爱。为什么妈妈从不拥抱自己,从不和自己谈心?为什么妈妈从不说"我爱你",甚至一点儿也不喜欢她?长久以来,艾丽卡始终认为自己不够好,永远都不够好。

所以,当母亲年轻时的身影渐渐在眼前成型时,艾丽卡才会如此震惊。那个在大家眼中安静而温柔可人的女孩,怎会变得那么严苛、那么冷漠,将亲生女儿视同陌路?

艾丽卡伸出手,抚摸着墓碑上母亲的名字。

"你到底出了什么事,妈妈?"她喃喃低语,感觉到喉头发紧。几分钟后她站起身时,探究母亲生平的意愿比以往任何时候都强烈。

艾丽卡最后望了一眼双亲的墓碑,走向几码开外安葬外祖父母的地方。埃尔洛夫·莫斯特罗姆和希尔玛·莫斯特罗姆。她再次蹲下,凝视着墓碑,似乎想让它开口说话。但石碑依旧缄默。这里没什么可研究的了。如果她想了解真相,就该去其他地方寻找。

艾丽卡走向小山坡,踏上通往教堂的斜坡,抄近路回家。在小山脚下,她不经意地望向右侧,恰在墓园的石墙根下,一块布满苔藓、孑然独立的灰色大墓碑映入眼帘。她一脚踏上斜坡,却突然停住了。她后退几步,站到那块灰色大石碑前,心脏在胸腔中狂跳不止。看似不相干的线索,表面上毫无联系的只言片语,开始在她脑中盘旋。她眯起眼,好确保自己没有看错。然后她又上前一步,紧紧凑近石碑。她甚至用手指摩挲着碑文,以免大脑和她开玩笑。

随即,一切线索都各归其位,掷地有声。原来如此。现在她明白真相了,至少是一部分真相。她拿出手机,用颤抖的手指按下帕特里克的号码。该由他出手了。

赫尔曼的女儿们刚走。她们每天都来,最亲最爱的女儿们。看着她们并排坐在床边,对他是莫大的安慰。她们如此相似,却又各有各的鲜明特点。

赫尔曼闭上双眼,忍住眼泪。他再也没有力气哭泣了,泪水已经流干。但他强迫自己睁开眼睛,因为每次双眼一合,他掀起枕头时布丽塔的样子就回到眼前。他真不该拿掉那个枕头,但他别无选择,因为他想证实他的怀疑,想看看他的冲动之举带来了什么。因为他早就明白了。当他踏进卧室、望见她一动不动躺着,脸上蒙着个枕头时,他就已经明白了。

拿开枕头,直面她那僵硬的神态时,他的生命也就结束了,在那一瞬间随她而去。他唯一能做的,就是躺到布丽塔身旁,用双臂紧紧搂住她。

赫尔曼瞪着天花板,徐徐追忆往昔。夏日在瓦罗海湾泛舟,女儿们都在船上,布丽塔坐在挡风玻璃前,脸庞微微上仰,迎向太阳。

接着,一片阴影掠过他的脸庞。他想起了布丽塔第一次向他吐露那难以启齿的秘密的情景。那是一个阴暗的冬季午后,女儿们都去上学了。布丽塔要他坐下来,说是有事要和他谈谈。他的心脏几乎停止跳动,现在回想起来还羞惭不已,当时他的第一反应竟是布丽塔另有新欢,将要离他而去。所以她道出的一切反而令他松了一口气。他倾听着,她讲述着,讲了很久。到了该去接女儿的时候,他们约好永远不再触碰那一话题。覆水难收,木已成舟。在那以后,他也从不曾对她另眼相看,对她的感觉一如既往,和她说话的方式也丝毫未变。他们平静而欢乐的生活,他们共度的一个个美好夜晚,怎可能被那件事轻易颠覆?布丽塔向他透露的秘密,绝不可能凌驾于他们共同拥有的生活之上,无论如何都不可能。所以他们约好,永不再提。

但布丽塔的病情成了转折点,形势由此彻底逆转。她的病宛如一阵飓风横扫他们的生活,将一切连根拔起。他任由自己随这阵狂风摇摆,因此犯了一个错误,一个致命的错误。那通电话他根本不该打。但他当时竟那么幼稚,幼稚得相信该让深埋地底的淤泥重见天日。他的多此一举,无异于亲手将那个枕头蒙上她的脸。布丽塔死后他才明白过来,所以他更是痛得撕心裂肺。赫尔曼又闭上双眼,想抛开一切杂念,而这次他合上眼帘后,浮现出来的不再是布丽塔死后的脸。他看见她躺在一张病床上,苍白而疲倦,但却开开心心。她双臂搂着安娜·格蕾塔,抬手招呼他走近些。

他最后长叹一声,放开一切痛楚,微笑着,迎向她们。

帕特里克直视前方。艾丽卡的推测对不对?听起来简直不可思议,但却……十分合乎逻辑。想到面临的艰巨任务,他不禁叹了口气。

"来吧,宝贝,我们出门转转,"他举起玛雅,抱着她走向前厅,"顺路去接妈妈。"

不一会儿,他就把车开到了墓园门口,正在等候的艾丽卡心急如焚,如同热锅上的蚂蚁。帕特里克也像被她的焦急传染,驶向塔努姆市途中,他不得不提醒自己别过分用力踩油门。平时他开车就有点鲁莽,但如果玛雅在车里,他总是万分小心。

"由我来说,好吗?"帕特里克把车停在警局前,"让你一起来,只是因为我不想和你争论,再说,我也知道是你比较在理。但他是我的上司,这种活儿从前都是我来干的。明白吗?"

艾丽卡颇不情愿地点点头,将玛雅从车里抱出来。

"要不要开车到我妈那里,请她照看玛雅一会儿?我的意思是,你不是不喜欢我带玛雅进警局嘛。"帕特里克逗艾丽卡开心,却被狠狠白了一眼。

"拜托,你又不是不知道,我想尽快解决这件事。再说玛雅上次来警局上了一会儿班,似乎也没受什么影响。"艾丽卡朝他挤挤眼。

"嗨!没想到你们一家子都来啦。"安妮卡吃惊地招呼。玛雅见了她,笑得特别甜,安妮卡更是高兴得满脸放光。

"我们得和伯蒂尔谈谈,"帕特里克说,"他在吗?"

"在办公室里。"安妮卡不解地看了看他们。刚进门,帕特里克便快步走向梅尔贝里的办公室,艾丽卡抱着玛雅跟在后面。

"赫斯特罗姆!你在这里干什么?还把全家都带来了。"梅尔贝里起身相迎,语气有点暴躁。

"有点事想和你讨论讨论。"帕特里克不等招呼就坐进椅子里。玛雅和恩斯特一照面就乐开了花。

"这狗常和孩子们一起玩吗?"艾丽卡不知该不该把手舞足蹈的女儿放下地。

"我怎么知道?"梅尔贝里说,却很快动了恻隐之心,"他是全世界最乖的狗,连一只苍蝇都不忍心伤害。"他的声音流露出自豪之意,帕特里克逗趣地一扬眉毛,看来顶头上司真的被这条小狗迷住了。

艾丽卡仍有点不放心,她刚把女儿放到小狗旁边,恩斯特就热情地舔起玛雅的小脸蛋。玛雅稍稍吓了一跳,旋即就喜笑颜开。

"好吧,你想干什么?"梅尔贝里颇为好奇地看着帕特里克。

"想请你批准开挖一座坟墓。"

梅尔贝里像是喉咙里卡了什么东西,连连咳嗽,脸越涨越红,差点背过气去。

"挖坟!老兄,你吃错药了吧!"好半天,他总算能张嘴说话了,"休假休得你脑子出毛病了!你知不知道挖坟的批准有多稀罕?而且这几年我们都挖过两次了。如果我再去申请,肯定会被当成疯子,关进精神病院!我说,这次要挖谁的尸体?"

"一九四五年失踪的一位挪威抵抗运动成员,"艾丽卡冷静地答道。她蹲在帕特里克身边,挠挠恩斯特的耳朵。

"你说什么?"梅尔贝里张大了嘴,傻瞪着她,以为自己肯定听错了。

艾丽卡耐心地复述了她的调查成果:包括她母亲在内的四个好朋友,以及战争结束前一年来到夫雅巴卡的挪威人。她解释说,一九四五年六月后此人便音讯全无,迄今仍下落不明。

"他会不会留在瑞典?还是回挪威了?你找两国的行政部门查过了吗?"梅尔贝里疑虑重重。

艾丽卡站起来坐到另一张椅子里。她直视梅尔贝里,仿佛要用意志力迫使他认真听取她的意见。然后她转述了赫尔曼的话:保罗·赫克尔和弗雷德里希·哈克会告诉他们汉斯·奥拉夫森的下落。

"这两个名字隐约有点耳熟,但我又不记得在哪里听过。今天才有了眉目。我去墓园探视我父母和外祖父母的墓地,当时就发现了。"

"发现什么?"梅尔贝里不解其意。

艾丽卡摇摇手。"听我说,马上要说到了。"

"好,好,你继续。"梅尔贝里的胃口不由自主地被吊了起来。

"夫雅巴卡墓园里有座坟墓比较特别,是一战时期的,埋了十个德国士兵——其中七人的身份得到确认,墓碑上也列出了名字,但还有三人身份不明。"

"你还没告诉他便笺上的那行字。"帕特里克已经把谈话的主动权移交给妻子。知道什么时候该让步的男人才是好男人。

"噢,对了,还有一条线索,"艾丽卡向梅尔贝里介绍了她研究现场照片时发现的那张便笺,以及便笺上"Ignoto Militi"的字样。

"你怎么能看到现场照片呢?"梅尔贝里生气地瞪了帕特里克一眼。

"这个以后再说,"帕特里克说,"先听她说完。"

梅尔贝里嘟囔了几声,但还是默许了,让艾丽卡继续。

"埃里克·弗兰科尔在便笺上一遍遍涂写那行字,我查出了它们的含义:是巴黎凯旋门的一行铭文,准确地说是刻在无名烈士纪念碑上的,意思是'向无名烈士致敬'"。

见梅尔贝里依然不得要领,艾丽卡边比划边说:

"我心里总惦记着这行字。那么我们知道一九四五年一名挪威抵抗运动成员失踪,谁也不清楚他的下落;我们还知道埃里克在纸上涂写'无名烈士',还有布丽塔念叨的'遗骨',再加上赫尔曼透露的那两个名字。于是,刚才我经过夫雅巴卡墓园的那块墓碑时,我终于明白为什么那两个名字那么耳熟了。因为它们就刻在墓碑上。"艾丽卡停下来喘气,梅尔贝里瞪大了眼。

"所以保罗·赫克尔和弗雷德里希·哈克是一战时埋葬在夫雅巴卡墓园的两个德国兵?"

"没错。"艾丽卡正寻思该如何继续,梅尔贝里却比她还急。

"那依你的意思……"

艾丽卡深吸一口气,看了看帕特里克,才说:"依我看,那座坟墓里很有可能多了一具尸体。我认为那位挪威抵抗运动成员汉斯·奥拉夫森就埋在里面。虽然我还看不透案情的全貌,但我想这就是侦破埃里克和布丽塔两起谋杀案的关键一环。"

她不吭声了。三人都默然不语。梅尔贝里的办公室里,只剩下玛雅和恩斯特玩耍的声音。

好半天,帕特里克才轻声说:"我知道这听起来很离奇,但我和艾丽卡反复讨论过,我觉得她的判断值得重视。虽然没有具体证据,但种种迹象都指向这个方向。而两起谋杀案背后的隐情也极有可能与艾丽卡的观点相符合。我还想不通来龙去脉和作案动机,但第一步应该调查坟墓里是不是果真多出一具尸体。还有,如果真的多了一具,那么死者的死因,以及被埋到那里的原因又是什么。"

梅尔贝里没有回答。他十指紧扣,默默沉思。最后,他大声叹气。

"哎,我肯定是脑子烧坏了。不过我想你也许是对的。我不敢保证能搞到许可。刚才说过,我们从前干过这种事,检察官差点把我们的房顶掀掉。但我会去试试,目前只能给你这个程度的承诺。"

"这就够了。"艾丽卡兴奋地说,简直要扑过去拥抱梅尔贝里。

"好了,别高兴得太早,我看申请成功的可能性不大。好歹试一试。现在让我安静工作一会儿。"

"我们马上就走,"帕特里克站起身,"一有消息就通知我。"

梅尔贝里没答话,只是挥手赶他们出去,然后拎起话筒,开始着手进行也许是他整个职业生涯中最最艰苦的游说工作。

夫雅巴卡,一九四五年

他住在他们家六个月了,而在他们相爱三个月后,灾难降临。埃尔西在门廊上帮母亲浇花时,看见他们走上台阶。一见他们的肃穆神情,她立时就明白了。身后的厨房里传来母亲洗盘子的声音,埃尔西想冲进去让母亲离开,抢在母亲没接到那无法承受的消息前把她赶走。但她明白那也无济于事。于是,她呆呆地过来开了门,请这三位来自夫雅巴卡其他渔船的客人进屋。

"希尔玛在家吗?"三人中最年长的那位问道。埃尔西认得他是船长,便点了点头,领他们去厨房。希尔玛转身看见来人,手中的盘子顿时滑落在地,摔得粉碎。

"不,不,老天在上,不!"

埃尔西刚刚来得及扶住颓然倒下的母亲,将她扶进一张椅子,紧紧抱着她,自己的心脏仿佛也不复存在了。三位渔民不知所措地站在桌旁,扭着手里的帽子,最后还是船长先开口:

"是水雷,希尔玛。我们在船上都看见了,也尽快赶过去抢救,但是……没办法。"

"上帝啊,"希尔玛大口喘气,"其他人呢?"

即便到了这时候,母亲竟还能想到其他人,埃尔西很是吃惊。但随即父亲手下那些船员的容貌也在她眼前闪过。那些和她家熟识多年的人们,还有即将获悉同样噩耗的一个个家庭。

"没有幸存者。"船长艰难地咽了咽唾沫,"只找到了船的一些残骸。我们在那里停留了很久,一直在找,但谁也没找到,除了奥斯卡松那孩子。可我们把他捞上船时,他已经死了。"

泪水从希尔玛的脸上滑落。她紧咬着指节,才没尖叫出声。埃尔西拼命将眼泪往肚里咽,勉强支撑着。妈妈该怎么办?她自己又该怎么办?最最亲爱的爸爸,总是那么和蔼,那么可靠,没了他,她们还有什么指望?

小心的敲门声打断了他们。一名船员去开了门。汉斯走进厨房,面如死灰。

"我看见……有客人来。我想……是什么……?"他垂下眼帘。埃尔西看出他生怕给她们添麻烦,但她很感激他能来。

"爸爸的船撞上了水雷,"她的声音在颤抖,"没有人生还。"

汉斯的双膝一紧,浑身一阵哆嗦。随后,他走到埃尔洛夫放烈酒的柜子,果断地倒了六杯酒,端上桌。

"我觉得这时候我们都该喝点劲大的。"和埃尔西一家住了这些日子,他的挪威口音已经越来越淡,越来越接近瑞典人。

除了希尔玛,众人都如释重负地拿起杯子。埃尔西小心地将酒杯送到母亲面前:"来,喝一点吧。"希尔玛听从女儿,将酒杯举到唇边喝了一口,被酒劲冲得直皱眉。埃尔西看了看汉斯,眼中满是感激。这种时候有个伴真好。

又有人敲门。这次去开门的是汉斯。女人们陆续赶来,她们都很清楚,生活在丈夫葬身大海的威胁阴影之下是什么滋味。她们带来了食物,帮忙打理家务,安慰希尔玛这都是老天的旨意。确实有用,虽然算不上什么大忙,但她们都明白,说不定有一天她们也需要同样的安慰,所以此刻她们都在尽力分担朋友所遭受的苦痛。

埃尔西悲伤的心怦怦直跳,她后退一步,看着女人们围着希尔玛,前来报信的男人们鞠躬致哀,然后出门去通知其他遇难者的家属。

入夜,精疲力竭的希尔玛睡着了。埃尔西躺在床上凝望天花板,脑子空空的,还无法接受事实。父亲的音容笑貌宛在眼前。她也明白,父亲无疑早已注意到了她和那挪威男孩之间的感情,他很喜欢汉斯。而她和汉斯也非常尊重她的父母,只在私下才偷偷接吻,小心地拥抱,从未迸发任何会令他们羞于直视双亲的越轨之举。

但此时此刻,在床上仰望着天花板,她再也不在乎了。她无法独立承受刀割在心上的疼痛。她慢慢坐起身,两脚挪到地板上。虽然心底尚有些许犹疑,但那撕心裂肺的痛楚,驱使她只能去寻找唯一能依赖的慰藉。

她蹑手蹑脚下了楼梯,经过父母的卧室时,她往里看了看母亲,大床上希尔玛的身影是那么渺小,令她胸口一震。但希尔玛睡得很熟,至少残酷的现实给了她一段缓刑。

埃尔西开了锁,拉开前门,门轻轻嘎吱一响。夜很冷,她只穿着睡袍迈进门廊,不由冻得屏住呼吸,冰凉的石阶刺得她的光脚板生疼。她快步走下石阶,来到汉斯门前,顿时又踌躇不前,但这踌躇也只维持了片刻。被悲伤穷追不舍的她需要安慰。

她刚敲门,汉斯就开了门,一言不发地让到一旁。她走进屋,只穿着睡衣,站在他面前,无言地凝望着他。他用双眼无声地询问,而她牵起他的手作为回答。

在这一夜短暂的幸福时光里,她得以忘却心中的痛。

20

见过父亲之后,克耶尔感到莫名的不安。这么多年来,他成功地控制着父子之间的关系,牢牢把握着他的仇恨。只看到消极一面很容易,只关注弗朗斯在儿子童年时犯的种种过错也很容易。但也许事情并不总是非黑即白。他使劲晃晃自己,意欲甩开这个念头。忽略灰色地带,认定世上只有对与错,要容易得多。但今天的弗朗斯看上去那么苍老,那么脆弱。克耶尔第一次意识到,父亲不可能永远活下去,不可能永远是他憎恨的对象。

他用微微发抖的手拎起话筒打了几个电话。艾丽卡说过会去行政部门调查汉斯,但克耶尔不习惯依靠任何人。这项工作他自己就可以做。但他花了一小时,给瑞典和挪威的不同部门一共打了五次电话,最后不得不得出结论:他费尽力气也没搞到任何具体信息。只凭一个名字和大致的年龄,无疑很难调查,但总该有办法。他还没有穷尽所有可能性,而且根据她掌握的情况,至少可以确定那孩子没有留在瑞典。所以汉斯很可能在战争结束后回到祖国,脱离了危险。

克耶尔拿过文件夹,突然发觉他忘了把汉斯·奥拉夫森的照片传真给爱斯基尔·哈尔沃森。他又拎起电话,找对方要传真号。

"恐怕我还没什么收获。"哈尔沃森一接电话就说。克耶尔连忙解释他这么快打电话另有原因。

"好的,照片可能有用。可以传真到我在大学的办公室。"哈尔沃森报了个号码,克耶尔记了下来。

克耶尔挑出包含汉斯·奥拉夫森最清晰的照片的那篇文章,传真完毕,坐回办公桌前。他觉得自己有点山穷水尽了,只能寄望于艾丽卡的调查有所斩获。

电话铃在此时响起。

"爷爷来了!"佩尔朝客厅里喊。凯琳娜连忙走出来。

"我能进去一会儿吗?"弗朗斯问道。

凯琳娜发觉他的模样有些异常,不禁暗暗担心。她本来对克耶尔的父亲并无特别的好感,但弗朗斯近来为她和佩尔所做的一切,令她对他万分感激。

"当然,请进。"凯琳娜领他们去厨房。见弗朗斯正审视着自己,她便主动回答了他还没出口的问题:

"从你上次来过以后,一滴也没喝。佩尔可以作证。"

佩尔点点头,隔着餐桌坐到弗朗斯对面。他望着爷爷的神态充满崇敬。

"看来你开始长头发了。"弗朗斯笑着拍拍孙子头上短短的发茬。

"我想也是。"佩尔挺难为情,但随即也摸了摸自己的头皮,样子很高兴。

"很好,"弗朗斯说,"很好。"

凯琳娜一边往过滤器里倒咖啡,一边用眼神示意弗朗斯。弗朗斯轻轻点头,表示不准备和佩尔讨论政治话题。

咖啡泡好了,凯琳娜也坐到餐桌旁,用探询的目光望向弗朗斯。弗朗斯低头盯着咖啡杯。她再一次察觉他是多么疲惫。虽然她认为弗朗斯的精力完全用错了地方,但在她眼里,他一直以来都是力量的象征。而此时此刻的弗朗斯完全变了一个人。

"我用佩尔的名字开了一个银行账户。"半晌,弗朗斯才说,但依然躲着他们的目光,"等他满二十五岁就可以使用。我已经在账户里存了一大笔钱。"

"钱是从哪儿——"凯琳娜刚开口,弗朗斯就摆摆手,自顾自说下去:

"出于现在不能透露的原因,这个账户和这笔钱都不在瑞典。账户设在卢森堡的一家银行。"

凯琳娜眉头一扬,却不太惊讶。克耶尔常说他父亲在其他地方藏了钱,来源是从前多次令他入狱的犯罪行为。

"可为什么是现在?"她望着弗朗斯。

弗朗斯一开始似乎不想回答,但最后还是说:"以防我有个三长两短,还是先安排妥当为好。"

凯琳娜默然不答。剩下的她不想知道。

"真酷。"佩尔景仰地望着爷爷,"我能拿到多少钱啊?"

"佩尔!"凯琳娜厉声呵斥,狠狠盯着儿子,佩尔只是耸了耸肩。

"很多。"弗朗斯干巴巴地说,没有透露具体数额。"但是,虽然账户在你名下,却有一些限制。首先,你只有满二十五岁才能拿到钱。"他竖起手指警告,"而且根据我设定的条件,只有你妈认为你已经足够成熟、能够妥善支配这些钱的时候,经过她的许可,你才能拿到钱。这个条件在你满二十五岁后仍然有效。如果她觉得你拿了钱干不出什么好事,那你就一分钱都拿不到。明白吗?"

佩尔嘀咕了两声,但还是乖乖听从弗朗斯的吩咐。

凯琳娜不知该怎么办。弗朗斯的神态、语气都令她隐隐不安。但与此同时,她对他又有说不完的感谢,为了佩尔。她不想多考虑钱是怎么来的。弗朗斯肯定早就准备了这些钱,而既然这些钱将来能够帮助佩尔,她也就不打算推辞了。

"克耶尔呢?"她问道。

这时弗朗斯抬起头,注视着她。"在佩尔拿到钱之前,别让克耶尔知道这事。请你保证,绝不对他透露一丝口风!还有你也是,佩尔!"他转过头严厉地盯着孙子,"这是我唯一的要求。彻底办妥之前,必须瞒着你爸。"

"好啊,没问题,没必要让爸爸知道。"能有个瞒过父亲的秘密,佩尔相当兴奋。

弗朗斯又放缓语气:"我知道,你多半要为这星期干的蠢事受点惩罚。不过,请你仔细听好我接下来的话。"他命令佩尔直视他的双眼。

"你要老老实实接受惩罚。他们很可能会送你去少管所之类的地方。这期间你不许招惹麻烦,不许惹祸上身。受罚期间不准出问题,以后也不能再干蠢事。听清了吗?"他说得很慢,一字一句咬得格外清晰。每当佩尔想挪开视线的时候,都被弗朗斯强硬的目光牢牢锁住。

"现在我告诉你,我这辈子走过的路,你绝对不会想重走一遍。我的人生从头到尾就是一坨屎。对我来说,唯一在乎的,就是你和你爸,虽然他永远都不相信,但千真万确。所以我要你保证,以后绝不再惹麻烦。向我保证!"

"好,好。"佩尔局促地蠕动着身体,但爷爷的话他似乎听进去了,也记在心里了。

弗朗斯唯有希望他这番话能起作用。他深知人一旦踏上某条路,要从头再来是多么艰难,他自己就是前车之鉴。好在他及时出手把孙子往正轨上推了一把。现在他也只能做到这些了。

弗朗斯站起身。"那好,该说的我都说了。这些是你将来拿到钱所需要的文件。"他把几张纸放到餐桌上,推到凯琳娜面前。

"你不再坐一会儿?"又一阵不安袭上凯琳娜心头。

弗朗斯摇摇头。"我还有事要办。"他转身离去,却在门口停住了。他稍一迟疑,然后轻声说:"你们多保重。"然后他朝他们挥挥手,扭头走向前门。

凯琳娜和佩尔呆坐在餐桌旁,说不出话。两人都察觉,弗朗斯刚刚是在向他们诀别。

"简直成了惯例。"托布约恩·鲁德冷冷地评论道。他与帕特里克并肩而立,注视着下方正在进行的掘墓工作。玛雅托付给安娜了,所以艾丽卡也在场,掩饰不住她的急切。

"我了解。梅尔贝里争取到许可很不容易。"帕特里克罕见地称赞了上司。

"据我所知,检察官办公室里那家伙冲他吼了十分钟。"托布约恩的双眼须臾不离坟墓,泥土正一层层被翻起。

"你觉得有必要全都挖出来吗?"帕特里克耸耸肩。

托布约恩摇摇头:"如果你们俩猜对了,那么我们要找的那具尸体应该在最上面。我不认为有人还会费那么大力气把他埋到最底下,所有人底下。"他又讽刺道,"而且他多半不在棺材里,所以看他的衣服就知道你们那套理论正确与否。"

"最快什么时候可以看到死因鉴定的初步报告?"艾丽卡问道,"我是说,如果发现他的话。"但她似乎很有把握,掘墓的结果一定会证实她的猜测。

"我担保过后天会出报告,也就是星期五,"帕特里克说,"早上我找过佩德森,他们同意优先进行这次验尸。明天他就会着手,星期五出结果。他还强调,星期五只能出具初步的分析。不过,至少到那时我们会知道死因。"

正在墓穴里干活的人喊了一声,打断了他。三人连忙上前。

"有发现了,"一名鉴证人员说。托布约恩走过去和他简要谈了几句,两人的头凑得很近。然后托布约恩回到不敢再走近的帕特里克和艾丽卡身边。

"有一具尸体埋得离地面很近,也不在棺材里。现在他们得放慢作业速度,以免破坏任何证据。要把尸体挖出来还得花点时间。"他略一迟疑,"看来你们猜对了。"

艾丽卡点点头,长出一口气,如释重负。她远远看见克耶尔正朝这边赶来,却被马丁和戈斯塔拦住了。他们俩的职责是不让任何人接近。艾丽卡连忙赶过去。

"没事,是我通知他的。"

"记者或其他未获授权的人员都不得靠近,梅尔贝里特别交待过。"戈斯塔嘀咕着,双手拦在克耶尔胸前。

"不要紧,"帕特里克也走过来,"我来负责。"他朝艾丽卡使了个严厉的眼色,明确示意一切后果由她承担。艾丽卡草草点点头,领着克耶尔往坟墓的方向走去。

"有发现了吗?"克耶尔激动得两眼放光。

"好像有,我想我们找到汉斯·奥拉夫森了。"艾丽卡着迷地望着鉴证人员小心地试图掀开墓穴里一大包来历不明的东西,那东西埋在离地面不到一点五英尺深的地方。

"原来他根本没离开夫雅巴卡。"克耶尔目不转睛地注视着墓穴里的作业。

"的确。那么问题来了:他怎会葬身此地?"

"想必埃里克和布丽塔都知道答案。"

"没错,而他们都被谋杀了。"艾丽卡摇摇头,仿佛答案已呼之欲出。

"他最少被埋了六十年。那为什么是现在?为什么他突然变得那么重要?"克耶尔沉思着。

"你父亲没透露什么吗?"艾丽卡扭头看了看他。

克耶尔摇摇头:"什么也没说。而且我也搞不懂他是真不知道呢,还是不想告诉我。"

"你觉得他会不会……"艾丽卡不敢挑明,但克耶尔理解了她的言下之意。

"我父亲什么都干得出来,我只知道这一点。"

"你们俩说什么呢?"帕特里克来到艾丽卡身边,两手插在外套口袋里。

"我们正在讨论我父亲杀人的可能性。"克耶尔平静地说。

帕特里克被他的坦承吓到了。"那你们的结论是?"他又说,"我们也怀疑过,但埃里克遇害那段时间,你父亲有不在场证明。"

"这就不清楚了。"克耶尔说,"不过我希望你们再三确认,因为设计一个不在场证明对我父亲那种坐穿牢底的累犯来说,不见得有多少难度。"

帕特里克深以为然,便顺手做了笔记,打算稍后问问马丁,是否已详细核实过弗朗斯的不在场证明。

托布约恩又走过来,认出了克耶尔,便点头致意。"看来'第四阶层'①也获准加入了。"

"纯属个人原因。"克耶尔答道。托布约恩耸耸肩。既然警方想让记者在场,他也无意干涉。这是他们的问题。

"再过一小时差不多就可以收工,"他说,"我想佩德森已经做好立即开工的准备了。"

"嗯,我已经和他谈妥。"帕特里克点点头。

"那就好。我们会把那家伙运出去,看看他身上藏着什么样的秘密。"他转身回到墓穴旁。

"是啊,看看他藏着什么秘密。"艾丽卡凝视着墓穴,喃喃自语。帕特里克伸手揽住她的肩头。

夫雅巴卡,一九四五年

父亲死后的这几个月既混乱又艰难。她所能找到的唯一慰藉,就是和汉斯共度的一个个夜晚。每晚妈妈睡下以后,埃尔西就偷偷溜下楼,钻进汉斯的怀抱。她知道这样不好,随之而来的后果更是不容忽视,但她控制不住自己。裹着被子躺在汉斯身旁,让他的手臂搂住自己,他的手轻轻抚弄着她的头发——在那分分秒秒之中,世界又变得完完整整。

过日子的实际问题也多亏汉斯的援助。父亲死后,家里没了经济支柱,之所以还能维持下去,全靠汉斯在船上多干了不少活,把赚来的每个克朗都给了他们。

躺在汉斯身旁,埃尔西用手抚摸着小腹,聆听着他均匀的呼吸。一周前她发觉自己怀孕了。这几乎不可避免,但她不太在意怀孕的风险。虽然眼下家境艰难,她的全身心却笼罩在无边的宁静下。她还没把怀孕的消息告诉他,但她心里明白,不会有什么问题。汉斯得知以后一定会很高

---

① 新闻媒体的别称。

兴。他们会彼此扶持,携手共度。

埃尔西闭上眼,一只手留在小腹上。腹中的小生命是他们爱情的结晶。她和汉斯的孩子。这有什么错?一个属于他们的孩子,怎么可能有错?

手放在小腹上,埃尔西酣然入梦,唇边还挂着淡淡的微笑。

21

昨天的掘墓工作结束后,警局上下弥漫着一股紧张的期待感。梅尔贝里自然大吹特吹他们的重大发现,并将全部功劳据为己有,但谁都没把他放在眼里。

马丁掩饰不住内心的激动,他们守在墓园周围的警戒线外面时,就连戈斯塔都两眼放光。和同事们一样,他也渐渐看清案情的全貌了。虽然了解得还不够深入,特别是两起谋杀案的关联尚不明朗,但他们都有种强烈的预感:随着昨天的重大突破,破案的曙光已经跃出地平线。

敲门声打断了马丁的沉思。

"是不是打扰你了?"波拉往门里张望着。马丁摇摇头。

"没有。进来吧。"

波拉进门坐下。"你觉得现在进展如何?"

"还很难说。佩德森的报告真让人望眼欲穿啊。"

"你觉得他是被谋杀的么?"波拉褐色的眼眸中兴致盎然。

"不然为什么有人要把他的尸体藏起来?"马丁答道。波拉点头称是。她也持同样的结论。

"但问题在于:六十年过去了,为什么他的死突然变得那么重要?我的意思是,那孩子'十有八九'"——她用手比划着引号——"是被谋杀的,几乎可以断定布丽塔和埃里克与此事相关。但为什么是现在?导火索是怎么被点燃的？"

"不知道。"马丁叹道，"但愿从验尸结果中能找到进一步追查的线索。"

"如果没有线索呢？"波拉说出了马丁最不愿设想的那种情况。

"一步一步来吧。"马丁平静地说。

"说到这里，"波拉换了话题，"我们忙乱了半天，把DNA样本都给忘了。今天不是应该去取DNA检验的结果么？如果没有可供比对的样本，就白忙一场了。"

"对对对，"马丁急忙起身，"马上就去。"

"应该先找谁取样本？阿克塞尔还是弗朗斯？他们两人是重点关注对象，你说呢？"

"先找弗朗斯。"马丁穿上外套。

夏天的旅游旺季过去后，格雷贝斯泰德和夫雅巴卡一样冷清。他们驾车穿过城区，路上只遇见了寥寥几位居民。马丁将警车停在一家名叫"电报"的饭店门前的小停车场。两人过了马路，来到弗朗斯的公寓。按了门铃，没有回应。

"见鬼，好像不在家。只好过后再来。早知道先打个电话。"马丁转身往回走。

"等等，"波拉举手拦住他，"门开着。"

"可我们总不能……"马丁正要反对，却慢了一步。波拉已推门入内。

"有人吗？"听见她的喊声，马丁只得勉强跟进去。没人回答。他们小心地穿过玄关，察看了厨房和客厅。不见弗朗斯的踪影，四下寂静无声。

"走，去看看卧室。"波拉说。马丁还在犹豫。"哎，快点。"波拉催促道。马丁叹着气跟上来。

卧室也没人。床铺得很整齐，弗朗斯不在。

"有人吗？"他们回到玄关，波拉又喊了一声，还是没人回答。然后他们悄悄走向公寓里最后一个房间。

刚推开门,他们就看见他了。这是间小办公室,弗朗斯往前倒在书桌上,枪管还插在嘴里,脑后开了个大洞。马丁恍惚觉得漫天血雨劈头盖脸浇来,两脚一软,拼命吞咽了几下才定住心神。波拉则似乎完全不为所动。虽然马丁不忍直视眼前的惨状,波拉还是指着弗朗斯,示意他仔细看。

"注意他的手臂。"波拉冷静地说。

马丁强忍着胃中阵阵翻江倒海,以及涌到嘴里的苦涩胆汁,勉强将目光投向弗朗斯的前臂。他猛然一惊。错不了,弗朗斯的手臂上有着深深的抓痕。

星期五的塔努姆市警局洋溢着一派兴奋与期待相交织的气氛。弗朗斯极有可能是杀害布丽塔的凶手,只需通过 DNA 和指纹鉴证便可确认。人人都笃信埃里克·弗兰科尔谋杀案的突破口近在咫尺。一战士兵坟墓里发现的那具尸体的验尸报告今天也会送来,具体内容如何,大家无不翘首以盼。

马丁接到了鉴证部门的电话。他握着传真过来的验尸报告,挨个敲同事的门,召集他们开会。

众人相继落座后,马丁靠在厨台上,为了让大家都听得清,他决定站着。

"我拿到了佩德森的初步报告。"马丁说。梅尔贝里郁闷地嘟囔着本该由他来接这个电话,马丁装作没听见。

"由于没有 DNA 和牙医记录可供比对,我们无法认定坟墓里多出来的那具尸体就是汉斯·奥拉夫森。但年龄是吻合的,他失踪的时间也和死亡时间大致匹配,不过时隔太久,无法准确判定。"

"他的死因是?"波拉的脚叩着地面,迫不及待。

马丁故意卖个关子,享受着众人瞩目的感觉,然后才说:

"佩德森的结论是:尸体多处受伤。锐器的刺伤,以及脚踢或拳打、或两者兼而有之造成的瘀伤。看来有人对汉斯·奥拉夫森恨之入骨,将满腔怒火都发泄在那孩子身上。具体细节详见佩德森传真过来的初步报告。"马丁倾身将一叠纸放在桌上。

"那死因究竟是……?"波拉仍叩着脚。

"很难判断具体是哪一处伤最终夺走他的性命。佩德森认为有好几处伤口都足以致命。"

"我赌是林霍尔姆干的。所以他才杀了埃里克和布丽塔。"戈斯塔小声说出多数同事的想法,"他从来都是个狂躁的王八蛋。"他又阴郁地补了一句。

"这个思路值得跟进,"马丁点点头,"但先别急着下结论。弗朗斯的手臂上确实有佩德森让我们留意的抓痕,但我们昨天从弗朗斯的尸体上所取的DNA样本,还没有得到鉴定结果。所以现在还不能确定弗朗斯的DNA和我们在布丽塔的指甲里找到的皮屑是否匹配,也不清楚他的指纹和枕套纽扣上的指纹是否一致。现在不能过早定论。在一切疑点解开之前,各项调查都不能放松。"马丁这番话的专业性之强、语气之冷静,连他自己也大吃一惊。这是帕特里克总结案情时的一贯风范。马丁忍不住偷瞄了梅尔贝里一眼,想看看自己这位上司是不是因为身为警察局长该出的风头被副手平空抢去而沮丧不已。但梅尔贝里和平时一样,对调查的具体跑腿工作毫不热衷,他攒足了劲儿,只等着结案之后将功劳统统划到自己名下就行了。

"那现在该怎么办?"波拉望着马丁,迅速使了个眼色,称赞他干得漂亮。虽然没有口头表扬,但仍令马丁大感自豪。作为警局长期以来最年轻的警官,他当了太久的"新手",导致他不敢真正迈出承担重任的那一步。但帕特里克在休父亲假,这正是他挺身而出证明自身价值的良机。

"我认为现在应该等候弗朗斯的DNA、指纹的比对结果。但还需要全面回顾埃里克·弗兰科尔之死的调查经过,看看除了已经掌握的情况,能否找出此案和弗朗斯的进一步关联。这个任务交给你怎么样,波拉?"

波拉点头答应。马丁又转向戈斯塔:

"戈斯塔,能否请你进一步调查汉斯·奥拉夫森的情况?比如他的背景,或者有没有其他人对他在夫雅巴卡这段经历有更多了解,诸如此类。找帕特里克的太太艾丽卡谈谈。她好像在这方面做了大量调查,弗朗斯的儿子似乎也在跟进这件事。要让他们和你共享他们的调查成果。艾丽卡应该很乐意配合,但克耶尔那边也许要多施加点压力。"

戈斯塔点点头。不过他的热情显然比波拉低得多。挖掘六十年前的陈年旧事既困难又无趣。他叹了口气:"好吧,我去办。"那语气听起来像是刚得知以后七八年的日子都不好过。

"安妮卡,鉴证部门一有新消息,麻烦你尽快通知我们。"

"没问题。"安妮卡放下手里的小本子,刚才马丁讲话时她一直在做记录。

"好,我们还有很多工作要做。"终于成功完成了平生第一次调查综述,马丁心满意足,满脸放光。

大家纷纷起身离开房间。汉斯·奥拉夫森谜一般的命运牵动着每个人的心。

帕特里克和马丁谈完之后,放下电话去楼上的工作室找艾丽卡,轻轻敲了敲门。

"进来!"

"不好意思打扰你,但这个消息该让你听听。"他坐进墙角的一张扶手椅,转述了马丁刚才通报的讯息:汉斯·奥拉夫森——准确说是他们认为是汉斯·奥拉夫森的那具尸体——以及他身受的累累重伤。

"我就猜到他是被谋杀的……但这也太……"艾丽卡心情沉重。

"是啊,有人非置他于死地不可。"帕特里克说。随即他注意到,刚才艾丽卡又在读她母亲的日记。

"有什么重要发现吗?"他指着那叠日记。

"没什么收获。"艾丽卡沮丧地抓抓头发,"汉斯·奥拉夫森刚到夫雅巴卡的时候日记就中断了,而实际上那正是事情开始引人关注的时候。"

"而你也不清楚她为什么从那时起就不写日记了?"帕特里克问道。

"是啊,麻烦就麻烦在这儿。我还不确定她是不是真地停笔了。本来她每天都写一会儿日记的习惯坚持了很久,那为什么突然停笔?不对,我觉得其他地方还有更多日记,可是天知道在哪里……"艾丽卡沉吟着,指尖绕着一绺头发,这是她的习惯性动作,帕特里克熟悉得很。

"唔,整个阁楼你都找过了,肯定不在里面。"帕特里克自言自语,"会不会在地下室?"

艾丽卡想了想,连连摇头:"不会,你搬进来之前,我们做了一次大扫除,地下室都整理过了。我不相信会在这房子里,可我也想不出还能在哪里。"

"哎,反正还有人帮你调查汉斯·奥拉夫森。克耶尔也在追查,我对他挖掘情报的能力很有信心。马丁说他们也准备跟进这条线索。他让戈斯塔来找你,你可以把目前掌握的情况告诉他。"

"行。我很乐意和警方分享我的情报。"艾丽卡说,"但愿克耶尔也持同样立场。"

"别指望了,"帕特里克冷冷答道,"他毕竟是个记者,想必不会错过这条大新闻。"

"我还是想不通……"艾丽卡前后摇晃着椅背,"我还是想不通,为什么埃里克要把那些新闻报道交给克耶尔。关于汉斯·奥拉夫森之死,他都知道些什么?又想让克耶尔查出什么?而且埃里克为什么不直接向克耶尔挑明?为什么遮遮掩掩、故弄玄虚?"

帕特里克耸耸肩。"恐怕永远是个谜。不过马丁说,警局的同事们怀疑一切都和弗朗斯之死有关。他们认为当年弗朗斯杀了汉斯·奥拉夫森,现在又杀害埃里克和布丽塔灭口。"

"好吧,很多线索都指向这一点,"艾丽卡说,"但仍有很多疑点……"她欲言又止,"仍有很多我没想通的疑点。比如,为什么是现在?六十年后?既然汉斯在坟墓里躺了六十年都没人发现,为什么到现在才起风波?"她一面沉思,一面用牙轻咬脸颊内侧的肌肉。

"我也不知道。"帕特里克说,"任何动机都有可能。但正如我所说,他们之间的纠葛离现在太久远了,恐怕我们永远都无法看清真相的全貌。"

"说得对。"艾丽卡显然十分失望。她伸手拿过桌上那袋糖:"要来一颗吗?"

"好啊。"帕特里克从袋子里拿了一颗。两人默默嚼着糖,思索着汉斯·奥拉夫森惨死之谜。

"那你认为是弗朗斯?是他杀了汉斯?埃里克和布丽塔也是他杀的?"好半天,艾丽卡才问,观察着帕特里克的神色。

帕特里克斟酌了很久,才勉强答道:"对,我是这么想的。至少没什么迹象显示他不是凶手。马丁说他们星期一会拿到鉴证报告,应该可以证明是他杀了布丽塔。我想,根据目前掌握的线索,他们也会查到将弗朗斯与埃里克谋杀案联系起来的证据。汉斯的谋杀案时隔多年,恐怕不太可能彻底侦破了。只不过……"他面有难色。

"怎么?是不是有哪里不对劲?"艾丽卡追问道。

"嗯,是这样,埃里克遇害那段时间,弗朗斯的确有不在场证明。但我也说过,他那些朋友可能撒了谎。马丁他们会再详细调查。只在这一点上我还有所保留。"

"那么弗朗斯的死没有疑点吗?我的意思是,确定是自杀无疑吗?"

"显然无疑。"帕特里克摇摇头,"枪是他自己的,握在他手里,枪管还插在嘴里。"

艾丽卡想象着现场的惨状,不禁皱眉撇嘴。帕特里克又说:

"所以,如果确认了手枪上是他的指纹,握枪的手上还有火药残留,那么基本可以认为一切迹象都指向自杀。"

"但你们没找到遗书吧?"

"没有。马丁说他们没发现类似的东西。但自杀的人并不一定会留遗书。"帕特里克起身将糖果的包装纸丢进纸篓。

"好了,亲爱的,我就不打扰你工作了。好歹动笔写几页吧,不然出版社要跑来掐你脖子了。"他上前吻了吻她的唇。

"好吧,我知道,"艾丽卡叹道,"今天已经有进展了。你和玛雅现在要干什么?"

"卡琳来过电话,"帕特里克小声说,"玛雅一醒我们就去散步。"

"你可没少陪卡琳散步啊。"艾丽卡话中的责怪之意连她自己也为之一惊。帕特里克更显愕然。

"你吃醋了?吃卡琳的醋?"他大笑着上来又吻了艾丽卡一次,"根本没必要吃醋嘛。"他又笑了几声,但随即就正色说,"不过,如果我们带孩子见面不合适,你只管说好了。"

艾丽卡摇摇头。"不,当然不会。我只是一时糊涂。休父亲假这段时间,也没几个人能陪你打发时间,有个成年人给你做伴当然好。"

"你确定?"帕特里克仔细端详着她。

"那当然。"艾丽卡挥手赶他出去,"走吧,走吧,这个家总得有人工作。"

帕特里克笑着关上门。最后他从门缝里瞥见的景象是,艾丽卡又伸手拿过一本蓝色的日记簿。

夫雅巴卡,一九四五年

难以置信。仿佛永无止境的战争竟然结束了。埃尔西坐在汉斯的床上看报纸,竭力理解报上声嘶力竭的"和平!"一词的含义。

埃尔西眼含热泪,在刚才帮妈妈洗碗后还没来得及换掉的围裙上擤了擤鼻涕。

"真不敢相信,汉斯。"她说。汉斯揽住她的肩,将她搂得更紧了。他也紧盯着报纸,似乎还无法理解报上究竟在说什么。埃尔西一度往门口张望了几眼,担心他们大白天就毫无防备地凑在一起,可能会被人发现。但希尔玛去邻居家串门,这会儿应该没人来打扰他们。再说,也该把他们的关系向大家公开了。不过一切都会好起来的。几周前汉斯得知她怀孕时的反应,与她的设想分毫不差。他两眼闪闪发光,亲吻了她,轻轻把手按在她的小腹上。从那时起,他就一直安慰她过日子不成问题。

虽然埃尔西以为自己已经足够了解、信任汉斯，但他的每句话都更令她卸下心头重负。汉斯异常冷静，不断安慰她说，他们会有一个全世界最最可爱的孩子，种种实际困难都有办法解决。

埃尔西偎依在汉斯肩头。眼下的生活很好。和平的消息如一阵暖流涌遍周身，融化了父亲突然离世后她心中的层层坚冰。

但对她母亲来说就不一样了。几个月来，埃尔西越来越担心希尔玛。埃尔洛夫去世后，希尔玛变得格外消沉和自闭，眼中彻底失去了神采。和平的消息在今天传来时，自父亲死后埃尔西头一次在母亲脸上发现了一缕笑意。埃尔西也有点担心母亲会觉得她给家里丢脸，但她和汉斯已经商量好，要尽快告诉母亲，这样才能在孩子降生之前做好各项准备。

埃尔西闭上眼，倚在汉斯肩头，微笑着，闻着他那熟悉的气息。

"既然战争结束了，我想回挪威见见我的家人，"汉斯轻抚着埃尔西的头发，"不过我只去几天，所以你不用担心。我不会离开你的。"他吻了吻她的额顶。

"那很好啊。"埃尔西笑着答道，"如果你离我而去，我会追你到天涯海角。"

"我想也是。"汉斯大笑。然后他又变得严肃起来。

"回挪威时，有几件事我得去处理一下。"

"听起来很认真啊。"埃尔西从他肩上抬起头，紧张地打量着他，"你是不是担心家人出事？"

汉斯沉默良久，才答道："不知道。我上次和他们说话已经是很久以前了。我不打算马上走，大概再过一星期左右吧。然后等你一眨眼的工夫，我就回来了。"

"那太好了。"埃尔西又靠回他身上，"我希望我们永远都不要分开。"

"永远不分开。"汉斯又吻了吻她的发梢，"永远。"他闭上眼，将她搂近身前。两人之间那张摊开的报纸上，头版的"和平"两个大字格外醒目。

22

说来也怪,直到上星期,克耶尔才第一次意识到,父亲并不能长生不死。上星期四,警察按响他的门铃,通报了他父亲的死讯。当时他的反应之强烈,连他自己也大吃一惊。那一刻,他的心脏漏跳了一拍。那一刻他终于明白,自始至终都有一种感情比仇恨更强烈,那就是希望。

警察走后,克耶尔关上门,伫立在前厅里,所有希望都烟消云散了,与此同时,撕心裂肺的痛楚席卷而来,令他顿时眼前一黑。因为在他内心深处,当年的那个小男孩始终在渴盼着父爱,希望有那么一条路可以绕过他们在彼此之间砌起的高墙。现在这条路堵上了。

整个周末,他的大脑都在拼命适应父亲已死的事实。死了。是父亲自己亲手了结性命。

星期天,克耶尔去探望凯琳娜和佩尔。星期四他就打电话转告了弗朗斯的死讯,但在他整理好纷乱的思绪,从起伏的回忆中稍稍脱身之后,才鼓起勇气去见他们。刚进门他就大吃一惊。他们家里的气氛完全不一样了,一开始他还不知缘故,随即便惊愕地脱口而出:"你没喝酒!"他不仅仅是指当时那一刻,也不仅仅是指在那之前的一小段时间,因为凯琳娜的并不是没戒过酒,但屡屡故态复萌,这些年来她的清醒时分寥寥无几。克耶尔本能地察觉情况有变。凯琳娜眼中的冷静和决心,取代了自从他离开她之后就挥之不去的创伤和自怜——为此他一直深感内疚。佩尔也变了。他们讨论了因殴打同学而即将到来的判决，佩尔的泰然自若，以及他对如何应对惩罚的想法，都大大出乎克耶尔意料之外。佩尔上楼回房间后，克耶尔鼓足勇气追问凯琳娜到底是怎么回事。得知种种改变都源于父亲的来访时，他的震惊又增一层。克耶尔花了十年都办不到的事，弗朗斯轻轻松松就解决了。

这给克耶尔带来了更大打击，进一步证明从前的任何希望，现在都成了他心中无法愈合的伤痕。因为弗朗斯死了。事已至此，希望又有什么用？

克耶尔伫立于办公室的窗口，朝外眺望。在这毫无保留的片刻自省中，平生第一次，他放任自己用批判父亲的苛刻眼光，来检视他自己的人生和灵魂。所看到的一切令他恐惧。在世人眼中，他抛弃妻子的行为谈不上多么富有戏剧性或者多么不可原谅，但这难道就能给他的背叛更可接受？远远不是。他抛弃了凯琳娜和佩尔，如同往路边丢垃圾一样踹开他们母子。而且他也背叛了比艾塔，从他们的关系开始起，他就背叛了她，因为他从没爱过她。他爱上的，只是她所象征的那种感觉，比艾塔只是在他最脆弱的那段时间填补了空虚。她不是克耶尔所爱的那个人。扪心自问，他甚至对她没有多少好感。比艾塔不是凯琳娜，初遇时凯琳娜穿着黄裙子坐在沙发上、头发上扎着黄色丝带的模样，比艾塔永远都比不上。他还背叛了玛格达和洛克，因为抛弃第一个孩子的歉疚给他设下了种种心结。凯琳娜怀抱佩尔的景象激发了他本能的、深沉的、包容一切的爱意，他不可能再把这种爱分给别人。比艾塔和她的两个孩子无缘获得他这种爱，而那样的感情，他可能永远都无法重温。负罪感将永远缠绕着他，而比艾塔和两个孩子也笼罩在他的负罪感之下。

克耶尔端起咖啡杯的手颤抖着。他灌下一大口咖啡，发现他沉思的这段时间里咖啡已经冷了，不禁眉头一皱，但硬着头皮咽了下去。

门口有人出声。

"你的几封信。"

克耶尔转身疲惫地点点头。"谢谢。"他伸手接过今天的邮件，已经按他的要求分好了。他心不在焉地翻阅着：几份广告，一些账单。还有一封信。他认出了手写的地址，顿时浑身一颤，跌坐下来。他将这封信摆在面前的办公桌上，呆坐了很久，出神地盯着信封，盯着信封上他的姓名和报社地址。寄信人漂亮的字迹十分古典。时间一分一秒过去，大脑竭力将信号传递给他的手，命令他的手拿起信，打开信封。但信号似乎在途中迷失了方向，他竟然瘫住了，动弹不得。

最后，信号终于抵达，他慢慢地打开信，非常缓慢。共有三页手写的信纸，他读了好几句才渐渐开始认出那些单词。他一行行读下去，读完以后，将信放回桌上。最后一次，父亲那温暖的手又握住了他的手。他抓起外套和车钥匙，小心地将这封信放进衣袋。

现在他只要做一件事。

德国，一九四五年

他们被人从纽恩盖姆集中营接走。自由突然就近在咫尺了。伯纳多特和德国人展开谈判，终于获准派出巴士将北欧囚犯接回家，现在车已经来了。

阿克塞尔爬上车，两腿不停哆嗦。几个月来，这是他第二次长途跋涉。此前，这批囚犯突然被从萨克森豪森转移到纽恩盖姆，他常常彻夜难眠，眼前闪回那段不堪回首的路途。他们被锁在货车里，无助而冷漠。穿越德国疆域的一路上，炸弹的轰鸣不绝于耳。有些炸弹离得太近，他们可以听见被震飞的泥土从货车顶上倾泻下来。但没有哪颗炸弹直接命中他们。即便在那种环境里，阿克塞尔也坚持下来了。而现在，当他几乎失去全部求生欲望时，却得知他们终于要得救了，救星就是那些会把他们送回瑞典的巴士。送他们回家。

凭着一己之力，他总算爬上其中一辆巴士。有的囚犯过于虚弱，只能让别人扛上车。阿克塞尔小心地坐在车里的地板上，蜷起双腿，不安地将头抵住双膝。他一时还犹在梦中。要回家了，要回到爸爸妈妈，还有埃里克身边了，要回到夫雅巴卡了。但他也明白，生活不再是从前的生活，他也不再是从前那个他。他所目睹的，所亲历的，都永远改变了他。

他厌恶自己的变化，憎恨他被迫参与、被迫目睹的那些事。这些都还没结束，因为他爬上了这辆车。回家的路途很漫长，充斥着疼痛、体液、疾病与恐惧。一路上举目皆是弥漫的硝烟，以及一个满目疮痍的国度。

阿克塞尔发觉自己频频抬手去摸耳朵。有时他能听见阵阵轰鸣，但大多时候则是空洞的、压迫性的寂静。那一幕在他脑中上演了很多很多次。当然，自那以后他还经受了更多、更恶劣的待遇，但警卫的枪托朝他砸来的那一瞥，在他心上烙下了永难磨灭的印记。因为他们一度还能将彼此视为人类。虽然他们代表着战争中对立的双方，但他们毕竟曾有过短暂的友谊，那段友谊给了他希望，给了他安全感。然而当他瞥见那男孩举起枪托朝他挥来的一刻，枪托砸中耳根，剧痛霎时炸开的一瞬间，他对人性本善的最后一丝幻想也终于泯灭。

此刻，他坐在回家的巴士上，身边围着病魔缠身、伤痕累累、饱受惊吓的人们，他暗暗对天起誓，他要将每一名罪人都绳之以法，不达目标绝不止步。那些人越过了人性的边界，绝不能容许他们逍遥法外，这是他的责任。

阿克塞尔又把手移到耳畔，在心中描摹着家乡的景象。快了，快了，他就快到家了。

23

波拉咬着笔尖,细细翻阅一份份报告。她将埃里克·弗兰科尔谋杀案的所有相关调查资料都摆出来,再作一次回顾。这里面一定有被他们忽略的东西,某一不起眼的细节,某条足以佐证他们的怀疑——弗朗斯·林霍尔姆也是杀害埃里克的凶手——的线索。波拉深知抱定对准特定方向寻找证据的观念来重温案情是很危险的,所以她并未先入为主,而是认真寻找任何存疑之处。虽然到现在为止还一无所获,但还有很多资料没来得及看。

然而她很难集中精神。乔安娜的预产期就要到了,理论上说,她随时可能生产。一想到她们的未来,波拉既兴奋又紧张。一个孩子,一个她必须为之承担责任的人。如果她找马丁聊聊,必然会发现大家都有同样的焦虑,但她只把心事藏在肚子里。对她而言,这种焦虑比其他待产的父母更严重。她和乔安娜想要个孩子,是对是错?她们的自私到头来会不会让孩子付出代价?她们是不是应该留在斯德哥尔摩,在那里把孩子养大?也许要比在夫雅巴卡容易一些,毕竟在大城市,她们一家完全可以避开世人的目光。但不知为什么,波拉预感到搬来这里的决定是正确的。大家都非常友好,没人对她们冷眼相待。不过,孩子降生后情况或许就不同了。谁知道呢?

波拉叹着气,拿过下一份文件。是关于凶器的技术鉴定:原本在窗台上、后来却沾着血出现在书桌底下的石像。但凶器上的线索不多,没有指纹,没有什么外来物质,几乎什么也没有,除了埃里克的血、头发和脑组织。她将报告往旁边一丢,拿起看过无数次的现场照片研究起来。帕特里克的妻子居然能注意到书桌上便笺的字迹,令她倍感意外。Ignoto Militi……向无名烈士致敬。先前波拉研究照片时完全没发现,而且不得不承认,即便她看到了,也未必会想到要去调查那行字的含义。艾丽卡不仅发现了字迹,还将它们与其他线索和可能性联系起来,进而帮助他们找到了墓园中汉斯·奥拉夫森长眠地下的尸体。

但本案中最重要的因素就是时间。他们无法更精确地锁定埃里克·弗兰科尔遇害的时间点,只能判断谋杀必定发生在六月十五日到十七日之间。波拉思索着:根据目前了解到的几个日期,能否有进一步突破?她撕下一张便笺,固执地将所有相关日期都记下来,把案发前后的事件做了一个时间表,比如:艾丽卡拜访埃里克·弗兰科尔,埃里克酒后探视维欧拉,阿克塞尔飞往巴黎,清洁女工上门遇阻……她翻查着文件,想看看这段时间弗朗斯身在何处,但只找到了他在"瑞典之友"那些同党的证词,他们都声称那几天弗朗斯人在丹麦。可是,以弗朗斯的精明,他完全有能力伪造这样的不在场证明。马丁在总结案情时怎么说来着?世上不可能存在滴水不漏的不在场证明……

波拉猛然一惊,绷直了身子。她突然冒出一个念头,而且越来越强烈。还有一件事他们没核实过。

"嗨,我是卡琳。能不能过来帮个忙?列夫今天早上不在,地下室的水管坏了,水到处乱喷。"

"啊,我不太在行,"帕特里克迟疑着,"不过我应该可以过去看看情况,最坏打算也就是请个水管工吧。"

"太好了,"卡琳的声音如释重负,"你愿意的话不妨带玛雅来,她可以和路德一起玩。"

"好的,艾丽卡在工作,我带玛雅去也好。"帕特里克答应尽快赶去。

十五分钟后,他把车开上卡琳和列夫家门前的车道。说实话,这种感觉有点怪,眼前这房子里住着他前妻,还有那个男人——那个男人不停在卡琳身上耸动的白皙背影,至今还偶尔会在他脑中闪现。他们被他捉奸在床,那种事可没那么容易忘记。

没等帕特里克按门铃,卡琳就抱着路德来开门了。"进来吧。"她让到一旁,招呼他和玛雅进屋。

"救援队抵达。"帕特里克边开玩笑边放下玛雅。路德立刻迎上来,拉起她的小手,带她穿过前厅跑去他的房间。

"在这底下。"卡琳推开一扇通往地下室的门。

"他们不要紧吗?"帕特里克有点紧张地望向路德的房间。

"没事,让他们玩一会儿。"卡琳示意帕特里克跟她下楼。

在楼梯底下,她忧心忡忡地指了指地下室天花板上的一根管子。帕特里克上前看了看,然后安慰她:

"嗯……说水'到处乱喷'有点夸张,'渗漏'比较贴切。"他指了指从水管上滴下来的几滴水。

"喔,那就好。我一看这里湿漉漉的就慌了。"卡琳长出了一口气。"你能来太好了。喝杯咖啡吧,就当感谢你。现在急着回家吗?"她边上楼梯边用眼神询问他。

"不急,我们没有其他安排。喝杯咖啡也好。"

很快,他们就坐在厨房里,吃着摆在桌上的饼干。

"没想到这儿还有自制的饼干吧?"卡琳笑着说。

帕特里克拿了一片"燕麦饼干",大笑着摇摇头。"不行,不行,烘烤从来不是你的强项。老实说,你的厨艺通常不过关。"

"嘿,这叫什么话?"卡琳颇为不悦,"没那么差吧,最起码我做的肉馅糕你还挺爱吃。"

帕特里克促狭地咧嘴一笑,连连摆手,表示肉馅糕也只是一般般。

"因为是你的得意之作,所以我才顺口夸一夸。不过我老想着是不是该把你的菜谱卖给民兵团,他们可以用来当炮灰。"

"嘿,给我闭嘴,"卡琳说,"太过分了!"随即她又大笑,"其实你说得对,我真的不擅长烹饪,列夫老爱取笑我。再说,他好像觉得我干什么都不行。"她忽然哽咽,两眼含泪。帕特里克慌忙按住她的手。

"有那么糟吗?"

卡琳点点头,用餐巾拭去眼泪。"我们商量好要分居了。上周末我们吵得天翻地覆,都觉得没法一起过下去。所以这次他一走,就再也不回来了。"

"别难过。"帕特里克仍然按着她的手。

"你知道最让我受伤的是什么吗?"卡琳说,"我其实一点都不想念他。从头到尾就是个错误。"她再次失声痛哭。这番谈话的走向顿时令帕特里克隐约不安起来。

"我们以前多好啊——你和我,不是吗?都怪我太傻。"卡琳用餐巾捂着脸不停抽泣,紧握着帕特里克的手。虽然他觉得该把手抽回来,却没那么容易了。

"我知道,你有了新生活,有了艾丽卡。可我们也有特别的回忆,不是吗?我们还有没有机会……你和我再……"她说不下去了,只是将他的手握得更紧,哀求着。

帕特里克使劲咽了咽唾沫,平静地答道:"我爱艾丽卡。首先你得明白这一点。其次,你对我们那段婚姻的认识,只是你的幻想,只是你在和列夫的关系破裂之后自己臆想出来的。我们以前过得挺好,但并没有什么特别。所以事情才会变成现在这样。时间改变了一切。"帕特里克直视卡琳的双眼,"你只要多想想就明白了。当初我们的婚姻之所以延续下去,并不是因为爱情,而是图方便。所以你才用你的方式,让两个人都解脱。当初在那种情况下分手,我也很受不了。可你现在完全是自欺欺人啊。你说呢?"

卡琳又哭了,多半是羞愧难当。帕特里克能理解她的心情,于是把椅子挪到她旁边,伸手揽住她,让她把头倚在自己肩上,轻抚着她的头发。"嘘……"他安慰道,"好了,好了……都会好起来的……"

"你怎么能这么……在我……刚刚……出了大洋相……"卡琳断断续续地啜泣着,无地自容,想抽身躲开。但帕特里克只是静静地抚摩着她的头发。

"没什么好羞愧的,"他说,"你心情很差,没来得及想清楚。但你应该知道我是对的。"他拿起自己的餐巾,拭去卡琳哭得通红的脸颊上的泪水。

"我是该现在就走呢,还是先喝完咖啡再说?"他问道。卡琳迟疑了片刻,情绪放松了些。

"如果不计较刚刚我想扑到你怀里的事,"她平静地答道,"就再多坐一会儿吧。"

"那就好。"帕特里克坐回她对面的椅子里,"我记性很差,再过十秒钟,就只记得这些从商店买回来的可口饼干了。"他又拿了一片燕麦饼干。

"艾丽卡在写什么呢?"卡琳忙不迭岔开话题。

"她本该在写新书,但却一头钻进她母亲的生平往事中去。"帕特里克也巴不得聊点别的。

"她怎么突然对这个感兴趣?"卡琳也拿了片饼干,大为好奇。

帕特里克将他们在阁楼箱子里的发现以及艾丽卡如何查出整个小镇都议论纷纷的两起谋杀案之间的联系,都介绍了一遍。

"最让她泄气的是,她母亲有写日记的习惯,但目前找到的日记到一九四四年就结束了。除非埃尔西突然决定停笔,否则应该还有一些蓝色的日记簿藏在什么地方,但不在我们家里。"帕特里克说。

卡琳顿时一惊:"你说那些日记簿是什么样子?"

帕特里克一皱眉,疑惑地看看她,"薄薄的、蓝色的,形状和学校里的练习簿差不多。怎么了?"

"这么说来,我可能知道它们藏在哪里。"卡琳答道。

"有客人找你。"安妮卡把头探进马丁的办公室。

"哦?是谁?"马丁话音未落,出现在门口的克耶尔·林霍尔姆便解答了他的疑问。

"我这次不是以记者身份来的。"见马丁似有不愿接待他之意,克耶尔连忙把手一举,"我是弗朗斯·林霍尔姆的亲生儿子。"他一屁股重重坐进椅子里。

"节哀顺变……"马丁有些不知所措。林霍尔姆父子的关系如何,早已人所共知。

克耶尔并不在意马丁的尴尬,把手伸进衣袋。

"这是今天寄来的。"他的语气不带任何感情色彩,但将那封信放在马丁的办公桌上时,他的手却微微颤抖。马丁拿起信,见克耶尔点头同意,才取出信纸。他静静浏览着手写的三页纸,好几次挑起眉毛。

"弗朗斯不仅承认谋杀了布丽塔·约翰松,还说他也要对汉斯·奥拉夫森和埃里克·弗兰科尔的命案负责。"马丁瞪着克耶尔。

"对,信里是这么说的。"克耶尔低下头,"但我猜你早已想到这一层,所以这也没什么可惊讶的。"

"我要是否认,就等于撒谎。"马丁点点头。"但实际上我们只掌握了布丽塔一案的确切证据。"

"那这封信就派上用场了。"克耶尔指着信纸。

"你当真认为……"

"这是不是我父亲的笔迹?的确是,"克耶尔说,"我百分之百肯定。信是我父亲写的。其实这也不算出乎意料。"他苦涩地说,"可我早就该想到……"他摇摇头。

马丁低头又把信读了一遍。"仔细一看,他其实只说他杀了布丽塔。而这句话就很暧昧:'我要对埃里克的死负责,还有你们发现的那个睡在不属于他的坟墓里的人。'"

克耶尔耸耸肩。"我看没什么区别。他只是夸张了点而已。肯定是我父亲……"他没说下去,只是重重叹气,仿佛压抑着万千感慨。

马丁又读出声来:"我本以为能像以前那样控制一切,用暴力解决一切,掩盖一切。但当我拿开她脸上的枕头时,我才发觉那不管用。于是我明白了,只有一条路可走。我只能自行了断。往事终于找上门来了。"马丁抬头望着克耶尔,"你知道他的言下之意吗?他想掩盖什么?往事找上了他,又是指什么?"

克耶尔摇摇头。"不知道。"

"这封信暂时由我保管。"马丁挥了挥手写的信纸。

"没问题。"克耶尔无力地答道,"就交给你吧。不然我还打算烧掉它们呢。"

"对了,本来我安排我的同事戈斯塔方便时去找你,既然你来了,择日不如撞日?"马丁小心地将信放进一个塑料文件夹,推到一边。

"是什么事?"克耶尔问道。

"汉斯·奥拉夫森。听说你在调查他?"

"现在还有什么意义呢?我父亲已经在信里认罪。"

"可以这么理解。但奥拉夫森这个人,以及他的死,还有很多疑点,我们想弄清楚。所以,如果你愿意提供一些线索……任何方面都可以……"马丁摊开手,往后一靠。

"你们找过艾丽卡·菲尔克?"克耶尔又问。

马丁摇摇头。"还没,快了。既然你刚好过来……"

"唔,也没什么可说的。"克耶尔提起他和研究挪威抵抗运动的专家爱斯基尔·哈尔沃森的联络;哈尔沃森还没向他反馈对汉斯·奥拉夫森的调查结果,所以他手头上没有什么材料。

"能不能麻烦你现在就打电话问问他的进展?"马丁指着桌上的电话。

克耶尔耸耸肩,从衣袋里掏出一本翻得皱巴巴的通讯录。他翻到贴着黄色便条的那一页,便条上写着爱斯基尔·哈尔沃森的名字。

"我猜他也查不出什么,不过还是按你的意思问问看吧。"克耶尔叹了口气,移过电话,照着便条按下号码。几声铃响过后,挪威人总算接听了。

"你好,我是克耶尔·林霍尔姆。很抱歉又打扰你,我只是想问问……嗯,星期四传真过去的照片你收到了。那就好。你有没有……"

克耶尔边听电话那头的人说话,边点头。他的神色越来越警觉,一直密切注视着他的马丁也坐直了。

"是从你传真过去的那张照片……?"

"是假名字？那他的真名是……?"克耶尔打了个手势,示意马丁给他纸笔。

马丁拿过笔筒往桌上一倒,克耶尔拿了一支笔,抓过马丁文件夹里的一份报告,匆匆在背面写起来。

"所以他不是……"

"对,太有意思了。对我们来说也是,真的。"

马丁死死瞪着克耶尔,好奇心濒临爆炸。

"好的,非常感谢。这对整个案子都是很有价值的新线索。是的。没错。谢谢。非常感谢。"克耶尔终于挂了电话,容光焕发地转向马丁。

"我知道他是谁了！我他妈的终于知道他是谁了！"

"艾丽卡！"

前门砰地关上,艾丽卡搞不懂帕特里克怎么喊得那么大声。

"怎么了？有急事?"她来到走廊上,俯瞰着他。

"下来,和你说点事。"帕特里克示意她下楼,艾丽卡照办了。

"坐下说。"帕特里克进了客厅。

"真会吊人胃口。"两人坐到沙发上,艾丽卡盯着丈夫,"快说吧。"

帕特里克深吸一口气。"好。你不是猜测还有日记藏在其他地方吗？"

"嗯。"艾丽卡突然一阵紧张。

"唔,我刚刚去过卡琳家。"

"是吗?"艾丽卡颇为吃惊。

帕特里克连忙摆摆手:"先别管这个。听我说。我碰巧对卡琳提起日记的事,她说她知道剩下的日记在哪里！"

"你不是开玩笑吧?"艾丽卡吓了一跳,"她怎么会知道?"

帕特里克一说完,艾丽卡顿时来了精神。"噢,原来如此。可怎么从没听她提过？"

"我也不知道。你得亲自去问她本人。"帕特里克答道。他话音未落,艾丽卡就起身冲向前门。

"我们陪你去。"帕特里克抱起地上的玛雅。

"好,但动作要快。"艾丽卡手里攥着车钥匙,半个身子已经在门外了。

不一会儿,帕特里克的母亲克里斯蒂娜应声拉开家门,吃了一惊。

"嗨,真意外啊。你们怎么来了?"

"刚好路过,过来坐坐。"艾丽卡和帕特里克对视一眼。

"好啊,进来吧。喝咖啡吗?"克里斯蒂娜似乎还没反应过来。

艾丽卡焦躁地等候时机。她等着克里斯蒂娜泡好咖啡,大家都在餐桌旁坐定之后,才带着掩饰不住的急切问道:

"还记得我上次说过在阁楼里找到我妈的日记吗?还有,我从头到尾读了日记,想弄清楚埃尔西·莫斯特罗姆的真实性格?"

"嗯,我当然记得。"克里斯蒂娜避开艾丽卡的视线。

"我上次应该还说过,她在一九四四年突然停笔,此后就没有其他日记,很不对劲?"

"嗯。"克里斯蒂娜的目光始终钉在桌面上。

"是这样,今天帕特里克去卡琳家喝咖啡,碰巧提起那些日记的样子,卡琳很清楚地记得,在你这里见过类似的本子。"艾丽卡稍一停顿,注视着婆婆,"卡琳说,当时你让她从橱子里拿一块桌布,她记得橱子最里头就有几本蓝色的本子,封面上写着《日记》。她以为那是你从前的日记,就没说什么。可今天帕特里克提到我妈的日记,所以……她就想到了。那么我的问题是,"艾丽卡轻声说,"你为什么没告诉我?"

过了好一会儿,克里斯蒂娜还是低着头,默不作声。帕特里克尽量不去看她们俩,只专心和玛雅一起啃着面包。终于,克里斯蒂娜起身离开房间。艾丽卡目送着她的背影,连气也不敢喘。隔壁传来橱子开关的声音,然后克里斯蒂娜回到厨房,捧着三本蓝色日记簿,和艾丽卡家里的那几本一模一样。

"我答应过埃尔西保管这些。她不想让你和安娜看见。但我觉得……"克里斯蒂娜踌躇着,但还是将日记递给艾丽卡,"我觉得秘密总有一天该揭开,可能现在也是时候了。埃尔西应该也会同意的。"

艾丽卡接过日记,摸着其中一本的封面。

"谢谢。"她望着克里斯蒂娜,"你知道她在这里面写了些什么吗?"

克里斯蒂娜欲言又止。

"我没读过,但埃尔西会记在日记里的那些事,我大概都知道。"

"我去客厅读。"艾丽卡说完就走出厨房。没等坐到沙发上,她已经开始颤抖。她缓缓翻开最上面这本日记的第一页,一字一句往下读。她的目光扫过那一行行熟悉的笔迹,母亲的命运以及由此决定的她自己的命运,一一收入眼帘。她越读越震惊,越读越焦虑,她读到了母亲和汉斯·奥拉夫森的爱情,以及埃尔西发现自己怀有身孕。第三本日记开始写到汉斯离开夫雅巴卡回挪威,以及他的承诺。艾丽卡的双手哆嗦得更厉害了。一天又一天、一个星期又一个星期,汉斯仍音讯全无,母亲在字里行间日益滋长的恐慌,仿佛令艾丽卡身临其境。翻到最后几页时,她的眼泪再也止不住了。透过矇眬泪眼,她看着母亲那优雅的手迹:

> 今天我坐火车去博伦厄。妈妈在门口和我挥手道别,但没有陪我一起来。我的体型越来越藏不住了。我不想让妈妈丢脸。做出这个决定很难,但我已经祈求上帝赐给我勇气,赐给我把这个孩子送人的勇气,我还没见过他,但我已经那么那么爱他……

博伦厄,一九四五年

他一直没回来。他和她吻别,表示他很快就回来,然后就这么离开了。她开始等待。起初信心十足,充满安全感。接着微微有些不安,随着时间推移,无边的恐慌包围了她。因为他一直没回来。他违背了对她许下的承诺,抛弃了她,抛弃了他们的孩子。而她曾那么相信他。她一秒钟也没怀疑过他的承诺,而是坚信他爱她与她爱他一样深。她是个多愚蠢、多天真的女孩啊。世上有多少女孩被同样的谎言欺骗过？

当她已不可能再隐瞒有孕在身的事实时，她去找母亲坦白了。埃尔西低着头，不敢正视希尔玛的双眼。她吐露了一切：她如何上当受骗，如何对他的承诺死心塌地，还怀上了他的孩子。一开始，母亲一言不发，死一般冰冷的沉默笼罩着厨房，直到那时，埃尔西的心才真正被恐惧所吞噬。因为她还怀有那么一丁点希望，希望母亲会搂住她，缓缓摇着她的背，轻声说："宝贝孩子，一切都会好起来的。我们会有办法的。"但父亲死后，她已不再是从前那个母亲了，她的一部分灵魂已追随埃尔洛夫而去，剩下的那一部分并不拥有充足的力量。

希尔玛什么也没说，只是为埃尔西整理皮箱，放进所有必需品，然后将十六岁的女儿送上前往博伦厄的火车，写了封信放进她的衣袋，送她去和在那里开农场的姨妈住一段时间。希尔玛甚至没有亲自送埃尔西去车站，只在门口和埃尔西简单地道别，就转身进了厨房。镇上其他人听到的说法是：埃尔西去上家政学校了。

从那以后已经过了五个月。日子很难熬。尽管埃尔西的肚子每周都变得越来越大，她还是得和农场里其他人一样努力工作，从早到晚都被分配给她的活压得劳累不堪，孩子在子宫里的躁动更令她的背痛愈发严重。有时她真想憎恨这个胎儿，但她办不到。孩子是她的一部分，也是汉斯的一部分，她连汉斯都恨不起来，又怎么可能仇视他们的结晶？然而一切都已安排妥当。孩子一生下来就会被送走，送给别人收养。希尔玛的妹妹伊迪丝说没有其他办法。具体事宜是伊迪丝的丈夫安东操办的，他没完没了地念叨着，老婆怎么有个这么丢人的外甥女，这辈子刚头一次有男人在身边转悠，居然就跟他上床。埃尔西没有反驳他。

一天早上天刚亮，分娩的阵痛突然袭来。从疼痛中惊醒时，她还以为只是平常的背痛。但疼痛越来越剧烈，时断时续，越来越厉害。她在床上咬牙辗转坚持两小时，终于意识到要生了，只得竭尽全力爬下床，两手撑着瘦弱的背，挪到伊迪丝和安东的卧室门口，犹豫着叫醒了姨妈。接着全家便一阵忙乱。他们命她躺回床上，伊迪丝最大的女儿出去请接生婆。

炉子上烧了热水,从衣橱里取出毛巾。埃尔西躺在床上,心中的恐惧分秒剧增。

十小时后,阵痛已变得无法承受。接生婆几小时前就来了,毛手毛脚地给她做了检查。这女人很严厉,很不友好,她对年轻的未婚女孩怀孕是什么看法,都明明白白写在脸上。埃尔西仿佛置身于敌国。她躺在床上,自觉死期将至,却没人来安慰她一句,没人对她笑一笑。那种疼痛真地无法想象。那个念头一次次闪现:现在我要死了。

她一定大声喊出这句话了,因为在剧痛中,她恍惚看见接生婆气冲冲白了她一眼说:

"给我闭嘴。这是你自找的,废话少说,你就忍着吧。好好想想,小姑娘。"

埃尔西早已无力反驳。她紧抓床架的手太过用力,关节绷得发白,又一波剧痛从下腹直冲双腿,她从没想到人的痛觉竟然可以达到这种程度。疼痛无处不在,刺入她的每一条神经,她全身的每一个细胞。她累了。她和疼痛抗争了太久,半个身子已经无心恋战,只想陷进床里,向疼痛缴械投降,随便被怎么折腾。但她绝不容许这种情况发生。想要出世的是她的孩子,也是汉斯的孩子,就算只剩一口气,她也得把孩子生下来。

阵阵宫缩之际,一种新的疼痛开始蔓延,变得越来越熟悉。是巨大的压迫感。接生婆满意地朝站在一旁的姨妈点点头。

"快了,"她按了按埃尔西的肚子,"听我的命令,你要拼命往下使劲,孩子就快出来了。"

埃尔西没回答,但她听清了接生婆的话,也做好了准备。需要往下用力的预感愈发强烈,她深深吸气。

"好,现在使劲往下推。"接生婆发出不容置疑的命令,埃尔西将下巴顶到胸前,使出了毕生力气。好像什么也没发生,但接生婆忽然朝她点点头,示意她做得很对。

"等下一次收缩再使劲。"接生婆冷冷地说,埃尔西领会了。那股压力又开始积聚,当压力来到顶点时,接生婆命令她再次往下用力。这次她感到有什么东西变得松弛了——很难形容,像是有什么东西把路让开了。

"现在头已经出来了,埃尔西。再等下一次收缩,就可以……"

埃尔西刚闭上眼,看见的却只有汉斯。此刻她无力为他伤心,便又把眼睛睁开。

"就是现在!"接生婆站在埃尔西两腿之间,大声下令。埃尔西拼尽最后一丝气力,下巴挤到胸口,蜷起膝盖,狠命使劲。

有个湿漉漉的东西从她下身滑了出来。她往后一栽,气若游丝,倒在被汗水浸透的床单上。她的第一反应是彻底放松,因为被折磨得生不如死的时刻终于结束了。她前所未有地疲惫,全身上下都被榨干了,丝毫动弹不得。然后她听见了啼哭声,愤怒、尖利的啼哭声令她挣扎着用手肘支起身,追寻着哭声的源头。

第一眼看见他的瞬间,她顿时哽咽。他是那么……完美。黏糊糊的,浑身是血,为暴露在寒冷的空气中愤怒不已,但他无可挑剔。想到这是她见他的第一面,也是最后一面,她霎时跌回枕头上。伊迪丝正要将孩子抱出房间时,她终于忍不住开口:

"我想抱抱他!"

"现在这种情况,最好不要。"接生婆很不高兴,示意姨妈快点走。但伊迪丝犹豫了。

"求求你,就让我抱一下,一下就好。然后你们可以把他送走。"姨妈被埃尔西的哀求打动了,走过来将婴儿送进埃尔西的怀抱。埃尔西小心翼翼地接过来,望着孩子的双眼。

"嗨,宝贝。"她小声说,温柔地摇着他。

"你的血弄脏他的衬衣了。"接生婆颇不耐烦。

"衬衣我还有。"伊迪丝以目示意那女人安静。

埃尔西怎么也看不够。怀中的他热乎乎、沉甸甸的。她心满意足地凝视着他的十根小手指,还有那细小而完美的指甲。

"是个很漂亮的男孩。"床边的伊迪丝说。

"长得像他爸爸。"孩子握住埃尔西的指头,她笑了。

"快把他接过来,得给他喂奶。"接生婆一把将孩子从埃尔西怀里抱走。她本能地想反抗,想夺回孩子,永远不放他走。可一转眼,接生婆就匆匆将染血的衬衣从孩子身上脱下,换上一件干净的,然后把孩子递给伊迪丝。伊迪丝最后看了埃尔西一眼,抱着孩子走出了房间。

那一瞬,埃尔西的心四分五裂了。最后望着儿子的那一眼,让她心底的某个角落彻底粉碎。她明白,她再也不可能经受得住那种痛。躺在汗津津、血淋淋的床上,肚子空了,怀抱也空了,她下定决心,再也不允许自己承受这一切,永远都不,永远都不。接生婆帮她处理胎盘时,她一边任凭泪如泉涌,一边对自己立下誓言。

24

"马丁!"

"波拉!"

两人异口同声,正好都急着要冲到对方的办公室。于是他们在走廊里碰个正着,都激动得满脸通红。最后还是马丁先缓过气来。

"跟我来,"他说,"克耶尔·林霍尔姆刚来过,有件事我得告诉你。"

"好啊,不过我也有情况要通报。"波拉跟他进了办公室。

马丁把门关上,然后坐下。波拉坐到他对面,急于分享他的新发现,根本坐不住。

"首先,弗朗斯·林霍尔姆承认他是杀害布丽塔·约翰松的凶手。他还暗示自己也杀了埃里克·弗兰科尔和……"马丁略一迟疑,"我们从坟墓里挖出来的那个人。"

"什么?难道他临死前向儿子认罪了?"波拉惊问。马丁将装着那三页信纸的文件夹推过去。

"其实是死后。克耶尔今天刚收到这封信。你先看看,然后告诉我你的第一反应。"

波拉接过信,认真读起来。读完,她将信纸放回文件夹里,蹙眉沉思道:

"嗯,他特别提到他杀了布丽塔,这点毋庸置疑。但埃里克和汉斯·

奥拉夫森……他只说他要对他们的死负责,这种说法很奇怪,特别是考虑到他已明确表示自己是杀害布丽塔的凶手。所以我没有把握。我不太确定他的意思是不是他真地杀了另两人,否则……"她探出身子,正准备向马丁报告她的发现,却被马丁打断了。

"等等,还不止这些。"马丁一抬手,波拉只好把话咽回去,有点不高兴。

"克耶尔还调查了这位……汉斯·奥拉夫森,想查出他究竟去了什么地方,并进一步挖掘他的背景。"

"然后呢?"波拉等不及了。

"他联系了一位专门研究德军占领挪威那段历史的挪威教授。这位教授掌握了大量挪威抵抗运动的史料,克耶尔觉得他可能有办法找到汉斯·奥拉夫森。"

"然后呢?"见马丁还在兜圈子,波拉越发不耐烦。

"起初他什么也没查到。"

波拉长叹一声。

"……后来克耶尔给他传真了一篇文章,上面有'抵抗运动成员'汉斯·奥拉夫森的照片。"马丁用手比划着引号。

"然后怎么样?"波拉的胃口被吊起来了,一时竟忘了自己的发现。

"是这样的,那孩子根本不是抵抗运动成员。他父亲是纳粹党卫军的一名军官,名叫莱因哈特·沃尔夫。奥拉夫森是他母亲的娘家姓氏。他改了母姓以后,逃来瑞典。他母亲是挪威人,嫁给了一个德国人。德军占领挪威期间,沃尔夫在驻扎于挪威的党卫军中官居高位,这都要归功于他从妻子那里学到的挪威语。战争末期,莱因哈特·沃尔夫被捕,然后被送进了德国的一所监狱。没人知道汉斯的母亲出了什么事,而汉斯一九四四年就从挪威失踪了,从此人间蒸发。当然,现在我们了解原因:他逃到瑞典,假称自己是抵抗运动成员,最后却葬身于夫雅巴卡墓园的一座坟墓里。"

"真不敢相信。但这和我们的调查有什么关系?"波拉问道。

"还不清楚。可我有种预感,这至关重要。"马丁沉思着,随即笑道,"好了,我的猛料都爆完了。刚才你想说的是什么事?"

波拉做了个深呼吸,快速将她的发现解释一遍。马丁赞赏地望着她。

"嗯,这么一来,案情更为明朗了。"他边说边起身,"得马上着手调查。你去开车,我打电话给检察官申请搜查证。"

这正合波拉的心意。她兴奋地跳起来,耳畔的血脉鸣响着。一举攻破全案的机会就在眼前,她感应到了。大功即将告成。

回到车里,艾丽卡一言不发,只是呆呆望着窗外,把日记放在腿上,母亲的字字句句,切肤之痛,在她脑中盘旋往复。帕特里克没有打扰她。他明白,等艾丽卡调整好状态,会向他吐露缘由的。他没看过那几本日记,不如艾丽卡了解得那么多。不过艾丽卡在客厅读日记时,克里斯蒂娜已将埃尔西被迫放弃亲生儿子的事告诉帕特里克。

起初,帕特里克很生母亲的气。这种事她怎能瞒着艾丽卡?还有安娜?但他很快就理解了她的立场。她答应过埃尔西要保密,她信守了对朋友的承诺。而且她也说过,她也有好几次想告诉艾丽卡和安娜她们还有个哥哥,但另一方面,她又害怕由此引发的后果。每次她举棋不定时,就决定还是顺其自然为好。帕特里克仍对她有些不满,但克里斯蒂娜说她已尽量按她以为最妥当的方式来处理,这一点帕特里克相信她。

但是,秘密已经揭开了,看得出克里斯蒂娜大大松了一口气。现在只剩下一个问题:他的爱妻将如何对待?其实他已经想到了答案。他太了解艾丽卡了,她一定会全力以赴寻找她的哥哥。帕特里克转头望着身旁艾丽卡的侧影,见她茫然地望着窗外,突然察觉到自己爱她爱得有多深。

到家后,艾丽卡直接上楼进了工作室,依然一言不发,失魂落魄。帕特里克草草打扫一遍,趁玛雅还没闹着要找艾丽卡,就把她放进小床睡午觉。

"我能进来吗?"他轻轻敲了敲门。艾丽卡转过身,点点头,神色略显苍白,但目光中平添了一分戒心。

"你还好吗?"帕特里克坐进墙角的扶手椅。

"老实说,我也不确定。"艾丽卡深吸一口气,"可能我还晕晕乎乎的。"

"你生我妈的气?因为她对你守口如瓶?"

艾丽卡沉吟片刻,摇了摇头。"不,不是。是妈妈让克里斯蒂娜保密的,而且我也能理解她,她是害怕说出真相的后果更不可收拾。"

"你会告诉安娜吗?"帕特里克问道。

"那当然。她有权利知情。但在此之前我自己要查个水落石出。"

"你应该已经着手调查了吧,我猜得对不对?"帕特里克笑着朝电脑呶呶嘴,屏幕上的网页浏览器已经打开了。

"猜对了。"艾丽卡微微报以一笑,"我在搜索通过什么渠道可以调查领养的孩子的去向。找到他应该不成问题。"

"是不是感觉很可怕?"帕特里克问道,"你都不知道他长什么样,过得怎么样。"

"太可怕了。"艾丽卡点头,"但蒙在鼓里更可怕。想想看,我在别处还有个哥哥。我一直都想有个哥哥……"她笑了。

"这么多年,你妈肯定时常想念他。你对她的印象是不是改变了呢?"

"肯定的。"艾丽卡答道,"她那么排斥我和安娜固然不对,可是……"她字斟句酌,"可是我能理解,她再也不愿对任何人敞开心扉。想想看,先是被孩子的父亲抛弃——在她眼中确实如此。然后又被迫把刚生下的孩子送人。那时她才十六岁呀!我简直无法想象她遭受的一切有多惨痛。而且她还刚失去父亲——看得出来,实际上几乎也失去了母亲。不,我不怪她。无论我多想恨她,但就是恨不起来。"

"可惜她不知道,汉斯其实没有抛弃她。"帕特里克摇头叹道。

"是啊,这是最糟糕的。他从没离开夫雅巴卡,从没离开她。他被人杀害了。"艾丽卡哽咽了,"可是为什么?为什么有人要杀他?"

"要不我给马丁打个电话,问问他们的调查有没有进展?"帕特里克想打电话给警局,不光是为了艾丽卡。这个挪威人的命运本就令他无比挂心,更不要说现在已经确定汉斯·奥拉夫森是艾丽卡同父异母哥哥的生父。

"好啊,交给你了。"艾丽卡急不可耐。

"好,我现在就去打电话。"帕特里克站起身。

十五分钟后,他回到工作室,艾丽卡立刻看出有情况。

"他们查出了汉斯·奥拉夫森谋杀案一个可能的动机。"

艾丽卡坐不住了:"是什么?"

帕特里克略一迟疑,才将马丁汇报的情况转述给她。

"汉斯·奥拉夫森不是抵抗运动成员。他是党卫军一名高级军官的儿子,挪威沦陷期间,他本人也替德国人工作。"

房中霎时一片死寂。艾丽卡两眼圆睁,一时语塞。帕特里克接着说道:

"克耶尔·林霍尔姆带着今天收到的弗朗斯遗书去了警局。弗朗斯在信里承认杀了布丽塔,还说他要对埃里克和汉斯的死负责。但马丁不太信得过后面这一条。我问他是否可以就此认定埃里克和汉斯之死都是弗朗斯所为,但他不想仓促下结论。"

"那为什么弗朗斯要说他得对他们的死负责?会是什么意思呢?"艾丽卡好半天才开口,"还有,汉斯居然根本不是抵抗运动成员。我妈知情吗?怎么……?"她连连摇头。

"你读完她的日记后怎么看?她知情吗?"帕特里克又坐下了。

艾丽卡想了想,然后摇摇头。"不,"她语气坚定,"妈妈应该不知情,百分之百不知情。"

"问题在于这事是否被弗朗斯发觉了,"帕特里克自言自语,"可如果埃里克和汉斯真是他杀的,他为什么不在遗书里直说?为什么要拐弯抹角地说他'要对他们的死负责'?"

"马丁说过他们下一步的计划吗?"

"没,他只说波拉发现了一条可能的线索,他们正要去查,一有进展就通知我们。他似乎很兴奋。"帕特里克觉得肚子重重挨了一拳。无缘参与行动,他还不太习惯。

"你想些什么,都写在脸上了。"艾丽卡忍俊不禁。

"哎呀,要说我不想去警局亲自办案,那是骗人的。"帕特里克说,"可你要知道,我这时候去也不合适。"

"嗯,"艾丽卡说,"我理解你的心情。想参与调查又没错。"

仿佛为了佐证他们刚才的话,玛雅的房间传来一阵啼哭。帕特里克连忙起身。

"你看,催我上工的哨声这就吹响了。"

"下地干活吧,"艾丽卡大笑,"不过,先把那小奴隶主带过来,让我好好亲亲。"

"马上就来。"帕特里克刚要出门,便听见艾丽卡突然大喘了一口气。

"我知道我哥哥是谁了。"她说。她捧腹大笑,却又止不住泪水:"帕特里克,我知道我哥哥是谁了。"

马丁在车里就接到了颁发搜查证的通知。他们对此颇有把握,所以提早上路。一路上两人没有交谈,都在思索迄今得到的各种琐细线索,进而推理渐渐浮出水面的案情全貌。

他们敲门时,没人回应。

"好像没人在家。"波拉说。

"要怎么进去?"马丁端详着坚固的房门,看样子没那么容易直接撞开。

波拉笑着伸手到前门的横梁上摸了摸。

"用钥匙呗。"她举着摸到的东西。

"没了你我可怎么办啊?"马丁由衷地叹道。

"估计你会在撞门的过程中肩部骨折。"波拉开了锁。

他们进了玄关,屋里静得吓人,闷热。两人将外套挂在前厅。

"要不要分头查看?"波拉问。

"当然。一楼归我,你上楼看看。"

"我们究竟要找什么呢?"波拉突然有点迷茫。她确信他们的调查方向是对的,但眼看逼近真相了,她却对能否找出支持他们推理的证据信心不足。

"我也说不准。"马丁似也将信将疑,"先到处仔细查查看能找到什么吧。"

"好。"波拉点点头上楼去了。

一小时后她才下楼。"没什么收获。我是继续到楼上查呢,还是和你换一换?你有特别的发现吗?"

"还没有。"马丁摇摇头,"换一换的点子不错。不过……"他沉吟着,指了指大厅里的一扇门,"不如先查地下室。我们俩都还没下去过。"

"好主意。"波拉拉开通往地下室的门。楼梯上黑洞洞的,但她找到了大厅里的电灯开关,就在这扇门外。她开了灯,走在前面,马丁紧随其后。过了几秒钟,波拉站在楼梯末端,让眼睛渐渐适应周遭微弱的光线。

"好诡异的地方。"马丁站到她身旁。他的目光往墙上一扫,不禁张大了嘴。

"嘘……"波拉以指挡唇,示意他别出声。"听见什么了吗?"

"没有啊,"马丁竖起耳朵,"没,什么也没听见。"

"似乎是车门关上的声音。你真地什么都没听见?"

"真没有,是你的幻觉吧。"旋即,头顶上突然传来的脚步声令他顿时哑口无言。

"幻觉,哈?我们还是上去为好。"波拉刚踏上第一阶楼梯,地下室的门就砰地一声关上了,紧接着是钥匙转动门锁的声音。

"怎么回事?"波拉还在楼梯上,灯就灭了。两人置身于伸手不见五指的黑暗中。

"真他妈见鬼!"波拉破口大骂,马丁只听见她重重地擂门。"让我们出去!听见没有?我们是警察!把门打开,让我们出去!"

但当她停下来喘气时,车门关上、引擎发动的声音清楚地传到他们耳朵里。

"糟了!"波拉跌跌撞撞地退下楼梯。

"我们得打电话求援。"马丁伸手去摸手机,这才想起来手机在外套口袋里。

"得用你的手机,我的留在外套里了,外套又挂在大厅里。"马丁说。

波拉的沉默令他紧张起来。

"你该不会和我一样吧。"

"猜对了,"波拉痛苦地答道,"我的手机也在外套口袋里。"

"该死!"马丁爬上楼梯,想把门撞开。

"真他妈该死!"他白费力气,却只换来肩膀的剧痛,只能破口大骂,垂头丧气地退回波拉身边。

"纹丝不动。"

"那我们该怎么办?"波拉郁闷地问道。随即她倒吸一口凉气。

"乔安娜!"

"乔安娜是谁?"马丁吃惊地问。

波拉一时无言,好半天才说:"是我的伴侣。这两周我们就要有孩子了。可是天知道……我答应过要随身带手机的。"

"你先别慌,"马丁一时还消化不了新同事刚刚爆出的绝对隐私,"第一胎一般都没那么快。"

"但愿如此。"波拉说,"不然我就算赔上脑袋也弥补不了。还好有我妈陪着她。最坏的情况……"

"别胡思乱想,"马丁劝道,"我们不可能一直被困在这儿。我说了,如果预产期还有两周,应该没关系。"

"可没人知道我们在这儿。"波拉一屁股坐到最底层楼梯上。"何况我们被困住这期间,凶手已经远走高飞了。"

"往好的方面想,至少我们的怀疑已经完全得到证实。"马丁还想调节气氛。波拉都懒得回应他。

楼上门厅里,波拉的手机开始焦急地叫唤起来。

梅尔贝里在门口彷徨着。星期五的舞蹈课感觉非常好,但在那以后,虽然他好几次去过丽塔经常散步的那条小路,但一直没见到她。他很想念她。梅尔贝里没料到他的思念之情竟如此强烈,但他再也无法忽略内心的感受——他真地,真地非常思念丽塔。恩斯特似乎也与他心灵相通,它正急不可耐地拽着链子,赶往丽塔的住处,梅尔贝里拦都拦不住。可到了门口,他又踌躇了,不仅因为隐隐的害羞,而且也怕丽塔觉得自己太冲动。但一番思想斗争后,他还是按下了对讲机的按钮。没人回应。他刚要走,却听见对讲机里噼啪一声,一个声音紧张地喘着气。

"有人在家吗?"他又转回门口,"我是伯蒂尔·梅尔贝里。"

起初还是没人回答,随后是微弱的一声"上来吧",接着又传来痛苦的呻吟。梅尔贝里眉头一皱。太奇怪了。他牵着恩斯特上了丽塔在三楼的公寓。门半开着。他讶异地走进去。

"有人吗?"他又喊了一声,依然没有回应,然后突然听见附近一阵呻吟。梅尔贝里循声望去,只见一个人躺在地上。

"我……就要生了……"乔安娜大口喘气,蜷成一团,痛苦不堪。

"上帝啊。"梅尔贝里额头直冒冷汗。"丽塔呢?我打电话给她!还有波拉。得赶紧联系波拉,再叫辆救护车。"他东张西望寻找电话。

"我打了,可是联系不上……"乔安娜痛得说不下去了,等阵痛稍缓,她才扶着身旁橱子的把手,缓缓站起来。她捂着腹部,惊惶地望着伯蒂尔。

"你以为我没给她们打电话?可是没人接啊!怎么会这么难……真要命……"又一波阵痛切断了她的话。她颓然弯下腰,上气不接下气。

"开车送我去……去医院。"她指着橱子上的一串车钥匙,对梅尔贝里说。梅尔贝里瞪圆了眼,仿佛那串钥匙随时会变成嘶嘶吐着信子的一条蛇;但他的手不由自主地缓缓伸过去。也不知怎么回事,他茫茫然搀扶着乔安娜上了车,将她安顿在后座。恩斯特只能留在公寓里。梅尔贝里一踩油门,驱车驶向诺拉·埃尔夫斯堡郡立医院。听着乔安娜越喘越厉害,他也越来越慌乱,从维纳什堡到特罗尔海坦这段路简直长得没有尽头。总算来到产科病房入口,他停好车,将乔安娜扶下来、她的眼中溢满恐惧,跟着梅尔贝里来到门诊挂号处。

"她要生了。"梅尔贝里对玻璃窗后的护士说。护士看了乔安娜一眼,那神情表明梅尔贝里纯属废话。

"快跟我来。"护士急匆匆地带他们到附近的一个房间。

"我看我也该……先走了。"护士让乔安娜脱裤子,梅尔贝里顿时手足无措。他刚想溜,乔安娜就抓住他的手臂,恰在此刻又一波阵痛袭来,她疼得直抽冷气,小声说:

"哪儿也别去……这种时候……我不想……一个人。"

"可是……"梅尔贝里本想拒绝,又绝不忍心丢下乔安娜独自一人。他叹着气,坐进一张椅子;护士给乔安娜做检查时,他只好把头扭向一旁。

"产道扩张七厘米。"护士瞄了梅尔贝里一眼,认为有必要向他通报这个消息。梅尔贝里点点头,心里暗想这说明什么呢?是好事?还是坏事?几厘米才合适?他阵阵眩晕,这才想到直到孩子生下来之前,他要了解的信息还有很多。

他拿出手机,又拨了一次波拉的号码。但和丽塔一样,又被转到语音信箱。她们怎么回事?既然知道乔安娜随时可能生产,怎么不随身带手机?梅尔贝里将手机放回衣袋,又开始琢磨能不能偷偷溜出去。

两小时过去了,他还在。他们被护士领到产房,乔安娜死死攥着他的手,令他根本无法抽身。他不禁心疼起她来。刚才他得知十厘米才是正常的,但剩下这三厘米还得费不少时间。乔安娜戴上了用来麻醉的笑气面具,效果不错,梅尔贝里简直想自己体验一下。

"我坚持不住了。"透过面具,乔安娜的两眼闪着泪。汗湿的头发粘在她的前额上,梅尔贝里拿了条毛巾,帮她擦擦眉毛。

"谢谢。"乔安娜望着他的神情,令他彻底打消溜走的念头。眼前这一切令梅尔贝里大受震撼。本来他只知道生孩子异常痛苦,但从不曾亲眼目睹生产过程所要付出的巨大努力。这辈子第一次,他对女性萌生了深深的敬意。至少他很清楚,这种事他自己永远都办不到。

"再给……她们打电话试试。"乔安娜在面具后大口喘气,连在她腹部的仪器显示,最厉害的一阵宫缩就要来了。

梅尔贝里松开手,又拨了过去几小时里拨过无数次的那两个号码,可还是无人接听。他望着乔安娜,难过地摇摇头。

"怎么回事……"乔安娜刚开口,下一阵宫缩便将她没说完的话变成了哀吟。

"你确定真地不需要那个……摸歪……她刚才说什么来着?"梅尔贝里一边擦去乔安娜额头上的津津汗水,一边紧张地问道。

"不用。马上就快了……那个会变慢……对了,是叫做膜外麻醉。"乔安娜弓起背,又一阵呻吟。护士又进来观察乔安娜的产道扩张情况,这段时间她每隔一阵就来例行检查一次。

"已经完全张开。"护士很高兴。"听见了吗,乔安娜?十厘米。很快就生了。你做得非常好。孩子马上就出来了。"

梅尔贝里抓起乔安娜的手,紧紧一握。他的心情格外奇妙。想来想去,只能用"自豪"来形容。他为护士对乔安娜的赞扬而自豪,为他们的共同努力而自豪,为即将降生的孩子而自豪。

"孩子出来还要多久啊?"他追问护士,她耐心地解释了一遍。没人询问他和乔安娜是什么关系,所以他推测,他们都以为他是孩子的父亲,虽然也太老了点。不过他没打算多费口舌。

"因人而异,"护士说,"按现在的情况,我估计半小时就能出来。"她微笑着鼓励乔安娜。乔安娜抓紧两次宫缩的间隙稍事喘息,但紧接着又痛得全身紧绷、表情扭曲。

"这会儿的感觉变了。"她咬牙切齿地说,又吸了一大口笑气。

"现在是孩子挤出产道的疼痛,再等等,等产道压力特别大的时候,我会帮你。待会儿听我的口令,让你用力,你就抬起膝盖,下巴抵到胸口,用全身力气往下使劲。"

乔安娜不安地点点头,又握紧梅尔贝里的手。他也使劲回握,两人都望着护士,万分紧张地等待进一步指示。

"稍等,稍等,稍等……还没到时候……等压力最大的那一刻……好,就是现在!"

乔安娜依照刚才的指示,下巴顶着前胸,抬起双膝,拼命使劲,脸涨得通红,疼痛倒渐渐消退了。

"好!非常好!你做得很好!现在等下一次,待会儿还没等你反应过来就结束了。"

护士所言不差。两次宫缩过后,婴儿就滑了出来,立即被放到乔安娜的肚子上。梅尔贝里着迷地端详着。理论上,他也听说过生孩子的过程,但亲临现场可真是……想想看吧,一个新生命出世了,没等乔安娜将他抱在胸前,就开始手舞足蹈地放声啼哭。

"我们帮帮这小子,他想吃奶。"护士温和地说,帮乔安娜扶着婴儿找到她的乳头,那小嘴立刻吮吸起来。

"恭喜恭喜。"护士向二人道贺,梅尔贝里简直心花怒放。不消说,这可是他从未经历过的体验。

稍后,孩子吃够了,护士给他擦干净身子,裹进襁褓中。乔安娜背靠枕头坐在床上,满心喜悦地注视着儿子。随即,她看了看梅尔贝里,低声说:

"谢谢。我自己一个人真应付不了。"

梅尔贝里唯有一点头。他喉头像是被什么东西堵住了,一句话也说不出来,只能连连吞咽,尽力把它吞下去。

"要不要抱抱他?"乔安娜问道。

梅尔贝里还是只能点点头。他战战兢兢地伸出胳膊,乔安娜则小心翼翼地把儿子递过去,让梅尔贝里稳稳扶住孩子的小脑袋。梅尔贝里怀抱这温暖、新鲜的小身躯,一股奇特的感觉涌上心来。他低头端详着那小脸蛋,喉头愈发堵得慌。望着孩子的双眼,他顿时彻悟了。从这一瞬起,他无可救药地陷入了爱河。

夫雅巴卡，一九四五年

汉斯情不自禁地笑了。或许这时不该笑，可他按捺不住。他们的未来，起步当然会很艰难，人们难免指指戳戳，说三道四，什么不敬上帝之类的警告都少不了。但熬过最困难的时期之后，他们就可以好好过日子了。他和埃尔西，还有他们的孩子。面对美好的未来，他能不高兴吗？

但一想到眼下的状况，他的笑容便消失了。这绝不是一件轻松的任务。他何尝不愿意忘掉所有，留在夫雅巴卡，假装自己的过往从不曾存在。他何尝不想相信，从偷偷登上埃尔西父亲的船那一天起，他就获得了新生，如同一张崭新的白纸。

但战争结束了，一切也随之改变。如果不先回挪威一趟，他便无法向前。主要是为了母亲。他有义务了解母亲是否安好，而且也想让母亲知道，他还活着，有了新家。

汉斯拿过行李箱，开始往里装这几天要穿的衣服。最多一星期，不能再长了。他真地不想离开埃尔西。她已成了他生命的一部分，一想到要和她不必要地多分离哪怕一天，他都无法忍受。等他从挪威回来，他们就可以永远在一起了。

从橱子抽屉里拿出一件衬衫时，有个裹在小布包里的东西掉了出来，叮当一声落到地上。汉斯连忙弯腰捡起。他坐到床上，端详着手里的东西。这是父亲因战争第一年的出色表现而获得的铁十字勋章。汉斯呆呆地望着勋章，他逃离挪威时，为了留个纪念，从父亲那儿偷了这东西。万一在逃亡瑞典的途中落入德军之手，这勋章也能派上用场。他明白，老早就该把勋章丢掉。如果有人随手整理他的东西，发现了这个，他的秘密恐怕就要曝光了。但他舍不得，他需要一个纪念。

汉斯并不后悔离开父亲。如果可以选择，他永远都不想再和那个人有任何瓜葛。那个人站在反人类的那一边，汉斯时常羞耻于他一度过于软弱，不敢违抗父命。一幅幅画面从他记忆中闪过。那个残忍无情、暴行累累的人，和他再也没有任何关系。他曾经那么软弱，一味屈从父亲的意志，但最终还是成功地抽身而去。汉斯将勋章紧紧握在手心，锋利的边缘割破了他的手。他回去不是为了探望父亲。恶有恶报，也许那个人终于得到应有的惩罚了。但他必须见到母亲，不该让她再担惊受怕。她甚至不知道儿子是死是活。汉斯会和她谈心，让她看看他还活得好好的，还要告诉她埃尔西和孩子的事。说不定他还能说服她来瑞典和他们一起住。埃尔西应该不会有意见，她的善良，正是汉斯爱上她的原因之一。埃尔西和他的母亲一定会相处得非常融洽。

  汉斯从床边站起。他犹豫了一阵，将勋章放回抽屉里。等回来以后再处理，权当提醒自己永远不要变成那个人，提醒自己他再也不是那个单薄懦弱的男孩。现在，为了埃尔西和孩子，他该成为一个男人了。

  汉斯关上行李箱，环顾着一年来带给他无限欢愉的这个房间。火车再过两小时就开，临走前只剩一件事要做。他还得找某个人谈谈。于是他离开房间，关上门。门关上时的响声突然带给他一股宿命般的不祥预感：这一去，未必能称心如意。但他猛然摇头，抛开杂念，踏上旅途。最多一个星期他就能回来。

25

艾丽卡坚持独自开车去哥德堡,虽然帕特里克想陪她去。这件事,她要一个人去办。

她在门口站了好一阵,始终无法抬手去按门铃。最后,她再也拖不下去了。

玛塔一开门看见是艾丽卡,满面惊奇,但随即就请艾丽卡进屋。

"冒昧打扰,真不好意思,"艾丽卡突然嗓子发干,"我应该先打个电话才对。可是……"

"噢,不要紧,"玛塔温和地笑道,"我这把年纪了,巴不得有人做伴呢,来了就好。进来,快进来。"

艾丽卡随她穿过走廊进了客厅,两人并排坐下。她心慌意乱,不知该从何说起,反倒是玛塔先开口了。

"谋杀案的调查有进展吗?"她问道,"上次你来的时候,我们没帮上忙,真是惭愧。不过我也说了,我确实不了解我们家的经济状况。"

"我已经知道那些钱的用途了。准确说来,我知道那些钱是给谁的。"艾丽卡的心砰砰狂跳。

玛塔疑惑地望着她,不明所以。

艾丽卡认认真真地注视着老太太,轻声说:"一九四五年十一月,我母亲生了一个儿子,刚生下来就送给人收养。她生产的地点是博伦厄的姨妈家。我认为被谋杀的埃里克·弗兰科尔给你丈夫寄钱,就是为了那个孩子。"

客厅里突然安静了。然后玛塔移开了目光。艾丽卡看出她的手在哆嗦。

"我也猜到八九分。可是威尔赫姆从没对我提过,而且……哎,其实我也不想知道。他永远都是我们的儿子。这么说可能有点冷酷,但我从没当他是另外一个女人生的。他是我们的儿子,我和威尔赫姆的儿子,我们从没因为他不是亲生的就少疼爱他一点半点。我们想要一个孩子很久了,也努力了很久,只是……哎,格兰的到来,简直是上天赐给我们的礼物。"

"他知不知道……"

"自己是领养的?知道。我们从没想过要瞒着他。但说实话,我觉得他也不怎么在意这一点。我们是他的父母,他的家人。有时威尔赫姆和我也讨论过,如果格兰想追查自己的……亲生父母,我们会是什么感受?但一涉及这个话题,我们就会告诫自己别自寻烦恼。格兰好像也从来没打算调查身世,所以我们也就顺其自然。"

"我喜欢他。"艾丽卡不禁脱口而出,然后连忙定了定神。想到上次见到的那个男人就是她和安娜的哥哥,她一时还有点不习惯。

"他也喜欢你。"玛塔笑了,"我下意识地觉得,你们长得真有点像。你们的眼睛都……我也说不准,反正你们的五官感觉挺像的。"

"你说他会是什么反应,如果……?"艾丽卡没敢问完。

"他小时候就老说想要弟弟妹妹,所以我看他会敞开怀抱欢迎一个妹妹。"玛塔笑着答道,似乎已经从最初的震惊中恢复过来了。

"是两个妹妹,"艾丽卡说,"我还有个妹妹叫安娜。"

"两个妹妹,"玛塔摇摇头,"谁能想到呢?人生啊,总有新的惊喜,我都这把年纪了,也还不例外。"随即,她正色问道,"你能不能跟我说说你的母亲……他的母亲?"她以探询的目光望向艾丽卡。

"当然可以。"艾丽卡讲述了埃尔西的故事,特别是她不得不将儿子送人的前因后果。她说了很久,说了一个多小时。面对这位一手养大并深爱着埃尔西被迫抛弃的儿子的女人,她尽可能公正地评价了母亲当年所处的境况。

前门开了,一个欢快的声音在门外打招呼,两人都吓了一跳。

"嗨,妈妈,有客人啊?"一阵脚步声接近客厅。

艾丽卡看了看玛塔,玛塔点点头表示同意。尘封的秘密,终于到了揭开面纱的时候。

四小时过去了,波拉和马丁陷入绝望。他们如同两只受困的鼹鼠,被锁在这漆黑的地下室里;一段时间后,他们的眼睛逐渐适应黑暗,整个地下室的轮廓也渐渐显现出来。

"真没想到会变成这样,"波拉叹道,"他们会很快派出搜救队吗?"她想开个玩笑,但忍不住又哀叹连连。

马丁又试着撞过好几次门,都无功而返。他摸摸酸痛不已的肩膀,估计肯定有几处淤青了。

"他现在一定早走了,"波拉说,她心里感觉很沮丧。

"很有可能。"马丁更郁闷了。

"他在这儿收藏了不少诡异的纪念品啊。"波拉眯起眼,隐约看出地下室的架子上那些东西的轮廓。

"大部分是埃里克的,"马丁说,"据我所知,他才是收藏家。"

"可这些纳粹留下来的东西……肯定很值钱吧。"

"那还用说。花了一辈子搞收藏,最后总能留下一大堆。"

"你说他的动机是什么?"波拉向黑暗中凝视着,在脑中梳理着他们已确信无疑的结论。说实话,刚开始审视他的不在场证明时,她就心里有数了。于是她才想到要查一查六月份的航班乘客表上有没有阿克塞尔·弗兰科尔的名字。此前核实他的不在场证明时,他们只确认他离开夫雅巴卡的具体日期与他本人声称的相一致——却没有进一步调查他是否搭乘过其他航班。再次调查的结果一目了然:六月十六日,一个名叫阿克塞尔

• 弗兰科尔的人从巴黎飞往哥德堡,并在同一天飞回巴黎。

"不知道。"马丁答道,"我一时还想不通。他们兄弟俩的关系好像很不错,那为什么阿克塞尔要杀埃里克?到底是什么因素激发了他那么剧烈的反应?"

"肯定与他们四人时隔多年后重新取得联系有关:埃里克、阿克塞尔、布丽塔、弗朗斯。这绝不是巧合。而且还牵涉到那个挪威人的死。"

"我有同感。但究竟如何牵涉?原因又是什么?为什么隔了六十年才爆发?我怎么也想不通。"

"得找他问个明白。如果我们能从这儿活着出去、还能逮住他的话。现在他多半在逃往某个遥远国家的路上了。"波拉垂头丧气。

"说不定到了明年,会有人在这地下室发现我们的尸骨。"马丁想缓和气氛,但波拉对他的幽默并不领情。

"如果运气好,附近的小孩还会闯进来呢。"波拉冷冷地说,不料马丁突然戳了戳她。

"嘿!有意思!"马丁好不激动,波拉揉了揉被马丁的手肘戳痛的身侧。

"不管你想到了什么,但愿能对得起这根被你弄折的肋骨。"

"还记不记得我们审问佩尔的时候他说过什么?"

"我又没在场,审问他的是你和戈斯塔。"波拉提醒马丁,不过她也来了兴趣。

"嗯,他说他是从地下室的窗户闯进这房子里的。"

"这底下没有窗户吧,不然光线会亮得多。"波拉半信半疑,扫视着地下室的墙壁。

马丁站起身,磕磕绊绊地摸到外墙边。

"可他是那么说的啊。应该有窗户才对。也许被什么东西挡住了。你刚才也说了——这些收藏品值不少钱,可能埃里克不想让人在外头看见他的宝贝。"

波拉也起身往马丁的方向挪过去。马丁撞到墙上,"哇!"地喊了一声,但紧接着又是一声"啊哈!",波拉顿时燃起希望。马丁拉开一袭厚厚的布帘,露出后面的窗户,让光线径直泻进地下室,他们成功了。

"两小时前你就该想到吧?"波拉抱怨着。

"嘿,是我解放了囚犯,你好歹也该领情。"马丁兴冲冲地松开窗闩,推开窗户。他拿过不远处的一架梯子,支在窗户正下方。

"女士优先!"

"多谢。"波拉嘀咕着踩上梯子,从窗户里挤出去。

马丁紧跟在后。两人站了好一会儿,让眼睛适应炫目的光线。然后他们抬腿就跑,冲到前门,发现门锁上了,这回门框上的钥匙也没了。所以他们的外套被锁在里面,还有手机和车钥匙。马丁正准备去最近的邻居家求助,就听见一声巨响,他循声望去,只见波拉刚将一块石头扔进一楼的玻璃窗,面带得意。

"既然我们是从窗户逃出来的,也就能从窗户进去。"她捡起一根棍子,将窗框上的玻璃碎片统统敲干净,然后看了看马丁。

"怎么?你是想让阿克塞尔溜得更远,还是来帮我一把?"

马丁只犹豫了一秒钟,就上前搭个人梯,让波拉从窗户翻进屋里,随后自己也爬上窗台跳进去。现在最要紧的是逮捕杀害埃里克·弗兰科尔的凶手。阿克塞尔已经跑远了。而他们还有很多很多疑惑仍然没有解开。

阿克塞尔只逃到了兰德维特机场,然后就呆坐在候机大厅里。当时他的肾上腺素一阵爆发,径直将两名警官锁在地下室,然后将行李箱往车里一丢,驱车扬长而去。但那种晕眩感此刻已荡然无存,剩下的只有无尽的空虚。

他一动不动地望着窗外,一架又一架飞机从跑道上腾空而去。随便搭哪一班他都可以远走高飞,他有钱,在国外也有不少关系,只要他愿意,就可以按他的意愿,随便隐退到什么地方。当了这么久的狩猎者,他早已烂熟了作为猎物逃生时所必备的一切技能。但他不愿么做,这是他的最终结论。他可以逃亡,但他不愿逃亡。所以他还羁留在此,旁若无人地遥望飞机起起落落,等候命运攫住他的咽喉。令他吃惊的是,这种感觉并不如预想的那么糟。或许他自己所追捕的猎物某一天终于迎来那阵敲门声,听见对方喊出自己的真名实姓时,也正是这种感觉。既惊恐,又莫名地轻松。

但对他而言,付出的代价未免太高了。牺牲了埃里克。

要是埃尔西的女儿没拿那枚勋章来该多好。那东西浓缩了他们试图用整整一生去忘却的一切。她粗暴地重新翻出陈年旧事,而埃里克认为时候终于到了。当然,埃里克早就说过要让真相大白,至少要接受他们必须承受的制裁。并不是法律制裁,那已经为时太晚。谁都不可能因那么多年前的犯罪追诉他们。他们要承受的,是道德的拷问,在同样生而为人的其他同胞面前承认他们的所作所为。这是埃里克的原话。他们活该遭受谴责与唾弃。埃里克一直顽固地认为,他们逃脱审判的时间太长了。

但阿克塞尔总能让他冷静下来,说服他那也无济于事,只能造成更多的伤害。已经发生的,无法再改变。过去的都已经过去,他们大可把那些抛到脑后,那么阿克塞尔就能通过他惩恶扬善的工作来作出补偿。虽然无法弥补他们当年的罪孽,但他的工作毕竟也让一个又一个罪人伏法。如果埃里克没完没了地唠叨着他们该为多年前的罪孽负责,阿克塞尔就难免忍无可忍。已经发生的事无可挽回,那凭什么还要牺牲掉他已经达成并还将继续实现的一切成就,去兑现于事无补的忏悔?时至今日,他们的所作所为就连法律也不再关心并且无能为力了。

埃里克似乎听进去了,但阿克塞尔知道,弟弟的内心永远都被负罪感啃噬着,掏空了他的全部,最后剩下的唯有羞愧。阿克塞尔想在弟弟面前将世界粉刷成灰色,纵然连他自己也深知这种态度不可能一劳永逸。埃里克的世界从来都是非黑即白,只容得下事实,见不得模棱两可。那个世界由日期和姓名、时间和地点组成,用黑色的字母写在白色的幕布上。那正是阿克塞尔奋力抗争的对象。在很长一段时间里,他都是胜利者。六十年了。然后艾丽卡·菲尔克踏进他们的家门,带来那件尘封的纪念品。

与此同时,布丽塔的防线也逐渐崩溃,因为疾病正缓慢地摧毁着她的大脑。

埃里克的情绪波动越来越厉害。阿克塞尔也察觉到他的恐惧日渐滋长。他绝望地争论、质疑,他不能为与自己的形象大不相符的事情负责。外人眼中的他可不是那个样子。一旦真相曝光,人们眼中关于他的一切都将如晨雾般消散,最后他的模样,将是多么可怕。他毕生的经营都将毁于一旦。

于是到了那一天,在他们家书房里。埃里克给身在巴黎的阿克塞尔打了电话,表示该是时候了。就这样。电话里的埃里克似乎喝得大醉,这尤其值得警惕,因为埃里克从不多喝。他还在电话里抽泣着,说他再也忍无可忍,还说他去和维欧拉道别了,免得真相曝光时连累她也在人前抬不起头来。然后埃里克还嘀咕了几句,说什么他都已安排妥当,不能等着别人把他们丑陋的过去公之于众。他自己从来都没有勇气坦白,而现在他要给他的怯懦画上句号,结束多年的等待。他含糊的话语令阿克塞尔握着话筒的手心直冒冷汗。

当时,阿克塞尔立即搭乘最近的航班飞回瑞典,决心和弟弟好好理论理论,让他认清形势。回到家,他在书房找到了埃里克。回想起那一幕,阿克塞尔不禁闭上双眼,心如刀绞。阿克塞尔冲进门时,埃里克正坐在书桌后,茫然地在便笺上涂涂写写,用略显干涩、单调平板的声调,念叨着令阿克塞尔恐惧了六十年的那几个词。埃里克决心已定,负罪感彻底压垮了他,他再也无力抵抗。随后,他认真地向阿克塞尔解释,他已开始行动,他们至少得认识到该为曾经的罪行所应负起的责任。

阿克塞尔原本指望埃里克在电话里只是随口说说,原本指望弟弟醉意消退后能恢复理智。但他这时才发觉他错了。埃里克心意已决,态度之坚定令他胆寒。

阿克塞尔苦苦哀求,恳请埃里克回心转意,别再将深埋的秘密挖出来。但他从未发现弟弟竟然如此倔强。这回他明白,无论他怎么争辩都不管用,埃里克真地决定要曝光真相了。埃里克还提到那个孩子,第一次吐露他是如何查出那孩子的下落。那孩子是个男孩。埃里克还说他每个月都寄钱过去,虽然那孩子早就独立谋生了。那些钱算是为他们从那孩子身上夺走的东西作一点补偿。孩子的养父多半以为埃里克就是孩子的亲生父亲,所以没多问就替儿子收下钱。但这还不够。这点惩罚远不足以缓解将埃里克撕得粉碎的痛苦,反而让他们当年罪行的后果愈显真切。埃里克望着哥哥的双眼说,应该接受真正的惩罚了。

阿克塞尔观望着自己的人生。他以外人的眼光审视自己,设想着别人眼中的他会是什么模样。他那令人肃然起敬的人生将就此幻灭,只在弹指之间。随即他又想到了集中营,身边的那名囚犯被推进他们亲手挖出的大坑。饥饿、恶臭、潦倒。枪托击中耳根、身体里仿佛爆炸开来的剧痛。在穿越欧洲、开回瑞典的巴士上,倚靠着他死去的那个人。那些声音在耳边回响,那些气味充盈着鼻腔,那些积年累月的愤怒熏炙着心房,他仿佛又回到了那段全身力气都被榨干、苟且偷生的岁月。于是,面前椅子里的弟弟消失了,埃里克从他眼中消失了。他所看见的,是所有羞辱他、折磨他、此时又为他即将声名扫地而幸灾乐祸地取笑他的人。但他绝不能让他们称心如意。所有那些人,无论是死是活,都成群结队地嘲笑着他。到那时,他就活不下去了。但他必须活下去,这是唯一要紧的事。

他的一侧耳朵里嗡嗡乱响,耳鸣比平时更厉害,他听不见埃里克在说什么,只能看见他的嘴唇不停地翕动。那不再是埃里克,而是格里尼监狱里那个金发的年轻人。他们交谈时,他还表现得十分友好,使阿克塞尔误认为他是同类,使阿克塞尔认为他在一个非人的地方是唯一的人。而也正是那个年轻人高举起步枪,直视阿克塞尔的双眼,用枪托狠狠敲向阿克塞尔的脑袋,砸中他的耳根,也砸碎了他的心。

在怒火和痛苦的双重折磨之下,阿克塞尔一把抓起手边最近的东西。他举起沉重的石头胸像,举到边念念有词边在便笺上涂写的埃里克头上。

随即,他松开手,让石像落下。他没有加力,只是让重力拽着石像撞向弟弟的脑门。不,那不是埃里克的脑袋,而是那名监狱警卫的脑袋。难道真的是埃里克?他糊涂了。他身处自家书房,但那些气味和声音却那么逼真：堆积如山的尸体；不时响起的皮靴踏步声；德军的命令决定着他的明天是活，还是死。

阿克塞尔迄今仍忘不掉沉重的石像砸在皮肤和骨头上的声音。一瞬间就结束了。一声哀嚎过后，埃里克身子一软，两眼还来不及闭上。但在最初的震惊后，阿克塞尔恍然察觉自己都干了什么，却笼罩在一股奇特的平静之中。既然已经发生，就无可挽回。他小心地将石像放到书桌下，摘掉沾满鲜血的手套，塞进外套口袋。然后关上所有百叶窗，锁好门，钻进车里。他开车到了机场，搭最快的航班飞回巴黎。他想就这么把整件事压下去，埋头工作，等着警察打电话给他。

再回到家是那么艰难。一开始，他都不知道自己究竟怎么还能再踏进家门。两位友善的警官到机场接他、送他回家以后，他才定下心神，做了该做的事。日子一天天过去，他和埃里克的灵魂相安无事，他觉得埃里克的灵魂还在家里。他知道弟弟已经原谅他了。但埃里克绝不会原谅他对布丽塔的所作所为。阿克塞尔没有亲手扼死布丽塔，但他很清楚他和弗朗斯通过电话以后，会有什么结果。当他告诉弗朗斯布丽塔将会曝光一切的时候，他的头脑非常清醒。他的一番话经过精心设计，点到即止，却足以促使弗朗斯动手，正如一颗精准无比的夺命子弹。他深知，凭着弗朗斯的政治野心和对权势、地位的渴望，必将有所行动。在电话里，阿克塞尔几乎都听出了始终驱动着弗朗斯的那股凶狠的怒意。所以，对布丽塔的死，他和弗朗斯罪责相当。赫尔曼凝望布丽塔的爱意满满的神情，阿克塞尔从不曾拥有。而他们夫妻的爱情、几十年的相濡以沫，也正是被他一手终结。

阿克塞尔目送又一架飞机直上九霄，飞向某个不明的目的地。他的路也走到了尽头，天地之大，他已无处容身。

几小时的漫长等待之后，终于有只手按上他的肩膀，有个声音喊出他的名字，他解脱了。

波拉吻了吻乔安娜的脸颊，又亲了亲儿子的脑门。她依然无法相信自己错过了全过程,反倒是梅尔贝里始终在场。

"对不起,真地对不起。"她第无数次道歉。

乔安娜疲倦地笑了。"说实话,联系不到你的时候,我也破口大骂来着。不过也不能怪你,你被锁住了。幸好你没事。"

"我也是。我是说,幸好你没事。"波拉又吻了吻她。"他真是太……太不可思议了。"她望着躺在乔安娜怀中的儿子,只觉得这一幕如梦如幻。孩子真地诞生了。

"抱抱他,"乔安娜将儿子递给波拉,波拉坐在床边,轻轻摇晃着怀里的小宝宝。"丽塔的手机今天怎么也打不通呢?"

"哎。妈妈极其郁闷。"波拉逗弄着刚出世的儿子,"她怕你以后都不会再搭理她。"

"嘿,也不能怪她啊。再说我好歹也找了人来帮忙的。"乔安娜笑道。

"是啊。老天,谁能想到呢?"儿子出生时守在旁边的居然是她的顶头上司,波拉至今还没回过神来。"你真该听听他在候诊室里和妈妈说的话,不停地称赞我们的儿子有多'了不起',你有多么伟大。就算妈妈以前没爱上伯蒂尔,那在他帮忙引领她的外孙出世之后,她肯定也沦陷了。我的天呐。"波拉连连摇头。

"有那么一会儿我觉得他想开溜,但不得不承认,他比我想象中的要坚强。"

像在偷听她们对话似地,伯蒂尔敲了敲门,和丽塔一起出现在门口。

"进来,进来。"乔安娜招招手。

"我们来看看你的情况。"丽塔走到波拉和外孙身边。

"是啊是啊,离你们上次来探望都过去半小时了。"乔安娜逗着婆婆。

"我们想看看他长大了多少,是不是长胡子了。"梅尔贝里笑容满面,略显迟疑地凑过来,温柔地望着宝宝。丽塔注视着伯蒂尔的神情,流露出无可置疑的爱意。

"能让我再抱抱吗?"梅尔贝里忍不住恳求道。

波拉点点头:"好啊,应该的。"她把儿子递过去。

然后她往后一靠,望着梅尔贝里端详着她儿子,而丽塔则端详着他们俩。她这才意识到,即便对她而言,儿子的成长过程中有个男人在,想来也大有益处。她从来没将伯蒂尔·梅尔贝里放到那个位置上,但现在看来这种可能性相当大。她觉得这也不失为一件好事。

夫雅巴卡,一九四五年

运气好的话,埃里克应该在家。汉斯觉得去挪威前应该和他谈谈。他信任埃里克。埃里克那缄默的外表下,包裹着真挚诚恳的心灵。汉斯深知埃里克为人忠诚,这一点最让他放心。他这一去前景未卜,虽然战争结束了,但回挪威之后会出什么情况,依然难以预料。他犯过不可饶恕的大错,而他父亲又是德军在挪威施展淫威的重要代言人。所以汉斯不得不考虑实际问题。他是个男人了,理应思虑周全、以防不测,更何况他即将为人父。不能让埃尔西孤零零无人守护。而他能想到的人之中,唯有埃里克能当此重任。他敲响了埃里克的家门。

家里不止埃里克一个人。汉斯发现布丽塔和弗朗斯也在书房里,只得暗暗叹气。他们在听埃里克父亲的留声机。

"爸妈明天才回来。"埃里克坐在书桌后的老地方。汉斯在门口站定,有些为难。

"其实我想和你单独聊几句。"他望着埃里克。

"你们俩藏着什么秘密啊?"弗朗斯一条腿跷在他坐的那张椅子的扶手上,打趣道。

"是啊,什么事这么神秘?"布丽塔冲汉斯笑了笑。

埃里克耸耸肩,站起身。"我们出去说吧。"他往门廊里走,汉斯小心地关好门才跟上来。两人坐到底层台阶上。

"我要离开几天。"汉斯用鞋尖戳碰地上的碎石。

"去哪儿?"埃里克推了推滑下鼻梁的眼镜。

"去挪威。我得回家一趟……处理点事。"

"嗯。"埃里克有点好奇。

"我想请你帮一个忙。"

"可以啊。"埃里克耸耸肩。留声机的音乐声从房子里飘出来,弗朗斯一定把音量调大了。

汉斯犹豫了半晌,才说:"埃尔西怀孕了。"

埃里克没有答话,只是又推了推眼镜。

"她怀孕了,我想向政府申请批准我们结婚。但我要先回家处理一些事情,所以如果……如果我有个三长两短……你能答应我好好照顾她吗?"

埃里克依然没吭声。汉斯紧张地等着他的答复。如果他所信任的人不肯承诺帮埃尔西一把,那他是不能放心离去的。

最后埃里克说:"我当然会照顾埃尔西。虽然我不太赞同你把她置于这种处境。可是,你为什么担心自己会出事呢?"他眉头一皱,"回国以后你就是英雄了啊。难道别人还会追究你在大难临头之时逃生的行为?"他扭头望着朋友。

但汉斯回避了这个问题。他站起来拍拍裤子。

"当然不会有事,只是以防万一,想和你先打个招呼。现在你可答应我了哦。"

"好好好,"埃里克也站起身。"临走前要不要进去和他们道个别?我哥哥也在家,他昨天才回来。"埃里克面有喜色。

"那太好了。"汉斯拍拍埃里克的肩膀,"他还好吗?我以为他还在回家的路上。他肯定吃了很多苦头。"

"可不是吗。"埃里克脸上掠过一缕阴影。"他受了不少折磨,整个人很虚弱。但他总算回来了!"他又恢复了神采,"不如你去和他打个招呼吧。你们俩还没见过面呢。"

汉斯笑着点点头,又跟随埃里克回到屋子里。

26

开头几分钟,餐桌边的气氛有些僵硬,后来大家的紧张感才渐渐退去,姐妹俩和她们的哥哥开开心心闲聊起来。安娜仍未从听闻消息时的震撼中回过神来,惊喜地打量着对面的格兰。

"你从没好奇过亲生父母是谁么?"艾丽卡从一盘甜点里拿了一颗可乐太妃糖。

"当然有过,隔三差五就琢磨,"格兰说,"可与此同时……在我看来,爸爸妈妈,我是指威尔赫姆和玛塔,对我来说已经足够。不过我偶尔还会胡思乱想,特别是为什么亲生母亲要把我送人。"他迟疑着,"现在我了解她的艰难处境了。"

"是啊。"艾丽卡看了看安娜,她一度拿不准该向妹妹透露多少,毕竟她一直想保护安娜。但最后她想到,安娜一路走来的经历比她还要坎坷,所以艾丽卡便将迄今了解的所有内情和盘托出,包括那些日记的内容。安娜从容地接受了。所以现在他们兄妹三人才在艾丽卡和帕特里克家中齐聚一堂。两个妹妹,一个哥哥。感觉有点怪,却又亲切得有点不可思议。这大概就是所谓的血浓于水。

"现在才向我灌输你们目前的男朋友是谁,未免太晚了。"格兰笑着指指帕特里克和丹,"我好像错过了很多事,真遗憾。"

"没错。"艾丽卡也笑着又拿了一颗糖。

"对了，我听说你抓住了凶手——是被害人的亲哥哥。"格兰正色问道。

帕特里克点点头。"对，他在机场候机。说来也怪，本来他随时可以脱身，那我们就别想再逮住他了。听我的同事说，他被捕时相当配合。"

"可他为什么要杀亲弟弟？"丹搂着安娜的肩膀。

"还在审问他，所以我也还不清楚。"帕特里克递给玛雅一块巧克力，玛雅坐在他身边的地板上，和格兰母亲送给她的娃娃玩耍。

"哎，我还是想不通为什么死掉的那个弟弟这些年一直给我父亲寄钱。我的亲生父亲也不是他啊，是那个挪威人。该不会是我记反了吧？"格兰望着艾丽卡。

"你没记错，妈妈在日记里说，你生父名叫汉斯·奥拉夫森，真名是汉斯·沃尔夫。埃里克和妈妈好像从没恋爱过。所以我也不知道……"艾丽卡咬着下唇，沉吟道，"可能要听听阿克塞尔·弗兰科尔的证词怎么说。"

"的确。"帕特里克点头同意。

丹清了清嗓子，大家都扭头看着他。他和安娜对望一眼，然后安娜说："嗯，呃……我们有个消息要宣布。"

"什么事？"艾丽卡颇为好奇，又往嘴里塞了一颗糖。

"嗯……"安娜吞吞吐吐地，然后一气呵成："我们有孩子了。春天生。"

"真的呀！太棒了！"艾丽卡跳起来绕过餐桌，先拥抱了妹妹，又拥抱了丹，才回到座位上，两眼放光。

"你现在感觉怎么样？一切正常吧？心情好不好？"她机关枪似地射出一个又一个问题，安娜忍不住大笑。

"我挺好的，就是经常干呕。和怀亚德里安那时候的感觉差不多。而且我变得特别嗜好冰糖。"

"哈哈，吃什么不好，居然迷上冰糖。"艾丽卡笑道，"不过我也没什么可说的，还记得我怀孕那时候，拼命吃可乐太妃糖……"艾丽卡说到一半，瞪着桌上堆成一座小山的糖纸,抬头望向帕特里克,见他半张着嘴,就猜到他们想到一块儿去了。她开始发疯般地计算起来。上次例假应该是什么时候?最近她全身心扑在研究母亲生平这件事上,竟然完全没去想……是两星期前!两星期前她就该来例假了。她顿时哑然,傻瞪着眼前的糖纸。随即,只听得安娜没心没肺地捧腹大笑起来。

夫雅巴卡,一九四五年

阿克塞尔听见了楼下的说话声。他费力地爬下床。刚回瑞典时接受了体检,医生说他还需要一段时间才能完全康复。昨天他终于到家时,满面愁容的父亲也这么说。回家真幸福。有那么一会儿,仿佛所有的恐惧,所有的梦魇都消散了,都从来不曾存在过。但紧接着母亲就在他眼前流下热泪。当她紧紧抱住他那憔悴、虚弱的身躯时,哭得更厉害了。这才刺痛了阿克塞尔,因为母亲的泪水并不仅仅因为欣喜,也因为他再也不是从前那个阿克塞尔,彻底变了一个人。那个快言快语、天不怕地不怕、开朗乐观的阿克塞尔一去不复返,被过去的这两年摧毁得一干二净。从母亲的眼中,他看出她为那个永远回不来的儿子痛苦万分,同时又为那个儿子的一小部分已回家感到欣喜不已。

她本来不想和丈夫出门,隔天才回来,虽然这次出行早就定下了。但父亲明白阿克塞尔需要一点独处的时间,所以坚持说服她一起去。

"儿子回来了,"父亲说,"有很多时间可以陪他。现在该让他安安静静休息一阵。再说家里还有埃里克跟他作伴。"

最后母亲让步了,夫妻俩这才出门。阿克塞尔松了一口气,终于可以一个人静一静。他还不太适应在家的状态,还不太适应变回"阿克塞尔"的身份。

他将右耳转向门口倾听着。医生劝他面对现实,左耳的听力基本没可能恢复。不出所料。当那名警卫用枪托狠狠砸中他的耳根时,阿克塞尔就知道有些东西已经毁了。耳畔刻下的伤痛时时刻刻提醒着他所经历的一切。

他曳着步子来到走廊里。由于两腿还很乏力,父亲给了他一根手杖以备不时之需。这手杖是爷爷留下来的,坚硬、结实,头上还裹了一层银。

阿克塞尔缓缓走下楼梯,不得不抓紧扶手。他卧床太久了,好奇地想看看刚才听见的声音都是谁。虽然他渴望独处,但此刻特别想有个伴。

弗朗斯和布丽塔坐在书房的椅子里,重见他们,似乎一切从未发生,多奇特啊。对他们而言,生活一如既往。他们不曾目睹堆积如山的死尸;不曾眼见身边的囚犯猛一抽搐,带着正中眉心的子弹倒下。命运的不公令阿克塞尔怒火中烧,但随即他提醒自己,是他选择了涉险的人生,也就只能自作自受。但仍有些许怒意压抑了下来,郁积在心。

"阿克塞尔!你醒了,太好了!"坐在书桌后的埃里克一见哥哥,顿时坐直身子,两眼放光。又能和弟弟相聚了,阿克塞尔归家以后,最令他心暖的就是这一点。

"是啊,多亏这根拐杖,我这老头子也能到处走动。"阿克塞尔开着玩笑,举起手杖给弗朗斯和布丽塔看。

"我给你介绍一个人,"埃里克急忙说,"汉斯是挪威人。他从前是抵抗运动成员,被德国人追捕时,搭埃尔洛夫的船逃到我们这里。汉斯,这就是我哥哥阿克塞尔。"埃里克的话音中洋溢着自豪。

起初阿克塞尔只注意到有人站在房间另一头,背对房门,他只看见一个顶着拳曲金发的瘦削背影。阿克塞尔上前问好,那个人也转过身来。

霎时间,整个世界仿佛都静止了。阿克塞尔看见了迎面砸来的枪托,高高举起,狠狠击中他的脑袋,他的耳根。他尝到了背叛的滋味,他原以为那人站在正义一方,但换来的只有失望。看得出来,面前这男孩也立即认出了他。阿克塞尔耳中一阵轰鸣,胸口血液奔涌,甚至还没意识到自己的动作,他就将手杖高高举过头顶,朝对方迎面猛击。

"你干什么!"埃里克惊呼着冲向汉斯。汉斯摔倒在地,双手掩面,鲜血从指缝中涌出来。弗朗斯和布丽塔也跳了起来,难以置信地瞪着阿克塞尔。

阿克塞尔用手杖指着汉斯,愤怒的嗓音颤抖着:"你们上当了。他不是挪威抵抗运动成员,我在格里尼坐牢的时候,他是那里的警卫。毁了我听力的人就是他,他用枪托砸我的耳朵。"

整个房间一片死寂。

"我哥刚才说的,都是真的?"汉斯躺倒在地,泣不成声,坐在他身旁的埃里克沉声问道,"你骗了我们?原来你替德国人干活?"

"在格里尼,他们说他是一名党卫军军官的儿子。"阿克塞尔仍然浑身战栗。

"而你这种人竟然让埃尔西怀孕了。"埃里克怒视着汉斯。

"你说什么?"弗朗斯脸色刷白,"他搞大了埃尔西的肚子?"

"他找我就是为了这事。他甚至还有脸拜托我照顾埃尔西,以防他这一去有个三长两短,因为他要回挪威了。"埃里克怒不可遏,颤抖不已,两只拳头时紧时松,愤愤地逼视着正徒劳地要起身的汉斯。

"可不是吗,我看他就是想跑。大概要溜回他父亲身边去。"阿克塞尔又举起手杖,使出全身气力狠命挥去,汉斯惨叫一声,倒地缩成一团。

"不是,我是要去……找我妈妈……"汉斯断断续续地向众人哀告。

"操你妈个贱种!"弗朗斯咬牙切齿地挤出一句,狠狠踹了汉斯胸口一脚。

"你怎么能?你怎么能把我们骗得这么惨?你明明知道我哥……"埃里克两眼含泪,声音哽咽,站起来连退几步,抱着身子抖得更厉害了。

"你想溜是吧,是不是?"弗朗斯吼道,"搞大埃尔西的肚子,然后就溜?上帝啊,操你妈的一头猪!换了其他女孩也就……不能是埃尔西!现在她怀了德国兵的小孩!"他激动得嗓音都喊破了。

布丽塔绝望地盯着弗朗斯,直到此刻,她才明白弗朗斯对埃尔西的感情有多深。她心头一痛,瘫坐在地,再也控制不住,抽抽嗒嗒地哭了起来。

弗朗斯扭头看了她几秒钟。没等众人反应过来,他便冲到书桌旁,抓起桌上的开信刀,捅进汉斯胸口。

其他人惊惧地瞪着他好半天。埃里克和布丽塔惊得动弹不得,但开信刀旁涌出的鲜血似乎释放了阿克塞尔深埋心中的残忍。他将所有的暴怒都倾泻在地板上那一动也不动的躯体上。他和弗朗斯咒骂连连，对汉斯拳打脚踢。等他们终于累得停下来喘气时，地上的男孩已经不成人样了。他们对视着，既惊恐又有几分得意。所有的怨恨、心中所有的积郁总算找到了出口，势不可挡地释放出来；他们在对方眼中看出了同样的快感。

两人站了一会儿，分享、回味着这种快感，他们浑身沾满汉斯的鲜血——手上，衣服上，脸上都是。他们都一声不吭，如同暴风雨来临前那怪诞的宁静。四周鸦雀无声，静谧中却裹挟着狂风呼啸般的回忆。

最后还是弗朗斯先开口了。

"得把这家伙处理掉。"他冷冷地用鞋子踢踢汉斯的尸体，"布丽塔，你留下来把这儿整理干净。埃里克，阿克塞尔和我把他弄出去。"

"可是要把他放在哪里呢？"阿克塞尔用衬衣袖子擦掉脸上的血迹。

弗朗斯想了想说：

"我有办法。等到天黑，我们把他抬出去，要找个东西裹起来，免得我们满身是血。我们先帮布丽塔把房间清理一下，自己也都洗一洗。"

"可是……"埃里克的问题没能问出口。他软绵绵地跌坐下去，漠然凝视着弗朗斯身后。

"有个万无一失的地方。可以把他和他的同伙埋在一起。"弗朗斯的话音中带着一丝戏谑。

"他的同伙？"阿克塞尔茫然地重复着。他看了看手杖的尖头，上面覆盖着血迹和头发。

"埋到德国兵的坟墓里，就在墓园那边。"弗朗斯的嘴咧得更开了，"这就叫恶有恶报。"

"Ignoto Militi。"地上的埃里克直视前方，喃喃呓语。弗朗斯莫名其妙地看着他。"向无名烈士致敬。"埃里克轻声解释，"刻在墓碑上的。"

弗朗斯大笑："怎么样？简直太完美了。"

其他人都笑不出来，但对弗朗斯的计划都没有异议。他们麻木地开始行动。埃里克去地下室找了一个超大纸袋,几个人将汉斯的尸体放进去。阿克塞尔从大厅的橱子里拿来清洁剂和刷子,弗朗斯和布丽塔费了好半天才把书房弄干净。善后工作远比他们设想的要困难。血很粘稠,一开始竟好像越刷越脏。布丽塔边擦边哭得很凶,有好几次停下来跪在地上,手里握着刷子连连抽泣,但弗朗斯凶恶地命令她继续干。他也忙得满头大汗,但与别人不同,他眼中毫无惊惶之色。埃里克则机械地刷着,一度还说他们该去报警。最后他才接受了弗朗斯的观点,毕竟阿克塞尔刚刚从集中营的地狱中归来,不能再让警察抓去坐牢。

辛苦折腾了一小时后,他们擦着额上的汗水,弗朗斯又检查一遍,确认书房里的痕迹都已理干净。

"得从爸妈的衣柜里给你找两件衣服。"埃里克低声说完就去找衣服了。返回时,他驻足了看蹲在书房角落里的哥哥,阿克塞尔的目光依然聚焦在手杖顶端的血迹和头发上。刚才一通发泄过后,阿克塞尔便一直寡言少语,此时他却抬起头,呆望着前方。"要怎么把他弄到墓园?埋在树林里会不会更好?"

"你们家不是有辆带车斗的机动脚踏车吗,用那个就行了。"弗朗斯仍固执己见,"如果埋在树林里,没准哪天就被野兽翻出来。但绝不可能有人猜到那些德国兵的坟墓里多了一具尸体。反正墓穴里已经有好几具。我们只要拿东西把他盖上,再用脚踏车运过去,没人会发现。"

"我挖的墓已经够多了。"阿克塞尔茫然应道,目光又挪回他的手杖。

"弗朗斯和我来干,"埃里克慌忙说,"你就留在这儿,阿克塞尔。布丽塔,你也该回家了,如果没回去吃晚饭,他们会担心。"他像机关枪似地迸出这几句话,目不转睛地注视着哥哥。

"我回不回去都没人在乎,"弗朗斯冷冷地说,"所以我留下吧。等过了十点再行动,深夜镇上没什么人,那时天也够黑了。"

"埃尔西怎么办?"埃里克说得更慢了,嗓门更低了。"她还盼着他回来,而且她快要生孩子了……"

"是啊是啊,德国人的孽种。她是自作自受。"弗朗斯吼道,"不能告诉埃尔西！听见了吗？她会以为那家伙回挪威后就抛弃她了，反正他多半也打这个主意。我可不打算浪费一丁点同情心给她。就让她自己想办法吧。有人反对吗？"弗朗斯环视众人，大家都不吱声。

"那好，就这么决定了。这件事是我们的秘密。回家去，布丽塔，免得他们到处找你。"

布丽塔站起身，哆嗦着抚平溅了血的裙子。她默默接过埃里克递来的裙子去换洗。离开书房里的三个男孩时，她最后看见的是埃里克的神情。汉斯的秘密曝光时，埃里克眼中的那种愤慨此刻已全然消失，剩下的只有羞愧。

几小时后，汉斯便被埋进那个坟墓，开始了六十年无声无息的长眠。

夫雅巴卡，一九七五年

埃尔西拿起艾丽卡刚画好的画，小心地放进箱子。将女儿们责骂一顿、赶到船上去之后，这几个小时家里就只剩她一个人。每当这时候，她都会到阁楼里坐一会儿，回想从前那段时光。

人生远远偏离了她当初预想的轨道。她翻出那叠蓝色日记簿，心不在焉地摩挲着其中一本的封面。那时候她还那么年轻，那么幼稚。倘若能预知未来，她该能保护自己免受多少伤痛啊。爱上一个不该爱得那么深的人，付出了太高太高的代价，为了多年前的那份爱情，直到今天她还在还债。但她坚守了对自己的誓言：永远不再付出那样义无反顾的爱。

当然，有时她也险些坚持不住，险些卸下心防。特别是两个金发的小女儿仰着小脸、眼中充满期待的时候。她们如饥似渴地期待着，但她却无力给予她们需要的爱。尤其是艾丽卡，她比安娜更渴求母爱。有时埃尔西注意到，坐在一旁的艾丽卡望着自己，脸上那无望的渴盼，已达到了一个小女孩所能表达的极限。埃尔西也曾想违背她的誓言，紧紧搂住女儿，感受着和艾丽卡同步的心跳。但她总是办不到，总在最后一刻，在即将起身抱紧女儿前的一刹那，他那小小的、温暖的躯体仿佛又回到她怀中，那双仰望着她的新生眼眸,和汉斯那么像,和她那么像。她原以为他们会一起将那个可爱的孩子抚养成人。然而,最后是她孤零零地在一个满是陌生人的房间里生下了他。她感受着他从身体里滑出来,随即就被人从怀中夺走,送给另一个母亲——一个她一无所知的人。

埃尔西伸手从箱子里拿出那件婴儿的衬衣。多年以后,她的血迹褪色了,看上去更像是生了锈。她将衬衣举到面前,使劲嗅嗅,想闻闻衣服上是不是还留着他的气息,他在她怀中时那甜美、温暖的气息。可是什么也没有。衬衣只透着陈旧的霉臭味。经年累月,箱子本身的味道将那孩子的气息抹得一丝不剩,她再也闻不到了。

她有好几次想去追查他的下落。也许只想知道他过得好不好。但这个念头从未付诸实施。正如她每每想忘掉紧锁心门的誓言,将女儿搂进怀中,却总在最后关头止步一样。

她拿起躺在箱子底部的勋章,用手掂了掂。这是她在离家去生孩子之前、整理汉斯的房间时发现的。当时她尚且寄望于能从汉斯留下的东西里找出一个答案,一个能解释他为什么一去不回、抛下她和孩子的答案。但除了几件衣服,她只找到了这枚勋章。她不清楚勋章的含义,也不知道汉斯是从哪儿得来的,不知道这枚勋章在他生命中所扮演的角色。她只是隐约觉得这东西很重要,所以一直保存下来。她小心地将勋章裹进那件婴儿衬衣,把这个小包放回箱子里,然后又放进她的几本日记,以及艾丽卡今早为她画的画。这是埃尔西唯一能给予女儿们的。孤身咀嚼着回忆时,她也会洋溢出片刻的爱意,只有在这时,她才允许自己不光让她们驻足于脑海,更接纳她们走进心灵。然而,一旦迎上她们渴望的目光,她的心门就又在恐惧中紧紧关闭了。

只有将爱拒之门外的人,才能一无所失。